STATE OF WONDER

失落的秘境

［美］安·帕奇特 著　何文菁 译

湖南文艺出版社
HUNAN LITERATURE AND ART PUBLISHING HOUSE

博集天卷
CS-BOOKY

献给我的朋友，————————
———————— 乔·范德瓦特

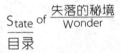
State of Wonder
失落的秘境

目录

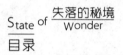

State of 失落的秘境
        Wonder
目录

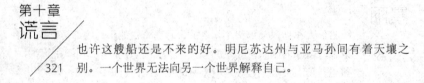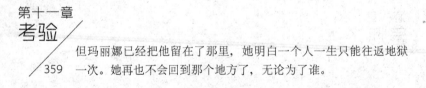

第一章
死讯

我这辈子，再也不会有比这更残酷的遭遇了，孩子们未来的人生里也不可能再发生更惨痛的事了。

航空信送来了安德斯·艾克曼的死讯。一张天蓝色的航空信纸，本身既是信纸，折叠后封住四边又是一只信封。谁想得到人们还在做这种东西？这张单薄的纸，从巴西辗转来到明尼苏达，为了宣布一个人的离去。它像轻薄的呼吸，如果不是上面的邮票，似乎就会从世上消失。福克斯先生走进实验室去告诉玛丽娜这个消息时，手里就拿着这封信。她看见他站在门口，脸上露出了微笑，他在这轻快的笑容中犹豫了起来。

"怎么了？"她终于说。

他张开嘴，继而又闭上。再开口时，只说了一句："下雪了。"

"广播里说过，今天会下雪。"她的实验室的窗扇面朝走廊，只有在出外午餐时才看得到天气状况。她等了一会儿，等福克斯先生说出他的来意。她感到他从远在十幢楼以外的办公室冒雪而来，决不只是为了播送一则天气预报，然而他却一直站在门口，既不进来，也不出去。"你没事吧？"

"艾克曼死了。"他在失声前说道，然后

未做任何解释，将信递了出去，他对这可怕的消息知道得也只有这么多。

　　沃格基地有三十余幢尺寸不同、功能各异的实验楼和办公楼。有些实验室可容纳二十组技工和科学家同时工作。还有一些，四壁架满了老鼠、猴子或狗。而这个实验室，玛丽娜和艾克曼大夫已经共用了七年。它狭窄到福克斯先生想要把信递出去只需伸出手臂即可。她接过信来，慢慢在隔板边的灰色塑料椅上坐下。那一刻她明白人们为何要说"你也许想先坐下"了。她的体内发生了一次小小的崩溃，但不是突然晕倒那样的崩溃，而更好像是某种折叠，仿佛她是一杆折叠尺，在她的脚踝、膝盖和臀胯处，肢体被折起来，彼此之间形成了更小的角度。安德斯·艾克曼，他穿白大褂时显得十分高大，他浓密的金发已经开始发灰，他自己去买咖啡时总会给她带上一杯。他会靠坐在她的办公桌边缘，一边把她要的文件给她，一边检查她搜集到的关于蛋白质的数据。安德斯，他是三个孩子的父亲，还不到五十岁。她将目光移向日期——信上写着3月15日，邮戳显示3月18日，而今天已经是4月1日了。他不仅已经死了，而且已经死了两个星期。他们习惯了与他之间疏乏的联系，以至于收到信的这一刻，她才意识到他已经离开很久了，自己有时甚至会完全忘记这个人。明尼苏达本部的人们常被提醒说，斯文森大夫研究基地所在的亚马孙河一带，通信十分不便。（"明天这封信将被交到一个小孩儿手里，小孩儿将乘树桩顺流而下，"安德斯曾在信中这样写，"我不忍将那段树桩称为小木舟。

至于信最后能否送达，至今尚无统计数据可供参考。"）但无论怎么说，基地在一个国家的内部，仍属于这个世界。总有谁能上网吧。难道他们没有费心找一找互联网吗？"她不能打电话给你吗？总该有全球卫星——"

"她也许不肯用电话，她也可能说电话无法接通。"在安静的房间里，虽然两人离得很近，她却只能隐约听清他的话。

"但这种事——"她停止追问。她明白，他也不知道答案。"他现在在哪里？"玛丽娜问。她不愿说"他的尸体"。安德斯不是尸体。沃格基地里都是医生。工作中的医生，在办公室里喝咖啡的医生。他们的储物间里、仓库里、抽屉里，充斥药物，人所能想到的药片这里都有。他们是制药公司；即便一种药世上没有，他们也会想法造出来。如果知道他在哪里，他们一定能找到帮助他的办法。这样想着，心里希望他还活着的愿望压倒了她学过的一切科学知识。虽然斯人已去、永不复回，玛丽娜·希恩仍能看到安德斯·艾克曼像往常一样在员工食堂里津津有味地吃鸡蛋沙拉三明治的样子。

"胆固醇报告您没有读过吗？"她会问他，她总是乐于扮演正面角色。

"胆固醇报告正是我的手笔。"安德斯说，用一根手指一圈圈摩擦着盘子的边缘。

福克斯先生抬起眼镜，用手帕拭了拭两个眼角。"看信吧。"他说。

她默默地看起来。

吉姆·福克斯，

近来这里一直下雨，虽然大体上不违反季节性规律，但我每年都还不免对雨量表示吃惊。不过除了剥夺了我们更多的时间外，雨对工作本身并未造成影响。而即便被迫放慢了速度，我们也从未却步。我们正向非凡的研究成果稳步迈进。

不过工作方面的事不是此次来信的重点。我想通报的是一个不幸的消息，艾克曼大夫两天前发烧死了。考虑到我们所在的地点、目前的雨势、政府（包括这里的政府和你方的政府）、官僚办事的不力以及研究时间的紧迫，我们决定将他按基督教习俗安葬在这里。我想提请您注意，这件小事做起来其实并不容易。至于艾克曼大夫为之来此的那个项目，我向您保证，我们正在取得长足进步。我将保留他不多的几件随身物品，以备他的太太有一天会来取，相信您会将他的死讯和我的慰唁一并转告给她。虽然遇到了阻碍，但我们仍会坚持不懈。

安妮克·斯文森

玛丽娜从头读起。读完第二遍后，仍不知说些什么好。"她称安德斯是阻碍？"

她嫌弃似的只捏着信的一点点边缘，仿佛其内容的真伪尚待检验，还不足信。很明显，纸张曾浸湿又晾干过。信纸上有几处皱痕。

它曾被暴露在雨中。斯文森大夫十分了解纸张、墨汁和雨水之间的关系，于是用了一支铅芯坚硬、浓黑的铅笔，重重刻下了每一个字母。而她书写死讯的同时，明尼苏达州伊登普莱利市的另一头，凯伦·艾克曼正坐在一栋殖民风格的二层砖楼里，心里以为自己的丈夫正在巴西，且一旦说服了斯文森大夫就会即刻回来。

玛丽娜看了看钟。他们必须马上出发，必须赶在凯伦去学校接孩子以前。有时，如果安德斯在下午两点半左右偶尔看到了自己的表，就会轻轻地说一句，"放学了"。三个小艾克曼，三个小男孩儿，与他们的母亲一样，仍然什么都不知道，仍然无法想象父亲的死。而斯文森大夫书写这重大的损失只用了半张纸，且在那半张纸上她还两次想到要提一提天气。而另外半张纸，只是单纯存在着，仿佛一片海蓝色的虚空。还有什么能在剩下几英寸长的信纸里写出来，又有多少事实已经得到了解释，这些都是科学所无法测量的。

福克斯先生关上门，走来站在玛丽娜的椅边。他用手捏了捏她的肩头，而因为面向走廊的百叶窗是关着的，她将头靠在了他的手背上，两人就这样在苍白的荧光灯照射下待了一会儿。这对两人都是一种安慰。福克斯先生和玛丽娜从没讨论过两人在工作场合应呈现出怎样的关系。他们在工作场合没有任何关系，或至少没有任何不同于普通同事之间的关系。福克斯先生是沃格制药公司的首席执行官。玛丽娜是他汀类药物①研发部门的一个医生。他们第一次正式相见是在去

---

① 一种抗高血脂的药物。

年夏末的公司垒球比赛上，比赛由研究人员对战管理层。福克斯先生走过来赞赏了她的投球技法，由赞赏发端，两人又聊起了对棒球的共同热爱。福克斯先生不是医生。从没有一个首席执行官会从制造部来到研发部，他是第一个。玛丽娜向别人提到他时称他为福克斯先生。玛丽娜在人前与他说话时也称他为福克斯先生。到他们单独相处时，她却无法自然地称他为吉姆。她发现养成这个习惯要比称他为福克斯先生艰难得多。

"我不该送他去。"福克斯先生说。

她抬起头，将他的手握在自己的手里。福克斯先生是不用穿白大褂的。今天，他穿了一套深灰色的西服，戴着海军蓝条纹领带，虽然这身穿戴对一个六十岁的人来说算是得体，但只要穿着它走出管理层的办公区域，他就会显得与周遭环境格格不入。玛丽娜想到，今天他看来好像正在赶去一场葬礼。"你没有逼他去。"

"但我问了他。他当然可以拒绝，可谁都知道他是不会拒绝的。"

"但你事先并不知道会发生这种事。你送他去的地方又不是什么危险的地方。"玛丽娜自忖这么说是否符合事实。那地方当然有毒蛇和食人鱼，但在她的想象中，这些东西与医生们进行试验的场所，应该是很有一段距离的。而且无论如何，信上说他的死因是高烧，而不是蛇咬。即便身在明尼苏达，一个人也有各种机会感染到高烧。"斯文森大夫已经在那里工作了五年，不是一点儿事也没有吗？"

"她当然不会出事。"福克斯先生阴沉地说。

安德斯很愿意去亚马孙。这是事实。有多少研发他汀类药物的医生有机会在冬季的酷寒开始时，被调往亚马孙流域？安德斯爱鸟。每年夏天，他都带上孩子，划小舟去明尼苏达的边境水域，带着双筒望远镜和笔记簿，寻找棕硬尾鸭和红冠啄木鸟。他得到调遣的消息后，立即订购了几本雨林图鉴，图鉴一送到，他便彻底卸下了认真工作的伪装。他将血液样本塞进冰箱，仔细研读起纸页光华厚重的图鉴来。他给玛丽娜看他想看的鸟，给她看脚趾和他的手一样长的肉垂水雉，给她看头上的羽毛仿佛一把倒置的刷子的圭拉鹃，一个人可以用这种鸟把罐子里面刷干净。他买了一台新相机，镜头在五十英尺外能直接拍进一只鸟巢。往常的安德斯决不会购置这样昂贵的物事。

"这可不是往常。"他说着，为坐在办公桌前的她拍了一张照。

她在突然亮起的闪光灯中，抬起因为看一只黑颈红卡丁伞鸟而低垂着的头，那是一种拇指大的小鸟，住在树叶尖上圆锥形的一小抹泥巢里。"竟然有这么多种鸟。"她仔细地看过每一张图，为生物多样性而惊叹。在她看到紫蓝金刚鹦鹉的那一刻，她惋惜福克斯先生派去的不是她。不过她很快放弃了这个荒谬的想法。"你肯定会因为忙着看鸟，而没有时间同斯文森大夫谈话。"

"我想我在找到斯文森大夫以前，应该就已经找到很多鸟了。而且我想就算找到了她，她也不会马上就整装返回约翰·霍普金斯大学的。处理这种事要慢慢来、懂得进退。"这话是福克斯先生自己说的。"我每天肯定会有一些时间可以自由活动。"

是否能找到斯文森大夫仍是个疑问。他们有她在马瑙斯的地址，可马瑙斯离她所在的实验基地尚有相当一段距离；斯文森大夫相信，为了研究不受影响、为了给她正在研究的药物保值，应该对基地地址严格保密。她对这点十分坚持，就连福克斯先生也只是大概知道她身处内格罗河支流沿岸的某处。至于支流离马瑙斯有多远，又向着什么方向流去，谁也说不清。而比起说服她来，找到她根本就不算难。玛丽娜严肃地看着安德斯，后者再一次举起了相机。"别拍了，"她说，用手心挡住镜头，"万一你叫不回来她，怎么办？"

"我当然行，"安德斯说，"她喜欢我。你以为福克斯先生为什么派我去？"

斯文森大夫也许的确赞赏过安德斯，但也仅限于七年前她拜访沃格、与由五名执行人员和包括安德斯在内的五名研究人员组成的评估小组商讨巴西项目的初期预算的那一天。玛丽娜本可以提醒他，斯文森大夫根本自始至终不知道他是谁，不过这又有什么必要说出来呢？他当然是明白的。

福克斯先生不认识凯伦·艾克曼。他曾在公司聚会上见过她几面，但他说他不记得她的模样了，在当前情境下，这种遗忘似乎是不可原谅的。玛丽娜从门边的架子上摘下孤零零挂在那里的她的大衣时，看到他脸上有一种感激的表情。她当然不会让他一个人去。这是牧师或警察的工作，这种工作要求一个人懂得如何敲开门，说出即将使门后之人的整个世界脱离原轨的消息。"安德斯死了。"

"你去的话，她会高兴的。"福克斯先生说。

"这种时候怎么可能高兴？"玛丽娜说。

玛丽娜与福克斯先生同去，既是为了帮他一把，也是为了自己已死的朋友，不过她并不认为凯伦·安德斯会希望从她这里获悉这则消息。的确，她认识凯伦，然而这种认识仅限于一个四十二岁、孑然一身的女性对一个四十三岁、有三个孩子的女性的认识，仅限于任何与某个男性共事的单身女性对他家中的妻子的认识。玛丽娜理解凯伦，明白她为何一定要来认识自己。凯伦对玛丽娜有防备，即便不是有意识的防备，至少也是潜意识的防备。凯伦致电实验室时，如果接电话的是她，则总要坚持同她也聊几句。她邀玛丽娜去家里参加圣诞户外派对和国庆烧烤聚会。她会给玛丽娜沏上一杯茶，体贴地就蛋白质研究问一些问题，然后说自己喜欢她的鞋，几年前一个堂表亲从加尔各答给她寄来的、颇有异国情调的黄色平底缎子鞋，玛丽娜也爱这双鞋，凯伦表示只在特别场合才穿。作为回应，玛丽娜问起孩子们，他们在学校都做些什么，是否去参加童子军露营。这时候，凯伦只随口回答几句，辅以极少的细节。她不是那种拿童子军大会的话题对丈夫的同事狂轰滥炸的母亲。玛丽娜明白，凯伦并不怕她。说到底，自己太高、太瘦，有一对色泽深沉的眸子和一头乌黑厚重的头发，并不是一个典型的美人。凯伦只是不希望玛丽娜忘了安德斯还有她这个妻子罢了。玛丽娜当然不会忘了这一点，但双方都没有将她们之间那真正重要的事诉诸语言，她既没有因自己未做之事受到指责，就当然也无法主动替自己辩护。玛丽娜不是那种会爱上别人的丈夫的女人，她不会在午夜破门而入，盗走祖母的订婚戒指、笔记本电脑和孩子。事实上，去年圣诞聚会上，在两杯加了许多朗姆酒的水果酒下肚后，玛丽娜曾想紧紧倚在凯伦·艾克曼身上，用一只胳膊勾住她娇小的肩，垂下自己的头，直到两人的头几乎靠在一起。她曾想这样轻轻在她的耳边说，"我爱的是福克斯先生，"只为了让她那双苍蓝的眼睛，在喜悦和惊讶中睁大起来。现在她多希望当时自己醉到向她倾吐了这件事啊。那样一来，玛丽娜·希恩和凯伦·艾克曼就会是真正的好朋友了。

外面的雪已经下了很久，聚成湿漉漉的雪堆，盖住了初春新发的绿草。她今早才看到的、笔直从泥土中升起的藏红花的黄色和紫色的花头，现在已被冻得像冰湖中的鲤鱼那样硬实。紫荆花小小的花瓣上压着沉甸甸的雪。福克斯先生和玛丽娜艰难地在雪泥中前进，双方都没有意识到自关系开始以来，这是他们第一次一起离开实验楼。他们从沃格基地的南边走很长的路来到近四分之一英里外的停车场。玛丽娜没有带雪地靴。今早上班时，天还没有下雪。

"还有，"他们坐进车里，刷掉风挡玻璃上的雪，将空调除霜风门开大后，福克斯先生说。"我没想到他会离开这么久。他走时我的确叮嘱他慢慢来，要把问题说清楚，但我一直以为，一个星期、至多两个星期就够了。我没想到他会待过两个星期。"

"他费了很大工夫才找到她，计划从一开始就延误了。"

安德斯是在圣诞节后一天离开的。公司本希望他尽快启程，但对艾克曼一家来说，圣诞节必须团聚，不容商榷。她已将几封安德斯的来信给福克斯先生看过，反正信上并没有需要保密的内容。他只谈了马瑙斯和自己在一名导游带领下在丛林中做的几次观鸟之旅。对她，安德斯说的最多的是雨。福克斯先生从没说过自己也收到了安德斯的信，不过她觉得他一定收到过。

"所以是两个星期。而不该是三个月。我本来要召他回来的——"

"你联络不到他。"

"就是呀。"福克斯先生让目光不经意地穿过面前雨刷抹出的雪白的花纹，向外望去。"我本来要告诉他，他只需要把口信送到，就可以马上登机返回，不管她愿不愿回来。他只要做到这样就够了。"

"这件事根本就没这么简单，"她安慰他，同时也像在说服自己。谁也不指望斯文森大夫收到被召回明尼苏达的命令后就真的会把实验室打包带回来——安德斯不指望，福克斯先生不指望，玛丽娜也不指望。事实上，她是否回归并不是重点。倘若她愿意重新与公司敞开沟通，愿意向公司证明新药即将研制完成，同意让公司派遣一支自己的研究团队前往，以便定期向公司汇报药物研究的确切进展，补助巨资让她在实验基地再多待几年对沃格制药来说并不是问题。但是现在安德斯死了，期望斡旋成功的想法变成了纯粹的无稽之谈。只要想一想斯文森大夫，玛丽娜的心就仿佛被一只冰冷的手摸了一把。那是十五年前，她安然坐在约翰·霍普金斯大学大教室中排靠走廊的一个位置上，斯文森大夫大步在演讲台前踱来踱去，她讲述宫颈——是的，宫颈——的态度越来越激动，以至于谁也不敢低头看表。一百人中没有一个人敢提醒她已经下课了，学生们应该获准离开，还有别的他们需要赶赴的课程正在进行。她虽然还在读医科研究生的第二年，却在上这堂三年级学生的课，因为斯文森大夫明确规定了，只要是自己的课，无论在读临床前课程的一、二年级生，还是已经开始临床实习的三、四年级学生，都必须来听。玛丽娜是不会因为无足轻重的时间因素就错过或中途离开这堂课的。她被面前高墙上显示的畸形细胞幻灯片迷住了，它们翻得那么快，几乎组成了一串动画。玛丽娜需要知道的一切，斯文森大夫都知道；玛丽娜脑中尚未成形的问题，斯文森大夫甚至都已经有了答案。一个小小的女人，因为距离显得愈发小，却用一种不足的音量将一百个人牢牢锁在各自的位置上，而这一百个人，因为都怕她，因为都怕将她的话听漏了，所以乖乖地等待着，直到她允许他们离开。玛丽娜相信，整个教室所有的人都同她一样，处在惊惧和激越的交汇处，思路都异常地警惕。她一页页翻着笔记本，记下斯文森大夫所说的每一个音节。在这门课上，玛丽娜学会了像法庭速记员那样记笔记，这是一项使她终身受益的技能。

这么多年过去了，她还记得教室中的斯文森大夫，这让玛丽娜自己也觉得很奇怪。且她从不想象斯文森大夫执刀手术或在医院巡房的样子，在她的想象里，斯文森大夫总是与这一切保持着距离。

凯伦和安德斯住在一条死胡同里，邻居们开车路过巷口时，因为担心艾克曼家的孩子坐雪橇滑下来，或骑自行车突然从路边灌木中冲出，都会自觉放慢车速。"就是那儿，"玛丽娜指着一栋红砖楼说。福克斯先生将车靠人行道停下。玛丽娜和安德斯的薪水应该是相同的。他们没有相互问过这件事，但他们的工作内容是一样的；安德斯比玛丽娜在公司的工龄要长几年，也许会赚得稍微多一些。玛丽娜的房子——虽然很小，但容她一人已经太大了——按揭已完全付清。她定期给慈善事业捐款，余下的工资就任其堆积在银行里。而安德斯需要负担这所房子，要支付钢琴课的费用、矫正牙形的费用、夏令营的费用以及日后孩子上大学的费用。他究竟如何支撑三个儿子和一个妻子的生活？如今他死了，谁又来代替他继续支撑下去？她静静地坐了一会儿，想象着各种生日派对、圣诞聚会的画面，想象着无数个艾克曼家的孩子拆包礼物的画面，扎起来的蝴蝶结和拆散了的包装纸，汇成红的、银的、绿的一堆，直到雪花向毯子一样覆盖了车前窗，挡住她的视线。

"真巧。"凯伦·艾克曼打开门，两手一道抓住拴金毛的绳索。她是个娇小的女人，看来绝不是金毛的对手。"别动！"她大声说，"坐下！"她戴着一顶遮住双耳的白色绒线帽，她的大衣就在身后门厅里一把椅子的背上。玛丽娜想不起狗的名字了。虽然安德斯的办公桌上有一张它的照片，和凯伦与孩子们的照片放在一起。它用大槌子一样的脑袋推了推凯伦的屁股，为今天有客拜访的不寻常的好运气发出了两声尖厉的犬吠。

"你要出去呀。"福克斯先生说，仿佛这样一来他们也可以顺势离开似的。

凯伦摇摇头。"不，不，没关系。我有的是时间。我本来想接孩子们时绕道去一趟商店，不过商店以后也可以去的。进来吧。外面冷。"他们走进去的时候，狗向前俯身，想伺机跳起来，却被比它重不过二十磅的凯伦拉到了门廊一边。"退后，皮克斯，"她说，"坐下。"

皮克斯没有坐下。她放开它，搓着手上牵绳子留下的凹痕。厨房里的一切井井有条：料理台上没有茶杯，地板上没有玩具。玛丽娜过去也来过这里，但只在聚会上房间和走廊里都挤满了人时。如今房子空荡荡的，更显得大。要许多许多的孩子才能塞满它开阔的空间。"想喝点儿咖啡吗？"凯伦说。

玛丽娜转过身来把问题推给福克斯先生，发现他就紧贴着站在自己身后。福克斯先生不比玛丽娜高。他们单独相处时，他常就此开自己的玩笑。"不用了，"玛丽娜说，"谢谢你。"天色并不亮，但是雪将暗淡的光线反照在了早餐桌上，形成一条宽阔的银色光带。透过大块玻璃窗，玛丽娜看见后院低矮的小山上，立着一架结构简单的儿童攀爬架，白雪在架子倾斜的顶棚上越积越厚。皮克斯现在已经靠在了玛丽娜的身上，用自己的脑袋顶撞着她的手，直到她伸手下去抚摸着它麂皮一样柔软的耳朵。

"我把它带走吧，"凯伦说，"这狗实在太占地方了。"

皮克斯盯视着她，它的视线因为耳朵上正在感受的快乐而模糊了。"我喜欢狗，"玛丽娜说，心想它必须待在这儿。它可以做他们的代理大臣。它可以扮演凯伦的母亲、姐姐，一个在一切崩塌时，能够站在她身边的人。它还必须扮演安德斯。

她再次回头看了一眼福克斯先生。只要不说出实情，他们在房里

待着的每一秒都是一个谎言。但福克斯先生已经转身对着冰箱了。他
审视着孩子们的照片：两个小的，头发金色，几乎泛白，最大的那个
发色稍微深一些。他看着一张安德斯拥着太太的照片，在这张照片
里，他们并不比他们的孩子大多少。冰箱上还有鸟的照片，一群站在
田里的草原鸡的照片和一张过于清晰逼真的东蓝鸲的照片，看来是用
Photoshop处理过的。安德斯拍了许多鸟的照片。

凯伦摘下帽子，将金白色的直发捋到耳后。她脸上突遭寒冷所形
成的红晕逐渐退去了。"不是好消息，对吗？"她说，旋转着手指上
样式低调的钻石铂金婚戒。"见到你们我很高兴，但我想你们不是偶
尔路过这里进来问好的吧。"

有一刹那，玛丽娜突然松了一口气。她当然已经知道了。就算还
没有听说，她也会知道，她的灵魂也会感应到。玛丽娜很想立即拥抱
凯伦，致以慰问。至少她已经做好了致哀的准备。那些尚未出口的、
表达哀悼的言辞让她的嗓子发疼。

"不是好消息。"玛丽娜说着，听见了自己声音里的哽咽。现在
福克斯先生应该开口了，应该由他来讲述那些玛丽娜还不很理解的来
龙去脉。但是他没有。福克斯先生将自己交给了冰箱上的照片。他背
对着两个女人，双手背在身后，头往前倾，看着一只普通的潜鸟。

凯伦向上翻了翻眼睛，继而轻轻摇了摇头。"信送得像疯了一
样，"她说，"有时一天来两封，接着整整一周半点儿消息都没有。
信件来得毫无规律。几天前我才接到一封，上面虽然没有日期，但想
来应该是最近寄出的。从话里看，他精神状况很不好。他现在写信没

有过去频繁了，也许是不想告诉我他必须再待一阵子。"

"凯伦，听我说。"

皮克斯抬起头来，似乎将"听我说"当作了对它的命令。它坐了下来。

"这不是他的分内事，"凯伦说，她看着玛丽娜，手却指着福克斯先生的背。"他不喜欢丛林。他说那里的鸟好看，但除了鸟，其余一切，树叶、藤蔓什么的，都令人难以忍受。有一封信里，他说他觉得晚上它们想要闷死他。安德斯在克鲁克斯顿长大，那里根本就没有多少树。你们去过克鲁克斯顿吗？那里除了草原什么都没有。他以前说，树总是让他觉得紧张，当然他是开玩笑的，但多少总有一点儿。他不适合这任务。他没有受过居中调停的训练。我理解你们为什么派他去。每个人都喜欢安德斯。但沃格的股票通胀是沃格的问题呀，不该由他来负责解决。而且他也解决不了，你们不该就这样把他扔在外头。"

玛丽娜想象凯伦在每天早晚刷牙时排练这段讲话，却从没想到自己的话有一天真的能送到福克斯先生的耳里。

"他不会和你们说这些，但就算他无法把那个疯子带回来，现在也应该召他回来了。我们有三个孩子，福克斯先生。你不能让他们到了学年结束还见不到自己的父亲吧？"

这一次，玛丽娜在自己的关节失去支撑前及时做出了反应，且顺利地摸到了厨房正中桌台边的一把高背椅。自然，应该由福克斯先生将信交给凯伦，但是玛丽娜意识到那封信正在自己的口袋里，不禁悲从中来。她抽出身边的椅子。"坐下，凯伦，"她说，"坐到我边上。"

公布死讯时，玛丽娜忘记了为自己损失了一个朋友而感到悲痛。她满心感到的是将消息告诉凯伦的行为中，那种难以改变的残酷。虽然她说出消息时竭尽柔和、语气中带有许多痛苦和同情，死讯最后还是将凯伦·艾克曼一劈为二了。

"安德斯？"凯伦说，接着又更响亮地说了一遍，仿佛他就在另一间房里。仿佛她既相信了自己刚被告知的消息，又拒绝去相信它。明尼苏达境内所有的冷气流都汇聚到了凯伦·艾克曼的身体里，她结结巴巴地，惊呆了。她的手指抓挠起她手臂的外侧。她说要看一看信，继而又不愿去碰那东西，那封单薄而湛蓝的半叠着的信。她叫玛丽娜大声念出来。

她当然不能说她不愿读，然而无论她如何调整语气，都无法让念出的语词带上同情的气氛。"考虑到我们所在的地点、目前的雨势，"她犹豫不决地念着，略去了政府和其官僚办事之不力的部分，"我们决定将他按基督教习俗安葬在这里。"她无法说服自己把"这件小事做起来其实并不容易"也念出来。她本该也念一念第一小节，虽然它十分枯燥。但是因为没有念，余下念出的部分听起来根本就不像一封信，而像一封为经济省时而拍的简短的电报。

"她把他埋在那儿了？"凯伦说，她的肺叶剧烈而无用地翕张着，厨房里突然一点儿空气也没有了，"你是说，他已经被埋在地下了？"

　　"请告诉我该与谁联系。必须找人来这里陪你。"玛丽娜想握住她的手,但凯伦把她的手甩掉了。

　　"把他挖出来!你们不能把他扔在那儿。他不能待在那儿。"

　　这是一个任何要求都应得到满足的时刻,然而无论如何努力,她都无法组织起一句安慰的话来。"我无法把他带回来。"玛丽娜说,这一坦白是可怕的,因为现在她能清晰地看见泥土和树叶,她能看见在雨中逐渐闭合的土地,上面迅即又覆上一层新绿,长出坚韧的杂草,逐渐覆盖了他葬身之处的所有线索。她能感受到安德斯置身这些草叶中那种就要窒息的恐惧,而这恐惧也变成了她的恐惧。"我不知道怎么办。凯伦,看着我,你必须告诉我应该给谁打电话。必须让我同谁取得联系。"

　　然而凯伦或是听不明白、或是没有听见、或是根本不关心是否能减轻玛丽娜处理目前事务的难度。她们两个一对一地处在这个局面中。福克斯先生一听见凯伦绝望的尖锐的叫声,就从房中退出去了。她从椅子里滑下去,滑到地板上,匍匐在金毛的身上哭起来,用自己的悲痛裹住它结实的躯体。可怜的动物颤抖着,舔舐着她的胳膊。她一直哭到狗毛都濡湿了。

　　他们还满以为对自己正在做的事能有把握,这真傻!玛丽娜任住院医师时,曾向家属报过死讯,但并非经常,只在主治医师太忙或太倨傲、不屑于此类事务时。无论那些女儿、父亲、兄弟和妻子哭得多么厉害,拽她的手拽得多么紧,她都没有像现在这样觉得难以置身事外过。她只要抬起头,就会有个更懂得如何安慰的护士走过来。她身后的表格上写满事先就准备好的各种电话号码。各宗派的神职人员随时待命，节哀辅导师和互助小组每周三都有互助会。她最常需要做的不过是开一剂镇静药物。玛丽娜已经宣告了死亡，却还没把死亡中最基本的究竟想清楚。三个站在校门口的孩子怎么办，他们要任由雪花在肩头越积越厚，等待着他们的母亲吗？她为什么会忘了对他们做出安排呢？为什么不事先就找一个人，甚至许多人，在凯伦与这则暴力的消息做斗争时，准备就绪、站在她的身边？那些圣诞聚会上的人们，那些穿驯鹿花纹毛衣的女人，系红领带的男人，那些几个月前她看见在这个厨房里哈哈大笑的人们，他们手里拿着加了威士忌的蛋诺鸡尾酒，亲密地靠在一起。眼下需要的正是这些人！就算他们愚钝，没有事先带来家人和朋友，难道连在口袋里放几片"安定"也没想到吗？不能再等下去了。给凯伦时间慢慢平复情绪将意味着艾克曼家的孩子在惶恐中被某个教师领回教学楼里，告知他们在那里等。他们会以为他们的母亲也许死了，这是孩子惯常的想法——总是先想到对母亲的丧失。

　　玛丽娜从地上站起来，虽然不记得自己是什么时候坐在了地上。她走向电话机，寻找通讯录，寻找罗拉代克斯卡夹[①]，或任何可能有电话号码的地方。她找到两份《明尼阿波利斯星坛报》，一本首页干干净净的便笺簿，一个上面印着"我爱图书馆"的咖啡杯，里面胡乱塞满了水笔和蜡笔。一张钉在松木板上的纸上写着"给育儿阿姨的应

---

① Rolodex，用来插名片的旋转卡夹，适合放在办公桌上。

急电话"：凯伦的移动电话，安德斯的移动电话，安德斯办公室的电话，中毒急救中心电话，救护车电话，约翰逊大夫的电话，林恩·希尔德的电话。玛丽娜想到，人们将万能的911急救热线设计得尽量简单，就是因为当火苗蹿上窗帘、燎过地板向你逼来时，你将不再能辨识数字。现在这种情况与房屋失火就很相像。她虽然也想帮助死去朋友的妻子，但更想立即离开。她拿起话筒，拨通了最后列出的号码。为了听清电话另一头女人的声音，她不得不将电话从厨房拿出来。林恩·希尔德是同一条街上的邻居，她的两个儿子与艾克曼家的孩子是朋友。林恩·希尔德在不到二十分钟前才探出车窗问过艾克曼家的男孩儿们，是否需要她送他们回家，而他们说不用，希尔德太太，妈妈正在来的路上。现在林恩·希尔德自己也哭得和凯伦一样厉害了。

"快打电话，"玛丽娜低声说。"打给任何您能想到的人，让他们过来。打给学校。去学校把孩子们接回来。"

她回到厨房时看见皮克斯睡在地上，它主人的右边，潮乎乎的脑袋搁在凯伦的胯骨上。她的左边坐着福克斯先生，后者在玛丽娜离开的短暂期间，奇迹般地迅速填补了位置。他正缓慢而具有节奏感地拍着凯伦的脑袋，给予她安慰。"没事了，"他轻声说，"会好的。"她的脑袋抵在他的胸口，她的眼泪把他领带上的蓝色条纹浸染成了黑色。虽然并不是没事了，虽然离没事了还有很遥远的一段距离，她似乎终于听见了他不断重复的这两句话，并努力平复着自己的呼吸。

玛丽娜和福克斯先生在一小时后离开了，在凯伦的母亲到来之后，在凯伦的姐姐和姐夫到来并告知她们的兄弟正从艾奥瓦州驱车赶来之后，在林恩·希尔德从学校接回了艾克曼家的孩子们并带回自己家里等待合适的时机告知他们父亲的死讯之后。从福克斯先生拿着那只蓝色的信封站在实验室门口的那一刻起，玛丽娜还没有想过安德斯的死与他们有什么干系。它是一次意外，一个像被亚马孙河的暗流拖进水中而死一般的意外。然而当他们在皮克斯的目送下踏入刀一般扑面的寒风时，她突然想到刚才屋里的人们不知是否会认为福克斯先生是有责任的。此时白天尚短，太阳已经西斜。如果不是福克斯先生，艾克曼家的孩子现在应该正在做家庭作业，或在后院堆雪人，而安德斯则会看着办公室里的钟，说自己肚子饿，并向外面生机勃勃的世界走去。她想，虽然凯伦·艾克曼和她的亲友们在眼下极度的悲痛中没有责问福克斯先生，但等时间和睡眠将他们的思考能力唤醒后，责问就会涌来了。至于她自己，她怪他将自己一个人丢下去面对凯伦，也怪他在通向汽车的那一段没有除过雪、走起来不稳当的雪路上没有扶自己一把。但她是否将安德斯死于巴西的事怪在他身上呢？她用力扳动副驾驶座车门就快冻住的把手时，福克斯先生已经坐进了驾驶座里。她用手抹去车窗上的雪，用赤裸的指关节敲打着窗玻璃。他一直凝视着前方，此时将头转向她，似乎很惊讶于她的出现，仿佛忘了自己不是一个人来的。他俯过身来打开车门。

她跌坐进车厢里，如果先前再被迫多留一分钟，她也会像这样从屋里跌坐在门外的人行道上。"送我去我自己的车那里就行。"玛丽娜说。她的手在颤抖，她将它们紧紧夹在双膝之间。她一生中，迄今大部分的时间都在明尼苏达度过，然而不曾感到这样寒冷。眼下她只想回家去泡在热水里。

雪已经停了，压在草原上的天空却仍然灰蒙蒙的。他们找到州际公路，一条位于两片平坦的白皑之间的破旧的黑色柏油路，路面磨损得很厉害。福克斯先生没有送玛丽娜去她的车那里。他驱车开往圣保罗，抵达圣保罗后，又去了他们过去一起吃饭而决不会被任何人撞见的餐馆。她意识到他要去哪里后，什么也没说。她隐约明白，两人都认为此时待在一起是更好的选择。他们落座饭馆里面的一个隔间时，时钟已经指向了五点以后。玛丽娜点了红酒，发现比起热水澡来，自己其实更需要这个。女招待为她拿来了两杯，并将两个杯子并排地摆在她面前的桌上，仿佛她正在等一个迟到的朋友。她给福克斯先生拿来了两杯加冰威士忌。

"现时段买一赠一，"她以平板的语气说，"祝你们愉快。"

玛丽娜等她彻底离开，便毫无铺垫地脱口重复了凯伦早先所说的话里让她记忆最深刻的那句。"如果沃格发生股票通胀，那是沃格的问题。"

他看着她，脸上带着一种或可称作虚弱的微笑的表情，虽然其中微笑的成分似乎还不足以使其成为一个微笑。"我从来没这么累过。"

她点点头。她等待着。起初他也像她一样等待着，等了很长时间。

"你知道吗，股票的确通胀了。"他终于开口说。

　　"我知道。但我不知道原因，也不明白这与安德斯有什么关系。"

　　福克斯先生一下子喝干了第一杯威士忌，接着将手指轻轻搁在第二杯的杯缘。再过一个月，他就要六十一岁了，然而今天发生的事使他看来比六十一岁老了许多。在罩着冒牌蒂芙尼灯罩的、低悬的吊灯所发出的昏暗的光晕中，他看来甚至有七十岁那么老了。他驼着背，双肩由身前向彼此靠拢，他的眼镜在鼻梁上留下了一道红色的浅沟。他往常看起来慷慨而和善的嘴，现在板成了一条横着在脸上切割过去的直线。他们第一次来这家餐馆之前，玛丽娜在沃格工作了六年，这牢固地树立起了福克斯先生作为她雇主、上级的形象。在过去的七个月里，他们尝试重新定义了彼此之间的关系。

　　"问题是这样的。"福克斯先生说，声音变得阴郁起来。"一段时间以来……"他停下来，似乎寒冷、疲倦和威士忌，联合起来偷走了他想要说的下一个词。"巴西方面出了些问题。安德斯自然没有责任去解决。我也没有要他去解决的意思，不过我的确指望他能带回足够的信息，以便我在这里自己来处理。我是把安德斯当成了有能力推动事情进展的人选。他会将立即与其他科研人员一起将研究推进到药物研发阶段的重要性解释给斯文森大夫听。然后回来告诉我，根据他在那里的所见，对方大致会给出怎样的时限。安德斯半途而死的事的确很可怕，这个不用我说，不过他的死——"福克斯先生停住话头，寻找着合适的词语，喝下了第二杯威士忌的四分之一——"他的死没有解决到问题。"

"而问题就是，你说了这么多年的这种马上就要被FDA①通过的药物，其实还不存在？不是斯文森大夫不肯把它从巴西带回来，你的意思是根本就没有什么东西可以被带回来？"福克斯先生配她实在太老了。他只比她的母亲小五岁。倘若她把这段关系告诉母亲，母亲第一点指出的，一定也是这个事实。

"对此我还不知道。这正是此行的目的。我们需要更多情报。"

"所以你就派安德斯去卧底？安德斯·艾克曼？你怎么会觉得他是合适的人选？"

"他做我们的大使再合适不过了。他什么都不掩饰，也没什么可以掩饰的。他的工作仅仅是对斯文森大夫解释结束目前研究阶段的重要性。自从去了巴西后，她就隔绝了——"福克斯先生停下来摇了摇头。被斯文森大夫隔绝的东西太多了。"隔绝了所有外界的事物。我不确定她对时间是否还有概念。"

"你最后一次联系她是什么时候？"

"不算今天收到的信吗？"他停下来默默计算着，玛丽娜怀疑他只是突然放空了。"二十六个月以前。"

"什么？两年来一点儿消息都没有？这怎么可能？"玛丽娜所不能理解的，其实是他为何对她姑息了这么久，但他并没有这样去理解她的问题。

"她好像不觉得她需要给赞助自己研究的人什么交代。我给了她

---

① 美国食品和药品管理局。

很大的自由，其他制药公司知道了会嘲笑我的，当然，他们也应该嘲笑。不过她因此才愿意同我们合作。根据我们的约定，她的费用每个月都会打入里约热内卢的一个账户。我付钱建造了实验基地，却不知道它的具体位置。我们用驳船把所有东西都运了过去，冷冻箱、锡墙板、屋顶、门，多得超乎想象的发电机。我们运去了建造一个合格的实验室所需要的一切，她在马瑙斯接应我们的船，然后自己将货运到目的地。没有一个工人记得卸货的具体位置。"

"如果安德斯找到了那个地方，也就说明那个地方不是不可能找到的。"斯文森大夫不仅不会自觉有义务向沃格作交代，甚至根本不认为自己是在为沃格工作。她也许会为了满足自己的好奇或对科学的兴趣而去研发药物，但决不会将自己的工作看作签发支票的人们的财产。任何一个神志清醒的人只要同她待上一小时，就一定能明白这些事。"那就把她的后路断了。停止投资，等她自己回来。"

福克斯先生刚将几乎是满杯的威士忌从桌面拿起一英寸，此时又将它放下来，脸上带有似乎认为她什么都不懂的表情。"项目必须完成，不能终止。"

"那就别终止。"玛丽娜闭起眼睛。她想跳进面前的红酒，在里面游泳。"实际上我想谈的不是斯文森大夫，不是沃格，也不是药物研发。虽然这些话题是我引起的，我错了，今天让我们只谈安德斯吧。"

"你说得对，"福克斯先生说这句话时，语气里却没有一点儿认可的口吻。"现在还不是谈那些的时候，明天也不是，后天也一样不是。既然今天无疑应该只谈安德斯，那么让我告诉你这一点：

找到斯文森大夫不仅能解决沃格的问题，也能解决关于安德斯之死的一些问题。"

"他的死有什么问题？"

"相信我，"他说，"将来会有问题的。"

她思忖着他是否也感觉到了，人们最终会将矛头指向他。"你不会去巴西吧？"她说。

"不会。"他说。

糟糕的照明，威士忌酒，以及这沉重的一天，这一切使他看来衰老了。她想同他一起离开这里，等他们回到伊登普莱利市后，她要带他回家。她将不再怪他什么。她在昏暗的餐馆后座上前倾握住他的手。"公司的总裁可不能亲自去巴西。"

"巴西并不一定危险。只要有防范意识和良好的反应力就不会出事。"

"我不怀疑你的正确性，但这并不意味着你就应该去。"

"我向你保证，我不会去。安妮克·斯文森反正也不会听我的。我现在才明白过来，其实她从来没听过我的话，在会议上没有，在约定时也没有，合同上就更别提了。自她离开后我就一直在写信给她——但她既没有回邮，也没有发短信回来。我坐下来，将一切都清清楚楚地写在纸上，关于她的义务以及我们之间的约定。但是没有任何迹象表明她读了我的信。"

"所以你真正需要的是一个她能听取其意见和建议的人。"

"完全正确。我派安德斯去时没有想得这么透彻。他又亲切又开朗，本人似乎也愿意去，这些都是有利因素。我只想到必须派沃格的人去，而且不能是我。"

噢，安德斯！先是被派去完成一项不该由其完成的任务，死后又被简单地归咎为判断失误。"那么现在你会找一个合适的人了。"

"你。"他说。

玛丽娜被他握着的手微微一颤，仿佛有什么尖利的东西穿过他刺中了自己。她抽回自己的手，迅速揉了揉。

"她认识你，"他说，"她会听你的。我早该让你去了。你本来是董事会确定的人选，是我替你挡了下来。我告诉他们我问过你，但是你拒绝了。我是因为自己的原因这么做的。我们一起度过的日子——"他抬起头来望着她，然而此刻，这样的动作在他们两人都难以忍受，于是他重又垂下了眼睛，"我很珍视那些日子。我不希望你离开。将你留下而派安德斯去，我觉得很内疚，因为如果派你去的话，问题是可以解决的。"

"但是他已经死了，"她说。她不想调转时钟回到过去，去衡量她和安德斯两人谁在生命的大转盘中更无足轻重。她知道答案。"这么说你希望去的是我？"

"你不会死的。"他将这一点强调得很清楚。"无论安德斯做了什么，都是他自己的大意。他不是被鳄鱼吃掉的。他是病了，发烧了。如果是你病了，你一定会马上搭飞机回来的。"

玛丽娜不认为安德斯的死是他自己的责任。不因自己的过错而死去，这一点已经够可怜了。"如果可能的话，还是不要把可怜的安德斯扯进来了。"她努力求助于逻辑，"你观点的漏洞在于，你先假设了我了解斯文森大夫。可我上一次见她是——"玛丽娜顿住了，真有那么久吗？"十三年前。我了解她当时对繁殖内分泌学的一些想法，也知道一点儿她对妇科手术的理论。但即便是这两个领域，如今她在想些什么我也都不清楚了。她这个人我根本不了解。至于我，她更是不认识的。她当时就不认识我，更没有理由以为她现在就会突然认识起我来。她不可能记得我的名字，我的脸，或我的考试成绩。"斯文森大夫会不会真的认识她？她看见斯文森大夫抬头看向大教室的听众席，年复一年，目光扫过所有学生，所有一、二年级的住院医师。一堂课就可能有好几百个学生，经年累计则会达到好几千。然而有过一个短暂的时间，斯文森大夫的的确确认识玛丽娜·希恩这个人。

"你低估了你自己。"

玛丽娜摇摇头。"你高估了斯文森大夫。以及我。我们可以说是彼此陌生的两个人。"这话没错。至少在单方面来说没错。

"你过去是她的得意门生，现在又在她的同一个领域里干得很好。这就是你们之间的关联。这要比其他人与她的关联都大。"

"没有她与雇主之间的关联大。"

他抬了抬眉毛，但这个动作还不足以把惊讶伪装得很真。"这么说现在你觉得应该是我去咯？"

"能去办这件事的人必须从我们之中产生吗？我不认为我们中的任何一个应该去。"她突然清楚地看见了安德斯。他说过的话其实已将情况表达得很清楚，而她却一直没有抓住话里的重点。"她在亚马孙找到了一群人，一个部落的人，"安德斯说过，"那里的女人到死以前都一直能够怀孕生育。"

"这可真是个可怕的想法。"玛丽娜一边输入数据，一边像往常那样不经意地听着安德斯说话。

"当然，她们的平均寿命的确要比我们短个十年左右，但整个亚马孙地区普遍如此——因为食物贫瘠，药品缺稀。"

"还有那么多小孩儿。"

安德斯将自己连同带轮子的办公椅一起从桌边推开。因为他有一对长腿，实验室中的地板面积又小，他用脚跟的力量就能抵达房间的任何一个角落。"她们的卵子不会衰老，你明白吗？她们身体的其余部分都会正常地逐渐老去，只有繁殖系统永葆青春。试管婴儿的时代就要过去了。人类将再不需要花许多钱，经历失败的注射，再不需要卵子捐赠或让别人替自己受孕。女体将永不停止排卵，永不绝经。"

玛丽娜抬起头来："别说了行吗？"

他将一大捆报告放到她的办公桌上，《拉喀什地区人民的繁殖系统内分泌状况》，作者是安妮克·斯文森。"暂时设想一下，你是一个大型医药研发公司的临床药理研究人员。设想你获得了《消失的地平线》①那般神奇的不老的卵巢。"他像求婚那样抓起玛丽娜的手。

"想什么时候要孩子都行。不只四十五岁，甚至可以等到五十岁、

---

① 詹姆斯·希尔顿著。主要讲的是20世纪30年代，四名西方人闯入了神秘的中国藏区，经历了一系列不可思议的事件，这部书造就了西方乃至世界的"世外桃源"。

六十岁，或更老。你只要活着，就永远有要孩子的机会。"

　　玛丽娜感到这些话似乎都是针对她说的。她已经四十二岁，正与一个甚至不能同他一起下班的男人恋爱。虽然她还没有对福克斯先生提起过，但要一个孩子不是不可能的。或许可能性不大，但并非绝无可能。她拿起那一沓沉甸甸的报告。"安妮克·斯文森。"

　　"她是个研究学者，是一个有名的巴西民族植物学家。"

　　玛丽娜翻到目录。"她不是民族植物学家，"她说，迅速扫过各章节的名称："拉喀什妇女青春期的伊始阶段""参照部落的生育率"……

　　安德斯凑上前去看玛丽娜正在看的那一页，仿佛斯文森是否是民族植物学家就清楚地印在上面似的。"你怎么知道？"

　　玛丽娜合上报告，扔回桌上。她记得自己才看了几眼就明白自己不想与之发生任何联系了。"她是我读医学院时的老师。"

　　这就是那次对话的全部。后来电话铃响了，或有人走进了实验室，对话随之结束。玛丽娜没有被要求出席评估会议，没有在斯文森大夫造访沃格制药的唯一的那天与她会面。她没有任何理由要与她会面。评估会议历来是轮流出席的，那次并没有轮到她。而虽然安德斯一定已经告诉过他，福克斯先生当时也没有理由表现出知道她与这个记录拉喀什编年史的人之间有什么关系的样子。

　　"不管怎么说，她是个怎样的人？"安德斯启程前两三天时，曾问过她。

　　玛丽娜想了想。她从一个安全、舒适的距离，审视着站在大教室低处坑似的讲台区的老师。"她是个老派的医学院教授。"

"是一个传奇人物吗？是不是每次上她的课都像找死一样？"

安德斯正看着关于鸟类的书，注意力正被唐纳雀吸引着，无暇注意她的脸。玛丽娜既没有就一个毫无幽默感的话题开玩笑的心情，亦不想接上话头——从而不得不展开一段意义深长的对话，于是只回答说："是的。"

最后，玛丽娜和福克斯先生谁也吃不下晚饭了。他们每人喝下两杯酒，驱车回到沃格的停车场，玛丽娜上自己的车回家。他们不再争论，对亚马孙之行或即将到来的傍晚没有做出任何计划。他们原本都十分确定，会睡在一起，相互拥抱着度过长夜，以此对抗死亡，但是在停车场里，两人却自然地分开了，两人都疲倦地独自锁在自己的思想之中，不愿再与对方待在一起了。

"我睡前会打电话同你说晚安。"福克斯先生说。

玛丽娜点点头，吻了他，回到家，洗完澡，上床。她极希望他打来电话的确只为了道晚安，可两人最后仍然提到了白天的事。她熄灯五分钟或五小时后，电话铃又一次响起来时，不知为何，她竟觉得这可能不是福克斯先生。她头一个想到的是安德斯。这应该与她正在做的一个梦有关。安德斯在梦中打电话给她，说自己的车在雪地里抛锚了，需要她去接。

"玛丽娜，抱歉，将你吵醒了。"

一个女人的声音。紧接着她反应过来，这是凯伦的声音。玛丽娜将手伸到后背，调整好腰部绞缠起来的睡衣。"没关系。"

"约翰逊大夫给我带了些安眠药，但是吃下去没有用。"

"有时是这样的。"玛丽娜说。她从床头柜上拿起小闹钟，闹钟小巧的指针在黑暗中发出绿色的荧光：3：25。

"可别人吃了都有用。家里其他人都睡着了。"

"你要我过去吗？"她可以现在回到那里，再同凯伦和皮克斯一起坐在厨房的地板上。她可以躺到安德斯常睡的那一侧，在黑暗中握住凯伦的手，直到她睡着。现在她已做好准备，知道该怎么做了。

"不，没事。家里人都在，虽然都睡着了。不过我一直在想今天这件事，你说对吧？我当然会想。"电话那头的声音听来无比镇静。

"当然。"

"于是也就产生了许多问题。"

"当然。"玛丽娜说，却想象不出这些问题里有哪一个是自己能够回答的。

"比如，她为什么在信里说她要代为保管他为数不多的随身物品呢？难道她以为我会顺道去取他的手表吗？"她的声音微微地颤动了一下，但很快就重新控制住了自己。"你觉得她会答应把它们寄回来吗？"

比如他的相机、钱包、护照、手表，或许也包括地方图鉴和衣裤，不过她觉得其中包含后两者的可能性不大。斯文森大夫只会寄她认为重要的东西，这相当于说，她八成会将这所有的东西都放在一边并抛诸脑后。"可能她是想交给下一个去实验基地的人吧。这样也安全些。我猜他们一定寄丢过很多东西。"她突然想到，这封通报死讯的信也大可以被寄丢，大可以在三天前、或一月后才到，大可以发生各种可能。与此同时，他们大可以还在为自己的生活而忙碌，消极等待着安德斯的消息。

"但是有没有可能，她不把那些东西寄回来，其实是因为它们都还在安德斯身上？"

玛丽娜用拇指和食指分别揉搓两侧的眼角，试图捏住自己的鼻梁，将自己从睡意中拖拽出来。"对不起，我没听明白。"

"我是说，假设他还没有死呢？"

玛丽娜将头深深地埋进枕头里。"他死了，凯伦。"

"为什么？就因为我们从巴西一个不准任何人跟她说话的疯女人那里收到了一封信吗？我需要更多的证据。我这辈子，再也不会有比这更残酷的遭遇了，孩子们未来的人生里也不可能再发生更惨痛的事了。在这件事上我难道应该轻易相信一个陌生人说的话吗？"

在可能性和证明的必要之间，应该有一个关系式。有时候，当可能性过于巨大时，证明将显得不再必要，虽然，当死者是你自己的丈夫时，这种必要永远是有的。"福克斯先生会再派人去那里。他们会查出发生了什么事。"

"但是想想看，如果他没有死，我知道你不信，但是让我们只是假设一下。假设他只是生病了，现在正需要我去找到他。假设是那样的话，就没有时间等福克斯先生重组会议，决定派哪一个对自己要去做什么其实根本不清不楚的人去巴西了。"

　　玛丽娜的视力逐渐适应了黑暗，已能辨识屋内各物件的外形，看到了梳妆台和台灯。"我会和他谈一谈。我保证。我会确保他妥善处理此事。"

　　"我要去巴西。"凯伦说。

　　"不，不能让你去。"这只是震惊之后的一种冲动表现，玛丽娜理解。也许到了明天，凯伦自己就会把这场谈话忘了。

　　电话那头沉默了良久。"我要去的，"她说，"我发誓我一定会去的，要不是因为有孩子们的话。"

　　"你瞧，"玛丽娜说，"现在我们谁也解决不了这件事。你必须休息。我们应该给福克斯先生一个机会，让他来做点儿什么。"

　　"我已经把我的一切都给福克斯先生了。"她说。

　　那天下午玛丽娜曾以为凯伦再也不会同她说话了，且或许将为她带去了那则消息而永远怨怼她。然而凯伦在午夜将电话打给了她，这件事，感觉上仿佛一种原谅，而为了这种原谅，她心里十分感激。"你是什么时候吃安眠药的？"

　　玛丽娜等着。她看着发光的秒针走过三、六和九。

　　"凯伦？"

　　"你可以去。"

　　此时，玛丽娜终于明白了谈话的真正重点。这话从凯伦嘴里说出时，一幅有关安德斯的画面清晰地在玛丽娜的脑海浮现了：他背朝着一堵密不透风的树墙，双脚浸没在水里。他的手里拿着一封信。他朝着河流的下游望去，寻找废木桩里的男孩儿。他死了。即便玛丽娜对

斯文森大夫不抱太大的信任，也知道她不是那种在没有伤亡的时候谎
报伤亡的人，因为那样做是对时间毫无意义的浪费。"你是今晚第二
个这样提议的人了。"

　　"安德斯说你认识她。他说她以前是你的老师。"

　　"的确，"玛丽娜说，不想多做解释。玛丽娜是明尼苏达人。谁
也不信她是明尼苏达人。她在就业伊始选择了回来，因为她爱这里。
她与这里的风景、这里的草原和天空心有灵犀。这一点上，她和安德
斯是一样的。

　　"我知道自己这个请求的分量，"凯伦说，"我也知道你为安德
斯的死，为我，也为孩子们感到十分难过。我知道我这样做是在利用
你的好心肠，而这是不公平的，我知道，但我仍希望你去。"

　　"我理解。"

　　"我知道你理解，"凯伦说，"但是你会去吗？"

第二章

噩梦

　　她最深的恐惧，那种自己的手从
父亲的手中滑出去的恐惧，于二十五
年在药物中的沉睡后，如今又稳稳地
站了起来。

第一件事。玛丽娜约到圣保罗的一位流行病学家，打了有效期为十年的黄热病疫苗和一剂破伤风针。她配到一种抗疟疾药，甲氟喹片，并被告知应即刻开始服用。此后整个在外期间，还需每周服用一片，直至返回美国，再以相同的剂量继续服四周。"但要留神，"医生告诉她。"这药吃下去的感觉好像从屋顶上往下跳那样。"

玛丽娜不怕从屋顶上往下跳。此时她的烦恼主要集中在飞机票、行李包、英葡词典和需要带多少碱式水杨酸铋这些问题上。她不时想起自己的左臂，近来打的两针仿佛都断在了里面，像发烫的矛一般卡在肱部肌肉中。她任由这些具体的烦恼暂时阻碍着自己对安德斯、凯伦和斯文森大夫的思考，这一刻她还无法应付其中的任何一个。吃下第一片甲氟喹片后，到了第三个晚上，玛丽娜的思路突然急转，指向了印度和自己的父亲。在出行亚马孙在即的此时，她突然无意中解开了一个自己并未尝试去解答的谜：她童年问题的根源。

药片。答案出人意料地自动浮现了。

答案浮现时正是夜晚，她从床上跳起，下了

床，颤抖着被汗水浸透的身体。由于梦境历历在目，她不敢眨眼，怕眨眼的瞬间又再看见它。但躲开它是不可能的。她对它太熟悉了。它是她少年时期不断的遭遇。它初来时残暴而激烈，而在消失了这么多年以后，在她大意地将它完全遗忘了的此时，它又重新造访。她在黑暗中自己的床边——床单湿透了，枕头和睡衣也湿透了——突然明白过来，她小时候一定也吃过甲氟喹片。母亲从来没有告诉过她，可她当然是在吃这种药片。处方规定的剂量也是这样，临出发前一周吃第一片，此后每周一片，回家后再吃四周。吃药意味着可以见到父亲，正像从抽屉里翻出护照，从地下室拖出行李箱一样。印度药片，母亲这样称呼那些药片。"来吃印度药片了。"

玛丽娜对明尼阿波利斯市公寓中与双亲一起的生活只有极短暂的记忆，但这些记忆很容易就能被唤起。那是父亲站在前门，正在将雪花从黑亮的头发上抖下来。这边，他坐在厨房餐桌前，正在写一篇关于药片的文章，手边盘子里的烟一点点地燃成了灰，他的书和资料放在厨房餐桌上，位置十分固定、不容变更，于是他们只好坐在地上，凑在起居室的咖啡桌边吃晚饭。到了夜里，他来到她床前，拉过被子盖住她，只露出脸，然后把两边都掖好。"像小虫子一样舒服，对不对？"他问她。她枕着头点了点，那是她唯一还能动的部位，接着定睛看着离自己只有几英寸的父亲的脸庞，直到困得睁不开眼为止。

玛丽娜没有因为父亲不在身边就忘了他，同样，也没有因为时间的推移而习惯于一种他不在的生活。她想念他。母亲常说，玛丽娜和她父亲聪明在一个地方，因此父亲才会因为她所擅长的、感兴趣的那些事而骄傲：小时候是自然科学和数学，长大了是微积分、数理统计和无机化学。她的肤色比父亲的更明亮、柔和，而如果她将手腕与母亲的手腕放在一起，又会显得太黑。她继承了父亲圆亮乌黑的眼睛和浓密的睫毛，黑色的头发和颇具棱角的脸型。她一生都与母方的人生活在一起，那些表亲们白得近乎透明，每次见她，总仿佛她是一只误闯晚餐聚会的大羊驼，与父亲之间体征的相互认同倒给了她安慰，看着父亲，她仿佛就看见了自己。杂货店的售货员，学校里的小朋友，外头的医生和公车司机，人们询问她是什么地方的人。即便她说，就是这里人，就是明尼阿波利斯人，也没有用，虽然这是事实。于是她告诉她们，她是印度人，然而即便如此人们有时仍不明白（拉科塔族①吗？有一个加油站服务员曾这样问，玛丽娜十分努力才没有白眼相向，因为母亲曾解释过，白眼是十分粗鲁的，永远不要以白眼示人，即便他们提出了非常愚蠢的问题）。成为白人母亲和留洋攻读硕士、取得博士学位却没能在学成后把自己的家庭带回原籍的父亲的孩子，这是一个政策的历史问题，然而在长大的过程中，她没有获得任何旁例可以帮助她理解自己所处的境况。她一直自认为是个印度人，不管怎么说，她的父亲来自印度，住在印度，而且只要钱存够了，她

---

① 拉科塔族是美国原住民族。哥伦布发现美洲大陆时错以为自己来到了印度，于是称在新大陆上见到的人为"Indian"，印度人。印第安人是我们为了与印度人区分开而发明的音译。但它们在英语中没有区别，所以会有此一误会。另外，在美国，为免失礼，一般不称原住民为印第安人。

每两到三年就会去看他一次。每一次旅行都充满戏剧性，都是作为大事件来筹划、安排的。玛丽娜在月历上历数一月月、一周周、一天天时，心里渴望的不仅是父亲，而且是整个的印度。那里的人们不会扭头看她，除非是为了多看两眼她良好的行坐姿势。然而之后，启程前不到一个星期的时候，那个梦就准时到访了。

　　梦里她握着父亲的手。他们在英迪拉·甘地路上往达尔豪斯广场走去，或是也许取道毕丹路去他父亲教书的大学。他们越走，就有越多的人从小巷里、从自己的房子里跑出来。也许是又停电了，所有的电车、所有厨房里的电扇都停了下来，原本待在家里的人们都上了街，从两边加入愈来愈拥挤的人群。要克服白天的热浪，要忍受这么多的身体、身体上的汗水、香水，小贩火堆上冒出的刺鼻的香烟，编进花环里的万寿菊的苦味，她就要被压倒了。玛丽娜看不清自己的去向了，只能看见向她挤来的人，许多包裹着深红色莎丽或旁遮普式托蒂①的屁股将她撞来撞去。她伸出手臂，轻轻拍抚一头母牛。在人群大声的喧哗中，珠宝，卡在小臂中段的镯子，整个儿覆盖住脚踝的脚铃，仿佛风铃一般垂挂的耳环们，也都不断发出巨大的叮咚声响。有时，当人群移动时，她被挤得离开了地面，某一刻甚至离开地面好几英寸，她像一只牵在父亲手里的低飞的风筝，将自己小小的体重分散到几个人身上不同的部位。她觉得自己的鞋在地上拖得松掉了，她叫着父亲，请他停下来，但他无法洞穿人声的咆哮听到她。她尚能看见

---

① 印度民族服饰中的一种男下装。

那只黄色的小鞋，在被踏实了的路面上若隐若现，就在身后人群中不到两步的位置。它一动不动，没有人踩到它，虽然知道这样做不对，但她还是松开了父亲的手。她俯下身体去捡鞋，但人群却将它吞没了，而纵然她转身极为迅速，父亲也已经消失在了人群里。她呼唤他，"爸爸！爸爸！"可脚铃的叮当声，乞丐的哭喊声，将她的声音席卷而入。她不知道他是否知道她已经不见了。也许有另外一个小孩儿，在她掉队时牵住了父亲的手。在印度，小孩儿的动作是非常快的。接着玛丽娜突然一个人处在了加尔各答的海里，四周充满了浪潮般的印地语的交谈声，她不懂这种语言，她哭了，身体被水流推涌着。她总在这一点上大汗淋漓、头晕恶心地醒来，黑色的头发一直汗湿到了头皮。她会跑到走廊那一边母亲的房里，扑在她的床上大哭，"别放开我！"

母亲将她搂进怀里，把手放在她滚烫的额头上。母亲问她梦见了什么，玛丽娜总说自己不记得了，只是可怕的东西。她是记得的，她不愿意说出来，害怕言说会使梦境凝固为现实。从那时起，她每晚都做这个梦：她在去加尔各答的飞机上尖叫着从这个梦里惊醒过来。在父亲为了不打搅他的第二个妻子和第二个孩子而在大学附近租给她和母亲的旅馆里她也做了这样的梦。他们在乘公共汽车时被冲散了，父亲和她在人山人海的海滩游泳时把她弄丢了。做了这样多类似的梦以后，她对睡觉产生了恐惧。她在印度的整个期间都很恐惧，以至于每次到了最后，她的双亲都一致同意旅途对她来说太长了。玛丽娜的父亲说自己会尽量多去明尼苏达探访，然而这从来都是不实际的。一旦回到家，过个一两周后，魇住她的梦中的人群就会逐渐消散，变得越来越稀松，最终彻底分崩离析。慢慢地，玛丽娜会将他们忘记，母亲也会将她的反常忘记，直到下一年，母亲才又会觉得玛丽娜或许已经长大，考虑不久的将来再去一次印度。

会不会这世上从没有一个人读过甲氟喹片浩繁的副作用说明？玛丽娜愿意认为，如果父亲没有在自己念大学以前去世，也许她能靠自己的力量解开谜题。父亲去世后，她有三年不再回加尔各答。假设他还活着，而她继续去看他，她会有能力自己去检验这种药物，虽然一个病人对自己长期以来已经接受了的症状的确很难主动产生疑问。她从小就认为，梦魇是印度引起的，是看望父亲引起的，而实际上却是抗疟疾药物引起的。是药物，而非她的生活环境，毁掉了她与父亲相处的机会。

"我当然知道那是因为甲氟喹片，"母亲在电话那头说，"你父亲和我一直都很担心。你对这种药的反应很剧烈。"

"那你为什么不告诉我？"玛丽娜说。

"你跟一个五岁的小孩儿说吃药会做噩梦吗？你觉得这么说她还会吃吗？"

"五岁，"她说，"五岁没问题。但我十岁或十五岁时，你总该告诉我了吧。"

"你十五岁我也不能说。说了你会不吃药的。"

"这比末日更严重吗？"

"如果你染上疟疾，是的，我想那要比末日更严重。如果你死于疟疾那的确要比末日更严重。真令人惊讶，这种药原来到现在还有这个问题。我还以为已经有了更好的抗疟疾药物呢。"

"既有，又可以说没有。新药虽然没有这种副作用，但无法抵抗所有疟原虫的变体。"

"但你为什么要吃甲氟喹片呢？"母亲问。终于想起了这个最为重要的问题。"你要再去印度吗？"

噩梦最有意思的地方，在于它们之间几乎毫无二致。四十二岁的她仍然牵着父亲的手，他们周围的人们像巨浪一般升起，而她被迫放开了他。这种肢体的被迫分开在现实中其实从来没有发生过，然而她的潜意识对此的反应却立即指向了恐惧。反而，玛丽娜在现实中经历过的事，逻辑上应该成为噩梦的素材的那些记忆，却从不曾在玛丽娜的梦境里出现过，她觉得自己应为此感到幸运。她起床，打开家中浴室的灯，颤抖着双手将一块打湿的面巾在脸上和脖子上敷了敷，很小心地不去看镜子里的自己。凌晨两点的现在，她惊讶地发现明白噩梦的来源一点儿也没有让自己感到安慰。她反而只能想到医生关于从屋顶上跳下去的警告是多么大意。事实是，她最深的恐惧，那种自己的手从父亲的手中滑出去的恐惧，于二十五年在药物中的沉睡后，如今又稳稳地站了起来。

"葬礼怎么办？"玛丽娜问凯伦·艾克曼。玛丽娜与福克斯先生在大雪天前去拜访以后，她们已经整整一周没见了。如今她翌日就要启程，双方都认为应该道个别，虽然各有各的原因。玛丽娜想知道凯伦在安德斯的死讯沉淀了几天后，是否还觉得他有可能活着。而凯伦想确保玛丽娜不会打退堂鼓。

玛丽娜是晚饭后过去的，因为白天变长了，此时刚刚黑下来。孩子们都刷了牙，正在休憩室里看电视。他们现在获准每晚就寝前看一个电视节目，这在过去只有周末才可以。玛丽娜进屋时向他们问了好，而他们甚至懒得转过头来看看她，小的两个在母亲的坚持下轻轻地齐声嘟哝了句"你好"，大的那个自始至终沉默着。福克斯先生不该告诉她原本应该由她而不是安德斯去找斯文森大夫的。如今她再也无法脱离这个可能性去轻松地看待世界了。

"应该说是追悼会。既然没有尸体，就只能说是追悼会。"凯伦说。

"对不起，"玛丽娜说，"追悼会。"

凯伦倚着拱形门洞，探身到休憩室里看了看。男孩儿们穿着套头衫和睡裤，深陷在超长灯芯绒面沙发里。最小也最白的那个趴在皮克斯身上，好像盖在狗身上的一块小毯子。他们聚精会神，与电视机之间仿佛牵引着绳索一般。"他们的听力好得出奇，"她轻声说，"不想听都能听见，那天后来，我送他们去睡觉，一个孩子就说，'我们什么时候帮爸爸办葬礼？'"凯伦为自己倒了一杯红酒，向玛丽娜的方向也晃了晃酒瓶。玛丽娜点点头。

"葬礼。"年龄居中的男孩儿大声重复道，眼睛并不看着她们，继而咯咯咯地笑起来，笑了几秒钟。

玛丽娜想着安德斯掩埋其中的那片泥泞的土地，伸手拿起自己的酒。"请节哀。"她对凯伦说。

"本吉，别这样，"凯伦用一种尖厉的嗓音说。"不，不，没什么，只是我自己觉得应该注意。安德斯说过我大学是念俄国文学的吗？我一直觉得自己应该找些俄国朋友。这样不管什么事都可以随心所欲地说了。当然也许不过能随心所欲地说说契诃夫而已。"她带着酒穿过厨房，打开通往储食间的百叶门。玛丽娜跟了进去。就连储食间也是整洁的，色彩靓丽的麦片盒子整齐地往上堆叠在一起，仿佛没有尽头。凯伦重新回到刚才的重点，此时声音更低了。"有时我甚至认为，倘若街那头有人说我们什么坏话，他们也能听见。如果你留心听他们的对话，就会觉得他们好像什么都知道了。虽然不是什么都明白，却会这里、那里地听到许多东西，而且还记得住。你记得自己是从什么时候起失去这种能力的吗？"凯伦问。

"我没有想过这个问题。"玛丽娜对自己的听力在成长的过程中究竟丧失了多少毫无概念。

凯伦突然走了一会儿神。仿佛她的人有一半突然走出了储物室，但是立即又同样突然地回来了。"今天我收到一封信。"

虽然答案很明显，她仍然问了是不是安德斯。她的心跳得像蜂鸟一样快。

凯伦点点头，从毛衣口袋里拿出一只与上一只同样的蓝色信封。她将它正面朝上，托在手心里，两人一齐看着它，仿佛它就要展出一对翅膀来。信封上安德斯清晰而小巧的笔迹写着：凯伦·艾克曼……伊登普莱利市。玛丽娜想告诉他，她此生只认识他这一个写字像教会学校女学生的医生。"这是这星期收到的第二封，"凯伦说。"还有一封周二寄到的，但比这封写得晚。三月一日。当时他病得更重了。"

玛丽娜张开嘴。觉得自己应该说些什么，却不知说什么好。他死了，他病重了，他病得还不太重。情节是倒退的，而倒退的情节只会引向一点，那就是安德斯好了。他离开丛林回到了马瑙斯。他又从马瑙斯乘上了飞机。一切又从家中重新开始，虽然这一次，他们不会再让他去了。玛丽娜想象着还有多少信没有寄到，而它们又会在何时姗姗而至。邮政线路将它们绕远先送到了不丹。任何一个有逻辑的人只要想一想就能明白个中缘由，可玛丽娜为什么还觉得自己必须将杯底朝天，将杯中酒一饮而尽呢？

"我活到现在，生活还没有帮我做好迎接这种经历的准备，这种走去信箱取到一叠广告、账单，其中还有一封死去的丈夫的信的经历。"凯伦展开信封，扫了一眼里面的字，又很快将视线移开，看着玛丽娜。"这时候你就明白电子邮件的好处了，"她说，"收到死去丈夫的电邮，说明他很可能还活着。收到死去丈夫的平邮则什么也不说明。"

"你能告诉我他写了什么吗？"玛丽娜悄声说。也许男孩儿们还不知道有这封信。她想问问信中是否写到斯文森大夫和他们的工作位置，她想知道应该去丛林的哪里寻找。

"其实也没写什么。"凯伦说，仿佛为此深表歉意。她将信递给玛丽娜。

二月十五日

如果我告诉你，我在这里时刻都有些担惊受怕，会不会让你也跟着担惊受怕呢？眼下你需要的不是实事求是，而是一个有能力临危不惧的丈夫。然而在告诉了你这么多我在这里的痛苦后，如果我突然表现得临危不惧，如果我叫恩科莫或萨特恩的人帮我重写一封充满勇气的信，然后用我自己胆怯的笔迹抄下来寄给你，你会一眼识穿。接着你就不得不搭飞机、租船、雇向导来这儿找我，因为你（从未看到我临危不惧的你）会明白，情况一定糟得出离想象了。所以我不准备用自己强打的勇气来吓你。本来勇敢者就是你的角色。这就是为什么你在我度假的时候留在了家里，与孩子们在一起。这就是为什么你去年夏天能用一把镊子从本吉的脚跟里拔出那根钉子。我不勇敢。我发了一种每天早上七点准时来袭且会逗留两个小时的烧。到了下午四点它再来时，我已被烧成了一堆怒气冲冲的尘埃。几乎每天我都会头疼，我担心，正有什么亚马孙的小动物在啃噬我的大脑皮层。而这个世上我唯一想做的，唯一能令我感到自身存在的意义与合理性的，就是去躺在你的腿上。你会将手指插进我的头发里，我知道你会的。你是如此勇敢，这是我的幸运。让这些愚蠢的数据资料都去死吧。因为它们，这里一点空间都没有了。来到巴西后我总像个喋喋不休的原教旨信徒那样祈祷，今晚我会祈祷信使将这封信送到你的手里，你便能感觉到我对你的爱的全部重量。替我吻吻孩子们。吻你手腕的内侧。

——A

　　玛丽娜重新叠好信笺，交还给凯伦，后者将其放回口袋。她将手放在架子上，正好靠近几盒微波炉加热式爆米花，来稳住自己的身体。这封信的内容比斯文森大夫寄来的那封严重许多。这是安德斯在宣布自己的死亡将至，他的声音清晰可闻，仿佛他自己也挤进了这间储食间，正当面念信给她们听。"恩科莫和萨特恩是谁？"

　　凯伦摇了摇头。"有时他会提到一些人的名字，可我不认识他们。我现在难以想象究竟有多少信寄丢了。斯文森大夫的信也可能寄丢，就是那封说他死了的信。"凯伦的手指轻触一只豆子罐头的上缘，画着圈。"我想等你回来以后再办理仪式。我希望你能到场。"

　　玛丽娜低头看着她，眨了眨眼，接着点点头。

　　"我还没告诉他们，"她说，看着虚掩的储食间的门，看着男孩儿们和电视机的方向，"我还没说我觉得他也许没有死。我想他们需要的是一个结果，即便是最坏的结果也行。希望才是可怕的。我不知道是谁把希望粉饰成了一种美好的东西，但它不是。它是瘟疫。怀有希望就像嘴里含着不时被人牵拉的鱼钩。所有人都以为，因为安德斯死了，我就会像火车残骸，但怀有希望的感觉更痛苦。我仍然希望这个斯文森大夫，出于某个我尚且无法理解的原因而对我们撒了谎。她扣留了他。也或许把他弄丢了。"凯伦停下来，突然显得异常清醒，说话的声音里也没有了恐慌。"虽然我这么说但我知道这是不可能的。不可能有人会这么做。这样一来他就只能是死了。"她直接面向玛丽娜。"你说他死了吗？"她问道，"可是我感应不到。如果他死了我应该能感应到的，对吧？"她双眼盈满了眼泪，用两只手指将眼泪抹去了。

此时再没有什么比谎言更可爱的了。只需暗示出一点儿可能性。然而倘若给出可能性，玛丽娜就不是别的，而只会成为凯伦·艾克曼嘴里的另一只鱼钩。于是她肯定了安德斯的死。

凯伦将双手插进口袋里，看着一尘不染的木地板，点了点头。"他给你写信了吗？"

玛丽娜明白问题的意思，并不将它说破。"一开始他从马瑙斯给我寄过一张明信片，从丛林又给我寄了两封信，基本上谈的都是鸟。我都给福克斯先生看过了。如果你需要的话我把它们都给你。"

"为孩子们考虑，"她说，"我想最好还是把所有东西都收回来。以免后患。"

虽然玛丽娜生来没有幽闭恐惧症，而储食间又和酒店升降梯一样宽敞，她还是很想立即开门走出去。罐装豌豆、瓶装酸梅汁和一包包速溶燕麦混在一起的甜腻气味，一齐向她压将过来，占据了越来越多的空间。"我不知道会去多久。"

"不管你做什么，总之别待太久。"凯伦尽量语气轻盈地说，"那是个巨大的错误。"

两人道别后，玛丽娜离开艾克曼家，在无垠的丝绒般的夜空下独自走去，在庞然的黑暗中花时间让早先逼仄而明亮的储食间的印象从自身剥离。她不知生命中的某一刻，十年或二十年以后，自己是否终于能不再去想那封信。"你是如此勇敢，这是我的幸运。"恐怕不会。与她共用办公室的这个同事已经变成了她永远的责任。她虽然理解凯伦对希望的看法，自己倒是不介意有那么一点儿希望的。如果去巴西是为了找到安德斯，她将会多么高兴啊！然而此行只是去确认他的死亡、完成他的作业。许多年在沃格狭小的实验室里的共事让他们养成了帮助对方完成数据的习惯。

玛丽娜深深呼吸着冰冷的空气，在同一时刻一并嗅到了冬季和春季，嗅到了尘埃和残雪，及最微弱的一点儿绿意。这是她和安德斯的又一处共同点：他们都十分乐意留在明尼苏达。她甚至想让自己患上飞行恐惧症，这样一来，她最远便只能驱车去达科他州。像她的母亲和母亲方面的所有亲戚，那些生来认为自己就应该属于绿意盎然的草原的金发人一样，玛丽娜生长在明尼苏达，属于这里的土地，这里布满繁星的夜空。她从小就不希求外面纷繁的世界，反而发展出了一种留在原地的愿望，仿佛她有一个极低的重心，将她拖拽在了这一方小小的土地上。冷硬的风在平原上呼啸而过，除玛丽娜外没有一事一物阻挡它的去路，她站在那里，想在上车前再吹最后一分钟的冷风。

回到家后，她发现福克斯先生等在门前的停车道上，为了驱动暖气，他的引擎还开着。他看见她时，摇下了车窗。"我一直在给你打电话。"他说。

"我去和凯伦道别了。"

她本来可以把信的事告诉他，然而时间不多了，再说她能说什么？这个星期是以一种两人都不甚满意的方式过去的。几乎只在沃格制药的董事会面前碰过几次面。根据当下的情况，董事会希望玛丽娜能从细节上充分领会他们对她此行的期望。她明白他们期望她做什么吗？飞往马瑙斯，去斯文森大夫的公寓，他们有那里的地址，安德斯找到了一些知情的人，等等，等等，等等。玛丽娜因睡眠不足而萎靡，同时又受着甲氟喹片的刺激，发现自己与会时用沃格制药的圆珠笔在纸上画着仿佛圆体字那样的花纹，而其实一个字都没听进去。甚至对他们紧张的问题勉强作答时，她仍然没在听，而是想着父亲，想着他去世时自己如何因为不想在学期中离校而没能回到他的身边。像在她生命早期发生的其他重要事件一样，这一次她又被保护了起来，对情况的严重性毫不知情。她仅被告知他病了，他希望她尽快去看他。得知这一消息时她满以为无须着急，而事实恰恰相反。她想起母亲被要求别在葬礼上露面，因为第二个妻子的缘故她只好等在酒店客房里。她想到安德斯和他的观鸟向导，想着斯文森大夫是否还留着它们。倘若她趁此行的机会去找一些鸟，安德斯一定会很高兴的。她将用他的双筒望远镜去找。斯文森大夫在信中提到他为数不多的随身物品，一定也包括他的双筒望远镜。还有他的照相机！她将用他的照相机拍下鸟的照片送给他的孩子们。

"我能进去吗？"福克斯先生问。

玛丽娜站在黑暗中，在四月初的寒冷里，点了点头，他跟她走到房门前，紧贴着站在她的身后。她在皮包里摸索钥匙时，他将体重倾注在左脚上，又调整到右脚上，最后停下来靠住她的后背。他想帮她挡住风。这种温柔令玛丽娜喉头发紧，未及控制就哭了出来。是为凯伦和她收到的信而哭吗？还是为了写这封信时的安德斯，或那些穿着睡衣的孩子们呢？是因为甲氟喹片吗？甲氟喹片总是令她为报纸上的故事和电台里的歌哭泣，还是因为她其实一点儿也不想去巴西呢？她转过身搂住福克斯先生的脖子，他在她前廊的灯光下，在驱车经过的人都能看见的地方吻着她。她一边吻一边将他抱得紧紧的，仿佛有一大群人正试图将他们分开。他们忘却了冷和风，忘却了一切。他们错了。他们错误地决定了坐等两人的关系自生自灭，而没有公开在一起的事实。他们商定，没有必要成为大家的话题，尤其如果结局并不理想的话。福克斯先生很快就做出了这一判断。他说，问题在于他的年龄。他对她来说太老了。即便当两人躺在床上，她的双肩枕着他的手臂、脑袋搁在他的胸口时，他仍会述说自己将死得很早，把她一个人丢下。所以她最好能马上找到一个年龄相仿的对象，别把好时光浪费在他身上。

"马上？"她会说，"我现在、此刻就立即去？"

这时他会将她搂得更紧一些，吻着她的头顶。"不，"他会说，用自己张开的手心摩挲她的手臂。"恐怕此刻不行。你总有办法再等等的。"

"我可能会死在前面。可能性很大。"她如此说是因为想让这段关系长久下去，也因为这是一个医学事实：年轻的那个总是先于年老的离开人世。但是今晚这些对话的意义不一样了，他们相互亲吻时心里想的不再是他的而是她的死亡。逻辑上说安德斯的死并不代表玛丽娜也会死，然而安德斯死了，他没有想到旅途的最终自己会死。凯伦没有想过他会死，否则她是不会放他出门的。福克斯先生对自己将要送玛丽娜去那里而感到抱歉，无比的抱歉，且把这层抱歉表示了出来。玛丽娜也为自己同意赴这趟危险的旅行而说了对不起。然而玛丽娜是个优秀的学生，她是个优秀的医生，也是优秀的下属、爱人和朋友，当别人需要时，她便放弃小我、服从更重要的大局。她几乎没有拒绝过任何请求，一样成功地活到了现在，为什么要让亚马孙破例呢？他们穿过房间时，因为没有开灯，腿撞到了咖啡桌。在黑暗的走廊里，他们紧贴在一面墙上。他们撞入她的房间，跌上她的床，用所能想象到的一切有关爱的、愤怒的、歉疚的和原谅的动作，来替代他们无法言说的话语，直到精疲力竭。然而在结束并双双入睡后，玛丽娜却尖叫了起来。

一开始她还无法解释。整整一分钟过去后，她才完全醒来，却仍无法彻底摆脱那个令她除了尖叫别无选择的梦境。她睁开双眼时，福克斯先生正握着她的上臂，看起来似乎也要叫出来了。她差点儿要反过来问他出了什么事，接着才反应过来。

"我在吃甲氟喹片，"玛丽娜说，因为嘴中没有口涎的润滑，感觉词句仿佛卡在了牙缝间，"梦魇是药物的副作用。"她坐在地上，肩上披着床罩。她将脸埋进双手中，几乎听见了汗水流下脖颈的声音。她的班机将于六点四十五分从明尼阿波利斯圣保罗都会机场起飞，她还有最后一点儿行李需要整理。她还要给植物浇水，把容易腐坏的食物从冰箱里拿出来扔掉。她现在彻底醒了，不打算再睡去。

蹲在她面前的福克斯先生将两只手轻轻地放在她的膝盖上。"你究竟梦到了什么？"他说。

虽然她爱他，想诚实告诉他，却仍无法将梦境诉诸语言。她对他说了和一直对母亲说的同样的话：是一些通常意义上可怕的事，她不记得了。

福克斯先生驱车送她去机场时，气温是二十华氏度。玛丽娜在播报员未及报出风寒指数前关掉了调频。黎明前的时分有一种夜晚难以企及的黑暗。因为缺睡和判断力失常，两人都有些晕头转向，没有考虑到时间这么早，他们为之预留了许多时间的交通高峰根本还来不及开始。当他在出发门前停下时，才刚刚五点十五分。

"我和你一起进去吧。"他说。

她摇了摇头。"我会直接去登机口。反正，你也得回家，准备上班了。"她不知道自己为什么说这些。她明明想永远和他在一起。

"我有个小小的饯行礼，"他说，"本来昨晚是要去你家给你的，但被别的事耽搁了。"他向她的方向靠过来，打开杂物箱，从里面拿出一只带拉锁的小黑包。他将黑包拉开，拿出一只式样复杂小巧的移动电话。"我知道你想说什么，你已经有移动电话了。不过这个不一样。他们说用它你可以在世界上任何位置打电话。能用它收短信，发邮件，还自带GPS。有了它你就能知道自己在哪条河上。"他看起来对这一切都相当满意。"电已经充满了，随时能用。我已经存了我的号码。说明书都在袋子里。你在飞机上可以读一读。"

玛丽娜看着移动电话闪银的表面。无疑它也能拍摄剪辑出一个关于药物学家去亚马孙的短片了。"我的确很需要它。"

"商店里的人说，在南极都能用它打电话。"

玛丽娜转过头，疑惑地看着他。

"我希望能跟你保持联系，我只是这个意思。我想了解事情的进展。"

她点点头，将移动电话和小小的用户手册放进她的皮包里。两人沉默地坐了一会儿。玛丽娜想，他们一定都在为告别做准备。

"对了，噩梦。"他说。

"不会再做噩梦的。"

"但你会继续吃甲氟喹片吧？"

他们沐浴在机场正面的大幅玻璃放射出的光辉中。究竟为什么机场的天花板总是高得近乎荒谬呢？为了让人们逐渐习惯即将到来的飞翔吗？福克斯先生看着她的眼神十分严肃，于是她说："当然会。"

他叹息着，牵住她的手。"很好，"他说，握着她的手轻轻地捏了捏，"很好。它们让你做那样的梦，你一定很想把它们统统扔掉。我不希望你去了以后——"他停下来。

"会发烧。"她说。

福克斯先生似乎突然被玛丽娜的手吸引住了，似乎研究起了它的形状和尺寸来。他是从左边牵起她的手的，所以自然是左手。他举起自己的左手，手指捏着她的无名指滑下去，仿佛在戴一枚戒指。虽然事实上并没有戒指。"你去了以后，能发现多少是多少，然后马上坐飞机回来。"他抬眼看着她的眼睛，"跟我保证。"

她保证了。他仍然捏着她的手指。她想问他这是什么意思，是否就是她以为的那个意思，但是又怕不是，而此刻如果不是她将不知如何面对。他们一起下了车。玛丽娜凭本地人经久而成的感受力，感觉到风寒指数已经降到了零下，然而调频里的女人说明日就将回暖，温度会升至近四十华氏度。春天是喜怒无常的。他从后备厢里拿出她的行李，拥抱她，吻她，再次要求她承诺小心、承诺尽快回来，这一切都做完后，福克斯先生回到车上开走了。玛丽娜站在寒冷中，看着他的尾灯，直看到分不清哪一对是他的为止，然后拖着滑轮箱来到主航站楼，将其搬到一排椅子上。她打开他拉好给她的移动电话包，拿出移动电话和说明书，充满期待地寻找起戒指来。这是唯一可以藏戒指的地方，而且如果他的确藏了戒指，那便是件真正重大的礼物，她将打电话给他，并说她愿意。她愿意嫁给他。然而她将充电器的电线解开后，除了发现自己很蠢外，什么都没发现。她把它们都放回包里。说明书随身携带，以备稍后阅读。她将移动电话塞进行李箱。她小心地在叠好的上衣、裤子和多带的几双鞋之间摸索，找到一个与移动电话包很相似的小黑包，这是她装药片的包：阿司匹林、碱式水杨酸铋、安眠药、万用抗生素。她拿出装甲氟喹片的药瓶，几乎是无所谓地将它扔进了身边的垃圾箱。她觉得自己的想象力一定有很严重的问题，以前竟没有想到药片是可以扔掉的。

　　不幸的是将药片扔掉并不意味着将噩梦也扔掉，至少在甲氟喹片的成分还残留在血液循环中以前。于是，在只睡了三小时的情况下，她现在试图让自己保持清醒。沃格制药为她购买了头等舱机票，先去迈阿密，再到马瑙斯，宽大的座椅将她拥在怀里，使她的背部仰靠着，一遍遍诱惑她入睡。早上七点半时，她身边的一个穿炭灰色西服的男人问乘务员要了一杯血腥玛丽。她想到他们会不会也给安德斯买了头等舱机票，以及一只自带GPS的移动电话，并对此表示怀疑。压缩机送来的空气吹送着淡淡的伏特加和番茄汁的气味。玛丽娜的头向一边垂下去，她又看见了福克斯先

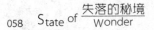

生，他握着她的无名指，叮嘱她要回去。她突然抬起头来。

　　福克斯先生的妻子名叫玛丽。玛丽五十五岁时死于非何杰金氏淋巴瘤。同年玛丽娜加入沃格制药。如果玛丽娜接受过心理治疗，当然事实上她并没有，就可能有人告诉她，虽然福克斯先生声称自己支持年龄般配的关系，但他能为玛丽娜所吸引，恰恰是因为她更年轻，不至于再令他经历一遍已经忍受过的痛苦，虽然这样一来又很难解释他为什么送她去巴西。通过福克斯先生放在外面的照片，一张在厨房里，是玛丽一个人，另一张在休憩室，是她与两个女儿乘小艇漂流的画面，玛丽娜觉得她挺讨人喜欢。她的脸长得不错，眼睛睁得很大，浓密的小麦色头发全部向后梳成一个马尾。她曾在伊登普莱利市的预科学校教授数学，她的两个女儿都曾是那里的学生。"学校给她们减免了许多学费，"福克斯先生说着，拿起照片。"艾丽，"他指着小一点儿的那个女孩儿说，"看起来和她母亲长得一模一样。她在克里夫兰医院放射科实习，不知怎么，竟嫁给了一个英语老师。这个是爱丽斯，还没有结婚。"他指着两个女孩儿中肤色较深的那个。"她在罗马做国际证券交易员。念瓦瑟学院的第一年就去了意大利，再也没回来。她觉得自己应该是意大利人。"

　　玛丽娜凝视着她们的脸。照片上的女孩儿们还很小，也许一个六岁，一个八岁。很难想象她们现在一个是医生，一个是金融师。照片里的玛丽比现在的玛丽娜小，焕发着身后河面上粼粼波光一般的好气色。她们站在河岸上一只翻过来的小木舟前，松枝装点在整个照片的边缘。她们举起手中的船桨，微笑着，面对着按下快门时尚不足四十岁的福克斯先生。

"我本来以为她们都会在这里定居，"他说，将照片放回书架上。"我想就算女儿们外出上学，学成后也会回来住在离我们很近的地方，在这里结婚、生子。那时候我还没有想过死亡的可能，但如果问起来，我会说玛丽至少能比我多活十年。她在保险公司的生存率表单上位置很高。她吃蔬菜，经常远足，从不吸烟，有很多朋友。我愿意赌我所有的财产，说她能活得比我长。"他在相框的上缘敲打着手指。"现在看来这样想太天真了，不是吗？"

玛丽娜认为，天真是一切的关键。正因为天真凯伦才嫁给了安德斯，生下了三个孩子，因为天真两人才共同相信他会一直在身边照顾他们。正因为天真她和安德斯才怎么也没想到，两人中的一个会在另一个和孩子们如此需要他的早年便突然辞世。如果他们哪怕有一分钟想到可能会走到现在这般田地，便根本不会有勇气开始。玛丽娜自己的出生也是由天真促成的：母亲天真地以为爱情能够打赢一整个国家的召唤；父亲天真地以为自己能为了一个明尼苏达州去离弃一个国家。如果不是因为他们如此充满了希望，如此不谙世事，她的出生将是不可能的。玛丽娜假想自己的父母是一对现实的犬儒主义①者，这么一想，她的一生都突然向后退去，退到最后，她这个小小的女英雄彻底消失了。天真是繁殖的基石，是物种存活的保险栓。虽然玛丽娜

---

① 古希腊四大学派之一，是一种带着厌倦情绪的负面态度，对于他人行为的动机与诚信都采取一种不信任的态度。

明白这一切，却仍抱有一种希望，希望福克斯先生或许正以一种曲折的方式暗示着他们婚姻的可能。

　　玛丽娜也结过婚，不过她现在已看不出那婚姻有什么分量。他们在任住院医师的第三年结婚，第五年年底离掉，其间两年半，两人从未同时在床上醒来过。玛丽娜常想，要是没有那场本身已极尽低调的婚礼，对方将不过是个与自己关系不错但自己早已不再想起的异性。彼时的她也是天真的，在别人都认为不可能的时候，她竟认为在他们共同接受医疗训练的特殊时期将婚姻经营起来有一定可行性。她笃信爱情会滋长，然而它没有，此后，她不仅丧失了婚姻，也丧失了无知、无畏的自己。玛丽娜和丈夫在办公用品商店买了一套离婚手续指导，很友好地在厨房里填好了表格。卧室家具归他，客厅家具归她。为了表示友好，她提出厨房里的餐桌和两人正坐着的椅子也都归他所有。他相信她这样说的真诚，于是便接受了。母亲飞来巴尔的摩替她找到一间小一些的公寓，并将她根本不想要的婚礼上收到的礼物分出一半来打了包。彼时玛丽娜只想在客厅沙发上躺下来，在下午的时光中哭泣，可能的话再喝杯威士忌，但她没有这闲工夫。离婚一周前她刚过三十，而六个小时内，她又必须赶回医院。但是，让玛丽娜感到强烈的幻灭的，让她大白天就想躺到沙发上去的事，并不是那段婚姻的结束，而是她妇产科住院医师生涯的结束。五年学制的最后一年，她转去学了临床药理学，报名攻读博士学位，将自己在学校里又困了三年。虽然母亲专程赶来巴尔的摩协助她离异，玛丽娜却没有告诉她，自己究竟在同什么分离。玛丽娜没有告诉她，自己毁掉的不是她自己的生活，也不是苏乔石的生活，而是另一个人的生活，另一个素不相识的人的生活。她对所发生的意外、对西班牙宗教法庭式的审讯都只字未提。一直到转科一年后，她才轻描淡写地告诉母亲她转到了临床药理学，仿佛那是一件再自然不过的事。她没有对母亲提过斯文森大夫。

玛丽娜用上衣裹住双肩。飞机下面有松软洁白的云的岛屿，将乘客的视线与地面风光隔开。尚无信息说明飞到了哪里。她将头往后靠去，心想只睡一小会儿总不会有害处。她明白如何在小睡两分钟后立即醒来。这是她任住院医师时练成的技法，她能在电梯的一角入睡，却从不错过该下的楼层。接着，她能在猛力摇摇头后就径直走进病房，虽不能说神清气爽，至少也能把精神头打起几分。她按动扶手上的按钮，将椅背调低，将体内自带的生物闹钟调到五分钟之后，接着就沉入了从今早被噩梦惊醒后就一直在诱惑着她的睡眠里。不过这次，电梯门打开时她不在加尔各答，而是到了沃格的基地，她向扑满瓷砖、灯火通明的长廊尽头看去，突然对所有事情的认识都发生了改变。她觉得自己应该将斯文森大夫的事告诉安德斯。虽然无法预计那故事对他的整个行程会否有帮助，但说到底，故事本身并没有什么内容是他不能知道的，她选择不予告知，仅仅是为了保护自己。她突然明白，在当时，任何讯息安德斯都会欣然接受，而且这一条附加信息很有可能改变他的结局。至少他听了故事后会有所警觉。她越往下想，往走廊深处走去的速度便越快。所有实验室门上的方窗都暗着。所有的人都回家了。

除了安德斯。

他背朝她坐在办公桌前。早上她总是比他先来上班。他要先送孩子们上学。她几乎从没一来就看见他坐在那儿，如今看到他高大挺拔的背，逐渐泛白的头发，心中突然充满了喜悦，不禁潸然泪下。"我还以为你走了呢！"她说。她的心跳得飞快，每分钟150下，或者每分钟160下。

他脸上的表情是惊讶的。"我是走了。我已经走到停车场了，结果发觉我忘了拿表了。"他将左腕滑进表圈，按下表扣。安德斯每天早上都会把表脱下来。大家都这样，因为一整天要不断洗手、不断脱戴乳胶手套。"你怎么了？看起来跑过了。"他伸过手来，放在她的肩膀上，接着开始摇晃她，起先是轻轻的，接着越来越重。"小姐，"他说，仿佛过去从未见过她。"小姐？"

玛丽娜睁开眼。穿西服的男人正在摇晃她的肩膀，空乘在一个近得有些过分的距离上观察玛丽娜的脸。她睁开双眼直接看到了空乘小姐的嘴，嘴上涂着恶俗的、微微泛着褐色的粉红色唇膏。"小姐？"

"对不起。"玛丽娜说。

"我想您大概做梦了。"空乘退后，玛丽娜看清了她的全貌。为了化妆她一定起得很早。"您要喝杯水吗？"

玛丽娜点点头。要知道梦境是否由甲氟喹片造成，诀窍在于分辨梦境与现实：沃格制药、安德斯和实验室，这些都是她熟知的事物。这么说是飞行而非甲氟喹片促成了这次噩梦。

"我怕一个人坐飞机，"穿西服的男人说着，扬了扬手中的血腥玛丽。"所以得来点儿这个。"

"我倒不怕。"玛丽娜说。她曾想将一些事告诉安德斯。

"看起来你挺怕的，"男人说。也许是想表示关切，或是觉得无聊，或是本人有一种不恰当的热络，或是中西部风格的自来熟。哪一个都有可能。她接过空乘递给她的水杯，喝起来。

"我只是会做噩梦，"玛丽娜说，接着补充道，"坐飞机时会。但我不会再睡着了。"

男人狐疑地看着她。不管怎么说，他们既是邻座，他也就暂时同她有了一点儿关系。"那么，要是你睡着了，我应该叫醒你，还是扔着不管？"

玛丽娜想了想。哪种做法似乎都不妥。她不想在他面前尖叫起来，也不希望他再摇撼她的手臂。不要说抖动和发出响动了，即便仅仅是在陌生人身边睡着，其中的亲密意味对玛丽娜来说也是不能忍受的。"别管我就是了。"她说着，背过身去。

她原来的确是想把斯文森大夫的事告诉安德斯的。潜意识是个滑稽的东西，会以为这样做或将改写历史。他活着时她根本想不到要说的事，在他死了以后却显得如此具有言说的必要。在她心中熟睡已久的、巨大的、沉重的愧疚，此时转过身，伸了个懒腰。愧疚会唤醒愧疚，这难道不是很自然的事吗？很久以前，玛丽娜·希恩曾经历一场事故，她为此离开了妇产科。她没有将原委告诉母亲，母亲便以为自己的女儿只是在学习的最后阶段突然改变了心意，她也没有将原委告诉福克斯先生，他便只知道她是一个药理学家。所有知道真相和细节的人，比如苏乔石，比如那个时代她所有的朋友，都由她一个一个地断绝了来往。她与斯文森大夫也断绝了来往。她煞费苦心，终于不再一再想起那个故事，不再在记忆的地图上按图索骥，一再考量每一个细节，假想自己可以做出的不同的选择。

　　玛丽娜·希恩曾是主治医师斯文森大夫手下的首席住院医师。那个晚上，那个鉴定小组重点审问的晚上，她在巴尔的摩县级医院上班。那天晚上很忙碌，不过还未到最忙的时候。午夜后一个女人来到医院，说自己已经分娩了三小时。她有过两个孩子，表示自己在来的路上并不着急。

　　"您现在感觉怎么样？"空乘问。

　　"我没事了。"玛丽娜说，努力睁着干涩的双眼。

　　"您别不好意思。这位好心的绅士刚才及时把您叫醒了。"

　　好心的绅士再度向玛丽娜微微一笑。微笑中，似乎有什么东西暴露出他内心正暗自期望自己的好意得到回报。

　　"有些人的邻座不会这样好心。"空乘说，她并不急着离开，头等舱的活儿不多，没有多少乘客需要去照顾，"他们由着他们的邻座打鼾、尖叫，一直到在机舱后头的盥洗室都能听见。"

　　"我没事了，"玛丽娜再次说。她将头转向机窗，心里想着，不知飞机尾部会不会有没人的空座。

　　她努力想将那晚的事件从记忆的沉淀里分离出来。努力回溯事件本身，而不受自己的记忆对事件一遍遍复述后将其扭曲了的影响。病人二十八岁，黑人。头发烫直，全部向后梳，露出额头。她身材很高，肩膀宽阔，肚子十分庞然。玛丽娜惊讶地发现自己竟然记得自己很喜欢这个女人。产妇似乎并不害怕，至少表面上看不出。她在宫缩之间谈起自己的另外两个孩子，甚至有时在宫缩的当口也继续谈着：前两个是女儿，现在这个即将降临的，是他们的儿子。玛丽娜用寻呼机给斯文森大夫留言说，产妇每四分钟宫缩一次，宫口尚未打开。胎儿心跳不稳。玛丽娜告诉斯文森大夫，如果情况再不好转，将不得不做剖宫手术。

斯文森大夫答复说自己已经表达得很清楚，请玛丽娜待命，在她抵达前绝不允许单独进行剖宫手术。

"你往下能看到什么？"穿西服的男人问。

"看不到什么。"玛丽娜说。

"我不知道你是怎么办到的。至于我，我是坐不了靠窗座位的。要是只剩靠窗的座位而不得不坐，我就必须把小窗板放下来。然后对自己说，我们这是在坐公共汽车。我原来完全不敢坐飞机，后来去参加了一个治疗班，教我们让自己以为自己正在坐公共汽车。这招在我喝了点儿酒后就能管用。你想喝一点儿吗？"

玛丽娜摇摇头。

"你想看报吗？"

玛丽娜看着他。这个同路人十分苍白，只有高耸的两颊是红扑扑的，他看来希望她问他为什么去迈阿密，希望她问他那里是否就是他此行的终点。他希望她能告诉他她接下来要继续飞往南美洲，以便他能显得意外，啧啧有声，问她准备在那里做什么。但是她拒绝那么做。她不愿为他去好意推进这一系列对话。

她曾独立完成过剖宫产。但那天晚上她被告知要等待，监护，如果没有任何进展，则过一小时后再打电话过去。胎儿的心率往复降低、升高、降低、升高着，然而产妇的宫口还是没有打开。玛丽娜用寻呼机呼叫了斯文森大夫，却等了又等，也没有电话打回来。她抬起头看钟时才意识到，离上一个电话只过去了四十五分钟，还不到一小时。斯文森大夫的指示是不容忤逆的。而玛丽娜未遵指示行事。过去，正是斯文森大夫的这一点令玛丽娜对她崇拜得五体投地，而今晚她自己成了那个等斯文森大夫电话的人，一切就不一样了。产妇话很多，她们也有许多时间交谈。她说她累坏了，但基本上不是因为生产。她说她两岁半的小女儿前一天晚上耳朵疼，她为此一晚上没能睡觉。丈夫将她送到医院门口就走了。他要把女儿们都送到奶奶家去，开车去要两小时。去两小时，回来也要两小时，不过照她这个速度，他一定能赶上孩子的降生，所以她说，她不介意再等等。她希望他赶来。生前两个时他都错过了，因为客观原因，她说，不是他的错。她说话很大声，对所在的这个小小的房间来说过于响亮了一些。"你总是会忘了生孩子有多难，"她说，"不过我不记得哪一次有这次这么难。"接着她短促地笑了几声，说，"不得不这样，不是吗？就是因为好了伤疤忘了疼，人们才不断去要孩子，否则人类就要灭亡了。"一点半。两点。三点。仍然没有电话指示。在产妇等待的过程中玛丽娜接下了另两个宝宝，两次都是顺产，甚至无须医生到场。女人基本上都明白如何正确用力，即使不明白正确与否，用力总是会的，旁人拦也拦不住。玛丽娜回到女人身边。医生很惊惧，病人却相当耐心。在玛丽娜无论醒着或睡着都忍不住每小时在脑中重放这些镜头的日子里，这是她最为留意的桥段。她将影像放慢到爬的速度，将画面一张一张地检验。她当时之所以惶恐不是因产妇可能会失去生命或失去孩子，她惶恐的是自己在斯文森大夫眼皮底下做了错事。她不断想着自己如果听从指示，第二次打电话前再等十五分钟，一切就不会这样。她这下当然不敢再冒动了，而且坚信斯文森大夫一定就快到了。护士们也都明白她的想法。甚至在为产妇准备手术、打电话叫醒麻醉师时，他们还说，我们只是在为斯文森大夫做准备，以便她一来就能上手术台。玛丽娜当然可以联系另外一个医生，但她完全没有往那方面去想。为了自己不被指责，她已经拖得太久了。如果不是等了这么久，如果她没有拖到一切都危在旦夕而迫不得已才开始行动，本来是可以有更多的抢救时间的。

飞机猛地沉了一下，然后重新正了回来。这是一个气穴产生的稍纵即逝的动作，但是有那么一瞬间，每个人的心里都响起了这样一句话：终于轮到我了。穿西服的男人伸手去握她的手腕，然而当他握住时，紊流过去了，一切恢复了常态。"你感觉到了吗？"他说。

故事没有从正确的地方讲起。故事深层的核心在故事发生前好几年、在她任住院医师的第一年或在她第一天上课坐在大教室听众席上往下看见斯文森大夫时就埋下了。语言无法形容她对斯文森大夫的崇拜，她崇拜斯文森大夫的才智，她作为一个医生的能力。所有学生无不如此。斯文森大夫的学生都时刻保持着踊跃而紧张的状态。他们严格遵守她的法则而生活，虽然她对他们甚至连名字都漠不关心。她对女生比对男生更严格。她给她们讲自己学医时的故事，说自己上学的年代，男生如何挽起手臂不让她进去。他们筑起一道人墙来阻挡她，并在她从他们身上爬过去时拳脚相向。而现在的女人随随便便就能去学医，根本对前人的奋斗毫不理解，也没有丝毫感激。玛丽娜从没想过去成为一个像她那样的人，她的秉性也不允许。她不过想看看自己是否能花五年时间，做到令斯文森大夫满意，可她失败了。突然她觉得有些醉了。她感到身边的男人退到了一个遥远的地方，而且的确没管她，让她睡着了。她是不会把这个故事告诉安德斯的，即便那可以帮他做好准备，即便那可以救他的命。说到底他已有三个儿子了。而那个产妇的肚皮，被撑得极薄，薄到令人惊讶的程度，像一只被吹得太大了的气球。玛丽娜记得肚皮上的那种光泽。她切开皮肤，在脂肪下寻找腹膜。她当时想，时间不多了。她的手以三倍于平时的速度操作着，终于抵达了子宫。她以为自己的动作这样快，是在救胎儿的命，然而当她看见宝宝处在枕后胎位，面朝上躺着的那一刻，她手中的刀已经从发线中点切到了他一侧的脸颊。曾经她自己的脸上也常能感觉到这一刀，手术刀划出笔直的切口，划穿了一只眼睛。孩子的父亲回到医院，发现自己太太平安，但是儿子被划伤了，还瞎掉了一只眼时，也感觉到了那一刀。玛丽娜在走廊里与他会面，告诉他自己的处理过程。她看见他像自己一样做出了躲闪的动作。他还不能去见孩子。专家们正采取着补救措施，虽然并不是所有事都能补救的。

　　他们没有取消她住院医师的资格。如今想来，玛丽娜仍觉得惊讶。当一切结束，官司也打完了以后，她获准回到医院。最令人难过的其实是病人对她还抱有好感。她们整晚都在一起。所以病人只要赔偿金，但并不寻她的麻烦。病人说除了那一个错误外，她一切都干得很好。那一个错误。于是玛丽娜只好自我惩罚。她再也无法去碰病人了，也无颜面对她的同学。她无法再回到斯文森大夫的队伍中去，后者在庭审时已经撇清责任，说已经要求首席住院医师切勿擅自采取行动。在三小时的等待中，胎儿的心跳不断减慢，然而每一次都能回到正常水平，心跳总是能重新快回来。也许再过一两个小时她的宫口就会打开，但也许再耽搁十分钟宝宝就会丧命。谁也不知道会发生什么。玛丽娜像破船一样沉了下去，斯文森大夫却在干燥的、安全的陆地上转身走了。玛丽娜最后怀疑，斯文森大夫或许真的不认识自己。

安德斯是不可能不去的。既然面前摆着在寒冬中前往亚马孙拍摄凤头卡拉鹰这样诱人的机会，而且无论如何，他不但已经前去，并且已经死了，而她正在飞去巴西的路上，怀着找到他的尸体的希望。她整夜未眠地与产妇待在一起，结果却把孩子弄瞎了，而现在她自己的眼睛也几乎要睁不开了。重温往事，这就是去找斯文森大夫的代价。她又回到了沃格的实验室，虽然她向身边的男人保证过，自己不会再睡着。她沿着黑暗的走廊走进黑暗的实验室。她拿起安德斯桌上艾克曼家孩子们的照片，三人都被定格在极为欢乐的一刻，而这种欢乐从此以后将只能是回忆。门被再次打开时，她的手里正拿着这张画面如此耀目、几乎在黑暗中放射着自己小小光芒的照片。这次安德斯忘了什么呢？钱包？钥匙？没关系，只要他回来了就行。

"来，玛丽，"父亲说，"该出发了。"

这件事发生得太是时候，玛丽娜忍不住想笑。他当然会出场的，这还用说吗。过去，这个梦魇在她醒来时，总有一部分会被遗忘——正是这部分，正是父亲走进来、叫出她名字的这一刻。在噩运发生前，他们总会在一起待上一小会儿。梦境结束的方式总令人遗忘它开始时那种纯粹的欢乐，不该如此。世事并不只是结束的那部分，它要复杂得多。它由悲痛和巨大的补偿共同组成，她应该将它全盘记住。"我刚才在看这张照片，"她说，伸手让他看，"多帅气的小男孩儿啊，不是吗？"

父亲点点头。他穿着黄色的无领长袖衬衫，西裤熨得笔挺，看上去十分神气。他似乎休息得很好，身材也保持得不错。一条由几股带子编成的皮带环绕着他毫无赘肉的腰身。玛丽娜以前从没想过这一层，但事实是，他们的年龄已经很接近了。她明白向前推进是时间的义不容辞的任务，但她很乐意留在这一刻。

"那么，你准备好了吗？"

"准备好了。"她说。

"好的，来，牵住我。"他将门打开，他们一道走上沃格空荡荡的走廊，一开始，四周出奇的静，虽然知道这一刻不会长久，玛丽娜仍努力享受着它。门一扇接着一扇打开，沃格的同事们走出来看望她的父亲，同他握手，他们身后又涌出了印度人，越来越多的印度人，直到整个加尔各答的人仿佛都蜂拥在了他们身边，个个大声喧哗，试图盖过别人的语声。

"我知道楼梯间在哪儿，"玛丽娜对准父亲的耳朵说，"我们可以去那儿。"

父亲听不见，周遭太吵了。他们奋力向前，牵着彼此的手，直到不得不放开的那一刻。

第三章

等待

她长久地看着奶茶色的河水，即便在她沿码头走去、蹲坐在脚跟上近距离凝视河面时，仍然看不透它。她这样观察了许多次。无论如何都无法看清水面下方四分之一英寸之下的情况。她等待着斯文森大夫。

玛丽娜步入热带地区潮闷的冷气中，立即嗅到自己身上羊毛衫毛茸茸的气味。她脱下春季薄外套，接着脱下里面的对襟拉链绒线衫，将它们一齐奋力塞进空间狭小的随身小包里。亚马孙所有的昆虫都从自己正在咬啮的树叶上抬起头，一齐向她的方向伸出了一支纤细的触须。她是一只盛着点心的餐盘，是冷餐会上放满食物的长桌，是一个身着北方春季服装的女人。玛丽娜将护照递给桌旁穿着衬衣的男人，衬衣上缀满各种与工作有关的标志和徽章。男人仔细比对着照片和她的脸。当被问及来访原因时，她回答，公差。对"您预备待多久？"这一问题，她原本计划的答案是"两周。"开口回答时却改变了主意。

　　"三周。"她说，男人在她的一整本空白的护照纸页的一张上，盖了个章。

　　玛丽娜挤到行李带前，看着各种打成包裹的物品流淌而过。硕大无朋的行李箱互相堆叠，仿佛叠在一起的防汛沙包。玛丽娜等待着，留心寻找着自己的其貌不扬的行李箱，只在帮忙将一只大木箱从传送带上拖下来时移开过一会儿视线。她想起了加尔各答。它的机场行李处的拥挤，与其机场外街道上的拥挤相比，只是一次小小的预览。她曾和父母一道站在那样拥挤的人群里，父亲领她们绕过推着行李手推车的年轻男人。裹在莎丽中的老奶奶，坐在全家行李堆的顶上看守着，行李用各种带子束缚着，但其侧边的拉链似乎仍然时刻就要绷开。玛丽娜摇摇头，将这幅画面从眼前抖落，集中注意当下的境况。她努力在人越走越少时保持乐观：行李，拎行李的人，一个一个都走了。传送带上只剩下一副儿童潜水镜，她看着它转走，又转了回来。她设想一个比自己更明智的人会随身携带什么，并列了一份清单：词典，装有移动电话的拉链袋，如今躺在明尼阿波利斯圣保罗都会飞机场垃圾箱中的甲氟喹片。

　　挤在失件办公室的人们不高兴地推拥着一堆无人认领的行李，齐心协力使小房间的气温比行李认领大厅的气温高出了约十五华氏度。一台黑铁电扇坐在写字台上，用两片扇叶无望地吹送着小风。人们一个接一个走近坐在写字台前的女孩儿，用葡语做着快速的交谈。轮到玛丽娜时，她一言不发地递过自己的机票和酒店地址，对这类情况已具有相当经验的女孩儿向她的方向推出一张塑封起来上有各色行李箱的图片。玛丽娜用指尖碰了碰与自己的行李最相像的那张图。打印机吐出一张纸，女孩儿圈出一个电话号码和认领号码，并将纸交给玛丽娜。

　　玛丽娜经过安检和海关，步入挤满了向她身后张望的人们的大厅。小女孩儿们挥着手。出租车司机忙着招揽生意，观光向导和亚马孙探险导游忙着为自己的客人们分团。各种卖便宜货的小商店，间杂着货币兑换处，布置得五颜六色，张挂着比店面色彩更为耀目的灯火，努力招徕顾客。就在这一切之中，站着一个穿暗色西服的男人，手里拿着一个大标牌，上面工整地写着几个字：

　　玛丽娜·希恩。

　　玛丽娜·希恩十分确定，自己此时已落得孤身一人，当面对用粗黑记号笔写下的自己的名字，且拼写的人没有出现错误（很少有人将她姓氏"Singh"中的"g"也写出来）时，她不禁站住了。持标牌的男人很显然把一切都看在了眼里，虽然面前有近五百人，个个都可能是他所要接的希恩，他却径直转向了她。"希恩大夫吗？"他离得还很远，与其说她听见了他叫她的名字，不如说她从他的嘴唇上读了出来。她点点头。他驾轻就熟地破开人潮，向她走来，伸出一只手。"我叫米尔顿。"

　　"您好，米尔顿。"她说。提醒自己，此时不必拥抱。

　　"您晚点晚得很厉害。我为您担心。"他看起来的确有些担心。他的双眼仔细检查着她的双眼，捕捉着对旅程不满意的迹象。

　　"我的行李丢了。我去了失件办公室。老实说，我没想到会有人来接我。"

　　"您没有行李吗？"米尔顿说。

　　"我有一件大衣。"她拍了拍大衣，发现一只袖子就快拖到地上了。她将袖子塞回到包里。

　　她在他的脸上同时看见了惋惜和责任意识。"请您跟我来。"他提过她手中的小包，一只手轻轻搭在她的上臂上，引她返回往人群方向。

　　"我已经把所有的表格都填好了。"她说。

他摇摇头。"我们必须回里面去。"

"但是我们过不了安检啊。"从明文规定只能从一个方向通过的安检口倒行回去,仿佛让时光倒流一般不可思议。然而米尔顿的一只手已经放在了安检警官的肩膀上。他微微将身体前倾,对这个佩枪的男人耳语了几句,佩枪的男人举起手来挡住了往外涌来的人流,让米尔顿和玛丽娜通过。他们又走禁路通过海关,遇见一名穿制服的男人正双手深入一个女人的皮包中搜索。男人向米尔顿伸出一只手,米尔顿在通过时握了握。

"我需要您的单据,"米尔顿对玛丽娜说,她便给了他。他们已穿越行李转盘区,直走进了失件办公室,里面已经又挤满了在后续航班上遗失了行李的新的一批人。他们愤怒而忧伤地相互推挤,都以为别人不如自己这般倒霉。

他们一进门,办公桌后面的女孩儿就看见了他们,或感觉到了他们,总之她抬起了她的头。"米尔顿,"她说,微微一笑,就开始用葡语说起来。玛丽娜勉强听懂了开场,但很快就糊涂了——"Isso é um sonho①"女孩儿招手让他们到桌前去,继而与米尔顿展开一场眉飞色舞的对话。当一个等待受理超过一小时的男人发出抗议时,女孩儿咂了咂嘴,就使他安静了下来。米尔顿将她自己打印的电脑单据交给她,她看着,仿佛那是一份引人入胜的、记载着秘密事件的文件,接着她长叹一声。米尔顿从钱包里拿出一张名片,迅速放进一张叠好的

---

① 葡语,意思大概是"(见到你)简直像做梦一样"。

钱，说了几句，又说了几句。女孩儿从他手里接过名片和钱，他吻了吻女孩儿的指尖。她大笑着，对玛丽娜说了些什么，究其话语的本质，也许是粗俗的，也许不是。玛丽娜像一只愚钝的袜子似的看着她。

外面的空气相当厚实，似乎能咬下一口含在嘴里咀嚼。玛丽娜的肺部从未吸入过如此多的氧气和润泽。她感到自己每吸一口气，都在向自己的体内引进一些看不见的植物分子，小小的孢子在她的纤毛之间着陆，生根。一只小虫飞到她的耳畔，发出一种刺耳的噪音，她的头像被扇了一下似的往后甩去。另一只小虫在她扬手驱赶第一只时叮咬了她的脸颊。他们还没有进入雨林，仅仅是在停车场。南面好几英里处，一道闪电点燃了一朵模样不祥的厚云，闪电迅速消失后，将他们留在了黑暗中。

"您的小包里有您需要的一应物品吗？"米尔顿怀着希望问道。

玛丽娜摇摇头。"有书，"她说，"和衣服。"还有丢失了的移动电话的说明书，一只旅行靠枕，一本因为很厚所以她带在路上的亨利·詹姆斯的《鸽之翼》，因为她觉得足够看一路，一本《新英格兰医学杂志》，其中有一篇是斯文森大夫的报告——《拉喀什地区人民的繁殖系统内分泌状况》的一个章节。

"那我们今晚就得去给您买点儿东西了，"他说。他一个姐妹的丈夫在镇上开着一片店。米尔顿拿出移动电话，向她保证说，这位兄弟定然会接受托付，虽然时间已晚，还是会拿着钥匙去开门的，绝对没问题。玛丽娜急需一把牙刷，于是接受了。

米尔顿小心避开地上能够避开的坑洞。对于那些避让不开的，就谨慎地轧过去。人们聚在车辆川流不息的街角，仿佛在等过马路的绿灯，然而当绿灯亮起，他们仍旧站着不动。穿得像舞者的女孩儿推着手推车走过贴满传单的墙边。一个老年妇女用笤帚清扫着街心的垃圾。玛丽娜眼看着这一切，想到了安德斯，不知他抵达的夜晚，是否也见到了这些人？她觉得马瑙斯的一夜和另一夜之间，变化应该不会那么快。"艾克曼大夫也是您接的吗？"玛丽娜问。

"艾克曼。"米尔顿重复道，仿佛在念一个自己不甚熟悉的英文名词。

"安德斯·艾克曼。圣诞节刚来的。我们在同一个公司工作。"

米尔顿摇摇头。"你们那儿有很多医生都来巴西吗？"

只有三个，玛丽娜想，接着她说，"不多。"当然不会有人想到要为安德斯派车。安德斯一定能找到行李并走到排队等出租车的队伍内，打开词典念道，"请问去酒店多少钱？"玛丽娜突然想到，她正站在一个与安德斯十分接近的地方。他也来过这同一个飞机场，双脚也曾站在这同一片沥青路上。他们之间相隔的，只是区区几个月的时间，仿佛一个刚从后门离开，另一个即从前门进入。突然一个全新的想法在玛丽娜的脑中萌生了。"您接过一个叫斯文森大夫的女士吗？"

"斯文森大夫，当然。她是个很好的客人。您和斯文森大夫也是同事吗？"

玛丽娜坐直了一些，顺手插好安全带扣。即便不为安德斯找司机，沃格也当然会为斯文森大夫找一个。即便他们没有，斯文森大夫也会给自己找到一个。那定会是一辆同样洁净的汽车，开车的司机也像这一个一样，有高人一等的工作效率。"您知道她住在哪儿吗？"

"就住在马瑙斯，离您的酒店不远。但斯文森大夫不常在马瑙斯。她在雨林里工作。"米尔顿停下来，玛丽娜看见他从后视镜中扫了一眼自己。"您认识她，对吗？"他不该谈论他接过的人。他不该谈论斯文森大夫。

"她是我在医学院时的老师，"玛丽娜说，轻易说出这一小段过去，感觉上仿佛在说谎，"许多年前。我们现在是同事。我是来这里找她的。我们的公司送我来和她谈谈她正在进行的研究。"

"所以你们认识。"米尔顿的语气变得轻松起来。

"我有她在镇上的地址，但谁也联系不到她工作的地方。斯文森大夫不肯用移动电话。"

"她要进城的话，会用码头的投币电话联系我。"

"而且无论你是不是在接送其他人……"她根据自己很久以前的经历判断道。

米尔顿点点头，目视前方。"她不管是来还是走都不做预先通知。有时好几个月她都不出雨林。我是在马瑙斯长大的。如果是我的话，可不会在雨林里待那么久。"

"斯文森大夫什么都不放在心上。"玛丽娜说。

"是呀，"米尔顿说，想了想又说，"但没有车去码头接她，她可是会发火的。"

又拐了几个弯后，米尔顿将她带到城市的另一处，这里的人一边在街上走，一边争执，或一边手牵着手，完全无视夜已深，而且周遭无论哪个方向上似乎都无事可做。前方有一个男人坐在低矮的水泥石阶上，米尔顿停下车。男人立即起身打开了玛丽娜一侧的车门。他又高又瘦，穿着一件足可以装下两个他的粉红色棉衬衣。他用葡语向他们问好。很显然并不如米尔顿所预想的那样乐意这样晚还出门。

　　"Negócio é negócio，"米尔顿说，关掉引擎，将自己的内兄弟罗德里格介绍给玛丽娜，罗德里格握着玛丽娜的手，扶她下了车。

　　罗德里格开门时对米尔顿说了几句话。接着，米尔顿打开电灯。室内充满木屑气味。他检查了门，确保进入后又锁了起来。罗德里格把电灯关掉，米尔顿又将它们打开。罗德里格用手遮住自己的眼睛，仿佛想继续待在黑暗里，同时一刻不停地、快速说着玛丽娜说不来的语言。她眨眨眼，她的瞳孔略有放大，有一瞬间几乎什么都看不见了，接着，灯光倾泻进来。商店不过是一个广大的四方的盒子，铺着木地板，壅塞着各种商品：罐头食品、服饰、药品、太阳眼镜、明信片、袋装种子、洗衣皂。彩色的瓶、罐、纸盒径直朝天花板越堆越高，令她头晕目眩。虽然不懂此地的语言，但从语气听来，两个男人是在争吵。他们轮番将电灯打开又关上，关上又打开，她则抓紧有亮光的间隙快速选购着。她拿了一把红牙刷、香体剂、牙膏、洗发水、驱虫剂、隔离霜、两件棉衬衣、几件T恤衫、一顶草帽。她将一条裤子举到腰际，然后扔在了柜台上。行李或许明早就会到，或许永远不会到。她又拿了一包内裤，和一捆梳头用的皮筋。"那么您上回见到斯文森大夫是什么时候？"玛丽娜说。

"希恩大夫conhere o①斯文森大夫，"米尔顿对罗德里格说。玛丽娜听到了自己和斯文森大夫的名字。罗德里格双手合十在嘴唇前，微微点头致意，这令玛丽娜强烈地联系到了印度的习俗。

"她是个特别好的顾客，"米尔顿说，"实验营地的一应物品她全在这里买。她走进店里时神气极了，就站在正中间，就站在你现在站的地方，指点着她要的东西，由罗德里格替她拿下来。她连购物清单都不用。给人留下很深刻的印象。"

"Muito decisivo，"罗德里格说，"Muito rápido。"②

"本来是另外一个医生来采购的。斯文森大夫忙着制药，所以派其他人上城里来，结果那人来了以后没两天，斯文森大夫自己就到码头上来了。她说采购的人没有买够东西，或买错了东西。最后她说派别人来不过是浪费时间。有时她也会写张条子让伊斯特来买些特别的东西，不过一般不会。他一个人拿不了什么。"

罗德里格表示异议。米尔顿没有理他。"罗德里格十分了解她。有些东西他只为她进。"

"另外一个医生？"玛丽娜问道。她听见外面有人声，有人摇撼着门把，有巴掌拍打着玻璃窗。人群想进来。

"不到一个月前，她刚来过。"米尔顿看着罗德里格，用葡语

---

① 葡语，意思是"认识"。

② 这两句的意思是：又快又决断。

问，"um mês①？"罗德里格点点头。"对您来说不是个好消息，"米尔顿说，"她有过三个月都不来的纪录。"

玛丽娜想象自己在这个迄今只见过其夜色的城市里，穿着刚买的陋衣、背诵丢失的移动电话的说明书的情景。如果非要走到那一步，她宁可买一只船自己沿河去找。她问是否有任何人可能找得到斯文森大夫。

米尔顿将脑袋从左歪到右，仿佛在度量自己思想的重量。"要有的话，那就只可能是伯温德尔夫妇了，不过说实话，我觉得他们也不知道。"

"斯文森大夫não lhes diria nada②，"罗德里格说。他虽然不会说英语，但听得明白。他拿出一件雨衣和一把小伞，将它们递给玛丽娜，郑重地点点头，坚持认为她应将这两件东西也买下来。

"你还有别的主意吗？"米尔顿用英语问罗德里格。

"伯温德尔。"玛丽娜说。

"那是住在她公寓里的夫妻俩。无疑您会见到他们的。他们很扎眼，是来旅行的。"米尔顿闭上眼睛。"那个词叫什么来着？"

"Boêmio。"罗德里格不满地说。

米尔顿睁开双眼："他们是一对波希米亚风格的年轻人。"

罗德里格给玛丽娜拿走的东西列了张清单，用铅笔写上价格。

---

① 葡语，意为"一个月"。
② 葡语，意为"什么都不告诉他们"。

　　她拿起一只黄色的人字拖鞋在脚底上比了比，继而放下，又去试另一只。她拿起一张预付费电话卡。如果伯温德尔夫妇就住在斯文森大夫的寓所内，安德斯一定轻而易举就找到了他们。他有给她寄信的地址，一定首先就会去寓所。商店里发出一种不寻常的声响，一种敲击声，有别于那些轮流想破门而入的门外的人所发出的声音。听起来，仿佛有人将手腕上的表在柜台上反复敲击。她仰望天花板，看见某种甲虫正成群往荧光灯管上撞击。从她站立的角度，它们看起来似乎没有翅膀。

　　"Estoque①！"米尔顿对簇拥在玻璃另一边的人们喊道。接着又喊了许多葡语。罗德里格又将电灯关了起来，并在黑暗中将她买的东西装进一只只薄膜一般的塑料袋里。

　　"他们想买什么？"玛丽娜问。

　　米尔顿转身看着她。"这些人什么也不买，"他指出了他们与这些人的不同。"这些人只是晚上无事凑热闹罢了。"

　　罗德里格终于打开门放米尔顿和玛丽娜出去时，他们发现人群并没有先前隔着玻璃窗看时显得多。大约只有二十人，多数是小孩儿。在开阔的街上看来分散多了，仿佛那种破门而入所需的力量从来没有出现过。虽然他们还逗留在附近，用一种心不在焉的态度不满地嘀咕着。

　　罗德里格为玛丽娜打开车门时，她突然意识到自己没有付钱。她的手指上缠着装满东西的塑料袋，袋子像羽毛一样轻，举到两个男人面前。"我还没付钱，"她对米尔顿说。越走越稀的人群里，一个尚

---

① 葡语中指"商店"。

未往回家的方向走去的人朝她靠过去，希望看看她买的东西。

他摇摇头。"不是都从账户里扣吗？"

"谁的账户？"

"沃格的账户。"罗德里格说。他伸手从一只袋子里拿出小票给她看，上面整齐地打印着她带走的所有东西的记录。

玛丽娜本想说什么，终于作罢。她认为马瑙斯一个普通小店与美国一家制药公司之间有直接转账扣款的关系，委实相当奇怪，然而这两个男人似乎并不觉得。她谢过二人，对罗德里格道了晚安，米尔顿翻译说，对方祝她的行李能够顺利到达。由于他为她打开的是汽车后门，在开往酒店的那一小段路上，玛丽娜就一直坐在了后座上。抵达酒店后，米尔顿拿起所有东西，将她送了进去。

她的房间订在印地拉酒店。她觉得一个人如果对该酒店有充分的了解，是不会在这里订房的，除非开自己的玩笑。离开恢宏的外部，她进入了一个装点着椰子树的大厅，褐色的沙发仿佛各尽所能地赶了很远很远的路才来到这里，纷纷不顾仪容地堆倒在一起。米尔顿替她办理了入住手续，返回时为她拿来了钥匙。他拿出名片，圈出自己的移动电话号码，道声晚安，便走了。她明白如果不是米尔顿，自己很可能落得在机场的椅子上过夜，隔天一早她会乘飞机折返迈阿密。如今她已进入房间，并在一只孤零零地安装在墙头的铁钩上挂上了自己的外套，然而她的心里仍然想着早晨的航班。她在床边坐下，从包底翻出阅读眼镜，以便看清从罗德里格店里买来的电话卡上那串似乎没有止境的数字。有趣的是，伊登普莱利市比这里只早一小时。舟车劳顿这么久，玛丽娜与家乡之间才只相隔了这样少的时间。电话铃响了两下，福克斯先生便接起了。

"我到了。"她说。

"好，"他说，"好。"他清了清嗓子，她听见一丝沙沙声。她想他是否被自己吵醒了。"我以为你会早一点儿打给我。吃晚饭了吗？"

玛丽娜想了想。她应该是在飞机上吃过了什么，可是不记得了。"我的行李丢了。他们明天肯定会送来，但我想让你知道，我现在手上没有你给我的那个电话。"

"你把电话放在行李箱里了？"他说。

"是放在行李箱里了。"

福克斯先生不易察觉地顿了顿。"这个年月他们总能把行李找回来。一般来说半夜就能送到酒店。明早起来你就给前台打电话。肯定已经在那儿了。"

"司机带我去买了点儿东西。至少现在我有一把牙刷。不管怎么说，要谢谢你。"

"为牙刷谢我？"

"谢谢你请了米尔顿，那个司机。"她用手盖住话筒，打了个哈欠。

"我很高兴他帮上了忙，很抱歉我还不及他有用。"

这句话对他们的交谈很难说有任何促进作用。她只是点了点头。也许她应该等明天再打电话。窗帘开着，她看向外面，城市里无尽的星星点点的灯海。她处在黑暗中的远方，一个大可以是任何地方的地方。她闭上了眼睛。

"玛丽娜？"他说。

"对不起，"她说，"我好像睡着了。"

"去睡吧。我们明天可以再打。"

"除非移动电话没送来，"她说，接着她想起来，"或者你可以打电话来酒店。"

"我会的，"他说，"现在睡一会儿吧。"

"我会给你写一封信。"她说。她不记得自己是在什么时候挂上了电话。

马瑙斯不是一个地形复杂的地方。它的构造给观光客、旅行者和船商行了方便，且在这个政策优惠的地方，进口税是全免的。所有人不是就要上船，就是刚从船上下来，于是街道便设计得使行路的人总有一种不是向着河、便是远离河在走的感觉。玛丽娜从第三天起就能在这里自由穿梭了。只要搞清楚河在哪里，一切方向问题便不再是问题。清晨六点，当人们纷纷出动、惨绝人寰的暑热还未开始之前，她便来到了集市。停滞的空气里，充满无数死鱼、死鸡和牛肉散发出的隐隐的腐臭，她拿一件团起来的T恤衫捂住口鼻，在药摊前停下来，花时间慢慢看着药草和树皮。她看见蛇头漂浮在一种莫可名状的液体中，默默祝愿那是普通的酒精。一只火鸡般大小的黑鹫像所有购物者一样在廊间走着，寻找桌下地上的鱼头和内脏吃。在这里找下水可不容易。玛丽娜买了两只苹果味的香蕉，从一个用皱巴巴的蜡纸盖住所卖糕点的女人那里买了一块糕。接着便走向河边去看船。她长久地看着奶茶色的河水，即便在她沿码头走去、蹲坐在脚跟上近距离凝视河面时，仍然看不透它。她这样观察了许多次。无论如何都无法看清水面下方四分之一英寸之下的情况。她等待着斯文森大夫。

空等斯文森大夫无疑是纯粹的浪费时间，于是她尽力寻找更好地利用时间的方式。等待行李箱显然花不了一整天的时间，虽然多莫，那个好心的酒店前台，每天会给机场打两次电话，询问行李目前的状况。她当然还可以等待伯温德尔夫妇。玛丽娜有斯文森大夫公寓的地址，于是每天都会给他们留信，在信封上同时写上伯温德尔和斯文森两个名字，信件中简明地打印着取得联系的愿望，以及自己住的酒店的相关信息。根据玛丽娜所见，斯文森大夫居所所在的街区和周边建筑物，以及那个设备、家具一应俱全的底楼大厅，标志出那里是该市较好的一处住宅区。为了在巴西维持这样一处居所，而且现在看来基本只由两个亦不常入住的波希米亚青年寄居，沃格究竟花了多少钱？当然，波希米亚夫妇也可能已经离开了。说到底，他们据说是来此旅行，而一个人只要有地方去，断不会在这样一座城市久留。她再次对收信时总是对她报以热情微笑、并猛力点头的门房点点头。

"伯温德尔。"她口齿清晰、语气着重地说。

"伯温德尔！"他回答道。

她决定今天下午用自己支离破碎的葡语拼凑一张便条，明日来交给他看。将自己的需要直接解释给门房和神秘的伯温德尔夫妇听，这应该对事情的发展更有好处。

　　所有这一切活动——在河边等待，在公寓楼外等待，怀着被能指引她找到斯文森大夫的灵感击中的愿望在街上徜徉——都要不时被雨水打断。急流般劈头盖脸的雨水，从前一刻还是清澈的天空突然冲刷下来，将街道变作齐踝深的湍流。人们镇静地离开开阔地，背贴墙根走，一齐站在各种檐下，等待暴雨逝去。每天，她都有好几次机会默默感谢罗德里格曾将橡胶雨衣塞进自己的手中。

　　也有的时候，雨衣和顶棚都没有用，每一滴雨水都像马蜂一般蜇在玛丽娜身上，逼得她踢踏着人字拖鞋跑回酒店。防晒霜中的化学物质与驱虫剂中的避蚊胺混合在一起，在她把雨水从脸上抹下来时灼烧着她的眼睛，令她几乎半盲。回到房间后，她洗了澡，睡了午觉，勉力读了几页詹姆斯，实在看不下去后，便拿起了《拉喀什地区人民的繁殖系统内分泌状况》。

　　正像安德斯已经解释过、而她没有专心听的那样，拉喀什是亚马孙地区一个孤立的部落，那里的妇女直到七旬仍能继续诞下健康的婴孩。虽然确定妇女年龄的方式并不十分严谨，但这却不影响该研究的重点：即年老女性还能够怀孕。拉喀什妇女比邻近部落的妇女最多可多生育三十年。五代同堂的现象司空见惯，且虽然消耗巨大，妇女们的健康程度却与她们其他部落的同胞们相当。长达三十五年的研究显示，母婴双方发生的先天缺陷——痴呆、骨骼、牙齿、视力、身高、体重方面的问题，以及一切其他问题，都与邻近部落的平均水平持平。

　　玛丽娜翻身仰卧，将杂志举在空中。长达三十五年的研究？这便意味着斯文森大夫在霍普金斯大学全职授课的同时，也在巴西做研究？当然，谁也不知道她周末、春假、感恩节都做些什么。这些年来她一有空就飞往马瑙斯，雇船沿内格罗河分散的支流顺流而下，也是有可能的。倘若换作另一个人，玛丽娜一定会断定整篇报告都是厚颜无耻的编造，但斯文森大夫从来都显示出一种人类所无法理解的孜孜不倦。如果有人告诉玛丽娜，当她在巴尔的摩半睡半醒地做病房巡逻时，斯文森大夫正在去巴西搜集数据的夜班飞机上，她将会觉得敬佩，而毫不惊讶。事实上，她正阅读的这篇文章中的资料，是从斯文森获得哈佛民族植物学博士学位的论文中摘取而来。看起来还有许多斯文森大夫的事，她并不了解。

当雨太大，而她又离酒店太远，来不及跑回去时，玛丽娜就会花五美元去网吧，查找斯文森大夫和她所在部落的讯息。然而当她坐在那里，努力不让发梢的雨水滴在键盘上时，她发现能找到的讯息竟然异常的少。在Google中搜索安妮克·斯文森，会找到一些课程介绍，找到她出席某医学会议的消息，以及一些论文——多数与妇科手术有关，还有一些医学院学生发的无聊帖，抱怨斯文森大夫的课程——和几乎所有的医学课程——太难。大部分提到拉喀什地区的搜索结果，都与这篇新英格兰医学杂志上的文章有关，虽然也有一些与该词相关的内容，提到一个叫马丁·拉普的哈佛民族植物学家，他于1960年采集植物样本时首次与拉喀什族发生联系。他对该族的人倒无甚兴趣，只关心他们所食用的菌类。网上有一张他的照片，是一个奇瘦、晒得奇黑的男人，有一头浅色的头发，和一只直挺挺的英式鼻子，比两侧的土著都站得靠前。他们一齐向镜头举起满手的蘑菇。玛丽娜浏览了所有关于拉普大夫和拉喀什族的网页，希望能找出他们的所在地，但能找到的最精确的说明却只是"中亚马孙盆地"。这便是斯文森大夫何以顺利地躲开了互联网的原因。

"他们应该找到行李了吧？"福克斯先生一接起电话便问。不知为何他似乎更关心她是否找到行李，而对她是否找到了斯文森大夫或那对神秘的波希米亚青年无所谓了。

"很显然，马瑙斯的航空代码是MAO。而马德里的航空代码是MAD。理论上他们是在运了一部分行李后，逐渐把O看成了D，于是接下来的行李就都被寄往了马德里。"

"我会再给你寄一个移动电话，"他说，"我会编好它内部的所有程序，明天就发出来，而且你很快也会需要更多的甲氟喹片。告诉我还要寄什么。"

"不用了，"她说，看着手腕和脚踝上环绕着的蚊叮虫咬的痕迹——一些她很想直接用指甲挖出来的红色的肿块。"我什么都不需要。等你寄来的第二个移动电话到手时，我的行李一定会被找到，到时候我就有两个移动电话了。"

"两个就两个。你可以把其中一个给斯文森大夫。万一她想给谁打电话呢。"

实际上，玛丽娜很喜欢没有移动电话的日子。她实习的时候配有寻呼机，接着补了一只移动电话，后来又换作了黑莓。而在马瑙斯，她在城中漫步时知道没有任何人能联系到自己，感受到了一种难以言喻的自由。"说起斯文森大夫，我最近在读有关拉喀什地区的文章。"

"见一个人之前，多读读与其有关的内容总归是件好事。"福克斯先生应道。

"文章很有意思，但她似乎没有透露多少信息。"

"斯文森大夫从不透露什么信息。"

"那么秘方是什么呢？她自己知道吗？拉喀什人一定是不知道的。就算那些妇女再落后，一旦知道自己究竟做了什么才到死都能受孕，一定不会再那么做的。"

福克斯先生在电话那头沉默了。玛丽娜等待着。

"或者你明明知道，但是不想告诉我？"玛丽娜说着笑起来。他那个刻板严肃的秘书杜纳威女士一定走进了他的办公室，使他不得不等她走了才能说话。

"不是我想不想的问题。"福克斯先生终于说。

玛丽娜刚在对话中放松下来，已经仰倒在了床上，此时因为福克斯先生语中的不信任，突然又弹坐了起来。"什么？"

"我们有保密条约——"

"我在巴西，"她说，"今天早上我在浴室找到一只像小猫一样大的蜥蜴。我不知道斯文森大夫在哪儿，也不知道怎么才找得到她，你还不告诉我拉喀什妇女为何能保持生育能力？我还需要做什么，你才会信任我？"

"玛丽娜，玛丽娜，不是你的问题。这是合同规定的。我不能说。"

"不是我的问题？那我干吗在这儿？倘若这不是我的问题，那我想现在就回去。"

实际上她无所谓。她亦不关心拉喀什妇女有生之年所生的孩子是她们土著邻居们的3.7倍。她对她们住在哪儿、是否快乐、自身是否想生这么多孩子都没兴趣。她所在意的，是这个几乎已经向她求过婚了的雇主，在其一个职员于赤道地区身亡后，又将她送到了这里，且如今拒绝向她透露正在调查之事的基本信息。"那要是我找到了斯文森大夫和那些怀孕的拉喀什妈妈怎么办？难道我应该扭过脸去，以免发现她们的秘密吗？难道你们约好一有人发现秘密就把他杀掉吗？"突然，她看见安德斯站在齐踝深的泥水里，手里拿着一只孤零零的蓝色信封。"上帝啊，"她说，"我的上帝，我不是这个意思。"

"他们嚼一种刚从树上扒下来的树皮。"福克斯先生说。

玛丽娜没有留意树皮和树的事。"我不是这个意思。"

"我明白。"他说，但声音里朗然的口吻消失了。他们用接下来的几句话草草结束了谈话，各自挂了机。玛丽娜穿上鞋，回到街上。雨停了，日头击打在人行道上、大楼上、人和狗的身上，将他们拍成平平的一片单调的景象。她不想去河边，也不想去市集，于是便在扰人的潮湿空气里，在广场上转了转，心想安德斯势必也走过这个广场。也许他刚来时还怀有希望，也许他甚至很享受白天去雨林观鸟，晚上到酒吧独自啜饮皮斯科酸酒的日子。玛丽娜弯腰看一群小贩摆在毯子上贩卖的小饰品，拣了一串可能是上过漆的小珠子、抑或是穿了洞的红色种子串成的手链。她请管摊的女人给自己戴上，女人用一种复杂的结法，打了无数个死结，最后把余线统统咬掉，咬时她的嘴唇很神奇地一次也没有碰到她的皮肤。有个窄胸脯的小男孩儿，不知九岁还是十岁，在各种动物的微雕里看来看去，拣出一只两英寸高的白鹤——针一样细的嘴里还衔着一条小鱼，递给她。玛丽娜本想拒绝，但拿到手里后，发现它雕琢相当精致，比她见过的所有工艺品都好，于是用手里的一把大约值3美元的钞票买下了仙鹤和手链。她将小小的仙鹤放进口袋，走过一系列小街，仔细地记忆着每一次转弯。此刻她没有迷路的心情。走得越远，她越发现再也没有人留意她的存在了。拿着一摞摞T恤衫和钉着一排排绚丽的蝴蝶标本的粗制木盒的小男孩儿也不跟着她了。冰激凌小贩，以及双肩上各站着一只猴、用葡语向观光客大喊大叫的小胡子男人，也都不再对着她叫卖了。因为，她的黑发用一只发卡别起来，藏在她买来的那顶草帽下，也因为她身上的便宜货和人字拖鞋，她现在有办法在马瑙斯以她在明尼苏达所无法达到的程度自由穿行。这里的人们看到她，仿佛看到了一个自己所熟悉的妇女，很快就看向别处去了。即便有人对她说话，也不过是很简单的问候，这点儿葡语她还是明白的，于是她对此报以头部的轻点，然后继续走她的路。安德斯在这里则会被人群围住。他的眼睛太蓝，人太高，皮肤白得要发出光来，对当地人来说就像雪一样陌生。任何一个路人都能比安德斯看内格罗河更深入地看到安德斯的里面。玛丽娜想到，他每每在夏季周末带孩子们去某个湖上泛舟后回到沃格，皮肤总是已经被灼伤，鼻子和嘴唇上的皮也都开始剥落。"你没听说过隔离霜吗？"玛丽娜说，"或者帽子之类的东西？"

"他们从来不把这类商品的信息告诉男人。"那些日子他上班不戴领带，领子永远敞开着一点儿。玛丽娜会尽量不去看他生疼的红脖子。究竟是谁竟会决定把这样一个人送到赤道地区去呢？她自己的肤色比过去更黑了。日光的触手穿越了帽子和防晒霜的防线。日光是不可阻挡的。

玛丽娜又转了一个弯，与其他所有的弯一样，这个弯也转得毫无目的，但她发现自己来到了罗德里格的商店。现在它的门前没有人群簇拥，也没有人往窗户里窥视。在阳光的照射下，它看来并没多少吸引人的地方。街上既没有人，也没有车。实际上，当她走了进去，想着可以问声好，再买瓶矿泉水时，店里只有一对年轻人，一对二十几岁的男女，一齐指着头顶某处的什么东西。女的手脚纤长，有日晒后的肤色，穿一条红色连衣裙，伸手在够着什么。她用太阳眼镜推到额后的金黄长发，比店里所有的物品都亮，看起来，罗德里格在白天并不像他在晚上那样需要用电。年轻男人比女孩似乎高一点儿，穿着T恤衫和宽大的沙滩裤，站在女孩儿身后，看着她够那东西。他的苍褐色的头发十分凌乱，过于漂亮的脸被不知是蓄意留起、还是几天忘了剃而出现的胡子遮掉了一半。他们没有注意到她，于是玛丽娜得以观察两人，部分由于这在马瑙斯是一幅不寻常的图景，部分也是因为，她觉得这两人必定是伯温德尔夫妇。

在她原来的想象中，伯温德尔夫妇和她应该差不多大，全没有这

样戏剧性地细瘦和迷人，但在走进商店的那一刹那，她立即修正了自
己脑中预设的形象。年轻男人的脚踝上环绕着一圈文身，一条颇具设
计感的藤蔓的图案，年轻女孩儿的脚踝上挂了一条细金链子。对此玛
丽娜只能找到"波希米亚"这一个词来形容，三天来这是她看到的唯
一一对波希米亚风格的人。

　　罗德里格从柜台后的一个房间里走了出来。他对这对夫妻用葡
语说了些什么，女孩儿表示异议，并再次将手伸向头顶她够不着的
那个东西，年轻男人将双臂插到了胸前。她是要拿肥皂擦①吗？罗
德里格转身拿梯子时，看到玛丽娜站在门口，一瞬间就记起了她
是谁、她要找谁，并对自己能有机会将双方介绍到一起而感到高
兴。"Ola！②希恩大夫！"他说，当年轻夫妇转身去看这个罗德
里格认识的人时，他又将摊开的双手挥向他的这两个客人。"伯
温德尔。"

　　具有高超社交直觉的伯温德尔夫妇，一边走向她，一边就由衷地
微笑起来。假设他们过去一直在躲着她，那么眼下真的掩饰得极好。
事实上，他们令人觉得，在这个下午、这个商店里遇见她，是他们期
待已久的事，而且虽然如此，他们还是愿意体贴地原谅她竟然来晚
了。"芭芭拉·伯温德尔，"年轻女孩儿说着，伸出了手。她微笑时
露出稍稍有些不齐整的雪白的牙齿。

---

① soap pads，是一种外面包裹了细金属丝，当中有一块肥皂的擦块，用来洗碗盘等
　物什，无须另外加洗洁剂。
② 葡语，意为"你好！"

"杰克。"年轻男人说，玛丽娜也与他握了握手。从口音上听他们是澳大利亚人，不过她不是很确定。作为英属人民他们晒得实在太黑了。

罗德里格对芭芭拉说了些什么，说话时，她一直眯缝着眼看他，仿佛正逐字翻译他的话，再将翻译好的字在脑中组装起来。

"Nos[1]？"

"斯文森大夫。"他说。

"啊，当然啦。"芭芭拉说，露出了几乎是释然的表情，"你在找斯文森大夫。"

"没人会找我们。"杰克说。

"那是因为谁也不知道我们在哪儿，"芭芭拉说着笑起来，"听起来仿佛我们故意躲起来了似的。"

玛丽娜试图在脑中将这两人与斯文森大夫放在一起，努力想象他们站在同一个房间里的景象。她想不出来。"我给你们留过信。"

"给我们？"杰克说，"在公寓吗？"

"在斯文森大夫的公寓楼。我留在了前台。"

这时罗德里格拿到了梯子，朝天花板的方向爬去，拿下一盒干衣纸[2]。店中不同商品的需求度和销售频率，从商品处在从天花板到地板之间的什么位置，就能清楚地看出来。而干衣纸，除芭芭拉外，马

---

① 葡语，意为：我们。
② 使用衣物干燥机时，与湿衣一起放在干燥机内运行，以减少静电，增加衣物的柔软度，并增添香气。

瑙斯的所有其他人恐怕都对世上存在这种东西闻所未闻。

"所有信件都直接进入信箱，"杰克说，"安妮克进城时会收取的。"

"或者不收取，"芭芭拉说，"她不很擅长处理信件。我对她提议由我来替她拆看，并整理好。但她说不用。我想她这么说根本的原因是不关心。"

杰克这时转身面对着自己的妻子。她是他的妻子吗？伯温德尔二人组看来也很像是亲或堂表的兄妹。两人在外貌上惊人地相似。"她需要考虑的事够多了。"

芭芭拉点点头，半闭起双眼，仿佛思考着斯文森大夫所要肩负的重量。"这话不假。"

"我们有一个邮政信箱，"杰克说，"这样可以随时变更收件地址。"

"你们要走了吗？"玛丽娜问。

"哦，总要走的，迟早的事，"芭芭拉说，她看向站在远处、手里已经拿好了那盒干衣纸的罗德里格，"我们总是在走。这里是我们待得最久的一站。"

不知为何，玛丽娜希望这一站指的不是马瑙斯。她甚至无法想象对方是如何在此挨过第一个星期的。"你是说巴西？"

"不，是说这里。"杰克说，他张开怀抱、伸直双臂，仿佛所指的是罗德里格的店，他们是在这店里度过了无尽的时间似的。

芭芭拉突然露出严肃的表情，将细瘦的肩胛向玛丽娜倾靠过去。

"你认识安妮克吗？"

两个年轻人谁也没有发现玛丽娜出现了片刻的迟疑。"认识。"她说。

"哦，那你应该也知道，她的工作非常、非常重要——"

杰克插进来说："而且上帝啊，她对我们真是非常好。"

"我们并不觉得真能帮上她什么忙，"芭芭拉说，"我们又不是科学家。但如果她觉得我们能帮得上她，如果她有什么忙需要我们帮，在这儿多待一阵对我们来说也不是问题。反正对我来说不是问题。我在哪儿都能工作。不过对杰克来说就难一些了。"

"你们做什么工作？"玛丽娜说。

"我写东西。"芭芭拉说。

杰克张开五指，抚过发间。"我冲浪。"他说。

的确难一些。玛丽娜想象着一寸寸往索利蒙伊斯河挪动，与之一道汇入亚马孙河的内格罗河，想象着它洗澡水一般温热的河水。她正想就此问他一些问题，比如冲浪如何称得上工作，又比如他是否想到了解决目前工作困难的办法，她唯一在马瑙斯还认识的一个人穿过敞开的门走了进来。米尔顿见三人已聚到一起，显得异常满意。他已将西服放进了家中的衣柜，此时按节令穿得很凉爽。他的薄棉衬衣似乎全都熨得笔挺。"太好了！"他说，"没有我的帮助，你们也找到对方了。"

玛丽娜向司机伸出手。她将他视作一个积极解决问题的人，所以总是非常乐意见到他。"我只是出来散步。"

"现在可不是散步的好时候，不过这样一来倒也很好，"米尔顿说，"这下我放心了。我一直让他们去你的酒店找你。"

杰克已经走开去拿店里唯一的一罐网球。看起来罗德里格把什么都想到了。芭芭拉闻言，狠狠瞪了一眼米尔顿，后者被她眼中的凝重吓住了。"对不起。"他说，虽然还不知道自己为什么要道歉。

芭芭拉叹了一口气，低头掸掉连衣裙上停着的一只中号的昆虫。这是只黑色的硬壳虫，腿上有小小的倒刺，执拗地扒着布料，但她没有注意到这些。她将拇指垫在食指尖下，一下就把虫子弹走了。"你会原谅我的，"她对玛丽娜说，玛丽娜的确也觉得自己会原谅她，"将安妮克藏匿起来也是我们职责的一部分——保护她不受媒体或想盗取成果的其他医生和药厂的侵扰。不管联系的人怎么说，你都不可能知道他们真正的身份。"

"我很抱歉。"米尔顿说。

"还有媒体来这儿？"玛丽娜说。

芭芭拉看着她。"他们一旦听说她的研究就会来。我们来这里以前，媒体也曾来过。重点在于，任何人都不应打扰她，无论这个人的意图有多么良好。"她想说出严厉的语气，但因为她年龄太小，未能办到。

"希恩大夫为沃格工作，"米尔顿想为自己的大意做一些弥补，于是说，"她和斯文森大夫是同一个公司的雇员。他们派她来——"他不得不停下来，看着玛丽娜。她还没有告诉他沃格派她来干什么。

"沃格"——芭芭拉也看着玛丽娜——"对不起，但是我刚才说的重点就是这个。我们最怕的就是沃格来的人。他们满脑子只想知道进展。要是总有人指手画脚，斯文森大夫还怎么做工作呢？这是科学。这项研究或可改变一切。她可没时间停下手里的活去接见别人。你知道吗，你是沃格从圣诞节开始派来看她的第二个人？"

"我知道。"玛丽娜说。倘若她对这女孩有一点儿怜悯，此时就该劝她别再往下说，但那一刻玛丽娜对她没有怜悯。杰克已经走了回来，手里拿着那罐网球。也许他想买下来。或许他知道一处可以打网球的地方。

"你认识艾克曼大夫？"

"我们在一起工作。"

芭芭拉耸了耸漂亮的肩，肩头和手臂往下的肤色都是金黄色的。"好吧，如果他是你朋友的话，那让我先道个歉。他这个人倒是不错，但实在太搅扰人了。他一直赖在这里不走，不断问问题，总想着去找她，甚至对我的工作也产生了影响。可想而知他会多么打搅安妮克。"

"他带我去看过鸟。"杰克说。

"我对他说安妮克没有闲工夫，但他见不到她就不肯走。她最后总算来把他接走了。据我所知，他还在那里。"

"他不在了，"玛丽娜说，"或者也可以说还在，但死了。"这当然不是这女孩儿的错。女孩儿什么错都没有。但玛丽娜发觉自己的哀伤逐渐变成了愤怒。

杰克放下网球罐，握住芭芭拉的手，也许是出于同情，又或许是想表现得团结。她看到女孩儿的血色逐渐消失，从脸上、脖子上节节下退，全都涌进了她的心里。甚至连她肩上的金黄色似乎都淡了。

"斯文森大夫把他埋在了研究基地。她在一封信里将这件事告诉了我们。对他的死她只提供了非常少的一点儿信息，原因正像你说的，她很忙。艾克曼大夫的太太希望我来这里弄清事情的原委。她想知道自己应该对孩子们怎么说。"

这时，店里进来了三个女人，其中之一抱着个婴孩。紧接着，又有一对情侣模样的人也走了进来。从他们谈话的方式来看，这些人彼此相识。抱孩子的女人将孩子托给另一个女人抱，以便自己可以选购烹饪油。

"我需要坐下来。"芭芭拉说。说时语气诚恳，并无做戏的成分。伯温德尔夫妇一起走出商店，在门前的水泥台阶上坐下来。没过多久，杰克又折返来给她买了瓶水。

"唉，您可怜的朋友，"米尔顿对玛丽娜说，"我真为他感到难过。"

玛丽娜点点头，既无法专心看着米尔顿，又不想去看伯温德尔夫妇，或店里的任何一样东西。

伯温德尔夫妇从台阶上站起，芭芭拉将水喝完后，他们没有再回到店里。罗德里格又写了一张整齐明了的清单，以便从沃格的账户里扣钱，接着便将两人选购的物什归拢到袋中：干衣纸、网球、遮阳帽、芒果和香蕉。玛丽娜过于性急地惹恼了那对年轻人，也许就此切断了唯一能引她进入丛林的线索。而虽然两人表示安德斯很恼人，但他毕竟用自己的友善软化了他们。不过她仍愿意假想，倘若是她死了，倘若他是后来替补的那一个，他的耐心也会打折扣的。

第四章

出游

　　在思路清晰的最后一刻，玛丽娜想到一个问题：自己这样算是被谋杀了吗？或者，因为是自己拿起的杯子，这等同于自杀呢？

去蓬内格拉河滩的路上，杰克与米尔顿坐在汽车的前排，玛丽娜与芭芭拉一起坐在后面。他们将四扇车窗全部敞开。在后座呼啸着的气流中，芭芭拉的头发不时飞起打中玛丽娜的脸，虽然前者已经竭尽所能将头发拢起握在了手里。杰克快要晕车了，而去河滩的路颠簸且曲折。

"开冷气不会好一点儿吗？"米尔顿问杰克。杰克什么也没说。

"他需要新鲜空气。"后座上的芭芭拉叫道。

玛丽娜本想指出空气其实并不新鲜，但终究作罢了。伯温德尔夫妇既然邀她同去河滩，她已决定要对他们做出的努力表现出感激。米尔顿也被邀请同去，而且开来了他的车，他说他们最晚早上六点必须出发。河滩和集市一样，只适合早上去。但伯温德尔夫妇对此不予理睬。他们说他们最早得九点才能像人一样正常活动，而到米尔顿和玛丽娜在约好的九点等在他们的公寓门前时，两人又拖到了差不多十点才露面。这，玛丽娜想，不算一个好的开始。"你冲浪时会晕吗？"她提高嗓门问道，以压过湍急的气流的噪音。他们开得很快；杰克说他希望开得快一点儿，以便可以尽早下车。

"不会。"他说。

"再大的浪他也能行，可一上船就又晕了，"芭芭拉说，"我的上帝，就是看一眼船他都不行。他甚至不能去码头。"

"你说够了吧？"杰克说，他的声音很虚弱。

"对不起。"芭芭拉转头看向窗外。

"我只要开车也不会晕。"杰克说。

他们拐过又一个急弯，一只银闪闪的山羊小跑着来到路中，米尔顿猛地踩下刹车。就连没有晕车症的玛丽娜，此时的胃也翻搅了起来。车里人都明白，山羊只差着四英寸的距离就将殉难于命运的魔掌，可山羊不知道。它抬头看了看，微微地犯着些疑惑，又低头嗅了嗅柏油路，便小跑着走了。杰克打开车门小吐了一番。

"可是不能让你开。"米尔顿说。

"我明白。"杰克说，并用双手捂住了眼睛。

前一天的晚餐上，伯温德尔夫妇向玛丽娜细数了她在马瑙斯期间必须去的一些地方。"这里没什么地方可去，"杰克说，"所以你必须自己找乐子。"他们提出带她去河滩和自然科学博物馆，但去这两个地方都需要有车。芭芭拉在饭桌上拿出移动电话打给米尔顿。号码已经存在电话里了。

是伯温德尔夫妇主动去找她的。在第一次不愉快的会面后，他们等了一周时间，最终来电了。他们想打听安德斯的事。他们误以为玛丽娜还有许多关于他死亡的事没有告诉他们。

"安妮克怎么说？"芭芭拉靠紧过来，玛丽娜闻到了她身上的香水味，那是一种薰衣草混合青柠的气味。

"她说他死于高烧。我只知道这些。我还知道她把他埋在那儿了。"餐馆地板由水泥铺就，吧台上方罩着一排干棕榈叶。角落里还有两台弹子球机，虽然没有人在玩，但仍丁零当啷地闹腾着。

芭芭拉手持红色小吸管，在鸡尾酒里打着圈，紧张地搅拌着杯中物。"一定是因为运不回来。"

"如果是一般人，不管怎样都会想办法的，"玛丽娜说，"我明白斯文森大夫跟多愁善感扯不上关系，但假设这事发生在她自己的丈夫身上，我想她的做法未必会一样。安德斯的妻子希望看到安德斯葬在自己家里。"当然，她更希望他根本没有到巴西来。

"安妮克有丈夫？"芭芭拉说。

"据我所知，没有。"

"你和安妮克谈过应该怎么处理艾克曼大夫的事吗？"芭芭拉是夫妇二人中较爱说话的一个。杰克正忙着吃代替薯片作为下酒小吃的坚硬的盐渍芭蕉条。

"据我所知，她没有电话。她只写了封信，信寄达沃格时，安德斯已经死去两周了。"玛丽娜小口啜饮着杰克为大家点的水果朗姆酒饮料。"信是寄给福克斯先生的。"

芭芭拉和杰克面面相觑。"福克斯先生。"两人异口同声道。

玛丽娜放下饮料。

"你认识他？"芭芭拉问。

"他是沃格的总裁，"玛丽娜声音平稳地说，"我为他工作。"

"他是不是很坏？"

玛丽娜看着女孩儿，微笑了起来。事实是，她的确有些生福克斯先生的气。他不仅自作主张又给她寄了一部移动电话和一些抗生素，而且还寄来了足够她在南美洲耽搁六个月的甲氟喹片。倘若这是他的某种暗示，那么得到这样的暗示她并不高兴。"不，"她不带感情色彩地说，"一点儿也不坏。"

芭芭拉摆摆手。"我不该这么说。但你得知道——"

"我们是站在安妮克这边的。"杰克说，啮咬着芭蕉条的侧边。

芭芭拉奋力点着头，耳环上长串的珠宝剧烈摇晃起来。她为今天的晚餐盛装过度了，穿了一件翡翠绿的无袖真丝上衣。她真漂亮，玛丽娜想，在这样一个无处可去的地方，真难为她这么有风头的女孩儿了。"你当然会为你朋友的事感到懊恼，我们自己也为艾克曼大夫的事感到懊恼。但无论发生什么都不是安妮克的错。她这个人不肯一心二用。她必须如此。"

玛丽娜既然肯来亚马孙，就已做好了历经千难万险的准备，绝无半点儿责怪他人他事之意，她唯一想怪的只是福克斯先生。"我从没想过这是她的错。"

听了这话，芭芭拉大大松了口气。"我真高兴！"她说，"你一旦对安妮克有所了解，就会知道她与众不同。你可能很长时间没见她，或许已经忘了她的为人，"她说，看起来似乎对她不可能知道的

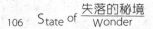

事也知道得很清楚，"她是个很有活力的人。她的事业也很令人激动，但跟她这个人的魅力相比，她的事业就显得无关紧要了。她真是个神奇的人，你不觉得吗？我曾想过有她这样一个无所畏惧，看得到无限可能的人来做自己的母亲，或祖母。"

玛丽娜记得自己也有过一模一样的心情。然而那种心情短暂萌生后，即刻被她深深埋藏了起来，以至于现在很难再重新唤起了：如果斯文森大夫是我的母亲就好了。她提醒自己晚上睡前要给母亲打个电话，虽然时间已经很晚了。"但这和福克斯先生有什么关系？"

"他打扰她了呀。"杰克说，仿佛他突然醒了，刚刚发现自己在一个餐馆里参与一场谈话似的。他的蓝眼睛透过过长的刘海，熠熠生辉地看着大家。"他给她写信，询问她的工作情况。他还给她打过电话。"

"后来她就连电话也不用了，"芭芭拉说，"这是我们来这儿几年前的事。"

玛丽娜将杯口的菠萝摘下来，蘸着杯中酒吃。"真有这么搅扰吗？说到底，她不是在为他工作吗？他得为一切埋单，她的研究，她的公寓，甚至这餐饭。他难道无权过问事情的进展？"

芭芭拉纠正她："不是他，是公司为一切埋单。"

"对，可公司是他的工作。他是管事的。是他雇用了她。他有责任。"

"凡·高的赞助人对他的画作难道也负有责任吗？"

玛丽娜觉得，倘若在二十三岁，或与伯温德尔差不多大小的岁数上，自己恐怕也会来一句思路类似的讽刺的话。她十分确定自己会产生相同的感想。她自己也为斯文森大夫的活力，为她周身洋溢的确信感，为她什么都办得成、怎么也不出错而折服。在斯文森之后，玛丽娜再未见过同样的人，为此她既欣慰，又遗憾。"我想凡·高至少应该对自己的作品负责，如果长期出不了作品，那么赞助人就有权——"

芭芭拉将她冰凉的手盖在玛丽娜的手腕上。"对不起，"她说，"福克斯先生是你的上司，艾克曼大夫是你的朋友。我不该对此喋喋不休。"

"你的意思我已经明白了。"玛丽娜说，有意要表现得融洽。

"我们会想办法与安妮克取得联系的，如果不行的话，在她出现前，我们至少会想办法让你过得有趣一点儿。"

玛丽娜长饮一口杯中酒，虽然脑中有一个清晰的声音告诫自己不应这么做。"你们不必这样。"

"当然要啦，"芭芭拉说，接着心平气和地靠向椅背，仿佛一切都说定了似的。"这也是安妮克的希望。"

到了十点，天地像一间裂开了炉窖的封闭的屋子，然而在马瑙斯城外不远处，人们聚集在星期三的河岸，纷纷倒卧在铺满沙滩的毛巾上。孩子们在浅滩戏水，大人们在他们周边的深水水域畅游着。他们互相泼水时发出的熙攘声，听起来不像人言，更像鸟类相互之间在打招呼。拥有无限智慧的米尔顿，在车的后备厢里备了一把条纹遮阳伞，反复插掇，将其固定在沙地里，营造出一小圈阴凉。在这片有限

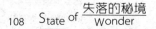
的阴凉中，他与玛丽娜双双抱膝蜷坐在毛巾上。这天早晨，玛丽娜从
罗德里格处买了件泳衣。这是店内唯一的一款，或者准确地说是唯一
的一件，它便宜而鲜艳，缀有一个小小的裙摆，上身后玛丽娜像个过
气的花样滑冰运动员。她现在就把它穿在了衣服下面，虽然完全不懂
自己何以认为自己可能会下水。已经脱去衣服、对遮阳伞和它的保护
作用都无甚兴趣的伯温德尔夫妇看来令人自卑。杰克穿一条毛边沙滩
裤，挂在突出的胯骨以下，看来十分危险，芭芭拉穿的比基尼也只用
一系列松垮的绳子马虎地系在身上。两人着泳装的唯一目的，仿佛就
是想让沙滩上的游人都担心一阵强风会把他们刮得精光。某一刻，杰
克打了个哈欠，倒向前方沙地，顺势倒立起来。手臂和背部的肌肉立
即分出清晰的组群，任何医学院的一年级学生看了，都会感动于得到
了学习的机会：胸大肌、胸小肌、三角肌、斜方肌、肋间肌。紧旁坐
在毛巾上的人们指点着，把孩子们也叫来一起看，还吹哨、鼓掌。

　　"不晕了嘛。"米尔顿说。

　　杰克让双脚落回地面，重新坐了下来。他脚踝上的藤蔓图案上，
还点缀了几串小葡萄。"我已经好了。"

　　"我就是因为这个嫁给他的，"芭芭拉说，半张脸被一副巨大的
黑色太阳眼镜遮挡着，"我在悉尼的海滩上看见他倒立。他当时穿着
齐膝盖的冲浪短裤。我对身边的女友说：'这家伙是我的了。'"

　　"婚姻总是发生于很小的事情。"玛丽娜说，虽然实际上她并不
这么觉得。

　　"你游泳吗？"米尔顿问她。他穿着长裤和短袖白衬衣，看来完

全没有要脱的意思。

"我会游，"她说，"如果你是想问这个的话。"

芭芭拉在毛巾上伸展着四肢，油亮的身躯，除了几处小心遮盖起来的地方外，都在反射着光亮。脚踝的金链子上有一颗圆形的小钻石，与她的皮肤一道熠熠生辉。"天真热呀。"她轻声地抱怨着。

"本国最拿手的就是天热。"米尔顿说。他的头上戴着一顶小草帽，不知为何，这使他看来比其余人都要凉快些。

"我们去游泳吧。"杰克说着，俯身，用手掌轻轻在妻子的肚腹上拍了一下。她的整个身体弹开毛巾足有一英寸。

"水里只会更热。"她说。

"起来、起来、起来。"他说，自己先站起来，然后弯腰拉起她。她站定，抖着浅色头发里的沙子。对于其他河滩游客来说，这一情境的壮观程度一点儿也不亚于她丈夫的倒立。他们相互勾着对方裸露的腰，在通往河水的半路上，突然转过身问他们的白种同胞："你来不来？"

玛丽娜摇头。"你们去吧，"米尔顿说，"我们看着。"他动作僵硬地站起，也帮助玛丽娜站起来。"他们想让我们看他们在河里多漂亮呢。"

"他们躺着就够漂亮了。"玛丽娜说。

"我们扮演的是家长的角色，"米尔顿说，"必须去看。"

玛丽娜带着不情愿的责任感，走出遮阳伞，仿佛来到另一个世界。躲在俨然糖果包装的彩条下，本就谈不上凉快，离开它们后，太阳猛烈的攻势则简直要把人击晕。她停下脚步，努力寻找手牵手向褐色的河水走去的伯温德尔夫妇。自从来到巴西，她已多次经历类似的暑热了，但总有办法避往阴凉处，或躲进咖啡厅喝罐冰汽水，或赶回酒店房间洗把冷水澡。她像手腕上内置了温度计一样，已能在暑热变得难耐前提前做出反应，因此总能适时地解救自己，然而此时，面对河水和沙滩，她不知能往哪里去。她就快与人群、与米尔顿熔化到一处了。遮阳伞下有一只米尔顿带来的小冰箱——里面装着杰克的饮用水和啤酒。她告诉自己，可以拿一块小冰块来擦抹自己的脖子。前方的远处，伯温德尔夫妇入水了，渐游渐远，隐没在了围绕着他们的一群孩子里。玛丽娜狠狠地在心里怨恨了一番，怪他们无法也不愿在九点前起床。说到底，她自己其实也起不来。昨天晚上她从福克斯先生寄来的、尚未拆封的药瓶里拿了一片甲氟喹片吃，结果睡到凌晨三点就醒了，同时无疑也以自己的惊声尖叫吵醒了印地拉酒店的所有其他住客。有人在刺杀一个女人，这是她在半梦半醒、尚未反应到声音来源时所想到的。那以后，她的夜晚就算结束了，不能再睡，只能干等着。

"您处理得真好，"米尔顿说，眼睛始终看着河水，"我敬佩您的耐心。"

"说真的，我没有耐心。"

"那您就是显出了一副有耐心的样子。横竖效果是一样的。"

"我只想找到斯文森大夫，然后回家。"她慢悠悠地说，觉得口中说出的话也是热的。

　　"而如果想找到斯文森大夫，如果想回家，您就需要先过伯温德尔夫妇这一关。他们就像大门的看守。他们的工作就是不让您见到她，他们是以此拿报酬的。我不敢肯定他们是否知道她在哪儿，但我敢肯定这事没有别人知道。而且如果他们喜欢你，也许会替你想出什么办法来。"一只手臂伸出水面摇晃起来，米尔顿也举起手向那只手摇了摇。

　　雨到哪里去了？那些她忍受过的、一阵又一阵瀑布般眯人双眼的暴雨到哪里去了？她现在正需要一场暴雨。虽然不一定能使气温降低，但至少可以阻挡住太阳。"他们不可能喜欢我。"

　　"他们觉得您真实。伯温德尔太太说的。他们觉得您的确是为朋友哀伤，努力想搜集他死亡的信息。"

　　"这话不假。"她说，虽然这只说出了她要向凯伦交代的那一部分。

　　"而且他们已经开始认为斯文森大夫也会喜欢您。"米尔顿说。

　　玛丽娜觉得自己的头顶发软，烈阳的触手直伸进她的大脑，将发条拧松了。"斯文森大夫已经认识我一回了。我很肯定她对我没有任何感觉。"她用罗德里格那天早晨塞进她怀里的一块大红手绢擦了擦脸。她当时表示不需要购买，于是他转而将它作为礼物相赠，虽然恐怕还是一样从沃格账上扣了款。随着每次呼吸，她都感觉到衣服下面穿着的泳衣像一条无限长的绷带裹缠着她，在吸饱了她的汗水后，变得越来越松敞。她不断将红布贴到脸上。她的视线被眼中的汗水遮蔽了，只能辨认周遭最基本的元素：沙、水和天。

"对待伯温德尔您只需运用外交手腕即可。他们要的只是占用您更多的时间，以便观察研究您，确保您表里如一。"

玛丽娜眯着眼，遥望起伏不定的水平线。"我已经看不见他们了。"她的意思是她就要晕过去了。她也许还叫了米尔顿的名字。她虽还勉强站着，但觉得自己很快便会摔倒，正这么想着，米尔顿扶住了她的手臂，将她带过最后一段沙地，涉入河水。他领她蹚过齐膝深的河水，站在齐腰深的地方。河俨然洗澡水一般，又滑又温吞，水流极缓，几乎没有对她身上的衣服造成任何扰动。她想躺下来。米尔顿用河水蘸湿了自己的手帕，盖在头顶上。"感觉好些了，不是吗？"他说，形势是问句，而语气不是。

她点点头。杰克拖芭芭拉下水是正确的。河水简直救了命。玛丽娜低下头，只见自己的身躯处于水上的部分，往下什么也看不见了。周遭的孩子们踢蹬着脚蹼，从彼此的肩膀上往水里跳。"大家怎么知道水下有什么？"她问他。

"无法知道，"他说，"而且还是不知道的好。"

玛丽娜回到酒店，查看了移动电话。她收到四条短信，两条来自福克斯先生，一条来自母亲，还有一条来自凯伦，号码的名字是安德斯的。感觉仿佛回到了美国。她突然对斯文森大夫拒绝使用移动电话产生了同感。她冲了凉，喝了瓶水，上床睡了一觉，做了一个在火车站与父亲走散的梦。晚九点，芭芭拉给酒店打电话，将她吵醒。"我们想知道你感觉怎么样，"她说，"恐怕下午的出游对你来说够呛吧？”

　　“不，不，”玛丽娜说，因暑热、睡意和对噩梦的记忆，一时觉得晕头转向。“我没事。只是还没完全习惯过来。我想这里的天气习惯起来需要一段时间。”

　　“可不是！”芭芭拉说，不知为何，语气很欢快，“我现在比过去习惯多了。秘诀是不要因为天热就躲在室内。杰克说，你的免疫系统肯定是被空调吹坏了。出外越多就越能习惯天气。你应该到我们这里来喝一杯。”

　　“现在吗？”玛丽娜说，言下之意仿佛她还有别的事要忙。

　　“夜间小走一段对你有好处。”

　　或许伯温德尔夫妇真是替斯文森大夫看大门的，但说到底，他们也无聊，也寂寞。而玛丽娜在印地拉酒店也无事可做。虽然两天前，多莫为了回报她的常住，安排她换进了一间大一点儿的房。然而这个大一点儿的房，与先前那个一样，洋溢着霉闷的气味，令人觉得丧气。窗外的景致好了一些，但墙上挂衣服的铁架子依然赤裸。玛丽娜看着自己的羊毛外套，远远就能看到领口上蛾子咬出了一串小洞。她说她愿意去。

　　沿着城市的街道，经过打烊的店铺时，玛丽娜明白了。如果现在有一家店还开着，真会是一件极度令人兴奋的事；如果今夜罗德里格的商店里又亮起了灯，她无疑将同人群一起站立街头，仰首观望里面的情况。她还没有想好，如果在马瑙斯的逗留纯粹沦为一场抵抗挫败感的修炼，她将要在这儿待多久，不过她已经感觉自己的极限快到

了。玛丽娜十分擅长处理自己的工作，但对在马瑙斯的等待却束手无
策。早上八点就坐在斯文森大夫公寓楼大堂里的门房，到晚上九点半
还坐在那儿。看起来他对能见到她感到无比高兴。不管怎么说，她的
确好几天没来了。"伯温德尔，"她对他说，接着用食指戳了戳自己
的胸口，"玛丽娜·希恩。"

当芭芭拉·伯温德尔将门打开时，玛丽娜觉得自己从马瑙斯的废
墟穿越隧道来到了另一个世界。虽然在简装修的酒店客房里住了一个
多星期，轮番更换三件衣服，每天晚上在浴缸里水洗、晾干的服装之
后，会因为离美感已十分遥远，自然更易产生这样的感觉，不过玛丽
娜觉得，其实无论何时、何地，这个地方都会让她觉得美。她对公寓
报以了真挚而热烈的褒奖。

"你真好。"芭芭拉说着，引她走过一条两侧框裱着画作的走
廊，看来极像保罗·克利①的作品。走廊通往一个面积宽敞、空间很
大的客厅，两组对开的法式镶玻璃门引向大阳台，玛丽娜来此后从
未感受过的清风，轻拂着敞开的丝绸窗帘的下摆和侧边。清风里有
茉莉和大麻的气味。从六楼的高度可以看到河水周边点缀着星星点
点的灯光。倘若玛丽娜不仔细分辨，大可以认为自己正身处任何一
个繁华都市。"这地方好极了，"芭芭拉说，以十分公允的态度看
着自己的家，"当然，它的底子一直都很好，但我们刚来时的确还
很不像样子。"

---

① 保罗·克利（1879—1940），被誉为"最富诗意的造型大师"。

"芭芭拉相当会布置。"杰克说着抽了一小口大麻烟卷，继而将它递给玛丽娜。玛丽娜摇头拒绝后，他又给她拿了一杯白葡萄酒，交接时，在她面颊上像老朋友一般亲了一口。她很惊讶何以自己对这一吻甚至比对那支大麻烟更感到突然。杰克举手挥向四壁。"以前住在这里的那个女人，安妮克的上一任助理，在各处张挂吊床，把她的姐妹们都安顿在这里了。"

芭芭拉从丈夫手里拿过烟卷，轻轻吸了一口，在银质烟缸中摁灭，顿了顿后，才将烟气呼出。"安妮克想要的不过是些好东西。她就对我交代了这么多。是你的话，也会这么需要的。在雨林里待了那么久，这点儿要求不算过分。质量上乘的床单、毛巾什么的——"

"外加一杯地道的葡萄酒。"杰克说着举杯示意大家一饮而尽。

但一切似乎有些好得过分了，比如餐桌上那束她过去从未见过的白花，白色长沙发前放置的一条等长的白色皮矮凳，四壁的那种微微泛出蓝色的漆，又或许不是漆色，而是夜晚灯光照明使然。还有这对伯温德尔夫妇，在优雅的环境衬托下似乎显得更美了。芭芭拉手腕上的一连串手镯似乎与木地板的材质相同，人们会发觉地板的颜色很好地与她温暖的肤色呼应。然而想象斯文森大夫歇坐在沙发上仍然很难。玛丽娜怀疑斯文森大夫的脚是否曾经碰触过这里的地板。"她回来时你们去哪儿？"

芭芭拉耸耸肩。"有时就搬到客房去。取决于她需不需要我们留在这儿。如果不需要，那我们会去苏利南或法属圭亚那，这样杰克可以冲浪。”

　　“我得去利马。”他说，很高兴人们终于谈到了他的事，虽然就此只说了一句。“那里的浪很凶，但从马瑙斯飞利马简直太麻烦了。还没买到机票我就已经走到了。”

　　玛丽娜信步向阳台走去，双眼凝视着河水。那片褐色、淳厚的浑水像夜色中的一面镜子。“我没想到马瑙斯还有这样的地方。”她说。她亦想不到在这里可以喝到穆尔寿葡萄酒，接着她又啜饮了一口，忍不住去想这一切的花费。对沃格来说，这些钱是不算什么的。与受孕研究所可能带来的收益相比，为研究人员在巴西准备一套她根本不来使用的公寓是不算什么的。

　　“过去这里也曾是富庶的地方，你可不能忘了，”芭芭拉说，“曾几何时，住在马瑙斯比住在巴黎还贵呢。”

　　“他们蜂拥而至，建起城市，然后又走了，”杰克说，猛地倒在沙发里，将两只赤脚搁在面前的矮凳上，“当雨林里再没有更多的橡胶可以采集之后，一切就结束了，一段短暂的历史。当地人倒很愿意看到外来者撤离。”

　　“我觉得这座城市还是有很多地方很优雅的。比如这幢楼，绝不比你在其他大城市里能找到的那些楼差，”芭芭拉说，“前台的尼克松照应一切又十分内行。我总对他说，他这样的人在悉尼找份工绝不会有问题。”

　　“尼克松？”玛丽娜说。

　　“真的叫尼克松呢。”杰克说，他的双眼已微微发红。

"好吧，在转交信件方面他也不过如此，"玛丽娜说，接着她想了想，"除非你们其实已经收到我的信了。"

芭芭拉稍稍站直了身体。穿着高跟鞋的她比玛丽娜要高一些。"我们没收到，我已经告诉你了。"

玛丽娜耸耸肩："那尼克松也真的不过如此。"

"所有信都直接投进安妮克的信箱。"她走开一会儿，从另一个房间里拿来一只两边有把手、模样精致的钢制小匣子，是那种女孩子独自在家、感到无聊时，会在设计网站上订购并着其寄来巴西的东西，只因用硬纸盒子装信有欠整洁。"瞧，"她说，"我连看都不看。安妮克说直接放进盒里，于是我也就照办了。盒子总是放在她的办公室里。"她将匣子放在丈夫脚边的矮凳上。他的褐色的脚上有一道淡淡的V形条纹，是穿人字拖鞋晒太阳的缘故。"我过去也回信，告诉人们不要来拜访她，但最后，安妮克觉得任何形式的互动都是一种鼓励，叫我别再回了。"

"那些人会将拒绝理解成鼓励。"杰克说。

玛丽娜走过来，在匣边坐下，将手中的酒杯放在地上。她什么也没问，径直将手指插进第一封信的后面，往前翻找起来。不多久就找到写在自己酒店的白色信封上的自己的笔迹。"伯温德尔，"她说，将这一封扔在矮凳上，接着又折回匣子，找到另外两封，"伯温德尔，伯温德尔。"

杰克俯身从信封里抽出信纸。"亲爱的伯温德尔先生、太太。"他开始念起来。

"哎呀！"芭芭拉用手捂住耳朵，"你让我觉得自己像个白痴似的。从现在开始，我会看信的，我保证。"

玛丽娜抬头看着她："你们没有账单寄来吗？"

杰克摇摇头："账单都直接寄往明尼苏达。我打赌手续一定挺麻烦。"

当然是这样，这样才能保证任何人不受侵扰。玛丽娜继续检查匣子。匣子的侧边整齐插放着许多杂志：《哈泼斯》月刊、《纽约客》、《美国科学》杂志、《新英格兰医学杂志》。匣中有许多信件看来寄自沃格，还有些国外寄来的信，有些信封上看得出信寄自某个医院或某个大学，或某个别的药物研究公司。她的手指不断翻找着、翻找着。

芭芭拉越过匣子的边缘，看着自己雇主的信件被一个自己实际上一无所知的人检阅。"我不确定我们该不该这样做，"她语气迟疑地说，仿佛此时才意识到，将整个匣子拿出来或许不是明智之举，"除非你还写了更多的信给我们。她不希望我们——"

但她找到了。无须翻到很后面，他来这里不过是最近的事。"安德斯·艾克曼。"她将蓝色的航空信封扔在自己酒店的信封上面。杰克迅速将脚抬了起来，俨然她扔下了什么滚烫的东西。

芭芭拉俯身看着，不去碰它。"我的上帝。你觉得这是谁寄的？"

"安妮克·斯文森大夫代转安德斯·艾克曼"，地址写得很不明确。"他的妻子。"玛丽娜说。一旦确定了凯伦的笔迹，再往下找就方便了。从现在开始，所有她从匣中拿出的信，都应该是在他进入丛林后写的。一旦他离开城市，将信寄到马瑙斯斯文森大夫的府邸，就是她联系到他唯一的机会，她手上再没有其他地址了。他进丛林以前，她应该可以给他打电话、写邮件，或如果她尤其多情，则可以往他的酒店寄平信。凯伦会写到孩子，写到雪，劝他既然身体状况越来越差就应早日归乡，而且不管怎么说，他们在整件事的一开始并没有考虑得很周详。玛丽娜深知经手的每一封信的内容，她一封接一封地将它们扔在杰克原来放脚的地方。她恍惚看见，凯伦坐在家中厨房的中心料理台边，一张高脚凳上，在送孩子们去上学后的上午，在哄他们入睡后的深夜，一张接一张地写着，她低垂着头，金发掖在耳后。仿佛自己就站在她身后一样，玛丽娜能读到那些信。上面写着："回来吧。"信有时是单封送抵的，有时两封一起，甚至也有三封一起的时候。凯伦每天都会写，有时一天要写两封，因为除了给他写信，她再也帮不到他什么了。但她终究没能帮到他。玛丽娜毫不怀疑，安德斯知道凯伦在给他写信，也知道她的信都搁浅在了马瑙斯。这点上，安德斯对自己的妻子是有信心的。但由于没有收到这些信，他也就没能知道她其实收到了他的信。安德斯一定到死都在猜想自己写的信中是否真有一两封被送出了丛林。谁能不担心朽木桩里的男孩儿也许接过硬币、拐过河湾，就任信随波流去，被鱼和淡水海豚撕毁了？与此同时，凯伦·艾克曼将自己的爱恋化作动力，以无比的勤奋，书写着给自己丈夫的一封封、现在就摆在斯文森大夫公寓里的一张皮矮凳上的信。

　　不觉间，芭芭拉已经走去和自己的丈夫坐到了一起，他们各自拿着酒杯，看着越来越厚的一沓信，脸上有了歉疚的红晕。"你准备怎么处理这些信？"芭芭拉等玛丽娜最后一次复查所有信件后，立即问道。

　　玛丽娜俯身拾起掉在地上的几封。"不知道，"她说，"我会带走。但还不知道要怎么处理。"

　　"这张不一样。"杰克说着，从信堆里夹起一个小一些的信封。

　　玛丽娜拿过来，草草看了一眼。"这是我寄的。"

　　"你也给他写信？"芭芭拉问。

　　玛丽娜点头。信堆里一定也有孩子们的信。凯伦会替他们写好地址。

　　"你爱他？"

　　玛丽娜拿着满手的蓝信封抬起头。芭芭拉·伯温德尔显得更有兴趣了。她继续靠近来，有一大片亮泽的头发，猛地向前晃了一晃。"不。"玛丽娜说。她还想补充几句严厉的话，却突然被完全不同的一种想法摄住了：也许她爱他。这个想法使她的双颊涌上了血。是的，虽然他活着时她没有，写那封信时也没有，但是现在呢？她夜晚入睡前、清晨醒来后都会想到安德斯。每走过一条街都幻想他也正站在这条街上。她想象自己陪伴着濒死的他，将他的头放在自己的腿上，这样便不用去面对他孤独而死的事实。是的，至少有那么一分钟，她的确爱上了她这位死去的朋友。"我们一起工作，"她说，"研究同一个项目。午饭也总是一起吃。"玛丽娜拿起自己写的那封信。里头只是一些她认为他会感兴趣的空斑①减少数据。她庆幸他并没有收到这封信。"时间久了，势必习惯了彼此，也有了一定的牵挂，但不是爱。"对玛丽娜来说，这个夜晚应到此为止。她将信叠放在腿上。她又累，又难过，想不到宾主之间还有什么话可以和对方说的。

然而伯温德尔夫妇希望她留下来。芭芭拉说她可以做一顿简单的晚饭，杰克提议大家一起看个电影。"我们买到一张《陆上行舟》②的碟片，"他说，"厉害吧？"

"如果你愿意的话甚至可以睡在这儿，"芭芭拉说，她的浅色的眼眸随着这一想法的诞生闪亮起来，"会很有意思的。现在让我们说定，我们会睡得很晚，然后喝很多很多酒。"

玛丽娜和伯温德尔夫妇之间相差的二十年岁数，是一道不可逾越的鸿沟。无论玛丽娜多么不喜欢自己的酒店，比起劳神的过夜派对来，它还是好的。"谢谢你们，真的。但下午晒了那么烈的太阳，我真的很累了。"

"那，至少让杰克送你回酒店吧。"芭芭拉说，杰克则仿佛突发了骑士精神，立即站起来开始找凉鞋。

"我没关系。"玛丽娜说。她将信放进包里，想在他们想出别的提议之前尽快离开。

---

① 病毒使宿主细胞裂解或生长迟缓而在细胞生长的背景上出现的透光斑点。
② 德国导演维尔纳·赫尔佐格1981年的作品。

当意识到同伴真的要离去时，芭芭拉变成了一朵凋萎的花。没能想出更吸引人的活动，这一事实令她觉得很挫败。"每次见面，我们给你的印象都很差。"她说。玛丽娜安慰道这不是真的。芭芭拉的一只肩膀靠在走廊的墙上。虽然不能说她挡住了去路，因为她不够宽，但可以说她想拖延一会儿。"你要是不把信的事告诉安妮克，可能对我会好一些，"她终于开口说，转着自己的手镯，"如果她知道我让别人来通查了信件，她会不高兴的，虽然你将艾克曼大夫妻子的信全都拿走并没有做错。"

玛丽娜想起过去岁月里其他住院医师央求她不要告诉斯文森大夫的事，比如诊断结果被实验室数据证明是伪造的，比如考砸了一次试。她也记得无论怎样，斯文森大夫最后都能狡猾地了知一切。"我横竖现在什么都无法告诉她。"

芭芭拉用冰凉的双手握住玛丽娜的手。"但你以后就行了，当你再次见到她时。"

"这些信属于安德斯和凯伦，与其他人都没有关系。"

芭芭拉充满真诚感激地微微一笑。"谢谢你。"她说。她捏了捏玛丽娜的手。

玛丽娜一回到酒店就将所有信都放到了床头柜上。她看着它们组成整齐的一叠。她不愿意保管它们。它们太私人化，不该待在斯文森大夫的信箱里，但跟她待在一起也同样不合适。她将它们转移到床头柜的浅抽屉里，放在葡语版《圣经》的旁边，接着给凯伦打了个电话。她需要听听她的声音，她觉得这样就能打消自己因为对她的丈夫产生了一瞬间的爱意而感到的愧疚。

"已经很晚了。"玛丽娜说。直到拨通电话她才意识到时间问题。

"我反正睡不着，"凯伦说，"更倒霉的是，过了八点就再也没人打电话来了。他们都怕吵醒孩子们。"

"我没考虑到这一点。"

"我很高兴你没有。反正他们是吵不醒的。今天上午我给你打过电话。福克斯先生把你的移动电话号码给我了。"

"他同你联系了？"

"他想知道我们好不好。"凯伦打着哈欠说，"他比我想象中更是个好人。或者也可能他寂寞了。我说不好。他说你还没找到她。"

"我找到了伯温德尔夫妇。"

"伯温德尔夫妇！"凯伦说，"我的上帝，他们好吗？"

"安德斯提过他们？"

"有段时间提过，还提了一点儿别的事。他们快把他逼疯了。他不喜欢伯温德尔夫妇。"

"我能想象。"

"他觉得他们在牵制他。感觉上好像他们就要把斯文森大夫交出来了，但是又迟迟不进入主题。他一直不能确定他们究竟知不知道斯文森大夫在哪儿，但他对他们示好可是花了相当一段时间。"

"哦，那么我想我已经步上正轨了。他找到斯文森大夫前在马瑙斯待了多久？"

凯伦想了想。"一个月？我不很确定。但我知道至少是一个月。"

玛丽娜合上双眼："和伯温德尔夫妇一起过一个月，我可受不了。"

"他们说了安德斯什么吗？"

"他们不知道他已经死了。"玛丽娜说。

这之后，电话两头进入了长久的沉默。玛丽娜听到，远在伊登普莱利市的凯伦放下了听筒，她只好等待着。玛丽娜躺倒在床上，凝视着搬来这房间后每晚都一边沉思一边凝视着的天花板上淡淡的水渍。她希望自己能将手放在凯伦的头上，摸摸她的头发。"你是如此勇敢，这是我的幸运。"凯伦回到电话那头时，她的呼吸变样了。

"对不起。"玛丽娜说。

"眼泪来得太突然了，"凯伦说，努力调整呼吸，"他们不知道他死了，说明她没有告诉他们。她为什么不告诉他们？"

"就是因为你刚才说的原因呀——他们联系不上。她好几个月才进城一次，连信件都不看。"玛丽娜不知如何处理那些信，但她不会将信件在她手上的事告诉凯伦。这她已经决定了。远隔千百英里，玛丽娜听着她的哭声。床上的孩子们都睡着了。皮克斯也睡着了。"需要我打电话给福克斯先生吗？"她说。听起来虽不是个好主意，但她也只能找到这一个人了。

凯伦再次放下听筒，擤了擤鼻涕。她在努力控制自己，玛丽娜能听出来。她发出了一种一个人与巨大的伤痛摔跤，要把它摔倒在地的声响。"不，"她说，"别打。最近我常如此，必须习惯起来。"

"我还有别的事想说。"玛丽娜说。

"我知道你有。"

"这里糟糕透了，凯伦。我讨厌这里。"

"我知道。"她说。

那天晚上，也就是她发起高烧来的第一个晚上，她梦见与父亲一起在雨林中的河上泛舟，船翻了，父亲淹死了，她被独自留在了水里。船漂走了。在此之前，玛丽娜已经忘记了父亲不会游泳这件事。

"我终于想出你会喜欢的活动了。"芭芭拉在电话里说。

自玛丽娜去了伯温德尔夫妇的公寓后，几天来他们都没有联系她，她自己也没有离开房间半步，甚至极少下床。她不知是预防昆虫传染病的药物使自己不适，还是虽然吃了药却还是染上了昆虫传染病，而且从身体疼痛、躯干出现奇怪红斑等症状看来，由心理作用引起也不是没有可能。也许她主观上正在促成自己的病倒，以便整件事情可以就此结束。接着她想到，或许安德斯也是这么做的。"我发了一种每天早上七点准时来袭且会逗留两个小时的烧。到了下午四点它再来时，我已被烧成了一堆怒气冲冲的尘埃。几乎每天我都会头疼，我担心，正有什么亚马孙的小动物在啃噬我的大脑皮层。"这封信玛丽娜只读过一次，但已经背了出来。"什么活动？"她问芭芭拉·伯温德尔，在马瑙斯，她想不出有什么东西会引起她的兴趣。

"我们去听歌剧！安妮克有一个包厢。这一季的歌剧从明天就开始了。我们有她的票！"

"她在剧院有专门的包厢？"玛丽娜此时没有力气愤慨，但说真的，难道这种荒唐的事就没有个下限吗？

"显然是因为几年前的一次雨季太厉害，她不得不在城里待了很长时间。她说歌剧救了她的命。"

"呃，我觉得歌剧不会救得了我。我生病了。我需要待着。"

"你吃什么了吗？"芭芭拉问。这是个很有逻辑的问题。市场摊位卖的食物，如果肠胃里没有繁衍了几代的适当菌群，吃了是可能会致命的。

"只是发烧。"玛丽娜说。

"高烧还是低烧？"

"我没有体温计。"她觉得无聊。她想立即收线。

"好吧，"芭芭拉说，"我大约一小时内过去，会给你带些衣服试穿。"

"我不需要人陪，也不要衣服。很感谢你的好意，不过我自己是医生，我知道该怎么办。"

"你可不知道。"芭芭拉轻快地说。

酒店前台多莫，出于百折不挠和一种玛丽娜自己难以企及的信念，仍每天致电机场，询问她的行李。它在西班牙被发现过一次，其后再度失踪。每次有人因夜半的尖叫声而打电话抱怨时，都是他去她房里处理，而现在因为她病了，他还要负担照顾她的责任。他为她送来咳嗽糖浆、碳酸饮料和又硬又干的饼干作为餐饭。事实是，被人遗弃的玛丽娜的状况越来越糟，已经博得了整个酒店的同情，但所有职工都一致认为，玛丽娜属于多莫的职责范围。

于是当不知多久后（睡眠就像一种她不断摆脱又沉入的麻醉状态）门上响起敲门声时，玛丽娜认为是多莫来了。她披上当作睡袍的备用床单，打开了门。

芭芭拉在开口前，狠狠地上下打量了她一番。"噢，你真倔，"她拖着长音慢悠悠地说，"为什么不给我打电话？"

发觉自己无法立即回去睡觉的玛丽娜，失望地往黑暗霉臭的房间里退去。澳大利亚人跟着她走了进来。

"我给你带了点儿东西。"芭芭拉举起一只脏兮兮的小纸袋和一只刺绣大包，俨然它们是很珍贵的什么东西。因为玛丽娜一直不起床，清洁工已经好几天没进来了。饼干碎屑像沙子一样撒了一地。伯温德尔太太打开门边的电灯开关，然后拉开百叶窗。她只说了一句话，"你不该这样过日子。"

"我的标准已经发生了改变。"玛丽娜重新缩回床上。人们总是以为，在自己不熟悉的人面前是很难睡着的，而那其实是世上最简单的事。

芭芭拉从包里拿出一只纸杯，揭开杯盖。"来，"她说着，将纸杯递过去。"坐起来。这个要趁热喝。"

玛丽娜凑上去闻了闻杯中物。它闻起来仿佛河水煮沸后剩下的最

浓缩、最令人作呕的部分。甚至在颜色上它也酷似河水。杯口蒸腾的
热气像是清晨河上的雾。"你从哪里弄来的?"

"从市场里的萨满法师那儿,你在尝试以前最好先别说法师不
灵。我被这个国家半数的昆虫咬过,发过很吓人的烧,长过我提都不
想提的疮。杰克有过一次食物中毒。当然是他自己不好,在街头小贩
那里吃了一种烤海龟。我满心以为他要死了。每次都是萨满法师救了
我们。和他共用一个银行账户我都愿意。"

萨满法师与沃格之间当然也有直接转账了。"但是我没有去看过
萨满法师,"玛丽娜说,努力在非逻辑中建立一点儿逻辑,"他是怎
么决定处方的?你去之前也没有先来看过我。"

"我口述了一下情况。实际上是米尔顿在我将情况口述给他以后
他又口述给了萨满法师。法师跟我说的葡语好像不是同一种葡语,
而我觉得把情况说准确很重要。哦,对了,米尔顿希望你感觉好些
了。"她将纸杯抵在玛丽娜的胸骨上,这样举着,直到她接了过去。

"愚蠢至极。"玛丽娜说,垂头看着热气腾腾的液体。杯子很温
暖。杯中气味分着层地升腾上来: 水、鱼、泥土、死亡。

"喝呀! "芭芭拉严厉地说,"我劝得累死了。全喝下去,一口
喝, 快点儿。我们既然处在地狱里,就得这么做。"

玛丽娜被这条命令的力度和芭芭拉·伯温德尔脸上沮丧得要发疯
的表情给吓住了,听话地一次喝完了一整杯令人作呕的液体。它喝起
来并不完全是液体,越到杯底越厚,越黏稠,喝完后喉部还似有一些
小木屑似的硬东西梗阻着。他们划的独木舟是圆柱形的,它翻倒后,

她和父亲就被双双抛入了河里。河水眯住了她的双眼，灌进鼻子和嘴。她在终于游起来以前，一直沉在水里，此间口中除了河味别无他味。现在喝的药，令她把那个味道记起来了。

"把头枕回去，大口呼吸，"芭芭拉说，"别吐出来。"她在玛丽娜跟前跪下，将手放在她的双膝上。福克斯先生曾说，玛丽娜和安德斯之间的区别，在于安德斯没有想到在生病时要及时回家，现在看来，这似乎不是想不想的问题，而是能不能的问题。一阵寒意穿透她的身体，她潮湿的皮肤一寸寸颤抖开去，脊椎一阵痉挛。

"好了，"芭芭拉小声说，仿佛拍打一只小狗的脑袋似的拍打着她的膝盖，"还有一件事。从现在开始你会突然病得很重，但只是一小会儿，就一小时左右，或者两小时。这取决于你体内有多少需要摧毁的东西。接下来你就全好了。会比生病以前还要好。我很乐意陪着你。反正我今天下午没事。"

玛丽娜看着自己的客人，然而她真正能看清的，不过是她头发的光泽，且这个光泽似乎正向一条通道的深处隐去。玛丽娜说自己不想让她留下来。

芭芭拉失望地向后跪坐在脚跟上。她捏起玛丽娜冰冷的手指，上下晃悠着。"好吧，那我五点再来，讨论你明天穿什么衣服的问题。我带了几件，你穿起来应该挺好看。有个身高相仿的朋友真是件好事。"她顿了顿，"你现在感觉到要病倒了吗？尽量拖。拖得越久，药效越好。大口呼吸很有帮助。"

从玛丽娜的前额、头顶心和后脖颈，一串串的汗珠滚了下来。从她的鼻孔里，以超越汗水和泪水的速度，流出了一条细细的清鼻涕。她没有将手举到脸上。任由这面湿滑的液体之幕往下倾泻着。虽仍处在症状早期，但她清楚自己做不了什么。她剧烈抽搐着，颤得牙齿几乎咯咯作响，为此不得不努力张着嘴。就算有解药，现在去找也晚了。眼下就是真正的终结。她现在终于知道那是什么感觉了。倘若她活下来并再一次经历它，定能一下子就把它认出来。在思路清晰的最后一刻，玛丽娜想到一个问题：自己这样算是被谋杀了吗？或者，因为是自己拿起的杯子，这等同于自杀呢？

城外遥远的地方，三只青蛙呼唤着她，它们深沉而富有节奏的声音，引导着血液流进了她的心脏。

玛丽娜醒来时躺在浴室冰凉的瓷砖上，头下枕了一堆毛巾。她睁开眼，看见一只中等大小的红蜘蛛，刚刚钻进了洗手池柜的下面。她不清楚这段她不知过了多久的时间内具体发生了什么，并为此感到庆幸。她吸气、呼气，活动了手指和脚趾，努力张开嘴又闭上。巫药导致的症状已经远去，同时亦粗暴地带走了她原来的那种不知是什么的病。她还活着，甚至可以说很健康。她躺着时接触地板的那一块臀部很酸，但这几乎算不得什么。她小心而缓慢地将自己拽起，站直，而后跨过一段极短的距离，进入了浴缸。为安全起见她坐了下来。她打开莲蓬头，让热水冲在头上，直到热水快放完为止。接着她刷了牙，喝了一瓶水。她浑身酸痛又无力，但体验到了一种标志着寒热已过的神志上的清醒。她转了转脖子，头上包着毛巾，赤膊走进卧室，发现房间很干净，芭芭拉·伯温德尔正坐在窗边一把椅子上读《新英格兰医学杂志》。

"看看谁起来了！"芭芭拉说。

"你不是要走吗？"玛丽娜说，但只说出了很小的声音，她咳了咳，努力恢复被呕吐拉伤了的声带，"你本来不是要走吗？"她在床脚发现一块叠好的浴巾，忙用它把自己包了起来。

"本来是要走，但你发作得太快了。它在你身上真是立竿见影。我想我最好留下来，以免你把头磕在马桶上，或者发生诸如此类的事。你觉得好多了，对吧？我一看就知道了。"

"的确好多了。"玛丽娜说。她无法对不久前刚刚毒害了自己的人表示感谢，却也不能否认那毒药的确使她的状况得到了改善。

"这篇文章我从没看过，"芭芭拉举起杂志说，"真好看，即便是讲科学的那些看不懂的地方也好看。我忍不住想，研究进展得如此顺利，是一件多么幸运的事，不知不觉在你房间里坐了好几个小时。必须说，读这篇文章以前，我其实完全不明白安妮克的工作。一想到可以不用抓紧时间，即便到四十、五十——甚至六十岁，都还能生自己的宝宝，简直令人高兴坏了。"芭芭拉停下来看着房间的主人。"哦，对了，我还没问过你呐，你有孩子吗？"

"没有，"玛丽娜说，空调被开到了最大挡位，她开始冷得发抖，"我想穿衣服了。"几天来她头一回感到饥饿起来。

"啊，当然，当然。"芭芭拉从椅子里站起身，"这本杂志能借给我吗？我想杰克一定也想读一读。"

"可以。"玛丽娜说。

"试试那些衣服，告诉我你喜欢哪件。"芭芭拉走到门边又停下说，"我很高兴药起了效果，你也好多了。我去告诉萨满法师，他也会高兴的。我们明天晚上七点来接你，好吗？"

她这么说并不是为了征求她的意见，玛丽娜还没来得及回答，芭芭拉·伯温德尔和《新英格兰医学杂志》就都离开了。

第五章

重逢

　　身在丛林里，就很难相信自己
了。有些人过一段时间能够适应，另
一些人永远都适应不了。

去亚马孙歌剧院与其说是看歌剧，不如说看的是剧院本身。票是格鲁克的《奥菲欧与尤丽狄茜》[1]，一出聊胜于无的歌剧，楼宇本身才是看点。它有两座长而弯曲、从两边向上在正中汇合的楼梯，还有布有许多白色柱形墙饰的、高大的蓝色墙体，和一只由吓人的大风从俄国某城堡上刮下、又一路吹到了南美洲的铺满瓷砖的圆顶——至少某天早上玛丽娜用移动电话给它拍照时，一个观光客是这么告诉她的。没有任何合理的解释，可以说明这样一个地方究竟为何要造上这样一座楼。玛丽娜将其想象为阻挡雨林的最后一道文明防线。也许没有这座歌剧院，藤蔓就会爬过城市将其整个吞没。

"当地人笃天发誓说，谁也没有建造它，"芭芭拉说，从小小的黑色漆皮晚礼包中拿出戏票，"他们说它是突然出现的。"

杰克点点头。这是他最赞许的一种说法。"他们说它来自一架宇宙飞船，是番邦外星进贡给某位王子的礼物，因为那位王子只有在这座建

---

① 三幕歌剧，1762年在维也纳首演。

筑中才能行房。"

　　芭芭拉·伯温德尔穿一件象牙白短裙，露着两条光腿，一双搭配晚礼服的凉鞋，将晒得金黄的赤裸的小腿和大腿衬托得更夸张了。这条裙子她原先要给玛丽娜穿，但玛丽娜拒绝了。芭芭拉装在刺绣大包里带来的裙子，无一不缺少某块关键的布料：或前襟、或后背、或裙摆，玛丽娜所能做的选择，不过是决定自己身上的哪一块最能暴露出来。象牙白的裙子虽然领线低调，且配有长袖，但短得连三年级小学生穿了都要脸红。最终玛丽娜权且穿上了一条灰色绸缎的直筒长裙，露出了臂背。芭芭拉答应借给她一条披肩，虽然她说这样不免破坏了裙子的曲线。待寒热退去、呕吐停止后，玛丽娜不仅对巫药，且对得到这件不合她年龄的裙子以及去看歌剧的机会，都变得感激起来（虽然也很后悔自己此行前没有打过甲肝疫苗）。她很高兴终于有了将指甲垢剔净的理由，很高兴能在夜晚出门听音乐。伯温德尔太太还在演出前去她的酒店帮她别了个发髻，涂上了眼线，仿佛她是个新娘。玛丽娜有许多背得出元素周期表的朋友，但从高中起，她就再没有一个朋友对整理发型有什么天赋了。芭芭拉在一通操作后将玛丽娜带到镜前，以便她为自己的劳动成果所倾倒，即便在婚礼那天都没有如此漂亮过的玛丽娜，不禁折服了。"你必须时不时地逼自己打扮一下，"芭芭拉说着，将一只耀眼的金镯扣在玛丽娜的手腕上，"相信我，否则待在这里简直没劲透了。"

　　当他们三人一道穿过剧院大厅时，前来听戏的人们全都对他们行了注目礼。头发光亮、戴一副淡色墨镜且有些微醺的杰克，看起来颇像会同时携带两个女伴出行的男性。他穿一件麻布白衬衣，前襟从上到下绣了白色花纹，作为冲浪手来说已算穿得很正式。玛丽娜只可惜自己今晚这种无法再现的美统统浪费在了伯温德尔夫妇身上，不免有些伤感。说起来，福克斯先生也爱歌剧。他来此看望她并非完全没有可能。她想象自己将手的重量托付在他的手臂上。

领座员用胸前挂在天鹅绒绳索上的铜制万能钥匙为他们打开了通往包厢的门。他在分发节目单时，对他们每人都微微鞠了一躬。共有八张红色天鹅绒座椅供三人选择。玛丽娜凭靠着铜制护栏，俯视马瑙斯富庶的市民寻找自己的座位。剧院的内部像一块婚礼蛋糕，精心装点过的每一层都小心翼翼地堆在另一层上，直升到绘有天使用手拨开浮云的图景的天花板。水晶灯的灯光暗淡下来了，杰克将手放在妻子的一条腿上，芭芭拉架起另一条腿，夹住了他的手。玛丽娜把注意力集中在楼下的交响乐队上。芭芭拉靠向玛丽娜，表情极为诚恳地耳语道，"我很喜欢这一段。"玛丽娜不知道也没有问她说的是哪一段，但当灯光暗下，序曲的旋律冉冉上升至他们位于三层的包厢时，她明白了。一瞬间，音乐让她忘却了马瑙斯所有的昆虫，忘却了市场摊位上胡乱堆着的鸡头和等在一边希望鸡肉掉下一块来的饿狗，忘却了用扇子驱赶鱼筐上的飞蝇的孩子，虽然她知道不该遗忘孩子，但还是忘了。她很想忘掉他们。她甚至遗忘了气味、拥挤的交通和黏稠的满是血的池塘。一扇扇的门将他们与音乐封锁在里面，也隔绝了外面的世界，突然间，建造歌剧院对于人类生存的必要性变得不言自明了。正因为有了它，他们才不用在外面难耐的暑热中腐烂而死。它以那些杀人的基督教传教士所无法想象的方式，拯救了人们的灵魂。在过去几天的高烧中，玛丽娜逐渐忘记了自己。整座城市，连同甲氟喹片，连同她的挫败感，以及想要及时回国看丁香花开的疯狂愿望，一起将她摧垮了。而此时，交响乐队奏出的音符帮她重新想起了自己。随着大提琴手的弓每一次擦过琴弦，她的疑惑也逐渐被擦掉了，木管乐器的乐音在她体内充注了力量。坐在黑暗中的玛丽娜想，这座剧院，或者实际上是这出歌剧，应该是为了拯救自己而存在的。她知道奥菲欧的故事。她自己就是奥菲欧，而安德斯就是被毒蛇咬伤致死的尤丽狄茜。玛丽娜被派往地狱要将他带回。如果凯伦能够离开三个孩子，奥菲欧本来会是她，奥菲欧原该是她的角色。然而凯伦现在在明尼苏达，玛丽娜却在此，她脑中充满了安德斯和与她之间七年的友谊，以及一周五十小时一起观察脂类，互相聆听对方呼吸声的经历。

芭芭拉打开小手包，递给玛丽娜一张舒洁纸巾。"沿着眼睛下面呈一条直线地擦过去。"她轻声说。

扮奥菲欧的女人穿敞身长袍，油亮亮的头发往后服帖地梳着，收在镀金叶冠之下。她站在舞台中央，手捧七弦琴挡住胸部，正和着合唱队唱出满腔的悲伤。

杰克倾身，越过妻子问玛丽娜，"怎么是个女的？"玛丽娜用纸巾轻按鼻子，也倾过身去，说原先这个角色是专门写给一个阉人歌唱家的，这时，一只手伸到了他们当中，啪啪拍打了两下杰克的肩膀。

"安静。"一个女人的声音说。

沿着三人座椅的雕花木腿和天鹅绒椅垫，仿佛同时爬上了三股电

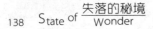
压，玛丽娜和伯温德尔夫妇二人一齐挺直了脊梁。他们三个人同时慢慢转身，然而那只手插到了芭芭拉和玛丽娜之间，指向舞台。他们就这样看完了歌剧的剩余部分——眼望前方，注意力却完全集中在身后的斯文森大夫身上。

斯文森大夫！她从雨林归来，竟毫无征兆地出现在了剧院里。不过他们却不能像正常人那样马上去楼梯上或楼下大堂里，开始几周前就该开始的谈话，而要被迫等待着。一开始，玛丽娜常考虑自己见到斯文森大夫时要如何如何，然而在巴西待得越久，她越觉得找到她是无望的。那以后，她脑中的场景就换成了如何回家对凯伦和福克斯先生说明自己失败了。从地下回到人间的漫漫长途上，尤丽狄茜一直跟在奥菲欧后，喋喋不休地抱怨着，她可爱的女高音逐渐演变成了一把折磨人的锯子——你为什么不看着我？为什么不爱我了？上帝啊，便是像她这般的美貌，别人也难以容忍她。玛丽娜的双眼定定地注视着前方，竭尽全力不把身体转过去。她注意到杰克的手已经从妻子的双腿间抽了出来，两人也都全神贯注地盯视着舞台，想必正在担心有没有好好给公寓通过风，有没有铺床，有没有把蕾丝内裤什么的收进自己的抽屉里。因为三层包厢里稍稍有些热而在熄灯后脱下披肩叠放在腿上的玛丽娜，此时顾虑着自己落在斯文森大夫投向舞台的视线里的裸露的手臂和后背，顾虑着使自己看起来像个中国公主的、复杂的用两支缀有金色小扇子的黑发簪固定住的发髻。她想象自己身处病房，穿着这袭深灰色的长裙坐在病床前，被突然进来的斯文森大夫逮个正着。"我是收到传呼直接来的，"玛丽娜为自己服装上缺失的那些布料做着解释，"我本来在看歌剧。"

最令她惊讶的是自己心中的恐惧，她感到肠子深处有钝重的锤击。打开试卷考试，以及后来在会诊被点名时，她每每有这样的感觉。"希恩大夫，请你向我们解释一下为什么病人仍然感觉麻木！"玛丽娜原来设想的是愤怒和对峙。她将无视有人唱歌，无视其他人也能听到她的声音的事实。在她的计划中，她准备这样说，"我希望你告诉我安德斯到底出了什么事！"多天真的想法。其实有她说话的份吗？她坐在这里是要等着斯文森大夫对她说话的。"希恩大夫，我当然还记得你在巴尔的摩把那孩子弄瞎的事啦。"她腋下的汗水止不住地沿着肋侧流下去，且由于裙装的剪裁——上端系在脖子上，下端一直裸到腰背，汗水快流到腰部才濡湿了它。奥菲欧再也受不了尤丽狄茜的滋扰和猜忌了。难道为你来到地狱还不足以证明吗？他本可以这么说。你就不能信任我对你的爱吗，我们最多还要二十分钟就能走出这条狭窄的小路了，你就不能闭嘴吗？但是不，这出戏不是这么演的。他必须看着她，他必须这样做，以证明自己的爱情。他必须这样才能让她停止抱怨。他向挚爱的她转过身去，如此一来，又一次将她杀死，将她送回了故事最初所在的那片无尽的沉睡的深渊里。

玛丽娜满心希望歌者和乐师们，因为感受到从三层包厢里弥漫出来的紧张气氛，会停止歌唱，放下手中的乐器。然而现实中却不会发生这样体贴的事。这出剧中不仅有情节表现人物如何因主人公白费了努力而活来又死去，还有更多的曲折，以及一段超长的舞蹈表演需要忍受，好在，最后总算演完了。玛丽娜和伯温德尔夫妇热烈鼓掌，将等待时被抑压的力量，在拍击的手掌间宣泄了出去。"好！"女中音谢幕时，杰克喊道。

"没有宣传的那么好。"斯文森大夫站在三人背后说。

这句话起到了解禁的效果，三人仿佛斯文森大夫指挥下的合唱团，一齐站起来，转过了身。"虽然的确没那么好，"芭芭拉接口说，"但上剧院实在是件美事呀。"

"位置也很好。"杰克说。

因为穿了伯温德尔太太的高跟鞋而长高了许多的玛丽娜，没有料到斯文森大夫的身高，转身后直接越过她的头顶看到了后方包厢里的另一个人，此人穿西装，站立在墙根。此人——米尔顿——对她做了个"你好"的口型。

芭芭拉用手臂勾住玛丽娜的脖子，将她拉拢过去。虽然这种姿势可能出于占有欲，也可能是为了表现友爱，玛丽娜却强烈感觉到，这姑娘这样做是为了让自己站稳。当她与芭芭拉·伯温德尔侧肋靠着侧肋、胯骨贴着胯骨时，她感到了对方的心跳。两人之间能感到一种微弱的震波，她分辨不出究竟谁是震源。"安妮克，你认识我的朋友希恩大夫吧。"芭芭拉说。

"希恩大夫。"斯文森大夫说着伸出一只手，既不肯定也不否认自己同她认识。而斯文森大夫呢，除了这里的日头把她在冬季无阳的巴尔的摩时苍白的皮肤晒得黝黑，除了她的灰发已然全数斑白了以外，过去十三年仿佛没有动她一个指头。她的发型仍是玛丽娜记得的那样，像一朵云一般，蓬松杂乱地飞扬在她宽阔、不施粉黛的脸庞周围。她有湛蓝而明亮的眼睛，手握在玛丽娜的手里，感觉软绵绵、肉乎乎的。她的着装朴素而实用，且衣服上有褶皱，看来没有为夜晚来歌剧院做过任何修饰。她很可能是直接从码头过来的。这个决定了玛丽娜命运的女人在其他人眼里看来很像是个跟团来亚马孙游玩的瑞典老奶奶。

"我很高兴——"玛丽娜开口说。

"坐，坐，"斯文森大夫说着，自己开始找位置坐，以便树立榜样，"她马上要唱维拉-罗伯斯①了。"

"唱什么？"芭芭拉说。

斯文森大夫狠狠瞪了她一眼，作为回答。当美丽的、扮演拖沓无趣的尤丽狄茜的女高音将一只手端庄地举到胸前，低头接受海啸般的掌声时，斯文森大夫挨着玛丽娜的位置，坐在了第一排第四个座位上。维拉-罗伯斯是巴西对古典乐唯一的贡献，也许因为他的作曲在旋律上比格鲁克的作曲好听得多，或许是女高音想将她在刚才的角色中没有机会展示的温柔的吐音展示出来，玛丽娜一瞬间竟忘了已经发生的和就要来临的诸多烦心事（安德斯的死亡和如今已迫在眉睫的与自己的教授的雨林之行），只静静地听着。她有一颗一个人声和八把大提琴就可以安抚的心。

"这才叫不虚此行。"女高音得到了十五分钟狂风暴雨般的掌

---

① 海特尔·维拉-罗伯斯，拉美最负盛名的古典乐作曲家，也是指挥家和大提琴家。

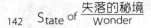

声，终于离开拱顶舞台后，斯文森大夫说。他们拿起节目单，打开通往包厢外的门时，斯文森大夫对玛丽娜说话了："你觉得格鲁克怎么样，希恩大夫？"

告诉我们病人的情况，希恩大夫。玛丽娜停下脚步："恐怕今晚我做不了判断。我走神了。"

斯文森大夫仿佛听到了问题的正确答案一般点点头。"我以为还不如走神的好。对一个死去的格鲁克的追忆，要比听格鲁克的作品惬意多了。"她转身往通楼下的楼梯走去，其余四人紧随其后。下楼时，米尔顿挽起玛丽娜的手臂，这令她觉得很感激。她很少穿高跟鞋，此时觉得脚踝直打颤。

"就没人知道她要来吗？"玛丽娜说。她说得很轻，然而此时人群已经都涌到了走廊里，填满了他们周围的空间，人们相互聊着，或拿出移动电话打电话。对此次夜晚外出十分满意的巴西人们，朗声说着发硬的葡语，笃笃笃敲击着空气。

"没人知道。"米尔顿说，两个小女孩儿狂奔着分开人群而过，三级一蹦往楼下驰骋而去，飞扬的裙摆下露出了白色的衬裙。米尔顿扶玛丽娜的手捏得紧了些。"不过猜测是有的。她不喜欢错过每季歌剧的开幕。于是今晚我就推掉很多想坐车来看戏的预订。但这不是因为我知道她要来，我只是猜测而已。"

玛丽娜已经看不见斯文森大夫了，但还能看见走在十二级楼梯之前的伯温德尔夫妇。尤其是伯温德尔太太，简直可以说是指路明灯。"您要是能把这种猜测提前告诉我，我本来会很感谢您。"

"那我就可能让您白担心一场了。她也并不总是来。她从来不总做任何事。"

"我明白，但倘若我知道她今晚有来的可能，至少我会穿上自己的衣服。"

米尔顿在楼梯上停下脚步，同时挡住了身后所有人的去路。"您的服装有问题吗？这套服装有什么问题？"

玛丽娜看见，前方的伯温德尔夫妇一齐低垂着色泽明亮的头颅，已经乘着人之河流出了剧院大门外。她猜想他们一定在和斯文森大夫说话，或至少在听斯文森大夫说话。她没有回答米尔顿的问题，拉着他直接向前去。

夜晚的空气暖热而沉重，只从河的方向吹来一阵带有鱼味的小风。玛丽娜和米尔顿在正门前铺满瓷砖的大露台上找到了另外三人，三人的脸都迎着小风吹送的方向。不计其数的昆虫向着装饰在雄伟壮观的楼体外墙上的电灯飞拥而去，后又飞到下方的露台和街道上。虽然人群十分嘈杂，玛丽娜仍听得蚊虫振翅的嗡嗡嘤嘤声，以及它们发出的几种不同音高的鸣声。它们对光源的痴迷，让她想到了刚才最后一支歌尾声时观众们的样子。他们像疯了一般，似乎怎么都嫌不够。

"伯温德尔夫妇说，自我上次离开到现在什么都没变，"斯文森大夫在米尔顿和玛丽娜走近时说，"这是真的吗？这么大一座城市，什么都没变？"

"别说您走后了，近十年来我都想不出一点儿变化。"米尔顿说。

　　"一定有什么变化吧。"斯文森大夫说。她的脸仰了起来,她上方的聚光灯仿佛只对她一个人照耀着。她看上去像是由光亮雕琢而出,放在了漆黑的布景上,以玛丽娜所记得的同样的方式,与人群划清了界限。在找到了自己寻觅的人的这一刻,玛丽娜剧烈地感觉到,自己生命中的两个相距甚远的时间点,以只有噩梦中才有的方式合并到了一起。上一次她亲眼看见斯文森大夫,还是在那起意外发生的前一天。审讯中她们互无通信,审讯后她即刻离开了她的工作组,所以也不得见。

　　"是啊,比如说,玛丽娜来了。"杰克说。

　　"我想听些我不知道的事。"

　　米尔顿想了想:"罗德里格的店里进了一些跳蚤圈。他说您可以放在您的枕头下边,能防跳蚤。"

　　斯文森大夫赞许地点点头,仿佛正在等的就是这个消息。"我早上会去买一些。"

　　这时,一个身体挺结实的巴西土著小男孩儿向他们走来,轻松地穿梭在成年人之间,连他们的衣服都没有碰到。即便是在拥挤的人群里,人们也能一眼看见他,因为他代表了今晚缺席的两大人群:小孩儿,以及土著。他穿一条尼龙短裤和一件写有"World Cup Soccer"①字样的足球衫,看来就像广场上那些坐在毯子前卖手镯、

───────────

① "世界杯足球赛"。

卖果壳雕刻的男孩儿中的一员。他也有一头黑亮的头发和一双看起来过于大的眼睛，而其实这是因为他的脸太小。符合逻辑的想法是，这个小男孩儿一定也是来兜售物什的，马瑙斯的孩子们叫卖起扇子、明信片和装在木箱里的蝴蝶来，都十分勤恳。但这个孩子的双手空着。

"伊斯特！"芭芭拉·伯温德尔喊着，猛地跪坐在脚跟上，鉴于她穿了这样短的一条裙子，这个动作是很具危险性的。她敞开怀抱拥抱了一头扎进来的小男孩儿，男孩儿将脸埋在她的脖子里。

"因为头发的缘故，"斯文森大夫说，"他怎么也忘不了她的头发。"

杰克弯腰抱起孩子，他的太太也随之站起。男孩儿一手一把，握着她的头发，看得十分认真，好像握着上帝投下的两股闪光的绳子。他已经过了要人抱的年龄了，显然还能被人抱起来令他很高兴。"我觉得你好像长个儿了。"杰克说着，上下掂了掂，好像在掂他的分量。

"他没长个儿。"斯文森大夫说。她拍了拍男孩儿的前胸，他看向她，她又说："希恩大夫。"然后伸出右手食指，将右手碰在左腕上，接着一指划上自己的喉咙，停在她的嘴的前方。最后又指了指玛丽娜。男孩儿松开芭芭拉的头发，向玛丽娜伸出一只手。

"看啊！"杰克说，仿佛这么做对一个小男孩儿来说算是相当高明的技术似的。"他会握手呢。"作为奖励，他将孩子往几英寸的空中上上下下扔了几回，直到他发出一种奇怪的、像海豹一样的笑声，并不得不放开了玛丽娜的手。

　　"很高兴认识你。"玛丽娜说。孩子硕大的双眼紧紧盯着玛丽娜，一刻也不放松。"您为什么不带他进去呢，"她对斯文森大夫说，他是和她一道来的吗？"包厢里有很多的座位。"

　　"伊斯特听不见，"斯文森大夫说，"歌剧对他比对我们来说更无聊。"

　　"这场歌剧没那么难看哟。"芭芭拉对男孩儿说。

　　"他一有机会就喜欢到处走，"斯文森大夫替他解释道，"他喜欢在城里逛逛。"趴在杰克肩头的伊斯特，注意力又回到了芭芭拉的头发上，目不转睛地看着。即便听力没有问题，像他这么小的年纪，一个人在夜间的马瑙斯乱转似乎也并不合适。

　　"要是知道你在外面，我会跟你一起逛的，"杰克对孩子说，"或者我们都可以中途退场。"

　　"他还是可以进去看的嘛。看到那么多人，我想他也会高兴的，"芭芭拉说，"虽然听不见，剧院里还是有很多可看的东西。"

　　斯文森大夫看了看表："我觉得重逢仪式就到此结束吧。希恩大夫和我还有话要说。你不会嫌现在太晚吧，希恩大夫？米尔顿说你已经等了很久了。"

　　玛丽娜说她很高兴立即进行谈话。

　　"好极了。那么你们其他人就继续你们的节目吧。我们明早见。米尔顿，告诉罗德里格我明天早上七点过去。"

　　"需要我送吗？"米尔顿问。

　　斯文森大夫摇摇头："今晚天气好。我想我们可以自己走走。你能走吗，希恩大夫？"

　　穿着直筒灰丝裙和高跟鞋的玛丽娜，对自己能走这一点不是很有信心，但还是说坐了这么久还是走走的好。

　　"我们会把伊斯特带回公寓。"芭芭拉说。孩子已经开始给握在手里的她的头发编辫子了。

　　斯文森大夫摇摇头："他还没吃饭。他跟我们一起来。把他放下，杰克，他又不是猴子。"

　　杰克将他放在地上，孩子在两群人间看过来又看过去。虽然什么也没听见，却像默许了对自己的安排。"那我们一会儿见。"杰克说着，摸到了孩子手里编在一起的头发，用手指将其解开、捋顺。接着，又想起孩子新学会的礼仪，便伸出了手。伊斯特捉住那手，与他握手告别。"好聪明呀。"杰克说。

　　歌剧院四周的街道由不规则石板铺就，高低不平，玛丽娜发现自己满心希望米尔顿能来，就算不开车，至少也能继续扶住她的手臂。玛丽娜是在明尼苏达州一个实验室里工作的高个子医生，而这三个因素：她的身高、她的职业以及她所在的地区，限制了她穿高跟鞋的机会，使她在眼下急需的时刻找不到一点儿经验来借鉴。她将身体的重量前倾到脚尖，希望不要将芭芭拉的高跟鞋踩进地面的罅隙中。虽然玛丽娜放慢了脚步，斯文森大夫却仍保持着自己的步伐，那步伐与玛丽娜记忆的一致，沉重，且像节拍器一般保持着一致的节奏。穿着卡其裤和胶底鞋的她，很快就领先了一个街区的距离，且仿佛丝毫没有察觉到，自己身边已经没有同行了。伊斯特走在两人的最后，也许是为了提醒斯文森大夫玛丽娜的存在。从剧院出来的人群已经走散了，街上剩下了每天都能看见的、站在街角暗处决定是否要过马路的人。他们看着玛丽娜将借来的披肩裹上了肩头。

"你来吗，希恩大夫？"斯文森大夫喊道。她已经转上了另一条路，又或者是转进了一栋楼。她的声音仿佛夜色的一部分，是从看不见的某处发出来的。

"你来吗，希恩大夫？"她过去就会像这样突然走进一个病房，令跟在后面的住院医师们摸不着脑袋。她是往左还是往右去了？玛丽娜眯起眼睛向街道深处望去，那里浓重的黑暗被街灯、车头灯和散落一地的碎玻璃反射出的亮光划破了。"我来了。"她说。她的眼睛仿佛慢速眼震①一般往复从街道的左边看到右边，再从右边看回左边。为了让自己镇静下来，她在心中列出了自己感到焦虑的原因：现在天晚了，她又不很清楚自己现在的位置，虽然如果立即转身，她能明白怎么走回歌剧院，从那里就可以回到酒店；她脚下的鞋令她行立不稳，加上这身愚蠢的衣服，自己俨然一只折翼的小鸟，彻底暴露给了夜晚游街的捕猎者；倘若真来了捕猎者，她现在还多了一个耳聋的儿童需要保护，且她并不确定自己真能保护他；由于凉鞋系带下的脚已

---

① 眼球震颤（nystagmus），简称眼震。是一种不自主的、有节律性的、往返摆动的眼球运动。常由视觉系统、眼外肌、内耳迷路及中枢神经系统的疾病引起。方向分为水平型、垂直型、旋转型等，以水平型为常见。

经磨出了小水疱，她忍不住想到历史上不计其数的探险者都是如何因为区区的小水疱而死的，接着又安慰自己，鉴于福克斯先生不仅寄来了移动电话与甲氟喹片，还一并寄来了三种不同的抗生素，自己因为小水疱而死的概率非常小；而既然她在列的是关于焦虑的清单，自然不能忽略最迫在眉睫的恐惧：假设她最后成功地到达了目的地，就得坐下来与斯文森大夫谈话，但是谈什么呢？沃格在巴西的权力和利益范围吗？还是安德斯尸体的所在地？

这时，伊斯特蹑足潜踪地突然从后面超过她走到了前面。一开始，她以为是自己走得太慢，他觉得无聊，决定丢下她，可他刚走过她后却慢了下来，走得和她一样快了。他离得很近，处在只要伸手就能够到的地方。他让自己充当了她的导盲人。她看着他窄瘦得难以支撑起一件汗衫的背部，清单上一半的焦虑不见了。她将伯温德尔太太的披肩用手在胸前紧紧拢住，另一只手提着丝裙，免得绊了脚，或不慎将它拖曳在下午的雨水倾注地面后所形成的泥塘里。夜晚的空气沉甸甸地压迫着她，粗放地冲刷着她的肺部。她最近的病刚好。虽然别了发卡、喷了发胶、插了缀有金色中国小扇子的黑发棒，这里那里地，仍有几缕头发开始松散，湿漉漉地垂到了后脖颈上。他们走到街道拐角处，伊斯特向右边转弯，她什么也没问、什么也没想，跟着他走去。

又走过两个街区，来到一条玛丽娜全无印象的街，就在她觉得一步也走不动了的时候，伊斯特拐进一家玛丽娜从未见过的饭馆。他不可能是因为看到斯文森大夫才进去的，但她就坐在角落里的一张桌边，面前摆着一瓶已经喝掉一半的苏打水。若非错觉的话，饭馆内也许的确比刚才的夜色更暗了一点儿，取代天上的星光的，是每张桌子上放着的一支小蜡烛。六张桌子已经满员，还有十二张空着。夜已经相当深了。完成了任务的小男孩儿穿过食客之间，以最短的距离坐到了斯文森大夫身边的一张木椅子里。他是她从雨林里找出来的吗？还是像米尔顿和伯温德尔夫妇一样，用沃格的钱雇来的呢？斯文森大夫向他倾过面包篮，他从里面拿了一片，规矩地放到自己的盘子里。玛丽娜努力保持正常步态向他们走去。她在桌边站了一会儿，等待着面前的女人允许她入席，感到自己今晚的光彩正在暑热中一点点瓦解。如果不是她终于说，"我把你跟丢了。"或许斯文森大夫会让她这样一直等下去。

"显然你没有，"斯文森大夫说，"伊斯特知道要去哪儿。"

"我不知道你告诉伊斯特了。"

斯文森大夫透过一副半月形的眼镜看着菜单。"你肯定已经意识到了。因为这个地方挺远，听歌剧的人不会来。所以我总能弄到一张空桌。"

玛丽娜在伊斯特身边抽出一张椅子，面对斯文森大夫坐下，血液猛地流回小腿时，她的双脚里感到了一阵有力的搏动。她决定对椅子和面前的听众们怀抱感激之情。

看完整份菜单上的信息后，斯文森大夫将它放回桌上。已经知道了晚餐要点什么的她，做好了切入正题的准备。"让我开门见山吧，希恩大夫，"她说着，将眼镜收回盒里拍上盒盖，"这样可以节省我们双方的时间。你不该来。持续监督对生产力不会有任何促进，这一点，我想肯定有办法能让福克斯先生明白。这可以成为你回去后努力的方向。你可以对他说，我很好，而且考虑到他自己的目的的达成，不来管我反而有好处。"

侍者来到桌前，斯文森大夫用生硬的葡语给自己和小孩点了吃的。侍者转身面向玛丽娜，后者要了一杯葡萄酒。斯文森大夫在点单里加入了一杯葡萄酒后，将侍者打发走了。

"听到您很好，我很高兴，"玛丽娜说，"而且您说对了，我的确是来检查药物开发进程的。但我同时也是艾克曼大夫的好朋友，与他太太也相熟。她坚持要了解他死亡的原因。"

"他是发烧死的。"

玛丽娜点点头。"您是这么写的，但她想再知道得具体些。这样有助于她解释给孩子们听。"

伊斯特安静地在桌边坐着，双脚落于或几乎落于地面。他从自己的面包上撕下整齐的一小块、一小块来，慢慢吃着。他看来对等待毫不介意，这让玛丽娜不仅怀疑他是否长期受到了这方面的训练。

"你想问我是否知道高烧由什么引起，是否有一个名字？我不知道。可能性太多了。我想检查他最近一段时间种植的疫苗可能是个办法。我还能提供给你一份在他身上不起作用的抗生素的清单。"

"我不是想问您高烧的细节，"玛丽娜说，"我是想问具体发生了什么事。"

斯文森大夫叹了口气："你是在审问我吗，希恩大夫？"

"我并没有指责——"

斯文森大夫摆了摆手，将遗留在空中的话语驱赶掉。"我来告诉你：我喜欢艾克曼大夫。虽然他的到访从任何方面来说都给我造成了不便，但他这个人不虚假。他对拉喀什的兴趣、对工作的兴趣都是真实的。你过去是他的朋友，当然了解他这一点，只要事关鸟类，或血液样本的雌激素水平，他强烈的兴趣是很引人注目的；他会问一大堆问题，且能悉数记下答案的每一个字。即便我催他离开，他的态度也还是既礼貌又友好，虽然，你应该告诉他太太，我并没有经常催他走。"她停下来喝干了杯中的水，立即有侍者上前又添满了杯子。"福克斯先生送他来真是送错了。我很少见过这么不适合在雨林生存的人，不过话又说回来，其实大多数人都不适合在雨林生存。暑热、昆虫不说，连树都让他紧张。那么一个人到了自己不喜欢待的地方，而且人家也不希望他留着，你会以为他的理智会告诉他应该离开。可艾克曼大夫缺乏这种理智。他对我说，公司希望我加快工作进度，要我出示记录，希望再安插几个研究人员，尽快地将项目转移回沃格本部去。我以为整个会晤不会超过一小时，如果双方都简洁明了，那么十五分钟也够了。但是艾克曼大夫真是厉害。不亲眼看到一切他就不罢休。他因为赶了很远的路才找到我，决不肯就凭我几句话便相信药物已经在开发阶段。他觉得有必要将我的整个工作经历重演一遍。他决定自己去重新发现拉喀什人民，自己找出他们生殖力的秘密。他不肯为自己的痛苦采取措施。"

　　一个围脏围裙的小个子男人端着两盘上面堆了鸡肉的黄米饭从厨房里走出来。鸡肉的颜色与米饭一致，已经从骨头上剔了下来，闪着油亮的光。他给斯文森大夫和小孩儿一人一碟，小孩儿看见了晚饭的内容，脸上发出欢喜的光来。

　　"我们在基地里没法儿养鸡，"斯文森大夫说，"我们两个都很期待这顿晚饭。"她碰了碰伊斯特的手，后者得到应允后，用一只手将鸡块固定在盘子里，拿起叉子拆鸡肉。她又碰了碰他的手，递给他一把餐刀。"伊斯特的餐桌礼仪也是艾克曼大夫教会的。他才刚会不久。老实说过去我对此并不重视，拉喀什人吃起饭来，与我们本就不同，但我一直在帮他巩固他的新知识。艾克曼大夫对孩子非常关心。只能说是因为想念自己的——"她停下来看着玛丽娜，无言地询问道。

　　"儿子，"玛丽娜说，"他有三个儿子。"

　　斯文森大夫点点头。"嗯，你也看得出来。我对艾克曼大夫的同情，很大一部分是因为他生前对伊斯特的好所致，虽然我自己也是现在才想到这一点。"

　　最先应桌的那个侍者为玛丽娜拿来了一碟三奶蛋糕[①]，玛丽娜一见立即摇头。她想到了艾克曼家蜷缩在沙发上的三个男孩儿，想到他们超凡的听觉将大人们逼进了储食间里谈话，而且大人们还需轻

————————————

① Pastel de Tres Leches，英语的意思是three milk cake，三奶蛋糕，在拉美国家非常流行。蛋糕一般以海绵蛋糕或重油蛋糕做基底，泡在淡奶、炼乳和奶油（或全脂牛奶）的混合液中送上，故名"三奶"。

声细语。

"我为你点的，"斯文森大夫说着，又将侍者打发走了，"这蛋糕很好吃，适合佐酒。"

玛丽娜看见土著孩子盯着自己的甜点，既为自己的饭食欣喜，又似乎很想要她的这份。"安德斯生病前同您在一起待了多久？"

"很难说，因为我不知道他是什么时候开始生病的。现在想来，他很可能是在马瑙斯得了什么病，再带到了雨林里。我以前与艾克曼大夫根本不认识。他初来我处就已经病了的可能性也是有的。"

"您认识，"玛丽娜说，"您来巴西前在沃格见过他。他是您投资鉴定组的一员。"她的眼前浮现出安德斯倚靠在她桌上的画面。他当时自信斯文森大夫挺喜欢他。

斯文森大夫点了点头，一时间将全副精力投注在了鸡肉上。"对，当然，他和我这么说过。但我记不得了。我也没有理由非记得他不可。"

"当然。"玛丽娜说着，终于确信了一件事：她不认识我。

年事已高的大夫吃了一口米饭。"身在丛林里，就很难相信自己了。"她说，"有些人过一段时间能够适应，另一些人永远都适应不了。雨林环境实在太过异化。无法直接运用我们已知的知识。不仅在道德和法律这两方面，就连生物的存在与否这样不应有任何异议的问题，都与我们所熟知的不同。比如说昆虫吧。世界每年都会发现上百、甚至上千的新品种，灭绝的品种就不用说了，根本无从追查。我们分辨叮咬是否致命的办法是有限的，因为叮了你的昆虫很有可能根本还未列入谱系之内。而在持续的虫咬中，又是从哪一点开始出现了致命伤呢？咬你的虫子实在太多，这一点无法追踪。你能做的，就是无论被什么咬了，都想着自己是不会因此而死的。"她用自己的叉子指了指玛丽娜："你知道你的手臂在流血吗，希恩大夫？"

玛丽娜已经由着披肩滑到了身后的椅子上，她看见，从自己右臂二头肌上的一个小孔开始，引出了一段六英寸长的血迹。斯文森大夫从桌上无人的那一方拿起一张干净的纸巾，蘸进水杯里。"来，"她说，"擦一擦。"

玛丽娜接过纸巾擦了擦胳膊，由于遇水，伤口又开始流血，她将纸巾在伤口上摁了一会儿。

"不会有事的，"斯文森大夫一边说，一边奋力拆着盘中最后的一块鸡肉，"但这正应了我的说法。身处雨林很容易神经过敏，但过分粗心更危险：你总是提醒自己对这类情况不能反应过激，碰到真正危险的症状，反而忽视了。你肯定明白身为医生最容易犯这种错误，我想艾克曼大夫就是这样。他内心根深蒂固的恐惧，将他往反方向带得太远了。每次我问他是不是病了，他都竭力否认。当我发现再否认下去就太荒谬了时，曾说要送他回去。不，不，不，他像个不想错过校庆的小孩儿，跟我保证他再过一两天一定会好起来。我不能替他做决定，希恩大夫，但请相信我，我尽力了。他在马瑙斯等了我很长时间，死也不肯在完成他以为自己负有责任的任务前就离开。后来，他被护送到了医务室。身边一刻都离不开人。"斯文森大夫转头看着伊斯特，男孩儿正用手从盘中拿起一块鸡骨啃着。她抬起一只手准备拍

拍他，随后又放下了，决定由着他去。"你明白问题所在了吗？"她
对玛丽娜说，声音由始至终保持着镇静。"这个前来鞭策我加快工作
进程的人，到头来却使我无法工作了。他从觉得自己很快就会好起
来，却突然病得一步也动不了了。他对我说他想等自己好一点儿了再
说。他不想马上就到河上去。他害怕河水。他想回家，但从亚马孙回
家需要一番卓绝的努力，某一刻起他体内已经没有这种力气了。我就
是再喜欢艾克曼大夫，整件事也不会有任何改变。他健康时对我造成
了阻碍，病了以后仍然是个阻碍。现在他死了，我不会再让他继续阻
碍我了。我拒绝追溯他的整个病史，既然我无法改变其结果。我对他
妻子必须忍受的一切感到抱歉，但当时我的确什么也做不了，现在也
一样。所有决定都是他自己做的。他接受了我们条件允许范围内最好
的医护，但是还是死了。这么说你清楚了吗？他死时我不在跟前。倘
若他说了什么，留了什么遗言，我并没有听到。"

　　玛丽娜坐在桌边，想象自己的朋友死在世界尽头的一个小房间或
小茅屋里，死于一种肇因不明的高烧。她曾被迫向凯伦·艾克曼发誓
要询问安德斯是否真的死了一事。然而她真正问出口的，却是他死时
身边是否有人。这个问题似乎过于儿女情长了，但她亟待得知另一幅
画面，以便替代脑中这幅他孤独而死的画面。

　　"他死的时候吗？有。"她说，她的视线突然转移到男孩儿身
上，继而又马上看回玛丽娜，"伊斯特与他在一起。"

　　与艾克曼家的大儿子或二儿子同龄的伊斯特，在送走安德斯后活
了下来。他刮尽了盘中的食物，用面包将酱汁都擦净了，餐盘中心整

齐堆叠着鸡骨。玛丽娜把蛋糕给了他，为此他报以一个真挚的微笑，令她不禁想唤来侍者再要一片给他。

"这些话你回去后不能这么说。"斯文森大夫说。

"对，不能。"玛丽娜说。

"本来这些话就不是说给她听的。"斯文森大夫用纸巾揩了揩嘴角，"而是说给你听的。在餐桌上我们就不谈细节了，但如果我说艾克曼大夫死得很痛苦，你会相信的。这也是对你的劝诫。"

玛丽娜点点头，面对安德斯终了的方式，她很想把脸埋到双手里，但仍努力在体内寻找力量强忍着说："我明白。"

"我想药厂方面不会有人过分担心这件事，不过艾克曼大夫的死对我也造成了不小的困扰。我一开始就很谨慎，现在更是双倍地如此。我不希望再有新的责任出现。如果你想知道我的工作进展得如何，我现在就告诉你：计划出现了拖延。这是一项尤其需要谨慎对待的科学。我醒着的每一刻都献给了它，但就目前看来，还需要更多时间。我明白完成该项目有一定年限，时间并非无止尽的，无论从沃格的角度还是我自己的角度来说。"斯文森大夫示意侍者拿来账单，并喝完了面前的水，"我自己也希望有一天能离开亚马孙，希恩大夫。虽然习惯了这地方，但我并不很喜欢它。我没有任何理由不尽快完成这个项目。福克斯先生可能以为我在这里过得太过愉快，要派一系列特使来提醒我目标是必须要完成的。你可以对他说，我并没有忘记这一点。"

玛丽娜点点头，明白对方正在下逐客令。

斯文森大夫将双手放在桌面上轻轻一拍，以示会谈结束。"我和伊斯特会送你回酒店。我们回公寓的路上正好会经过。让我们就在那里说晚安、道再见。我不会在马瑙斯久留的。你也知道，我很快要回去。"

玛丽娜审慎地左右挪动着脚趾。她坐下后，脚肿了，凉鞋的系带深深地勒进了肉里。她将手伸到桌下，忍着剧痛，用力将鞋子揪了下来。吃完了蛋糕的伊斯特埋下头去看。

"我恐怕无法走回酒店了。"玛丽娜说。现在把实话说出来还有什么要紧呢？反正她已经完蛋了。

斯文森大夫唤来侍者，玛丽娜听清她说了米尔顿的名字。侍者点点头。"他会来接我们，"她说，她让伊斯特将一只鞋捡起来交给她，像看出土文物一样地看着，"我很难理解女人为何自己为难自己。"她将手中的银色凉鞋放回地上那只的旁边。

"我也不理解。"玛丽娜说。她决定不为鞋子辩护。它们不配得到辩护。她宁愿一辈子赤脚走路，也不再穿上它们了。

"芭芭拉说你以前是我的学生。"斯文森大夫说。也许是鞋令她想到了这一点，她不懂为什么自己的学生竟对人体解剖学如此无知。

"是的。"玛丽娜说。她的恐惧已经烟消云散了。还有什么分别呢？她一一迎接它们的到来，然后再由它们自行离去。

"那是在约翰·霍普金斯大学？"

玛丽娜点点头："我今年四十二岁。"

斯文森大夫在账单上签了字，将它留在桌上。无疑，账单会被寄往沃格。"嗯，既然你后来转到药理学去了，说明并不信服我当时的教学。不过眼下我自己也在研制药物。我想我们两人最后又都归到同一个领域里来了。"她伸手从地上捡起凉鞋，递给伊斯特拿着。他看起来很乐意被赋予这份工作。"我们俩谁都不知道生活将会如何发展，希恩大夫。"

希恩大夫正要承认生命的不可知性，将车停在了门外的米尔顿就走了进来，将她接走了。

那天晚上，玛丽娜洗了很长时间的盆浴，仔细观察了自己的几处伤口：脚趾和脚跟处几小块翻开的薄皮，尚未挤破、肿得像小馒头一样的水疱，还有几个或导致瘙痒、或导致流血瘀青的虫咬。她用毛巾和肥皂擦洗红肿的创口，直到创口周围的皮肤也都红了起来，接着她擦干身体，厚厚地涂上一层药膏。在打电话给福克斯先生前必须先做这些事。无论时间已经多么晚。她已经做好了吵醒他的准备，甚至希望将他吵醒，这样能为自己在他们的谈话中抢占到先机。她想象电话在他床边的床头柜上响起来，那是她曾在上面睡着、却从未睡过一整夜的床，她希望有朝一日那张床会变作自己的床。铃响四声后，福克斯先生接起了电话，声音警觉而自持。也许他为了使自己清醒一些，醒来后又隔了两声铃响才接的电话。

"告诉我你没出事。"他说。

"只出了些小水疱，"她说，轻轻地压了压脚趾上的一枚水疱，"但完全没事。我找到斯文森大夫了。"没等他提问，她便直接说了出来。这是他每次都会问的事，仿佛怕她找到了斯文森大夫，却忘了说似的。她说了歌剧院，说了伊斯特和晚餐。她对他讲了斯文森大夫对安德斯情况的描述，在复述时才意识到，晚餐时的对话内容是多么的空乏。她报告说项目虽然拖延了，但仍在进展中。虽然没掌握任何细节，但她十分确信一个重要的事实：斯文森大夫比任何人都希望这个项目早日完成，而且她一定会完成它，在这一点上她十分令人信服，虽然对药物何时会被提交给FDA没有做出任何说明。

"没有承诺期限吗？"福克斯先生说。

"没有任何承诺。"玛丽娜说，而事实上是她自己什么都没问。为什么不问呢？这么多年过去了，她仍像学生聆听老师、希腊人聆听先知一般聆听斯文森大夫讲话。她不对她质疑，只习惯性地将她的话记在脑子里。

"不用担心，"福克斯先生说，"这只是一次预会罢了。不逼得太紧是对的。你明天会离开吗？"

"明天或后天。视机票而定。一有航班我就会走。"

"你坐飞机？"福克斯先生说。

"对，坐飞机回来。"

电话那头沉默了，在这沉默中，玛丽娜没有让自己往下想。虽然意识到自己做出了错误的假设，她仍希望错觉延续得久一些。在她充满了希望的假想中，自己已经回到了家里。她没有行李。他们一直都没有找到她的行李。除了白色的小仙鹤和绑在手腕上的珠串外，所有她在马瑙斯获得的物品都将被抛诸脑后。透过明尼阿波利斯圣保罗都会机场的大窗户，她已经看见了盛开的白色花朵。她走到外面，在蜜一样甜美的微风中呼吸着。

"现在还不能放弃，"福克斯先生说，"既然花了这么长时间才找到她。"

再过六个月，甚至再过一年，他还可以说这句话，现在还不能放弃。也许她得向他保证能将整个研究基地装在口袋里带回去，否则他是不会让她回去的。"我已将公司的意思传达到了。"玛丽娜说。现在想来突然又不确定自己是否真的传达了任何意思，但她确定无论自己对斯文森大夫说什么，她反正是不会听的。无论是玛丽娜、安德斯还是福克斯先生的话，斯文森大夫都是不会听的。斯文森大夫的习惯中没有听话这一条。玛丽娜是无法改变河的流向的。"安德斯也将公司的意思传达到了。这是她告诉我的。她完全明白你想要什么，而且我相信她会尽人类之所能，尽快让你得到你要的东西。"

"这不是一件说说就可以的事。药物可能已经制成了，也或许根本还没开始。这是一个意义非凡且耗资巨大的项目。你必须弄清我们进行到了哪一步。"福克斯先生说，接着又补充了"具体"二字。

她看着自己的双脚，由于涂了新孢霉素，在顶灯的照明下它们显得又红又亮。"这事你还是找别人来做吧。"

"玛丽娜，"他说，"玛丽娜，玛丽娜。"他说时充满了温柔与爱意。

她嗅到数英里以外，自己的顺从正逐渐向自己靠近。她天性如此，职责也这样要求她。她对他道了晚安，然后挂掉电话。她无法过多地责怪他。躺在温暖干燥的被窝中的他，是不会理解他对她的要求有多么苛刻的。她自己在家时也没能正确想象这个地方的样子。

今天是该吃甲氟喹片的日子。她从早晨起就一直拖着，但拖有什么用呢？到头来总归要吃的。她如此草率地丢弃在机场的药片，又重新回到了她身边。多莫从不为自己必须从前台上楼，敲门平息她的尖叫而抱怨。而就算她不定期有一些头晕恶心或焦虑，也很难说就是甲氟喹片的责任。就算明天能回家，她也还必须再继续吃四个星期。这是药物在提醒病人，旅途还没有结束。在人体的血液和组织里，旅行还继续着，所有在远方可能发生的灾难，会继续在体内留存一段时间。玛丽娜将药片放在舌头上，用梳妆台上放着的半瓶水送服下去，然后熄灭了灯。她已经习惯了床垫中央的凹陷，习惯了闻起来像纸板箱一样的泡沫橡胶枕，习惯了走廊那头制冰机的进水声，以及几小时后机器将小冰块倒进桶里时哗啦哗啦响。不知在回家后，这些记忆还会跟随她多久。安德斯的记忆又会跟随她多久呢？一个人回到两人的办公室后，是什么感觉？谁又会来接替他的位置？她不知自己还要度过多少个每天都会想到他的日子，数日不想后，发现自己已经把他给忘了又会是什么感觉。她想着放在床头抽屉中凯伦写的那叠信，想着埋在离伊登普莱利三千英尺远的雨林地下的安德斯。虽然很累，这些想象却让她无法入眠。当意识到自己再也无法忍受安德斯已死的事实后，她便用一些细小的问题让自己不至过于空闲：他的相机在哪儿？他的双筒望远镜又在哪儿？

　　丝毫不记得自己下了床的玛丽娜，醒来时已经站在了酒店的窗户前。四周很冷。她和父亲在他攻读微生物学博士学位的明尼苏达大学校园内，天降大雪，她唯一的记忆是那些从楼宇里走出来的印度人，穿着红的、紫的莎丽的女人们，将景致整个儿地改变了，男人们身上的粉红色衬衣划破了皑皑白雪的色调。他们在北极吹来的风中颤抖着，于是色彩震颤起来，形成一片紊动的带雪的罂粟的海洋。她睡着时，空调开在了最高挡位，所以现在，酒店窗户朝里的一面湿透了，以至她在睡梦惊醒后的迟滞中，疑惑室内是否也下起了雨。玻璃上滚动的水珠将外面的世界模糊成一片点缀着晶莹光点的深紫色的黑暗。冷风劲头十足地吹在她从罗德里格处买来的便宜的棉布睡袍上。她在窗下的空调机前蹲下，风将头发向后吹去，她胡乱按着小按钮，直到机器呼出最后一股冷气后死寂下来。她颤抖着，不知是为了冷，还是为了梦。她只知道自己本来要回家，但是下雪了。不，她并没有要回家。也许福克斯先生整夜都在她的耳边劝告，反正她沉睡时，脑海中的图景已从机场切换到了码头。她在餐馆里下的决心仿佛寒热一样，在夜半的某个时候已经消退了，醒来时她感到明尼苏达已与梦境一同离她远去。她现在还不想回到那张床上。她再也不睡那张床了。像一个半醒的梦游人一般，她将所有属于芭芭拉·伯温德尔的物品：下摆泥污了的灰丝裙、残酷的鞋、披肩、发卡，都收集起来放进一只塑料袋里。接着打开所有抽屉，将里面的零碎全数扔进垃圾桶。她把仅有的几件东西都叠好放在梳妆台上。逡巡房内四处的整个过程中，她不断提醒自己，重点既不是回家，也不是离开马瑙斯，重点是移动。她唯一明确的，是自己再也不会在印地拉酒店多睡一晚，其他事还都未可知。她将凯伦的一包信放在自己的三件T恤衫上。她没有包去装自己的随身物品，但至少这些，她想，她必须带上。

六点时她已经整装出发。清晨的城市已经苏醒过来，孩子们已在整齐排放了漆碗、竖笛和珠串手链的地毯前坐好，妇女们正朝市集走去，虽不至于健步如飞，但走得要比白日其他时段都快一些。狗们低着头，远远地、警觉地沿街边跟着，阳光清晰地照耀出它们肋骨上的沟壑。

看起来，整个马瑙斯似乎只有尼克松一个人还睡着。在斯文森与伯温德尔合住的公寓楼大堂里，他的脸侧过来，压在前台桌面上，手臂前伸，手掌打开着。玛丽娜花时间看了一会儿这深沉而无梦的睡眠，没来由地，也许是因为在这座城市里，她能叫得上名字的人实在很少，她对他萌生了一丝好感。她想象他是个好人，虽然迄今他给她的证据不过是他对岗位的忠诚。

她在大堂坐下来；想给伯温德尔夫妇留一张字条，一通费劲找出纸笔后，却发现自己似乎无话可说。她不能感谢他们。说到底，他们是为了考量她的案子是否应被提交给斯文森大夫听取而将她在印地拉酒店囚禁了两周的大法官。也许她应该感谢他们只花两周就做出了决定？安德斯被他们囚禁了一个月，整整一个月，当他的孩子们独自骑着自行车穿过春日积雪时，他的生命在这里白白流逝了。尼克松沉重的呼吸声打断了玛丽娜的思绪。接着，趴在桌上的他停止了呼吸。二十秒过去了，三十秒过去了，到了第四十五秒，她刚要站起来，他突然换了口气，背部向上躬，重新呼吸起来。仍然沉睡的他叹了一口气，将脸转去另一面压着。这是睡眠呼吸中止症。对此她什么忙也帮不上。

她又独自坐回大厅里为会谈准备的少量家具中的那张高背扶手椅上。虽然无法感谢伯温德尔夫妇，玛丽娜亦觉得无法责怪他们。自己在二十三岁时恐怕也会很高兴地应下这样一份工作。假设机缘凑巧，甚至可能一直做到四十三岁也未可知。如果不是遇到了伯温德尔夫妇，她也许会忘了什么是倾倒，什么是对原则和绝顶聪明的头脑的崇拜。他们不过是一对时髦漂亮的大孩子，像鸿毛一般轻浮，撒起谎来永无止境，然而在他们耀眼的天赋中，有什么东西使人们不得不原谅他们。玛丽娜很想和他们一起进雨林。于是最后她写下了那一刻她真切的感受。我会想你们。她在袋子上写上他们的名字，塞进二十美元，作为洗衣费，将袋子扎紧后，放在沉睡的尼克松一只手边的桌子上。斯文森大夫喜欢赶早。倘若是七点巡房，她从六点半就开始处理第一个病案了。玛丽娜很快弄清了时间。玛丽娜不想在大厅撞见她，免得看起来像打埋伏。她很快走到了罗德里格的店里。此时店里很忙，所有的店在这个钟点都是忙碌的。他在招呼客人时，她从他放在柜台上的壶里给自己倒了杯咖啡，并找到了一只尼龙质地的行李袋，又拿了些防晒霜和驱虫喷雾。她尽量不去深思自己究竟需要什么东西，不然很可能会把整家商店都买下来。所有的东西都被记在了沃格的账上，连咖啡也是。她又拿了一盒邦迪，并拿了第二双人字拖鞋。她正看着一张可以挂在床上的蚊帐时，斯文森大夫和米尔顿走进来了。

罗德里格率先看见了他们。店太小，无法同时容纳斯文森大夫和那些买面粉、买针线、买稍后再买也不碍事的东西的女人。于是他嚷嚷着，赶起客人来，却没有一个人对他的骚扰抗议。其中一些人立即放下手中的东西出去了，另一些人赶紧又抓了些东西冲到柜台付账。也许大家都知道斯文森大夫，也许大家同罗德里格的期望一样，也都急着想离开。永远不忘记账单的罗德里格，对每一堆东西都迅速扫一眼，继而报出一个妇女们会立即接受、照付的价格。这一切，斯文森大夫都没有注意到。她的下巴高高抬起，主要的兴趣集中在了高处货架那些为每日步行来去的巴西人所忽视的商品上。她对着天花板喃喃地说着，由米尔顿在一边记录。就算玛丽娜全身蘸满黄色油漆，斯文森大夫也是不会注意到她的。而米尔顿呢，因为始终没有把目光从手中的笔和便笺上移开，就也把她错过去了。顾客们一一撤离了商店。玛丽娜跟着最末一个来到柜台前让别人把她买的东西记到账上。貌似完全明白了她的决定的罗德里格，又给她加了顶帽子、三条棉手绢以及几条硬糖。

"你起得很早，希恩大夫。"斯文森大夫对着天花板说。

吃了一惊的米尔顿抬起头来。"您在这儿啊！"他说，"这么说找您这件事，就能从今早的待办事宜里划去了。"

"您说过会早来，"玛丽娜说，"我自己也有些要买的东西。"

"身处亚马孙真是什么都需要，"斯文森大夫说，"东西就算没被虫子吃掉，很快也会烂掉。所以罗德里格的生意才这么好做。此处的自然状况变幻不定。不过，我觉得如果你今天就离开的话，还不如回到家里再购物的好，除非你想带点儿纪念品回去。"

除了直说没有更好的办法了。玛丽娜告诉她自己准备跟她一起走。这条消息似乎并未令斯文森大夫感到吃惊。她听完后，脸上显出既不悦又似乎早有预料的神情来。"这么说，你和福克斯先生谈过了。"

玛丽娜也抬起头来看着高处的货架，想知道那里究竟有些什么。"至少我得去拿回安德斯的东西。"

"葡萄干，"斯文森大夫对米尔顿说，后者将其加入清单，"木薯粉。"她说完转身面对玛丽娜："我邀不邀请对你来说没什么要紧，对吧？"

假设受到了邀请，事情当然好办一些，但据她所知，斯文森大夫从未邀学生进过她的班，也没有邀实习生进过她组织的项目，或邀病人进她的医院。她认为这次断不会有例外。"是不太要紧。"

"拉普大夫常说，人们都喜欢跟着探险家。"她非常缓慢地逡巡着，手先是放在一盒饼干上，后又放到一袋咖啡上。米尔顿继续记录着，接着罗德里格也跟着记录起来。一个用鲜红色巾布在胸前绑着一个宝宝的老年妇女，开门见到店内的情形，一言不发，转身走了。"至少在他身上情况是如此。这是我亲眼看到的。数不清的混血杂种、游手好闲装病不工作的人，世界上最怠惰的一群脱离社会的边缘人，竟然自以为是探险者。他说得很明白：他不为他们的伙食、起居、安全和健康负责。他没有浪费时间去劝阻他们。因为说实话，对

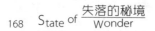

这种人，没有什么劝阻的话是起作用的。原该增强知识的精力全都被他们用来磨炼自己的冥顽不化了。但我很快意识到，他们的执着仅在于跟着一起上路，而不在于留下来。一旦进入丛林，他们就一个个病倒了。有些会在一两天后离开，更有几小时就退出了的。拉普大夫从不为这些人耽搁。他表现出了完美的定力：他在雨林里的唯一目的是工作，工作将继续下去。他不负责将体弱的、失去行动能力的人送回。他们既然是自愿加入的，就必须自己找到办法走出雨林。人们直到自己体弱前，对这些约定都能轻易接受。可一旦自己变得体弱，口风马上就变了，纷纷指责拉普大夫冷酷无情。他们虽然无法动摇拉普大夫作为科学家的地位，却口不择言地诋毁他作为一个人的品格。他竟然见死不救！他竟然没有表现得像一个慈父、一个慈母！让我告诉你，所有这些话，没有一句影响了他的睡眠。倘若他将他们纳为自己的责任，或在最初花时间劝服他们放弃野心，或在后来帮助他们脱离愚蠢所造成的险境，那么我们这个时代最伟大的植物学家，就将会沦为一个保姆。以救助愚者的名义所做的事，将对科学造成无比重大的损毁。"

此处永远那么厚重的空气，此时彻底凝固了。米尔顿不觉间已将铅笔和便笺放回了口袋，罗德里格也把笔搁下了。斯文森大夫继续计算着需要带走的食品数量时，其他三人都眼睛一眨不眨地站在那里，忘了呼吸。玛丽娜感到自己仿佛在唤起对某个答案的记忆，虽然并没有人在考她。他们都等待着。"我不认为自己像您说得那么麻烦。"她最后终于开口说。

被一箱袜子吸引的斯文森大夫没有抬起头来。"我说过你有多麻烦了吗？"

"像杂种那样，"玛丽娜说，"像佯装生病不工作的人那样。"

"别这么对号入座。我是在给你讲一件事。而不是在讲一件你的事。"

听了这句话，米尔顿像趴在桌上睡觉的罗德里格一样喘了一口气。"啊，那么，要多少罐杏子？"

斯文森大夫等了一会儿，好像在心里算着一笔账。"比往常多要一箱。"她看着玛丽娜说。一个人一旦远离文明世界，的确很难预判需要吃多少杏子。

后来大家说好，由米尔顿十一点在印地拉酒店门口接玛丽娜，虽然那个时间的暑热很厉害，她还是做好一切准备站到了门前，提着一只半空的袋子躲在顶棚下面。她已向多莫告了别，后者十分乐意地答应在她返回前代为保管大衣和毛衣。她没有对福克斯先生说再见。这座在她起床时还那么繁忙的城市，此时已变成一座空城。狗们将身体挤进临街门廊下狭窄的阴凉里。汽车开过时都十分缓慢，司机们仿佛在等待玛丽娜招呼他们送她去码头，都留神看着她，轻轻按动汽车喇叭。

米尔顿抵达时，副驾驶座上坐着伊斯特。他透过敞开的车窗看见了玛丽娜，两条手臂一齐向她伸过来，带着一种他在这个世界上只属于她的真诚。被人认出来的感觉美妙极了，他脸上的喜悦与他和她的相熟程度远不成比例。玛丽娜走向他，牵住他的两只小手，他捏着她的手热情地摇动着。米尔顿用拇指杵了杵孩子的肩头，接着指指后座。伊斯特立即使出尚未示人的伎俩，一骨碌翻到了后座上。

"原谅我。"上车后，米尔顿语带疲倦地对她说。他坐在一块叠起来的毛巾上，衣裤和头发都湿透了。甚至他脑后的小草帽都湿了。仿佛几个街区外下了一场玛丽娜不知道的暴雨。或也许他刚才掉进了河里。

"原谅你什么？"

米尔顿摇着头。"装船花的时间比我们想象的要长。"他拿出一条更小的毛巾来，擦了一把脸。

伊斯特正将自己的整个上半身探出窗外，竭尽全力向各个方向看着：车身像一只龟壳，男孩儿则是海龟探出去的脑袋。风吹干了他昨晚就穿着的足球衫，也吹乱了贴在他后脖颈上的深色、拳曲的湿发。玛丽娜看着伊斯特，终于明白自己的久等正是因为他。货肯定已经装上了船，斯文森大夫也已经在船上等着了。如果不是因为米尔顿带着伊斯特一起来，她便不需要在酒店门口等那么久。"反正我也不急着去什么地方。"她说。

"他喜欢车。"米尔顿说，头向后座撇了撇。

"他当然喜欢。"

码头所在的河段比玛丽娜去过的那段河更遥远。行道上的木板被无尽的日晒和雨淋弄得翘曲不平。一长串看来像被经年的岁月连成一体的、锈迹斑斑的拖船和游艇，在吃水很深的出租船间晃悠。从岸边，她看见远处的货船和游轮沿着庞大的水泥码头排成一线。在她的下方，一个小小的身影正躲在一顶黑伞的阴凉下踱步。

"我们已经迟了，米尔顿。"斯文森大夫喊道。引擎已经发动，一股苍白的、微微带着淡紫的青烟弥漫在水上。

"现在改主意还来得及，"米尔顿轻轻地说，"如果您想改主意的话。"

伊斯特已经撇下他们，穿着人字拖鞋跑下了险峻的梯级，向着更为险峻，充满淤泥、石块和野草的河坡飞奔而去。河中停着的是一艘平底船，是幼时玛丽娜的父母尚在一起，父亲会在夏季租借一个周末用于出游的那种船。父亲并不喜好游河，但是平底船，父亲曾说过，就像租借给小孩儿的小马驹：敦实、粗矮，动起来也很平和。

"我很好。"玛丽娜说。她既然已经行动起来，现在就只想赶紧上路。

"我似乎没有让你带伊斯特一起去接她吧。"当他们走到带有金属棚顶的平底船边时，斯文森大夫说。男孩儿已经站在她的身后，双手放在船舵上，作驾船之势。船内四周整齐堆叠着箱子，船身又低又稳地浮在水中。

"我想您没有。"米尔顿说。他伸出手，让玛丽娜握住它登船。她握到他的手的一刹那，对他产生了一种她对伯温德尔夫妇同样的情感。如果他能跟在她身后一起登船该多么好。

斯文森大夫拍拍伊斯特的肩，然后指了指缆绳，后者立即跳下船去将它们解开。他用脚趾牢牢扒住岸边，推出船去。船越滑越远，远到某一刻，玛丽娜恐惧地以为或许伊斯特也不登船了时，他突然起跳，他孩童的骨骼仿佛充满了弹簧一般，双脚一齐稳稳地着陆在船里。

"旅途平安。"米尔顿说着，举手向他们挥别。码头上只有他一个人，他站在那里，仿佛面对卢西塔尼亚号①。仿佛他不是要挥别他们，而是在召唤他们赶紧回去。

现在，伊斯特已经稳稳地驾住了船。孩子神情肃穆地巡视着野生的亚马孙河，将船开出去，驶往一处水流柔和的所在。安全地避在船棚下面的斯文森大夫收起了遮阳伞。玛丽娜将行李扔在脚边，紧紧抓住船栏。原地不动的米尔顿向远处退去了，一直举着手的他变得越来越小。亲爱的米尔顿，她也向他挥别着。她没有对他清楚说明自己的谢意。在一连串空洞无物的对话后，他们既没有讨论去向，也没有说清旅途需要的时间，更加没有涉及何时返回的问题，就在几分钟内，莫名其妙地出发了。然而不知为何，那些问题对玛丽娜来说似乎不再重要。在身临河上以前，玛丽娜没有想到河水竟是如此浩渺。漫天的白云铺呈开去，随着她观看的方向不同，有些蓬松，有些悠长。云朵遮住太阳时，气温会变得凉爽一些，行船上的微风将昆虫也驱散了。鸟由岸边飞出，迅疾穿过水面。玛丽娜想着坐在船上、举起双筒望远镜的安德斯。能够离开这座城市对他来说一定是件非常快乐的事。在登船以前，玛丽娜是想象不到的，然而河水的确带来了莫大的安慰。"真美。"她对一行人中唯一听得见她说话的人说。

"回家总是让人心情愉快的。"斯文森大夫说。

---

① 一艘在1915年5月1日沉没的著名游轮，堪比泰坦尼克号。

第六章

访谈

　　玛丽娜发觉自己又进入了一个完全两样的境界，这才意识到，在抵达目的地以前，她将要不断目睹文明一点又一点地衰落。她满目所见只有绿色。天、水，甚至树皮：所有原本不是绿色的东西，也都变成绿色的了。

内格罗河上行驶着各种驳船、拖船和顶着日渐腐烂的草棚的水上出租船，许多独木舟拥挤着，承载着整个家庭——怀抱婴儿的姐姐、哥哥、表亲、祖父母、撑伞的姑姨，木舟载着这么许多人，船沿几乎与褐色的河面齐平，只差一点儿就要被河水吞没，只由一个位于船尾的人小心划着。当一艘白得像海员制服的大游轮从河道正中"突突突"开过时，小一些的船都往岸边躲去。伊斯特仍然保持着极度的警惕，汗湿的头发在风中向后翻飞着，双眼缓慢地左右巡视。他为谦让那些小船将引擎停下，对为他停下引擎的大船感激地挥手。一切看来都发生在一个更古老的年代。他不时会回头看看后面，此时他会向玛丽娜和斯文森大夫点头致意，两人也以点头的方式回礼。

"一路都由他开吗？"玛丽娜问，虽然还不知道一路要走多久。

斯文森大夫点点头。"他喜欢开船。"她坐在一箱菜肉罐头上，玛丽娜站着。"难道有男孩子不喜欢开船的吗？这让他在族人中得到某种地位。除了我和伊斯特，没有人有权开这条船。族中有少数人会使用舷外马达，那是他们以前以物易物换来的，但谁都不知道如何驾驶这艘船。我对伊斯特的信任，迫使族人对他表现得尊敬。他也善于修缮引擎，他已经把引擎完全弄明白了。"

玛丽娜不是孩子方面的权威，然而在她看来，无论是驾船、修引擎还是夜晚一个人在城里晃荡，伊斯特都还太小，虽然不到一英里之前她还看到一个决不超过五岁的小孩儿，独自坐在一叶儿童尺寸的小木舟里，舟上横卧一杆鱼叉，他就用它划着那叶就快沉到水里去的小舟。"伊斯特多大了？"

斯文森大夫抬起头，朝玛丽娜的方向眯缝起眼睛。"你问我？"

既然斯文森大夫并没有因为她的经历、她所在的地方或周遭的气候而发生改变，玛丽娜自己是不是也可能没有发生本质上的改变呢？她本质上会不会还是那个医学院里的研究生呢？"您必须原谅我，"玛丽娜说，接着重新开始组织自己的问题。"除了您写过的那些，我对拉喀什人毫无了解，而您也没有写过他们是否有能力记录时间。他们难道真的知道族人的年龄吗？他的父母知道他的年龄吗？"

"你还真是有连篇的疑问呢，希恩大夫。你一直这样吗？我必须说说我十分喜爱的艾克曼大夫的一个特点就是他不做预设假设性的结论。科学家最宝贵之处，莫过于一颗开放的头脑。他做起研究来一定也十分周密吧。要是事有不同，我或许会邀请他留下来一起研究呢。"

对安德斯的褒奖丝毫没有扰乱玛丽娜的情绪。她明白褒奖在斯文森大夫的教学过程中所扮演的角色：它们不是为了抬高一个人，而是为了贬低另一个人。她只遗憾自己无法对安德斯复述这些话，无疑，他会为这席在他死后出现的善意的言辞而吃惊的。

"而你呢，直接就假设了伊斯特是拉喀什人。他不是。由于他是在一个早晨突然出现在营地里，既不能听也不会说，我自己也不能确定他来自哪儿。但如果我学你喜好假设的习惯，鉴于他的头形和鼻形，我会假设他是胡莫甲人。胡莫甲人的鼻窦不及拉喀什人凸出。脸部曲线则更丰富，不那么平，不过区别很微妙。除此之外，胡莫甲人的体格也更小一些，这就回到了你一开始对年龄的疑问上。这些比较都是在许多年前我与他们族人的一次简短而不快的相遇时做出的。不过我发现，恐惧有时能让我们的观察能力变得极端敏锐。我对胡莫甲人头颅的记忆十分清晰，清晰得就好像解剖过一样。"

一艘双层游轮从他们身边全速开过，平底船卷入了船尾破出的浪花中。船像一只在浪花里翻滚的木桶，前后颠簸着，玛丽娜抓住柱子，伊斯特对着大船挥舞起小拳头。二层甲板上的一位游客对他们举起了相机。斯文森大夫将头垂了一会儿，仿佛要通过集中精神力量，将大船弄沉似的。

最汹涌的颠簸平息后，斯文森大夫抬起头，灼热的蓝眼睛周围满是汗水。"永远只买平底船，"她微微喘着气说，似乎在抑制一阵呕吐。"如果不是在平底船里，你简直无法想象那样的尾浪会把我们颠得多厉害。不过我刚才的话才说到一半：伊斯特是个体格很小的孩子，我甚至要说，他或许有些发育迟缓，这可能是营养不良所致。很可能他的族人不愿在一个聋哑人身上浪费资源，抑或剥夺他听觉的那种疾病同时也阻碍了他的发育。不过我现在的说法也只能是一种假设，而假设是没有任何意义的。考虑到他掌握的技能以及他的学习能力，我会说他已经达到了十二岁儿童的正常、甚至超常的智力水平。等他到了青春期，我将能够做出更精准的判断。拉喀什男性青春期的开端稳定在13.2到13.8岁之间，比美国男性青春期的年龄跨度要小得多。至于胡莫甲人青春期的开端是否也如此，我恐怕得说我永远都不会知道了。你有孩子吗，希恩大夫？"

玛丽娜心里至少已经产生了三个尚未出口的问题。比如，她很想知道那次不快的相遇是怎么回事，然而因为斯文森大夫似乎要求自己以最简短的方式回答她的问题，她只是摇了摇头说："没有。"

"那很好。艾克曼大夫真不该把三个孩子留在家里，自己却跑到这儿来。你结婚了吗？"

"没有。"

"又是件好事。"斯文森大夫赞许地点点头，继而转头迎向微风。蓝天向前方和后方的极限远处翻卷而去。"这项研究应该由上了年纪的单身女性来做，我自己也是这么一个人，所以这么说没有任何贬损的意思。在知道了你的情况后，我对与你同船这件事感到愉快些了。"

说到假设，未婚和无子嗣的事实究竟能给斯文森大夫提供多少信息呢？是否这说明即便她死了，也没有人会多么想念她，她的死不会像艾克曼大夫的死那样难以处理？玛丽娜一言不发地在甲板上斯文森大夫的脚边坐下来。阳光已经慢慢遛到了船棚的下面，她想要更多地躲进阴影里。

斯文森大夫侧身拍了拍坐着的菜肉罐头箱。"我喜欢坐在箱子上。虽然那并不意味着就可以躲开蟑螂，但我觉得这样做至少传递出一个信息，即我们处在另一个阶层上。那里有一箱柚子汁。我认为你应该坐上去。"

玛丽娜温顺地起身，将果汁箱往前推了推，然后坐下来。他们经过一小群建在地桩上、没有四壁的房子时，几个年龄太小、不应独自站在水里的孩子站在齐腰的河水中，向他们挥着手。

"至于伊斯特的父母嘛——"斯文森大夫停下来望着掌舵人窄小的后背，继而歪着头说，"在他身上谈不到父母这个词。男人只是输出精子的人，女人只是将他生下来而已，他们未能负起责任时，其他族人或许试图对其进行抚养，或许根本没有：他的父母根本就找不见。胡莫甲人把抚养问题丢给了拉喀什人，考虑到胡莫甲人的习性，这种做法所包含的人道令我十分吃惊。我以为他们更倾向于将孩子弃在林中，任其饿死，或被什么东西吃掉。说了这么多，我只想说明这八年来他都是跟我在一起的，到今年复活节[①]就是整八年了。我想我就算是他的父母了吧。"

"伊斯特也可能是胡莫甲人留给您的，而不是留给拉喀什人的，因为我想他们当时知道您在那儿。"玛丽娜话一出口，就意识到自己又做了一次假设，不过这次斯文森大夫没有抓她的错。

---

① 伊斯特的名字，英文作"Easter"，即"复活节"之意。斯文森大夫应该是在复活节那天遇到了这个孩子，因此以节日为其命名。

"哦，他们的确知道，"她点着头说，"到头来每件事都逃不过每个人的眼睛。一个人一开始会以为，自己身处雨林是孤身一人的，然而事实并非如此。消息会在部落间不胫而走，虽然我到现在还不明白为什么，因为大多数土著彼此间根本不交谈。假若你还想继续深造的话，这倒是一个很好的论文课题。"（玛丽娜很想提一提自己的哲学博士和医学博士文凭，然而斯文森大夫没有丝毫的停顿。）"我认为是因为猴子，"斯文森大夫说，"如果真是那样，我会把一切都怪在猴子身上。'有一个白种女人跟拉喀什人住在一起。'这种事只要几小时就能沿河传遍。接着便有一天下午，一个男孩儿用大砍刀砍树，手往后挥动时，刀刃砍进他妹妹的脑袋。处在这样一个地方，这种事没有每十五分钟发生一次，你就应该觉得谢天谢地了。于是我从包里找了一根针和一些缝合线，把小姑娘的头缝了起来。她流血流得很厉害，但说到底，那不过是血，任何人就算没上过医科，也应该知道怎么把头上的伤口缝起来。这样的事无须多，蛇咬啊，难产啊，几件就够了。突然间，整个巴西都知道内格罗河上有了个医生。但你必须理解，虽然这一点很少有人能理解：我不是无国界医生。我到亚马孙不是来做家庭护理的。我只是个在行动最初欠考虑的人罢了。我刚来时，他们并不把我看作医生。拉喀什人只知道我是拉普大夫考察队的一员。他们以为我也和拉普大夫一样，是为了考察他们这里的植物生态而来，而不是为了考察他们。我独自前来的最初几年，他们不断带蘑菇和各种菌类来给我看。他们辛辛苦苦往营地拖来从参天巨木上倒下的巨大的树桩，足以让任何研究真菌学的社团欢喜得发狂。他们对我测量他们的体温、收集他们的血液样本、度量他们儿童的身高体重的行为完全无视，继续将我看作一开始的那个拉普大夫的跟班。我意欲如此，希望凭着他们的错误判断继续蒙混下去，直到我缝合了那个小姑娘的脑袋。那是一个致命的错误。这件事以后，不断有老弱病残被人划着船送来请求我救护，而一个聋哑儿童被留了下来，交由我处理。"

这个聋哑儿童将她送到了城里，也把她的客人从歌剧院带到了饭馆，还装了船，此时又在河面上替她掌着舵。这个聋哑儿童并不是一无是处的。"回到一开始的那个小姑娘，"玛丽娜说，"您会做出不一样的选择吗？"

"哦，那个流血不止的人。问题的核心是你是否选择去打扰周遭的世界，还是任其像你不在场时一样自行发展。这是一个人是否尊重土著人的标志。只要稍加注意，你就会发现，无论怎样你都不可能将他们的生活方式改变成你的那样。他们是人类中难以控制的一支。任何你推行给他们的所谓的进步，在你转身之前就会分崩离析。要改变他们，比把这条河道变直还要难。应该把重点放在观察他们既有的生活方式，并从中学习上面。"

玛丽娜感到自己丝毫不为这席话所动。"那么回到当时，再来一次，一个孩子脑袋上插着砍刀站在您面前。您会怎么做？"他们在河上驶得越远，遇到的船就越少。岸上时不时还能看见一群群人，多数是集结在一处的小孩儿们，但就是人群也越来越稀疏了。将一个问题问两遍的感觉好极了，她过去是不敢这么做的。

"这样说未免太夸饰，希恩大夫。我对你说那孩子的脑袋上插着砍刀了吗？我是说她被砍伤了。当然她的头骨也出现了碎裂。我亲手用镊子把碎骨夹了出来，但除此之外就做不了别的了。至少在我面前她的脑脊液没有发生泄漏，后来如何就不知道了。我把她缝好，给她涂了抗生素药膏。这下好了，这下我在你眼里就是个地道的人了，除非你认为一个地道的人还必须把她带回马瑙斯做X光检测。但你所崇拜的这一系列行动，并不是深思熟虑的结果，它们只是我所学的西方医学带给我的习惯性动作。正确的问题应该是，倘若没有我在场，这个小姑娘该怎么办？在我之前，族中就有人处理过这样的情况。我想如果没有我，他——这个人恰好是男性——是会用他力所能及的方式去帮助她的。他会用消过毒的缝合针吗？我认为不会。不用消过毒的缝合针她就会死吗？我很怀疑。既然你在强调道德问题，那么不妨也问问你自己：我走了以后，这个女孩儿的哥哥要是再砍伤她会怎么样呢？族人对那个在我之前缝合头颅的人还会有信心吗？他会继续磨炼自己的技艺吗？抑或忙于观看我的技艺而疏于练习呢？我可不会永远待在这里。"

"那个把小姑娘的头骨缝合的男人，那个您尊敬的人，您认为他的治疗方法和您的一样成功吗？"

"你现在是存心装傻了。我对此地所谓的科学没有任何尊敬可言。没有什么比用草树根煮炼的药酒来治病这样的事更让西方世界喜欢的了。他们以为这里是神药的宝箱，其实这里的治疗方法，不过是由一些知识有限的人口授给那些比他们知道得更少的人的偏方罢了。

雨林的确拥有许多宝贵资源，这是显然的——我自己就在这里研制新药，但大多数情况下这里的植物就跟你家厨房窗台上种的盆栽秋海棠一样，毫无药用价值。而那些确有药用潜力的植物，也必须是在正确使用的前提下才能发挥出价值来。但这里的人根本不具备剂量、疗程等概念。对我来说，植物能在他们手上发挥作用，等同于奇迹。"

玛丽娜记起芭芭拉·伯温德尔从萨满法师处为自己弄来的那杯泥，不知她是否也算个被煮炼而成的药酒迷惑了的西方人。倘若现在有人问她这药物是否治好了她的病，她是不打算承认的。

斯文森大夫的兴致突然好了起来。"有件事，当地人倒真是很在行，那就是炼制毒药。这里有毒的昆虫、植物和爬行类动物实在太多了，看来就是白痴也能配出足以毒倒一头大象的化合物来。除此之外，当地人还有一点儿厉害，就是似乎无论条件如何都能存活。这种像野生动物一般的适应力决定了他们不可能轻易死去。我认为自己不该插手这里的生态。"

"我明白您的意思。我只是觉得事态当前——一个孩子流着血——很难袖手旁观。"

"那么或许你来了，倒能帮我创造更多时间。我就把每天的急诊病人都送到你那里去好了。"

玛丽娜听了笑起来。"那么我就会明白，为何还是让他们接受当地医生救护的好。我已经快十五年没有动过针了。"突然间，玛丽娜发觉自己丧失了缝合那最后一个女病人的记忆。她记得自己拿出了婴儿，记得自己在那一刻立即明白自己犯下了错误，记得一个护士将男婴抱走，但是那以后呢？针在哪里？她肯定不可能将病人开膛破腹地留在那儿，然而在记忆中，玛丽娜却找不到缝合她的图像。

"这很快就能恢复的，"斯文森大夫说，"你过去是我的学生。相信我，我把基础都给你打好了。"

玛丽娜还在脑中搜寻那手术结尾的画面，突然想到了另一件事。"那么拉普大夫呢？"

"他怎么了？"

"他会把小姑娘的头缝好吗？"

斯文森大夫哼了一声。"他不会，而这并非因为他不是外科医生。他对人体生理学有无与伦比的了解，而且有我见过的这世上做起手术来最稳健的手。如果有必要的话，他甚至能在篝火边上做静脉搭桥。不过，拉普大夫对自己在部落中的地位丝毫没有夸大。他从来就不想做白种英雄。他只采集必需的样本，从不多贪一点儿。他对一切没有造成任何扰乱。"

"那么他会让她流血至死。"

"他会尊重当时应该有的秩序。"

玛丽娜点点头，心想自己跟着这样一个至少会因为怜悯而犯错的探险者，或许并没有想象中那么倒霉。"拉普大夫还活着吗？"

她真还不如问肯尼迪有没有幸免于那场对他策划的暗杀呢。"你不读报吗，希恩大夫？你是活在这个文明世界上的吗？"

这个问题由一个正坐船将她带往野蛮之地的女人问出来，简直妙不可言。"我读。"玛丽娜说。

她叹息着摇了摇头。"拉普大夫九年前就死了。到今年八月就整十年了。"

而玛丽娜，由于感到此刻需要表示同情，说自己听了这事感到很遗憾，斯文森大夫对她表示了感谢。

"您当时在学真菌学吗？所以才与拉普大夫一起工作吗？"不管怎么说，有这个可能性；可能性是多种多样的。她甚至可能是中央情报局派到雨林里的专员。

"我那时是拉普大夫的学生，而他这个人，上课的地点总是难以预料的。我跟着他去过非洲，去过印度尼西亚，不过他最重要的研究是在亚马孙完成的。他研究植物，而我则尽情从一颗真正的科学家的头脑所产生的成果中汲取知识。我在拉德克利夫学院①念本科时还不能上拉普大夫的课，哈佛是不允许这么离经叛道的事的，但拉普大夫却让我参加了探险队。他是我遇到的第一个不对女性设限的老师。后来我发现，他也是唯一的一个。"

此后两人都久久沉默着，都往不同的方向凝视着两岸绵延的雨林，同样的风景不断重复着。两小时后，伊斯特驶离了右岸的庇护，横穿内格罗河来到左岸，接着拐上一条与他们途经的无数支流看来毫无二致的支流，不过虽然其貌不扬，这条支流却似国道上一个最终会

---

① 该学院成立的最初宗旨就是要帮助女性获得进入哈佛大学的权利。它在1963年使哈佛大学承认其本科文凭，并在1977年与哈佛大学初步签订了合并协议，到1999年彻底归属哈佛大学旗下。

将他们带到斯文森大夫所住的街区的下匝道。虽然入河口还算宽敞，却没有其他船跟着他们开进那条支流去。不过几分钟，这条无名的河就缩成了窄窄的一条，蜿蜒伸入植被里，内格罗河从视野中消失了。玛丽娜曾以为，她在码头登船、从陆地来到水上时，就已经跨过了关键的分界，她以为河流已经标志着文明的消隐。然而当他们在两堵由呼吸着的植被组成的墙间穿行时，玛丽娜发觉自己又进入了一个完全两样的境界，她这才意识到，在抵达目的地以前，她将要不断目睹文明一点儿又一点儿地衰落。她满目所见只有绿色。天、水，甚至树皮：所有原本不是绿色的东西，也都变成绿色的了。令她想到：我的爱人在一片绿色中骑行①。

　　斯文森大夫宣布开始午饭。"孩子也该休息一下。他那么硬邦邦地站在那里，假设一颗坚果砸得正是地方，恐怕就会把他给砸碎了。你发现没有，想将'放松'这层意思用肢体来传达，是不可能的。你可以抖手、转脖子，但这些动作看起来都不像是在说放松。"斯文森大夫将双手撑在大腿上一推，可是一下子却没能站起来。她的腰比在巴尔的摩时粗了一些，多余的重量和长久的坐姿似乎将她与身下这箱菜肉罐头捆绑在了一起。据玛丽娜计算，斯文森大夫应该年逾七十了。在这把年纪上，甚至连斯文森大夫也可能具备了感觉疲劳的能力。玛丽娜站起来，伸出手。斯

---

① 作者在此处援引了 E.E.Cummings 的诗《All in green my love went riding》的一句。

文森大夫揉着膝盖，双眼故意看向别处，然后才握住了那手。"多谢帮助，"她说，她起身后立即放开了玛丽娜的手，"真是不如当年了。我对自己的身体可算是了解的，但还是没料到会这样。"她走到伊斯特身边，轻拍他的肩膀，然后做了一个转手腕的动作，又指指岸边。他点点头，眼睛继续看着前方。"他不会立即过来，"斯文森大夫回到玛丽娜站着的地方说，"有一个他喜欢的地方，他要等到那里才把船绑在树上。锚让他感到紧张，因为不牢靠。有一次他抛锚后花了好半天才把它捞上来。这条河里有太多可以把锚绊住的东西了。"

玛丽娜探身往船下看，却完全想象不出底下有什么。"您来这儿多久了？"

"是拉普大夫最先发现了拉喀什人，"斯文森大夫仰起头，向上望着漫天的树盖，"那是五十年前的事了，我想。那次我也在，就像站在历史舞台的中央。我还记得，第一次来到这同一条河，那是辉煌的一天。当时我还不知道自己的余生都将一再地回到这里。"

"看起来似乎什么都没变，"玛丽娜说，看着河岸上植物垒成的完整、笔直的墙，向任何方向望去，都没有一个人、一间屋、一条船。

"不要为景物所蒙蔽，"斯文森大夫说，"那时与现在有很大差别。那时在河道上可不会一转弯就看见一平方英里的树林被烧毁、被开作耕田。也不会像现在这样频繁地在河上看到炊烟。拉喀什人，甚至他们也变了。他们就像盆地失去植被一样，迅速地丧失着曾有的技艺。他们过去编绳、纺布。现在连他们也从外面买东西了。他们砍两三棵树，捆起来，漂到马瑙斯卖掉，够他们买煤油和盐，再搭出租船回来，要是能还到好价钱，还能弄些朗姆酒，不过他们基本上不擅长还价。他们还会从城里的救世军捐赠箱里捡美国人扔掉的废衣裳。几年前，有一次我来，部落的长老，他们称为胡西的男人，穿着一件约翰·霍普金斯大学的T恤衫来码头接我。我是那天早上才离开约翰·霍普金斯大学的，坐飞机到巴西，倒船又漂过半打支流，到最后，迎接我的居然是一件约翰·霍普金斯大学的T恤衫。"她想到这里，不禁摇了摇头，"而且上帝啊，他为那件T恤衫自豪极了。每天都穿着。实际上连下葬的时候都穿着。"

"那么您是平时教学、诊疗，周末飞到这儿来吗？"

"不是每个周末，完全不是，当然如果时间、财力够，我或许真会那样。要在这里做的研究太多了。我一般周四最后一节课后的晚上出发。周五我只负责答疑，但我从来不坐在办公室里答疑。我不主张这样。答疑不只应对发问的人有益处，也应给全班人都带来好处。如果你上课时不敢站起来承认自己不懂，那我也没空去解答你的问题。要是没有一套对策，最后说不定会有一打羞怯的小白兔排在你办公室的门口，都等着偷偷跟你问同一个愚蠢的问题呢。"

玛丽娜清楚地记得，自己就曾是一只这样的小白兔，在周五办公室边上的椅子上一等好几个小时，后来终于有个好心的同学告诉她，办公室里根本没有人。"系里对你不开放答疑没有意见吗？"

斯文森大夫微微张开了嘴。"难道你小时候上的是教会学校①吗，希恩大夫？"

"公立学校，"玛丽娜说，"所以您是周日回来，周一回校教书吗？"

"我坐通宵航班，周一早晨到，直接从机场叫出租车去上课。"她将双臂高举过头，松散的白色鬈发向各个方向翘着。"周一早上我总是看起来很糟糕。"

"我没注意到。"玛丽娜说。

"这一点必须感谢你的福克斯先生：他给了我待在这里做研究的自由。不能说完全不受影响，毕竟他自己就在拼命影响我，但至少不用再一边试图进行有意义的研究，一边忍受研究对象远在另一个国家的不合理现象了。我在这里已经常驻了十年。最初三年，零零碎碎筹到些款，但不断寻找资金比为了教书而飞来飞去还要花时间。世上没有一家大药商会拒绝为这种项目投资，不过最后胜出的是沃格。沃格的确有实力，我必须承认。"

伊斯特放慢船速，使船倒行，船身倒行的动力与原先向前的动力两相抵消，虽仍突突作响，却能原地不动。他将船转进树墙上一处或可称为小豁口的地方，将已经在手的绳子扔出去，挂上伸向水面的树枝中角度适宜的一条。

---

① 教会学校相对公立学校规矩更严格，此处斯文森大夫言下之意是指出玛丽娜太把规矩当回事。

　　"挂得真好。"玛丽娜看见绳子牢牢挂上树枝，说。比起谈她的福克斯先生来，她更愿意谈论树枝的事。

　　"他能挂得很好。那是伊斯特的树。他等的就是这棵树。他非常明白应该往哪儿走。"

　　玛丽娜原地慢慢转了一圈。两岸绿树密密匝匝，成百上千，一处空地也没有。无尽的、无异的枝叶连绵不断。"他能记住一根树枝？我看不出这怎么可能。"时不时地，一群鸟从紧密相连的绿树中啼鸣着飞出，然而雨林看来是那样密，玛丽娜简直连鸟何以能飞进去都不明白。在这样的地方飞行，它们如何找到回窝的路的？伊斯特怎么可能记得泊船的最佳地点呢？

　　"我已经观察到，伊斯特什么都记得住，"斯文森大夫说，"我先前说我相信他可能有超群的智力，并不是感情用事而说的。"

　　男孩儿的每一个动作都以一种优美的效率感完成：他关掉引擎，给缆绳打结，然后回过头来朝斯文森大夫点点头。

　　"很好！"她说，翘起两根大拇指。

　　伊斯特咧开嘴笑了。一将船停好，他又变回了那个玛丽娜在剧院前第一次看到的、杰克曾抱在怀里的小孩儿。现在，船是树的责任了，他可以走开一会儿了。他指着水面，再一次看着斯文森大夫，她点点头，她还来不及别过头去，他就脱下了足球衫，露出胸口光滑的褐色皮肤，露出火柴棒一样细瘦的上半身。他趔趔趄趄地爬上两只装杏子罐头的箱子，像火箭一样向上方射了出去，飞跃过船侧充当扶手的绳索，向着水面飞出，接着一骨碌落进了褐色的水面，发出巨大的水花声。空中的他将膝盖紧贴胸前，下巴微收，双臂向着阳光上举。接着，便消失了。

玛丽娜一个箭步冲到了船边，斯文森大夫却忙着在一个褐色纸袋里翻寻。水面像丝绒一般润滑，毫不为这样小的一个孩子所动。它甚至都不像大部分水体那样反射出倒影。水面上和水下一样，什么也看不见。"他在哪儿？"玛丽娜喊道。

"哦，这是他的小绝招。他以为这样我会被吓死。对他来说这样好玩极了。"斯文森大夫兜底翻着一只装了零散物件的包，"你吃花生酱吗？美国人如今个个都以为自己花生酱过敏了。"

"他不见了！"河水像土地一样密、一样实，将孩子整个儿吞入，仿佛吞噬一条小小的米诺鱼。

斯文森大夫抬起头，望向玛丽娜的方向，叹了口气："你让人忍不住想捉弄你，希恩大夫。我肯定你这么较真，很容易就会上当。那孩子的肺活量堪比一个日本采珠工人。他会在河宽三分之二处冒出头来。"她等了一会儿，然后说："冒。"

话音刚落，男孩儿在水中冒头了，他将湿发甩到一边，举起手来挥舞着。他扁平的面膛反射着日光，让他仿佛变成了金色。即使是在这样一个距离上，她仍然能看见他再次入水前奋力吐纳着空气，这一次，他将两腿高高踢起，阳光在他彻底消失在水下前，照耀在他粉红的小脚掌上。玛丽娜跌坐在那对脚刚才弹跳出去的杏子罐头箱上哭起来。

"花生酱和柑橘酱。"斯文森大夫说着，在一个盒子上像发牌一样铺出六片面包。她将塑料袋口扭紧，用铁丝封好，又拿起一把刀刃又短又窄的撇刀，将它伸进一罐柑橘酱里。"罗德里格弄到了英国缇树牌柑橘酱。真是个懂得做生意的人。一个人只有吃不到柑橘酱时才会明白它的妙处。请好好享用你的面包。这块吃完就彻底没了。面包在这里无法保存。我曾带过些酵母进去，让他们烤制，但烤出来的东西几乎和商店卖的面包没有任何共同之处。而这种面包，我得说，真是很好吃的。"

她以为他死了，虽然这个想法极度愚蠢，她却禁不住要去想。然而孩子会泅水能潜泳是当然的。他当然会回到船上来，带她们去她们要去的地方。她是怎么在二十四小时内变得如此依赖一个聋哑儿童的？她刚才究竟为何而哭？

"正常一点儿，希恩大夫。"斯文森大夫一边全神贯注地把花生酱均匀地涂抹在面包片上，一边说，"他马上就要回船上了，你要是再哭，他看见了会慌神的。他是个聋哑孩子。虽然他什么都会，使你不免忘了他的残疾，但作为成年人，你必须时刻提醒自己这一点。你无法解释给他听你为什么哭。我还没有发明任何表达愚蠢的手势，所以你也无法告诉他你不过是在犯傻。你会吓着他的，所以，快别哭了。"现在伊斯特正在水面上动作夸张地仰泳，他划水的声响舒缓着船中两个女人的心。斯文森大夫用抹果酱的同一把刀将三明治切成三角形，留在盒子上。"过来拿你的午饭。"她对玛丽娜说。与其说是邀请，不如说在命令。

玛丽娜将袖口在双眼上摁了摁。"我只是被吓着了。没别的。"

她说。听起来无论是声音或是措辞都像在找借口。

"我们离被吓着还很远。"斯文森大夫说着，自己拿了一块三角形的三明治。"你必须坚强起来，不然，上帝做证，我现在就把你赶上岸去。比孩子在静水中游泳更吓人的事，雨林里还有很多。"

伊斯特像只小海豹一样又湿又滑地上了船，大家又都吃过三明治后（吃完后孩子无限温情地捧着花生酱，导致斯文森大夫又给他做了一块），规定的午睡时间来临了。"Sesta."斯文森大夫双手拍合说。用葡语说出的"午睡"，听来是那么重要而必不可少。"据说午睡习惯是欧洲人带给南美人为数不多的好处之一。不过，我不认为巴西人必须经历几个世纪的屠杀和奴役才能学会如何在下午睡觉。"她轻轻拍了拍伊斯特，又指着船舵跟前一只矮木墩，接着闭起眼睛，将头歪过来靠在合起的双手上，做出让孩子去睡觉的姿势。接到指令的孩子从盒子里拿出两卷吊床，在船棚的阴影里张挂起来。

"我来雨林之前从不午睡，"斯文森大夫说，选了离船舵近的那张吊床，"我将之看作是软弱的象征。但这个国家有办法让任何人惯于午睡。关注身体给我们的信号很重要。"她在长条的纤维上坐下，当她向后靠去，并提起双脚时，吊床将她整个儿吞没了。玛丽娜看着她的老师，由于躺下所造成的运动，她变成了一只包裹在条纹布匹中做低空摆荡的茧。"现在睡觉，希恩大夫，"她呢喃的声音说，"对你的神经有无尽的好处。"

感觉上，仿佛斯文森大夫从船上消失了，就像伊斯特越过船栏时消失了一样。玛丽娜看着吊床，直到它静止下来。这就仿佛一个大变活人的魔术：把她包在毯子里，她就失踪了。没有了她，四周的寂静逐渐分出了层次，变得微妙起来。一开始，没有了人声，玛丽娜只听到寂静，但随着耳朵的适应，更多的声音出现了：远自森林深处、巨树高头的鸟鸣，低处灵长类动物的私语，虫类不懈的窸窣的响声，就像资深的听众在一出歌剧的序曲中分辨出短笛、轻柔的法国号，或中提琴的一声不乏意味的低鸣一样。她从庇荫处探出头去，望向太阳。她的表显示现在是下午两点。伊斯特坐在甲板上，他们当作家具使用的纸箱子之前，右手里拿着一支圆珠笔。玛丽娜碰了碰空着的那张吊床，指指他，接着双手合十，将头贴在手上。

伊斯特摇了摇头，指指她，又指指吊床，然后闭上眼睛，垂下了头。当发现她只是继续站在那里看他时，他又用笔指了指，以示强调。那张床应该由她来睡。

这不是个坏主意。她累了。然而她觉得此时仍应该保持警觉。难道不该有个人醒着放哨吗？难道不该有人留神不让孩子掉进水里？

伊斯特站起来，双手将吊床展开，像撑开一只信封那样替她撑开着吊床，并用头点指，好像怕她不会使用吊床似的。这么说来，醒着放哨的会是他。是他，而不是她，将留神不让对方掉进水里。她温顺地坐下了，然后躺下来睡稳，伊斯特将一只手放在她的额上，放了好一会儿，仿佛她是个生病的孩子。他对她微笑着，她也报以微笑，接着，她闭上了双眼。她身处巴西河上的一只船里。在亚马孙的雨林里，和斯文森大夫一起睡午觉。

她小的时候是很有想象力的，然而经年学习无机化学、从事胆固醇检测，已经系统性地将这种想象力破坏了。如今的玛丽娜只相信数据，只相信能测量的一切。然而，即便此时她还保有强大的想象力，却仍想不到自己现在竟真的来到了雨林。她觉得胸腔侧面有一样什么东西滑了过去——是小虫吗？还是汗珠呢？她一动不动地待着，透过吊床的绳索，看着自己面前的一线阳光。正午的日头将她牢牢钉在原地。她想起了医学院，想起第一个就职的医院里被荧光灯照亮的走廊，想起从图书馆往家搬运时令她脊背生疼的、成堆的教科书。如果当时她知道斯文森大夫每周四上完子宫内膜组织课即搭乘最后一班飞机前往马瑙斯，她是否也想同去呢？她是否能将自己看作一个以科学的名义奋勇前进的科考队员，随同她的老师一起前往亚马孙呢？学生时代的斯文森大夫，在想象自己与拉普大夫前往亚马孙时，显然没感到丝毫的不自信。这在她是不是也是可能的呢？玛丽娜调整着头部位置，以便不直接压迫在脑后的发髻上，这样做的同时，又将吊床轻轻摇晃了起来。答案是否定的。玛丽娜诚然是个优秀的学生，但她只在确知答案的情况下才举手。她的过人之处不在于突发的灵感，而源自耕马犁田般的勤奋。斯文森大夫在偶尔意识到她存在时，虽然对她满意，但一直未能记住她的名字。

摆荡停止后，玛丽娜又微微扭着腰臀，重新摇晃起来。吊床笼罩着一层又一层的气味——她自己的汗味，带有一丝细微的香皂和洗发水味；吊床的气味，混合着霉味和太阳味，还夹杂着一星半点儿的绳子味；以及船外的，比如河水的气味，她甚至嗅到了绿色工厂向大气释放氧气的气味，光合作用不知疲惫地将日光转化为能量的气味，虽然光合作用并不产生气味。玛丽娜深深地呼吸着，空气的气味安抚着她的心。这些全不相干的因素加到一起，化作十分美妙的感受，若非身临其境她是绝想不到的。

玛丽娜闭上眼睛，感觉到小船被缆绳牵动时的轻摆，感觉到一层层的水的轻柔的涌动，它们涌上船来，涌上捆绑吊床的柱子，进而涌进了吊床，涌进了她的骨髓，在这样的涌动里，她睡着了。

父亲也来了，但似乎很匆忙。她正在同他一起回大学的路上。他的讲课要迟到了，然而加尔各答的大街上人满为患，大家你推我搡地在人行道上抢占自己的位置，其中有许多学生急着赶去上课。她抓住他的手，让自己不至在人群里失去他，同时想象着他们两人手牵手的样子。一个头顶一袋米的女人迎面疾步走来，仿佛无别处可走似的，硬是从他们之间穿了过去，她在父亲被挤走前，紧紧攥住了他腰后的皮带。她要与这个梦魇一决智力的高下。她现在对它已经很了解了。父亲真快呀！她盯着他大体仍相当浓密乌黑的头发上后脑勺发间灰白的一小簇看，突然间，一个推着一车自行车轮胎的男人朝他们冲了过来。在这样拥挤的人群里，他为什么竟能推得这么快？梦境坚持着历来的规则——它是按照两人必须分开的情节写的——男人将自己的推车生生朝两人轧过来，就好像要撞断她的手臂一样。撞击的速度将她抛到了空中。就像做梦一般，在她被撞飞到人群之上的那一刻，她看到了一切，所有人，所有动物，所有岌岌可危的棚屋一路铺展向前，逐渐被高档的房子代替，她看到乞丐和他们行乞的碗，看到大学的校门，看到父亲毫不受她重量的影响、向前冲刺时瘦削的肩膀。她看到了一切，在她摔落在路面之前，她看到了从未真正发生过的这一切。然后，她整个身体的重量都砸在了她的一只胳膊肘上。

"是不是有蛇？"斯文森大夫对她喊着，"你是不是被咬了，希恩大夫？"

玛丽娜躺在甲板上，只下落了很短一段距离。她睡的吊床离地不过三英尺高，然而虽然如此，地板的冲击却使她几乎喘不过气来。她睁开双眼时，看到一对穿着网球鞋的脚，和边上的一对小小的褐色的光脚。她继续躺着，又喘了一会儿气。

"希恩大夫，回答我！是不是有蛇？"

"不。"玛丽娜说，她右侧的脸颊紧贴着肮脏的地板。

"那你叫什么？"船已在行驶中，斯文森大夫杵杵伊斯特的肩，示意他回到船舵那儿去。他们在某时已经再次启程了，并有一小会儿处在了无人驾驶的状态下。

噢，她能想到的叫的原因有许多，首先，比如因为身体左侧的每一根骨骼都火烧一般地疼。玛丽娜慢慢仰面躺下，轻轻动着左手手指，接着检验了一番左腕的活动能力。为了使检查更为全面，她还左右运动了双脚。什么也没断。她刚才睡在里面的那床布匹现在就悬挂在她脸的上方。"我做了个梦。"

斯文森大夫向高处伸出手去，从杆上解下玛丽娜吊床的一头，接着绕过她走去另一头将吊床收下来。吊床收去后，就像有谁拉开了窗帘，阳光涌进她的眼里来。她还不经意地由下往上、在斯文森大夫的上衣里看见了她被裤带勒着的雪白而松弛的赘肉。"我还以为你被蛇咬了。"

"嗯，我知道。"玛丽娜在暑热中微微颤抖着。她握起右手，竭力感觉着父亲皮带的触感。

"这一带有许多矛头蝮蛇，极不擅攀援枝头。它们剧毒，且笨得出奇。这一带每个人都认识一两个因为踩了矛头蝮蛇而死的人。它们的肤色相当隐蔽，而且不懂得让路，除了往你脚踝上咬一口外，也不懂得如何用别的方式去提醒你自身的存在。伊斯特曾在我差点儿踩上我们营地里盘卷着的一条前拦住了我。那条蛇足有两米长，看来不过是一堆混合着尘土的枯叶。就是在他指给我看了以后，我一下子还没看出来。"她停下来，猛地做了一个发抖的动作。

"我刚才有可能踩到吗？"

"它们有时的确会掉进船里，"斯文森大夫简单直接地说，"它们喜欢躲在各种东西的下面，或里面。藏在吊床里对一条蛇来说再合理不过了。你的尖叫声又那么惊悚。我不得已，只好把你翻出来，看看里面有没有蛇。"

"所以您把吊床翻过来了？"玛丽娜原以为自己是在睡梦中摔下来的。

"当然，难道你指望我在不惊动你的前提下寻找那条蛇吗？"

玛丽娜摇摇头。假设当时确有一条两米长的蛇藏在吊床里，那么将它和她一齐抖了出来，使她压到它身上，似乎并无法避免她被它咬伤的后果，不过在蛇面前，人类的确常做出匆促的决定。她闭起双眼，又用双手捂住。斯文森大夫会以为她在思考蛇的事，而事实上她想的却是父亲。一时间，谁也没有说话，接着，她感到有一样十分冰凉的东西在轻拍自己的肩。

"坐起来，"斯文森大夫说，"喝瓶水。来，快坐起来。船上有冰。你要冰吗？"

玛丽娜摇摇头。

"冰在目前的条件下属于奢侈品。如果你要冰的话，这就是唯一的机会。坐起来，希恩大夫。我见不得有人睡倒在甲板上。太脏了。你不过是做了个梦。快坐起来，喝点儿水。"

玛丽娜坐了起来，接着因为想起了蟑螂，又将自己拽上了装柚子汁的箱子。她的头很疼。接着，她注意到自己坐的箱子上，写满了先前没有的字母。这是一张由不同尺寸的印刷体大写字母组成的字母表，表中至少涵盖了大部分字母。但没有字母K，她挪开大腿，发现字母Q也不见了。有些字母，比如A，写得很好，而R和Z却写得倒了过来。在一连串的字母末尾，还写了两个单词，EASTER和ANDERS①，后面紧跟着一只笔触稚气的蜗牛图案。玛丽娜将手指放在安德斯的名字上。"这是怎么回事？"

"这是你的朋友艾克曼大夫留下的事迹之一。我肯定除了这些还有别的。在他与我们共同度过的短暂的日子里，他不仅教了伊斯特基本的用餐礼仪，还教了他字母表，至少是大部分字母。我看字母K似乎没有教会。"

---

① 伊斯特和安德斯的英文拼写。

"而且他还会写他们的名字。"

"他竟然选了这两个词去教给孩子，我觉得挺有意思。EASTER 还情有可原，但ANDERS是为什么？不过，说来他当时已经病得很重，或许想通过这个方法被记住吧。"

玛丽娜恍惚看见，他坐在倒下的树身上，膝头摊开一本大本子，身旁紧紧贴坐着伊斯特。他当然擅长教导一个男孩儿如何写字母，这事他过去已经做过三回了。就算伊斯特听不见，对他来说也不会有任何区别。"这是你。"安德斯告诉他，指着伊斯特的名字，然后他指着自己的名字，"这是我。"

"艾克曼大夫像备课一样，把所有字母都写了出来。伊斯特经常练习。艾克曼大夫死时，我让伊斯特保留了他的钢笔。有段时间他常满满地写自己一胳膊一腿，后来我制止了。我不知道皮肤能吸收多少墨水，但这对孩子来说总是不好的。在自己身上写字是个坏习惯，尤其当到处都有可用的纸张时。我不知道他是否理解这些字母，但他能记住它们，至少记住大部分。而且还记得正确的顺序。"

"也许他以为这些字符都是属于安德斯的。"

斯文森大夫点点头。她看着正在观察河面的男孩儿。"伊斯特有时在睡梦中会哭。那是唯一能听见他声音的时候，不过他的确有他自己的嗓音。过去，一般好几个月才能听到一回。但自从艾克曼大夫死了，他每天晚上都做噩梦，发出的声音可怕极了。"斯文森大夫转过头来，定定地瞧着玛丽娜。"可惜你不能就此和他谈一谈。这是你们两人的共同之处。我希望你的问题是服用甲基氟氯喹引起的，而不是福克斯先生派了个有精神障碍的医生给我。"

"我在吃甲氟喹片。"她真想把装柚子汁的箱子给凯伦带回去。在当前诸多条件限制下,这可算是一项不小的成就。

"我在这里听见过不少尖叫。但从不会想到甲氟喹片。我总是马上想到蛇。"

"警惕一点儿是好的。"

斯文森大夫点点头。"不过,甲氟喹片是观光客吃的,希恩大夫。我真诚地希望你只是来观光,马上就会乘下一条独木舟离开。若非如此,我劝你还是把药片扔进河里的好。你以为我吃这种药吗?一个人不可能一边做着惊声尖叫的噩梦,不停焦虑,而且有自杀性幻觉,一边还能在这里活下去。即便没有这些,雨林本身就已经够煎熬的了。"

"我没有做过自杀性的事。"

"这算你以前走运,却不能保证以后也不会。我认识一个年轻人,有天晚上走进河里,就再也没有出来。土著人看见了他,还以为他是去游泳。"

"我不是出于个人喜好而吃这种药的,相信我。"

"那你就更有理由停药了。这种药的副作用对某些人尤其严重。从你的表现看来,你就属于这某些人。"

玛丽娜缓慢地吸入空气,顿了顿,才呼出来。她感到自己正在逐渐恢复,虽然手臂中火燎一般的疼痛仍在加剧。"无论严不严重,对我来说都一样,我宁可不得疟疾。"

"哦，我不认为疟疾在这里很普遍。我就从来没得过，或者说得过一次，但不是在这儿。而且说到底，我们已经有了治愈的方法。"

"安德斯吃甲氟喹片吗？"

斯文森大夫将手举到头上，用力挠了一通头皮。"他睡觉时从来不尖叫，所以我们也没有机会谈到这件事。你是想知道艾克曼大夫是否死于疟疾吗？"

这不是她想问的问题，不过却是个再合理不过的问题。"看来有可能。"

"疟疾研究是我的强项之一，"斯文森大夫说，"所以我可以明确地告诉你，不是。除非他得的是恶性疟疾，最后影响到了脑部。但这个概率很小，毕竟恶性疟原虫在这一地区很罕见。"

疟疾分四种：恶性疟、间日疟、三日疟，应该还有一种。最后一次必须记得疟疾的分类是在什么时候呢？

"卵形疟疾。"斯文森大夫说。

"这么说您觉得他得的是卵形疟疾？"

"不，我是说你记不起来的那种叫作卵形疟。你对任何医生提疟疾，多数人都记得另外三个，但没有人记得卵形疟疾。西非之外这种疟疾很少见。你每次都做同一个梦吗？"

玛丽娜才刚睡醒，才刚来到这艘船上，才刚讨论过关于蛇的事，才刚去过加尔各答，刚刚离别了安德斯和卵形疟疾，信息更迭的速度使她竟一下子无法明白斯文森大夫的意思。"差不多吧。"

"我发现甲基氟氯喹这一点很有意思，它只会深入潜意识中的某一个地方。它对疟疾的治疗和防御效果几乎同样出色。没有必要提前让自己受苦。当然，如果染上脑型疟疾，对你肯定没有好处，但是正像我说的那样，这种病在巴西很罕见。你梦到了什么，希恩大夫？"

"你梦到了什么？"小时候，她惊叫着从床上下来，母亲曾问过她。"你究竟梦到了什么？"那一天，福克斯先生也曾握住她的双臂问过她。然而她都没有说。"我父亲，"玛丽娜说，"我们本来在一起，后来不知怎么给分开了。我找不到他了。"

斯文森大夫颇显艰难地站起身。访谈就此结束了。"呃，听起来一点儿也不吓人嘛。"

玛丽娜自己也承认。当用一句毫无修饰的话去形容时，梦境听来的确不怎么吓人。

第七章

暴雨

拉喀什人和鸟以及那些不知名的、行动奇快的小动物都早已疏散了，回家的回家，归巢的归巢，入洞的入洞，只剩下玛丽娜和恩科莫大夫，一起在崎岖不平的地表缓慢行进。

黄昏时分，虫子像风暴一样卷了过来，硬壳的、软壳的，或咬、或叮，嗡嗡嘤嘤不绝于耳，每一只都展开双翼，以出乎想象的速度飞入它们在雨林中唯一能找到的三人的眼中、口中和鼻子中。伊斯特整个人缩进了足球衫里，斯文森大夫和玛丽娜则像沙漠风暴中的贝都因人那样，将自己的头包了起来。暮色四合后，只有飞错方向的虫子还在撞击船上的人，其余的都选择了在船侧两盏明亮而滚烫的灯上结束自己的生命。夜色充满了它们的身体撞击玻璃灯罩的乒乓声。

　　"拉普大夫曾说这里是昆虫学家的天堂，"斯文森大夫说着背过身去，不再看灯管上的攻势，"他们只需一开灯，所有样本就会自动送上门来。"

　　现在，因为雨林在黑暗里看不见了，玛丽娜比先前觉得不适了一些。她感到两岸的植物生命正朝着河道挤压过来，一根一蔓都在往他们的方向延伸、靠近。"不仅是自动上门，甚至还主动地把自己给杀了。"

　　"这比下冰雹还糟，"斯文森大夫说，将一只入嘴的小甲虫吐在甲板上，"我们关灯吧，关了灯也没关系。"接着，她将两盏灯熄灭了。

劈头盖脸的虫子，就像面纱被陡然揭起，轻浮到了空中，玛丽娜从未身处如此的黑暗，此时什么都看不见了。仿佛上帝本人熄灭了他的灯，熄灭了世上的每一盏灯，将他们抛弃在了无尽的黑暗里。"难道伊斯特不需要看着前进的方向吗？"她问。在引擎的轰鸣下，她几乎听不见自己的声音。一个能在几千英里的植被中辨出一条树枝的孩子，当然也能在黑灯瞎火中找到回家的路。她自己才是唯一需要灯光的人。

"睁开眼睛，希恩大夫，"斯文森大夫说，"看着星星。"

玛丽娜将双手举在身前，在空气中挥舞着，直到抓住了船边做挡护的缆绳。她紧紧地攥住绳子，探头向外望去。在不同程度的黑暗之上，她看见明亮的星星铺满了夜的高桌，她感到，就仿佛自己过去从不曾见过星星似的。它们的数量超出了她所知道的数字表达，而即便能数出那样庞大的一个数来，她也无法将一颗星与另一颗星分开，它们作为整体融合在一起，比作为个体加在一处更为壮观。她仿佛看见了星座的教科书，墨色之上的神化英雄。一切看来都浸泡在乳白色的、漫天的光里。当她终于能从头顶的宏大的剧场中将视线移开、再次向前方看去时，她看到了另一星光点，仿佛海市蜃楼，在地平线的方向耀动着。它小小的，发出橘黄的颜色，随着他们的靠近逐渐伸展成一条线段。当她以为自己已经将这条线段定影在眼里时，它又断开了，分布成散开去的点，其中有一些点还在上下跳跃着。"那儿有东西。"她对斯文森大夫说，接着马上又说，"是火。"她真正想说的是快掉头。

"的确是火。"斯文森大夫说。

起先有十二堆火苗，接着扩大了两倍，到了最后，玛丽娜已经数不清了。本来连成一线的火点，现在铺成了面，火光就在这个面上高低不一地起伏着。火是点在树顶上的吗？还是在水里燃烧呢？伊斯特将船上的灯点亮了，一瞬间，火苗也跃动起来。夜色中炸开了号叫声，无数条舌头拍打着无数张嘴中的无数个上颚。声音先是充满了雨林，继而浪一般向着河流翻涌过来。

河岸上有人。

他们此行是要回到部落去的。回归正是此行的目的，玛丽娜为什么没有想到呢？几小时以来，雨林之所以令她感到不舒服，就是因为它了无人迹，只有植物和昆虫，只有缠绕铺覆的藤蔓和见所未见的动物，然而眼下玛丽娜意识到，在这个地方偶遇人类，比见不到人还要更糟糕。这就仿佛在一个空城里夜行，猛然撞见一伙年轻人，在门廊下对你投来歹意的目光。"拉喀什人吗？"玛丽娜问，希望他们至少能面对一个已知因素。

"是。"斯文森大夫说。

玛丽娜等了一会儿，希望她除了用一句话简单确认外，还会说些别的。此时正值午夜，她在无名之处一条无名的河上，心中不由生出与斯文森大夫在一起时常有的、仿佛《雾都孤儿》中奥利弗高举乞钵时所感到的迷茫。希望斯文森大夫体谅自己对此情此景的陌生难道要求太高了？斯文森大夫大可以慷慨地追加描述自己第一次遇见拉喀什

人的情景，说一些比如，幸好当时是白天，或者，谢天谢地拉普大夫
知道该怎么做的话，当然，要求斯文森大夫这么做，等同于要求斯文
森大夫变成完全不同的另一个人。小船慢慢地向旋转着的火焰的旋涡
推进，渐渐地，玛丽娜分辨出了火光之后的人的头颅，男人、女人，
每人手里都挥舞着一只火把，孩子们则手握燃烧着的树枝，跳跃着，
号叫着。她看见迸射出来的火星四散开去，并在落地之前熄灭。由规
模看来，这些火星让人忆起了星空。随着船的接近，人们发出的号叫
声也显现出了微妙的差异：音强胜于任何鸟群的啼鸣，比之动物的号
叫来又更具节奏感。玛丽娜记起小时候，父亲曾带她去参加一个葬
礼，千盏纸灯顺着恒河飘摇而去，人们聚拢到河岸边，涉水入河，拨
开弥漫在夜晚空气中的香与烟。她能闻到厚厚的花毯下面河水的腐
味。她吓坏了，把脸埋在父亲的衬衣里，整夜地埋着。然而，现在的
玛丽娜庆幸自己曾见到了那一幕，虽然它丝毫无法对当下这一幕作出
任何注解，但至少能提醒她，许多事自己还不懂，这是正常的。"您
觉得这是怎么回事？"玛丽娜问。岸上的人中，有一些扔下火把，跳
入河中，向小船游了过来。玛丽娜知道他们会很容易就登上船来，却
不知道自己该如何下去。

　　"你的话是什么意思？"斯文森大夫说。你的话是什么意思，希
恩大夫？什么叫二期子宫癌？

　　说不出话来的玛丽娜将手指点向了河岸。

　　斯文森大夫低头看着游近的男人们。他们像海龟那样，将长长的
脖子仰出水面，以便靠近的同时还能叫喊，而不让水流入他们的嘴

里。接着，她转过身看着自己的这位乘客，仿佛对自己竟又被胆怯的小兔子的愚蠢的问题而困扰感到难以置信。"因为我们回来了嘛。"她说。

　　玛丽娜转过身，不去看这番燃烧的、跳跃的、溅射着水花和没完没了的"啦啦啦啦啦"声的热烈欢迎的场面，转而面向斯文森大夫，见她正面带疲惫的表情，对人群点着头。"您不是才走了一晚上吗？"

　　"他们从来都不信。无论我怎么说，他们对时间的概念是缺失的——"未及她把话说完，船突然向右倾斜，男人们从平底船的一侧爬上来了。装柚子汁的纸箱突然打着滑撞向了玛丽娜的脚踝，差点儿把她撞到从水里爬出来的男人们身上。她抓住一根柱子稳住自己。这也是玛丽娜的父亲在过去的好几个初夏总是坚持租借平底船的原因：它不仅易驾、难沉，而且一旦落入水中，很容易重新爬上船。然而谁也没有不慎落过水，这一理论于是从未得到验证。滴着水的男人们将自己拽出水面，站到船里。他们的个子比玛丽娜小得多，虽然比斯文森大夫要高一些，个个穿着跑步时穿的尼龙短裤和湿透了的美国商品广告衫——比如耐克和泡泡先生。其中有一个还戴了顶彼得比尔特的帽子。他们张开五指，拍打着伊斯特的臂、肩和背，仿佛他是一团火，而他们要将他扑灭。船中上来七个人，然后是九个，个个以震耳欲聋之势吼叫着。河中游来的人搅撩着黑色的水，伊斯特不时将灯向低处晃去，照亮水面，这么做让像大海鲢一般在水里游动的男人们更振奋了。他们抬起头，挥动着手臂。河面上挤满了人头，倘若伊斯特轧过其中一个，也丝毫怪不得他。然而当缓慢推进的平底船碰到一只肩膀或一颗头时，水中人一骨碌就沉到了船下，少顷又从另一边冒出头来——假设这冒出来的人就是刚才那个人的话。历史上有多少艘船曾受到过当地人这样热情的欢迎呢？此时的甲板上，一个男人正仰起头来看着玛丽娜，他伸出一只湿手，摸着她的脸颊，但不与她发生眼神接触。她的身后，两个男人摸着她的头发。还有一个人以令人难耐的温柔抚摸着她的上臂。她觉得仿佛来到了盲人学校。当第五个男人伸出手来，刚要拢上她的胸部时，斯文森大夫响亮地拍了一下巴掌。

“够了。”她说，将手放在玛丽娜身上的男人们往后一跳，纷纷踩在身后排队等着摸玛丽娜的男人们的脚尖上，这一跳使众人嘴中的舌头都安静了下来，大家一齐充满希望地看着斯文森大夫。那一刻，玛丽娜明确了两件事：第一，拉喀什人不懂英语，不明白够了的意思；第二，除了这一点儿小小的障碍，他们似乎对斯文森大夫唯命是从。斯文森大夫话语中的不快比男人们的手指更让玛丽娜的心跳加快了。无论怎么说，他们与其说是怀有歹意，不如说只是心存好奇。在这个权利体系中，斯文森大夫拥有不争的霸主地位，而玛丽娜觉得自己的地位更接近当地的土著人，而非他们的领导者。“走吧，”斯文森大夫说，指着船侧，男人们一个个驯服地从那里重新进入水中，河中有些人被他们中的一些不幸砸中，“他们是一群十分依赖触觉的人，”当最后一个人随着一声水花声消失后，斯文森大夫说，“他们没有别的意思。对他们来说，摸不到的东西就是不存在的东西。”

“可他们没有摸你。”玛丽娜说着，用袖子抹了一把脸。

斯文森大夫点点头："如今他们已经认可我的存在了，过去我也竭力回避过他们的触摸。"

岸上支出一条狭窄的栈道，栈道上的人向伊斯特勾了勾手指，他便将船靠了上去，栖在栈道边，与此同时，男人们将手中的火把递给女人，竟然有序地登上船来，搬起箱子，提起口袋，运往黑暗深处。他们多会在路过时轻拍玛丽娜的肩膀，或停下来摸摸她的头侧，但因为事务在身，没有人做过多的逗留。此时换作女人喊歌，并在玛丽娜与伊斯特和斯文森大夫一起上岸时，将火把高高举起，为他们照亮。她们均身穿颜色黯淡的自制无袖连衣裙，脑后梳着长长的辫子。孩子在她们的胸前拴着、脚踝上吊着，或在她们的臀胯上平衡着，漆黑的圆眼睛照映着四周的火光。斯文森大夫在土径上向着雨林走去，不时向突然对她发出咿呀声的女性们点头致意。蹲坐在地上的孩子们伸出手摸着玛丽娜的裤子，女人们用手指抚摸她的耳朵，又碰碰她的锁骨。偶尔有孩子，年龄非常小的那些，会将手伸向斯文森大夫，妈妈们会将他们的手迅速拽回来。

"可他们不知道您会在今晚抵达。"玛丽娜说着，紧走两步跟近斯文森大夫，甚而至于将一只手搭在了她的手臂上。"有时您会在马瑙斯待得更久，比如两三天。"

"有时会待一周，"斯文森大夫目视前方说，"我并不想待一周，但有时的确会。"

一个怀孕的妇女伸手从他们跟前的道路上撩开了一根低垂的树枝。

　　"但是如果他们对时间没有概念，而您又没有联络他们的途径，他们怎么知道您什么时候回来呢？"

　　"他们不知道。"

　　"那么他们为何能在今晚聚集到河边呢？"

　　斯文森大夫停步转向玛丽娜。可怕的黑暗被到处燃起的火光撕碎了，影子和声音一起从四周向他们涌来。不时有燃烧着的木段脱落下来，掉进成堆落叶里。整个森林没有被燃成灰烬简直是奇迹。"我想他们自我走后的每天晚上都会聚到河边来吧。我不确定。你到了早上可以去问问恩科莫大夫。我就在这儿说晚安了，希恩大夫。伊斯特会从这儿带你去歇脚处。我累了。"斯文森大夫边说，身体边微微地摇晃了起来，玛丽娜见状扶住她的手臂，斯文森大夫闭上双眼，"我没事。"她说，接着睁开眼睛，看着玛丽娜。她看起来连呼吸都有困难。"有时候，事情比我预想的要艰难。"斯文森大夫伸出手去，一个站在小径边的女人，胸前绑着一个睡着的孩子，小腿上一边还吊着一个，似乎是双胞胎，走上前来扶住那只手，将她引向黑暗深处。斯文森大夫走了，所有的光和声音也都跟着她一起走了，人群以她手中的火把为参照移动着。玛丽娜本该问他们要一只火把的，因为没过多久，她就被一个人留在了黑暗里。

　　她该为几乎被亚马孙雨林击败的斯文森大夫而担心，却又想起了矛头蝮蛇。她忖度，这种蛇是否睡在地上，抑或是树上，如果睡在树上，那它们缠绕树枝的力量到了晚上会不会松懈。她最后得出结论，最好还是跟着人群走，待在光里，然而走了几步后，便不知道该往何

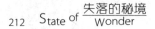

处落脚了。周遭不时传来折断声。刺钩牵扯着她的衣服，而且她确实地感觉到有什么东西在她的脖子上爬动。就在她几欲呼救时，栈道方向移来一束稳定的长条光源。手电筒！她突然觉得，此生从未见过这样现代化的东西。那显然是为她而来的伊斯特了。伊斯特用起手电筒来不像一般的小男孩儿。他将光线牢牢锁定于路面。没有去耀玛丽娜的眼睛，或去照头上的树顶。走到她身边后，他牵住她的手，两人再一起继续向林中走去。地上有一条小路，也可能只是地表植被自然形成的一条罅隙，玛丽娜以一步之隔在伊斯特身后紧紧跟随着，确保自己的脚只落在伊斯特曾落脚的地方，后者则不断开辟着前路，清理掉藤蔓与从尺寸和力度上看都足以缠住一头小猪的蛛网。玛丽娜是那样全神贯注于自己的双脚，以至于在停下之前一直没有留意到前行的方向。伊斯特将她带到一处建在地桩上、高出地面的盒状锡皮屋跟前，弯腰从一块岩石下拿出钥匙，打开了门。玛丽娜没有想到，雨林中会有门这种东西，更不用说门锁了。伊斯特的手电光扫过室内的一张桌子、几把椅子和一堆堆箱子，其中有一些她认出来了：果汁和菜肉罐头。原来这是储藏室。仍然牵着她的手的伊斯特，又穿过另一扇门将她带往屋后，来到一个像是门廊，却也可能是另一间屋子的地方。除了由千百只蚊蝇扇动翅膀所形成的气流外，周遭一丝微风也没有。伊斯特将光线对准一长条蚊帐，将蚊帐罩在一张折叠床上。他指指玛丽娜，又指指床。如果是白天就好了。一旦能清晰地去看，周遭的事物将不再如此可怖。

　　玛丽娜在床沿坐下，猛然意识到一件事，先前自己因着火焰、毒蛇和土著人的手所产生的焦虑，上岸时竟将行李忘在了船上。而虽然她此刻极想更衣刷牙，却根本不知道这附近是否存在一个有水的洗手池。她想不到任何手势可以将自己希望他陪着回到船上去的意思传达给伊斯特，自己又绝不愿单独行动，于是她决定暂时将这件事搁在脑后。眼下如果有只电话，她会很高兴的。她本可以在离开马瑙斯之前给福克斯先生打个电话。她知道他一定已经给她留了十几条语音短信，而等到翌日早晨收听时，她将在他的声音里听出越来越浓重的焦虑。她不过是闹脾气罢了，为了惩罚他而任他一整天不知道自己的去向，而现在天色太晚，不可能去找电话，也便无法安慰他了。或许他会以为她已经在回迈阿密的路上，像她说过的那样，坐了最近的一班飞机回家，虽然玛丽娜并不觉得他相信她这句话。

她脱下鞋，指了指伊斯特。你也睡吗？他将电筒照向距离她床脚六英尺的墙上，照亮了一只吊床，一个等待着孩子的空壳。接着，他将手电筒递给她，脱下足球衫，爬进了壳里，而她站在那儿，长久地将光线投向他，惊讶于他形成的那个吊在半空的茧是多么的小。由于莫大的幸运，她得以睡在了伊斯特的房间里。她试着将这一举动归于斯文森大夫心血来潮的善意，然而更可能的是，除此再没有别的带屋顶的地方可以安顿她了。而这些都无关紧要，她已经意识到，如果不是和伊斯特一起，自己在这个地方是无法睡着的。躺在罩着蚊帐的床上的玛丽娜，随随便便就能够想到好几种更悲惨的境地。她伸展四肢，按灭手电，聆听着雨林平稳的呼吸声。比之印地拉酒店，这里好多了。折叠床的舒适度与酒店的床大体相似。显然，虽然斯文森大夫一再声明自己不欢迎客人，拉喀什人是做好了待客准备的。过去也有人来过并落脚此处，或许也全都在这顶蚊帐下躺过，而且因为伊斯特就睡在六英尺远的吊床里而感谢过上苍。玛丽娜睁开眼睛，借着黯淡的月色，仰望白云一般的蚊帐顶。安德斯应该也睡过这里。斯文森大夫说过，他死的时候，伊斯特也在。她猛地坐了起来。安德斯。这黑暗、这门廊以及这张折叠床，它们令她突然想到了他。他在高烧时也是通过这挂蚊帐望出去的。玛丽娜起身将脚放回鞋内，这里的某处一定有他的笔。她摸到手电，检查了仰卧在吊床上的小小的伊斯特。她什么都没有，没有提包，也没有背包。她回到储藏室，由于手上有了电筒，她得以全面了解到，这个房间基本上起到了一个特大号柜子的作用——盒子叠盒子，到处是有盖的、无盖的塑料箱，成箱的食物以及一瓶瓶的水，还有装在小号盒子里的试管和插片。她找到一把扫帚、一推抹布和一大卷麻绳。屋内既无抽屉，也无架具。看来没有一处合乎情理的地方可以放笔，整个屋子根本就没有情理可言。接着她想起来，安德斯死后，他的笔都归了伊斯特所有。那是男孩儿得到的财产，一大把比克牌的笔。她回到睡觉的门廊下，手电照亮了一些水桶，她沿墙角慢慢扫视着，在吊床边上看见一只金属质地的盒子，它比工具箱大，比文件盒小。她跪下来，将手伸向孩子吊床的下面，在粗糙起皮的木地板上将铁盒拖出。盒上没有锁，只有一个可以将盒子关起来的搭扣。盒子的上层放满羽毛，她先拿出两片，继而三片，继而四片，一共拿出超过两打的羽毛来，全都带有玛丽娜难以想象的绚丽颜色，比如淡紫，比如明黄，每一片都极干净，羽片部分严丝合缝地密闭着。除此，还有一块无论大小和花纹都酷似人类眼球的石块，一片嵌有史前鱼类的页岩化石，上面还用红丝带打了个蝴蝶结。盒子下层，有一张外面写着"伊斯特"的电报信封，打开后里面写着：请尽您的全力帮助这个男孩儿抵达美国，届时您会得到回报。请将他送往凯伦·艾克曼处。电报上还写着他的地址和电话号码。除回报外所有费用都将得到补偿。谢谢您，安德斯·艾克曼。紧接着，安德斯又用他大学程度的西语将这些内容重新写了一遍。他不懂葡语，于是西语就成了唯一的指望。玛丽娜在脚跟上跪坐下来。盒中还有一只便于放入口袋内的圈定本，每一页上都写着一个印刷体的大写字母，接着写了"伊斯特"，写了"安德斯"，还写了"明尼苏达。"盒底一并放着安德斯的驾照和护照。也许伊斯特问安德斯要了他的照片，又或是安德斯希望由他来保存这些东西。除此还有三张二十美元的钞票。五根橡皮筋，六支笔，一把美国和巴西的硬币。玛丽娜觉得头晕。她本想叫醒孩子，写下他认识的三个词中的一个，"安德斯"，她本想指指床，再指指这个词。"安德斯也睡在这里吗？"然而现在她不再需要问这个问题了。她将一切按原样放回。理好羽毛，关上盒盖，将盒子推回墙根处。她关掉手电，借着月光回到安德斯的床上，爬了进去。他收到护照那天，曾给她看过。新护照的封面硬邦邦的。护照上的照片完全没有捉住他的神韵。甚至颜色都走了样。与之相比，驾照上的照片好多了。"你以前竟没有护照？"

"我有。"他说着在她的桌子上坐下来，越过她的肩头再次看着护照。"大学一年级时有过。"

玛丽娜仰头看着他。"你当时去了哪里？"玛丽娜很后悔自己从来没在国外待过一年。因为她难以忍受远离家乡的感觉。

"巴塞罗那，"他说，大大方方地发着咬舌音①，"我父母希望我去挪威。但哪个正常的明尼苏达人会为了去挪威过一个学期而离开这里呢②？我在巴塞罗那时，以为再也不会回来了，曾在脑中拟过给父母的信，说我生性适合桑格利亚酒，适合睡午觉。我曾是全西班牙最快乐的美国人。"

"那你最后为什么会出现在沃格？"

安德斯耸耸肩："学期结束了呗。不知不觉我就回来了。然后念了医科。就再也没回到西班牙。"他从她手里拿回护照，再次看了看："你不觉得照得挺好吗？我看起来真严肃。完全可以是个间谍。"

这天晚上，玛丽娜没有做梦。甲氟喹片要向她的潜意识追讨的代价，那天下午在船上她都已经付清了，然而某一个时刻，当她处在无梦的睡眠中时，却被一种窒息般的、仿佛兽类被围困时发出的绝望的高声喊叫吵醒了。玛丽娜坐起来。"伊斯特？"她说。她打亮电筒，

---

① 西班牙人发Barcelona（巴塞罗那）这个词时，c以咬舌音而非齿间音发出，故而安德斯将c发为咬舌音是模仿正确的西语发音。这有点儿像中国人说到外国国名时突然不说中文而换作那个国家语言的发音法，某种程度上我们会觉得有炫耀之嫌。此处说安德斯"大大方方地"发咬舌音，就是说他根本不怕别人嫌他炫耀。

② 安德斯的意思是，既然两处都冷得出奇，便没有必要去。

看到在吊床里拼命挣扎的一团东西，她一下子想到了蛇。她一跃而
起，计划将吊床整个翻过来，将孩子从吞噬着他的无论什么中解救出
来，然而从蚊帐下出来后，她想到了别的原因，留心听了片刻孩子的
声音，才将手放到了他的肩膀上。她知道如何将一个人从梦中唤醒，
她知道别人都不知道的、正确的做法。她轻轻地摇着他，由他在她的
双手之间剧烈扭动着。他大汗淋漓地颤抖，眼睛朝后翻去。她发出了
此时应该发出的各种他还听不见的声音。她轻轻地、轻得不能再轻地
说："好了，没事了。"她不停地说着，将他搂进怀中，在他趴在自
己的脖子上哭泣时对他做出承诺，手在他肩胛骨之间狭小的地带画着
圈抚摸。等他能够均匀呼吸，重又沉入睡眠后，她才抚平他的头发，
转身回到自己的床上去。可他跟着她一起来了，一起钻进了蚊帐里。
玛丽娜自小时候去其他女生家开过睡衣派对后，就从未与孩子在一处
睡过，但与孩子睡并不难。她在自己的怀里为他腾出一个位置，将他
的背靠拢在自己胸前，就这样，再没有多想什么，他们一起在安全
的、白色的网里睡着了。

　　引吭尖叫的耍火把的拉喀什人在夜间的某一刻遁形了，化作了白
天的一支劳动人民的部落，一群冷静沉稳的人以低调、无火的方式各
自忙碌着。玛丽娜在沿去往河边空地的一条小路上遇见了他们，虽说
前一晚上，当她路过此处时，她敢发誓说这里除了雨林植被外什么也
没有。女人们在河里洗着她们的衣服和孩子，将柴火捡到筐中，给女
孩儿们梳头。所有动作都在酷烈的日光下进行。大批学步小孩儿或拍

打着河水、或踩踏着水塘，除此还能见到许多小到只能在地上爬的孩子。玛丽娜不禁怀疑，自己是否来到了部落的日托基地。男性明显比前夜少了，但仍有一小群，正将一段相当大的木桩挖空。他们赤膊光脚，并在玛丽娜路过时向她投去兴味索然的一瞥，俨然她是个观光客，而像她这样的观光客他们以前见过太多了似的。对于河上生活来说，船当然是关键，除这段木桩外，其他已经挖成独木舟的木桩横七竖八地在河岸上堆叠着，河中一名男子正划船远去。两个穿着短裤、裸着上身的小姑娘迎面走来，每人脖子上都围着一只小猴子，猴子的双爪捉住自己的尾巴，形成一个扣起来的圈。两只猴子齐齐转头，仿佛夸张地微笑一般，咧嘴对着玛丽娜露出了黄色的尖牙。猴子不像其他人，它们直视着她的眼睛。接着，两只猴子中的一只，似乎在自己的小女孩儿的头发里看到了某种极微小的生命形式，伸手将之从她的头皮上捉下来吃掉了。

玛丽娜还没有找到她在这条河上仅认识的两个人。早晨，她醒来时，伊斯特已经既不在床上，也不在睡袋里了，她讶异一个自身不知声音为何物的人，尤其还是个孩子，手脚竟这样轻，能不吵醒她。她也没有找到斯文森大夫，而且她认为找她要比找伊斯特难许多。斯文森大夫除非自己站到你面前，否则你是找她不到的，而且目前也没有一个她的办公室可以让玛丽娜等在门口守株待兔。

在河中微微起伏的平底船，被缆绳牵在昨日下船的同一个位置上，玛丽娜决定将之作为一切尚且无恙的标志。她登船时，挖木桩的男人纷纷直起身来，盯住了她，手里的挖刀垂在大腿上。只消一秒钟的时间，她便发觉到自己的行李不在船上。船中没有包，也不见可以藏包的地方。玛丽娜用舌头舔舐着牙齿，再一次想到了她的牙刷。早晨的天已经热了起来，到处充满凋腐的、新生的树叶味。河边的蚊子已经在她的踝部和后脖颈上啜饮起来。其中有一只，甚至飞进了她衣衫的后面，在她挠不到的肩胛下面的一个地方咬了一口。她对这件行李的向往，超过了在马瑙斯遗失的那一件。她思索着自己寄宿的那间作储藏用的棚屋的某一处，是否会有一箱驱虫水，而且平生第一回将"杀虫剂"的"杀"字与"他杀"的"杀"字联系在了一起。她突然感到一阵来自拉喀什人的骚动，人人都伸长了脖子，用她无从分解的句子激烈交谈。接着她看到，一个十分高、有如吸管般瘦削的黑人，从丛林里冒了出来，他所戴的金属小圆眼镜上闪烁着阳光。他向各个方向都倾了倾身，做出虽说不上鞠躬，但要比点头更深的动作，各方向的人也都站定了施以还礼。有一些出声问好的，他便也回答他们，且将句末有节奏的起伏模仿得很到位，这看来使人群欢腾了起来。女人们抱起孩子，向他的方向摆过去，男人们则纷纷放下了弯刀。他们似乎玩起了对歌的游戏来，先由部落里的一人喊出一句话，再由高个子男人重复。无论所说的句子有多么难，他似乎都能回敬回去。拉喀什人乐得东倒西歪起来，直到男人深深鞠了一躬，仿佛说，虽然玩得很高兴，但大家应该回去工作了。

　　"我猜你是希恩大夫。"他说，绕过一堆火走来，向玛丽娜伸出自己的手。他下身着卡其裤，上身穿蓝棉恤，两者均给人一种反复在岩石上砸击过的感觉。"我是托马斯·恩科莫。见到你很高兴。"他说英语时充满一种音乐性，而且一听便知这并非他的母语，以至玛丽娜怀疑他学英语时是否就是通过唱歌的方式。

"见到你很高兴。"她说着握住他伸来的又长又细的手。

"斯文森大夫说过你会跟她一起回来。昨晚我本来想来迎接你，但大家倾巢出动，都去迎接你了，我完全无法靠近。"

"我想他们不是为我而出动的。"斯文森大夫说过她会跟她一起回来？

"拉喀什人喜欢找事。总是找各种理由来庆祝。"

玛丽娜对在两人身后全体蹲坐下来、像看戏一样看着他们的拉喀什人点了点头。"你说他们的语言说得真好。"

托马斯·恩科莫笑了："我就像鹦鹉一样。他们说什么我都能重复出来。我就是这么学语言的。他们也会说点儿葡语，有时，贸易者会进入雨林，有时他们自己也去马瑙斯，但我总是尽量说他们的话。只要想学语言，就绝不能害羞。"

"可这种语言根本不知从何学起啊。"

"你必须先张嘴。"

"可你懂意思吗？"

他耸耸肩："我比我自己以为的要懂。我已在此两年。两年足够对任何东西入门了。"

两年？透过叶子的厚幕，玛丽娜隐约看到一些棚屋似的东西，仿佛勾画出文明的模糊的轮廓线。林间难道有一个类似社区的地方，可以让人住上好几年？"那么，你是与斯文森大夫一道工作了？"一定是沃格忘了告诉她，他们在研究基地还供养了其他医生。

"我是与斯文森大夫一道工作，"他说，可听起来仿佛只是在重复她的话，俨然并不当真，或根本没有理解问题的意思，接着他补充道，"我与她研究的领域有一定重叠。那么你呢，希恩大夫？斯文森大夫说你是沃格的人。你研究什么呢？"

"胆固醇。"玛丽娜说，她想到，雨林中绝没有一个人曾经或有必要为将来的胆固醇问题而担心，这里杀人的矛头蝮蛇太多了，"我在长期监控他汀类药物的小组工作。"

托马斯·恩科莫闻言，将纤长的、优雅的双手合在一起，用指尖抵住嘴唇，缓慢而忧伤地摇起头来。她看见他的结婚戒指，在其肤色的衬托下，仿佛灯塔一般发出光来。一刻不停地看着他的拉喀什人，为他脸上忧伤的表情而担心，此刻纷纷聚了过来。到他再开口说话前又过了好一会儿。"那你是为了我们的朋友而来的了。"

玛丽娜眨了眨眼。先于她到来的其他研究人员里，很可能只有一人对胆固醇有兴趣。"对。"

他叹息着，微敛下颚。"我没有把这些联系在一起。但是当然，当然啦。可怜的安德斯。我们都很想念他。他的妻子如何？凯伦和孩子们怎么样了？"

他将她的名字发成了"卡朗"。虽然凯伦是不可能来到这里的，但玛丽娜多么希望她能亲眼看一看托马斯·恩科莫脸上的表情，亲自接受这种真诚的、莫大的同情。"她希望我来打听他出了什么事。对此我们所知的不多。"

　　托马斯·恩科莫的双肩向前垂了下去。"我不知道说什么好。我们怎么对她解释呢？我们以为他会恢复过来。雨林里重病很多，高烧只是算小菜一碟。我是达喀尔[①]来的。在西非，我可以确定无疑地告诉你，小孩得病后死得很快，老人死得较慢，但中间年龄段的健康人群，比如安德斯·艾克曼，发了高烧总能挨过去，不至于死。我们都是医生。"他用手捂住心口。"我也是医生。我当真没想到会是这样。"

　　仿佛对动情场面的回应，拉喀什人突然都站了起来，聚集起孩子和弯刀，以飞快的动作将小树枝和洗涤的衣物投进筐里，不到一分钟，就尽数退进雨林深处去了。托马斯·恩科莫紧张地望了望天。"该走了，希恩大夫。雨会很大。拉喀什人测气象的能力简直像神一样准。跟我来，好吗？我带你去看实验室。你肯定会佩服我们在这样原始的环境中所做到的一切的。"

　　向西看去，她已能见到暴雨正沿河袭来，空气的质量也突然有了变化。恩科莫大夫将手放在她的背上。"请吧。"他说，接着，两人就往一个玛丽娜没有去过的方向快步走起来。鸟的倒影迅速掠过水面，扎进头顶的树冠里，其他玛丽娜所无法辨认的东西也都纷纷爬到了树上。接着，晴天劈下了一道像核裂变一般的闪电，几秒之后，继之是一声足可将世界炸成两半的巨雷，接着，因为三者总是一起出现的，暴雨也来了。

[①] 塞内加尔首都。

　　玛丽娜在马瑙斯曾多次逃离暴雨，起码多次避开了暴雨最滂沱的时刻，为了在天穹裂成两半前躲到一处顶棚下面，她曾穿着人字拖鞋在街道上飞奔，然而在雨林中奔跑，除非是土生土长的雨林人，否则是办不到的。树根和藤蔓会变成陷阱，会把人的腿折断，污泥则会让整个地表变得油一般滑。拉喀什人和鸟以及那些不知名的、行动奇快的小动物都早已疏散了，回家的回家，归巢的归巢，入洞的入洞，只剩下玛丽娜和恩科莫大夫，一起在崎岖不平的地表缓慢行进。雨水势大力沉地撞击着地面，再反弹起来，使整个地表俨然一潭沸水。玛丽娜的手从一棵树摸到另一棵树，借助枝条稳住自己，并在瓢泼的雨水中努力地呼吸着。

　　恩科莫大夫用一根长长的手指点了点她的手指。"对不起，不过最好别这样，"他大声说，"你永远不知道树皮里是否有什么不该碰的东西。"

　　玛丽娜迅速缩回手指，点了点头，接着将手心朝上，用雨水洗了洗。

　　恩科莫大夫又走了起来，为压过暴雨的咆哮而大声喊着话。"有一回！我靠在一棵树上！一只子弹蚁隔着上衣咬进了我的肩膀！你知道paraponera①这个蚁属吗？"他脱下在暴雨中一无是处的眼镜，放进衬衣的胸袋里。"只有一只！而且仅有我拇指长！我却在床上躺了一个星期！没人会愿意拿这种事到处去抱怨！但是那种疼法我永远不

———————————————————
① 即"子弹蚁"所属蚁属之拉丁文拼写。该属旗下只有一个蚁种，也就是子弹蚁。

会忘记！你的家乡没有子弹蚁！对吧？"

　　玛丽娜想到住在家乡绿草原上的蟋蟀和草地鹨、兔子和母鹿，一些迪斯尼卡通书风格的野生动物。"没有子弹蚁！"她喊道。她的头皮和内衣裤全湿透了，地面在开闸放水般的冲刷下，仿佛也松动起来。在暴风雨中，他们听见一声尖厉的口哨声，各自怀疑是否产生了幻觉。幻觉在雨林里是常有的，尤其是有暴风雨时。他们停步静待，直到又一声口哨响起又静下来。玛丽娜转过头，发觉左侧这个原先以为是树的东西，其实是一根柱子。一共有四根柱子，而且在五英尺上方有一个平台，再往上有一个棕榈叶做的屋棚。四个拉喀什人正探出平台的边缘看着。恩科莫大夫抬头看了看，招招手，那四人也一齐招手。

　　"这是邀请我们的意思，"他对玛丽娜说，"我们上去吧？"

　　耳朵被雨水塞住而几乎要听不见了的玛丽娜，率先登上了梯级。

　　整个房子只有一间无比夸大的房间，虽没有四壁，却出奇地干燥。这要归功于在各个方向都比地板伸展得更远、且四边垂得很低的屋顶。玛丽娜和恩科莫大夫都本能地向上瞻仰着这阻挡在他们和雨水之间的屏障，此时一个女人正坐在地上，用三条极长的棕榈叶编制铺屋顶的墙面板，简直像在演示不可能的技术。她工作得极认真，似乎没有注意到访客的到来，然而，玛丽娜十分确定，三十秒前她也曾探出平台看过他们。雨水砸击棕榈屋顶的声音比打在头骨上的声音柔和太多了，玛丽娜十分感谢这个女人所做的工作。两个男人，或许三十多，也可能已经五十，走上前来拍打恩科莫大夫的前心和后背，拍法比前一晚对待伊斯特时要更尊敬、更收敛。接着，这不断相互说着什么的两人，撩起玛丽娜湿透的头发，匆匆检查了她的耳朵，又让头发披散下来。一个六七十岁身形肥硕的女人，将地面当作案板，手持挖船用的刀，切着一堆白根。由于家中有两名男性，另有一把相似的刀，就放在她身后的地上。屋里还有一个脸上长了粉刺、指甲咬得一塌糊涂的十几岁少女，她茫然四顾，仿佛一个人在房里找电话机，一个两三岁穿着拉喀什妇女常穿的但在尺寸上缩小了许多的粗连衣裙的孩子，刚会走一点儿路，不时因失衡而突然向前奔突，以及一个在起毛刺的木地板上迅速爬行的赤膊的男婴。玛丽娜目测了婴儿的爬行速度和剩余的地板长度，一个箭步穿过房间，在宝宝的一只手已伸向地板边缘外的虚空时，捉住了他褐色的脚丫。

"啊啊啊啊啊！"人们喊着，都大笑起来。气喘吁吁的玛丽娜探出头去，看见屋顶上冲刷下来的雨水正突突拍打着混合着污泥和藤蔓的坑，仿佛尼亚加拉大瀑布。她将一只手臂插在宝宝的腰下，将他抱回房间正中。连宝宝也在大笑。究竟有什么好笑的呢？难道因为她像担心伊斯特再不会浮出水面一样担心宝宝会跌出去而笑吗？难道让粗心的宝宝像熟果子般从树上掉下去，是他们自动甄选优良品种的办法？她将宝宝面对自己抱着。他无疑比美国的同龄宝宝要瘦，但相当健康，不断兴高采烈地叽咕着。刚学会走路的孩子停下脚步，捡起闲置着的刀，在老奶奶身后的地板上砍起来。此时，宝宝尿了，在玛丽娜已经湿透的前襟上淋漓尽致地尿了一长条。男人们笑得简直不行了，女人们则笑得很自持，而且因这些愚蠢的外来者竟不知怀抱婴儿的正确方向而纷纷摇着头。刚学会走路的孩子将刀劈进了木地板。她哭了一小会儿，成功地把刀拔了出来，又重新砍回去。砍击途中，刀口离老奶奶的背部仅六英寸距离。"你能把那把刀收好吗？"玛丽娜对恩科莫大夫说。

斯文森大夫一定会强调说，要尊重自然规律，一个宝宝失足掉下某一平面，一个学步的孩子把玩一把在长大后必须学会如何使用以便生存下去的刀，这些都包含在自然规律中。孩子们在玛丽娜抵达前已经历经了各种险境并活了下来，而且无疑的，在基地撤去后，他们多半仍会继续存活下去，虽然如此，恩科莫大夫还是从女孩儿不情愿的小手里夺过了刀，当他将刀递给主家两个男人中的一个时，小姑娘将脸埋在地上哭了起来。编棕榈叶的女人起身对恩科莫大夫说了些什么，指指玛丽娜，又指了指他。十几岁的女孩儿走来将宝宝抱走了。

"我怎么了？"玛丽娜问。

"是你的衣服，"他说，"衣服是我唯一听懂了的词，不过也可能听错了。"

老奶奶从地上艰难地站起，前来替玛丽娜解纽扣。玛丽娜捉住她的手指，摇了摇头，然而她只是等着，一等玛丽娜松手，便又解了起来。她的手势既充满耐心又不容阻挠。本来就脏，并且已经湿透了的衣服，此时沾上尿液对玛丽娜来说已经无所谓了，然而她不知如何将这个意思传达出去。当她避往别处时，老奶奶竟跟了过来。她较玛丽娜矮小许多，在这一点上，所有人都是如此，于是最终，玛丽娜便看见了她灰白头发分出的头路，以及披在脖颈后面的长长的发辫。她的肚腹将身上的裙子撑了起来，抵着玛丽娜的腹股沟。女人的肚子又鼓又硬，玛丽娜突然注意到，女人的胳膊、脸和腿却都很细弱。只有肚子是鼓的。她一边连连后退，一边思考着，直到两人就快一齐跌出地板外才停下来，玛丽娜想着如何才能解脱自己，与此同时，女人仍继续解着她的扣子，肚腹仍抵着她的身体，突然，玛丽娜感到女人腹中的宝宝踢动了一下。

"天哪。"玛丽娜说。

"我觉得她可能想帮你洗衣服。"恩科莫大夫说，看起来十分尴尬，"一旦他们打定主意要做某件事，是很难劝阻的。"

"她怀孕了。我感觉到宝宝踢了一下，"玛丽娜说，"它踢了我一下。"

仿佛是为了被注意到而表示感谢，宝宝又踢了一下。女人抬起头来，对玛丽娜摇摇头，仿佛在说，又有孩子了，你能有什么办法呢？她的前额满是皱褶，脖子上皮肤都松垂了。她鼻子旁边靠近眼睛的地方，有一块形状不规则的扁平痣，看来很有可能是色素瘤。扣子解完了，她帮玛丽娜脱下衣服，后者由着她将衣服拿了去。安德斯说什么来着？《消失的地平线》那般神奇的不老的卵巢？这个女人为多少孩子脱除过衣服？这屋里有多少人是她的孩子？为刀而哭泣的孩子是吗？编棕榈叶的女人是吗？那些等着回到河边继续造船的男人呢？另一个女人拿着一块小而不洁的布走来，擦拭起玛丽娜的胳膊和后背，肚腹和脖颈。她摸过玛丽娜的胸罩后，对年老的女人说了些什么，后者将鼻子凑到玛丽娜胸间，以便近距离地审视白色罩杯边缘的蕾丝花

边。恩科莫大夫赶紧背过身去，忙着照看刚学会走路的小孩儿，另两
个男人却双手插胸，兴味盎然地观看这场表演。玛丽娜丝毫没有注意
到这一切。她刚被一个至少六十岁、并且很可能已年逾七十的母亲腹
中的胎儿踢过。十几岁的小姑娘来到玛丽娜跟前，将双手举起，一直
举着，直到玛丽娜意识到这一动作并非玩乐，而是一种指示，她便也
将双手举了起来。小姑娘显然欲将一件直筒连衣裙套到玛丽娜头上，
但两人之间的高度差使之变得不可能，于是玛丽娜自己将裙子穿到了
身上。刚上身还没有拉整齐，女人中就有一个将她的裤子脱了下来，
并用布擦起了她的腿。她听话地向前踏了一步，先举起一只脚，再举
起另一只，裤子也就被拿走了。玛丽娜站在那里，像其他女人一样穿
一件宽大得足以伴随她度过整个怀孕周期的裙子，因为拉喀什妇女的
所有服装，都是孕妇装。这些没有拉链和扣子的衣衫让穿着它们的人
看来像是关在乡村精神病院的患者。而且在玛丽娜身上，它显得尤其
短，女人们杵了杵她的膝盖，笑起来，仿佛露出膝盖是一件不检点的
事。女人们在地板上坐下，玛丽娜和她们坐到一起，将手放在女人的
肚子上，等待着再一次胎动，与此同时，编棕榈叶的女人用一把雕刻
而成的木梳梳理起玛丽娜的头发来，以玛丽娜的母亲在其儿时从未达
到的紧密度，将它们编了起来。十几岁的小姑娘从棕榈叶上咬下一条
来，替她扎住辫子的尾端，而玛丽娜的手掌下方，胎儿正在腹中游动
着。她猜想该是有六个月了。那一刻，玛丽娜意识到自从脱离必须碰
触孕妇肚腹的环境后，她这还是头一回摸一个孕妇的肚子。而这一切
是如何发生的？她在训练中触摸过那么多的肚子，为何最后要让那一

切永远成为过去呢？

"拉喀什人的秘密和斯文森大夫待在此处的原因，你都是知道的吧？安德斯都告诉你了吧？"恩科莫大夫说，小女孩儿坐在他的腿上，正在玩他的眼镜，以十分轻柔的方式将镜腿折起又掰开。

"我听说了，但不能说完全相信。眼见与耳闻的感觉相当不同。"

"没错，"恩科莫大夫点着头说，"我读过斯文森大夫的论文，但亲见后仍很吃惊。我思考蚊子的生殖思考得太勤了，对妇女的生殖却思考得不够。如果我太太来了，就会这么说。她曾说过，倘若我们再耽搁下去，为了怀上宝宝，她就只能住到拉喀什人中间来了。"

玛丽娜将手伸到脑后，为了不至头疼而往复松动着辫子的根部。"我以为你研究生殖的领域与斯文森大夫是一样的。"

"啊。"恩科莫大夫说着，从小女孩儿手里收走了自己的眼镜，再一次令她心碎了。"我们在一起工作，算是同事，但研究方向不同。只是有交叉。"

主家的人极为专注地聆听着对话，脸从这个说话的人转到那个说话的人，仿佛观看一场网球比赛。"你研究的是什么呢，恩科莫大夫？"

"请叫我托马斯，"他说，"我猜你会将我的研究领域描述为药物的脱靶有害效应。只是我研究的这个药物脱靶效应是无害的，它只是不慎具有了与生殖无关的好处。"

于是问题来了，究竟是怎样的好处，又是谁在支付研究所需的经费呢？然而此时伊斯特出现在了楼梯顶上，淋得像刚从河里上船时一样湿。玛丽娜立即明白了他脸上惊惧的神色。伊斯特像玛丽娜以为他死了一样，以为她死了。他的目光迅速扫视了屋子的内部，越过她并短暂停留在了托马斯·恩科莫的身上，继而就要往楼下走去，但她迅速站了起来，当他发觉这个穿裙子梳辫子的女人就是她时，连蹦带跳地跃上最后几级梯子，他的上衣被雨水的重量抻长了，腿上腻着齐膝的污泥。他拍打着她的手臂、屁股和背。他难以自持地拍着。她是他的责任，而他竟把她弄丢了。

拉喀什人点头、咂嘴，对他指点着，但伊斯特并不看他们，于是他们放弃了。聋人如果拒绝看着你，是没有任何办法吸引他们的注意力的。

"雨快停了，"托马斯说，将头探出屋檐外看着天，"也可能已经停了，只是树冠还在滴水。我总是难以分辨现时的雨和已经下过只是还仍在滴落的雨之间的区别。"

"我不介意再淋湿一次。"玛丽娜搂住伊斯特的肩膀。她在挂念着他的盒子，那些笔和羽毛，那些东西，像一封安德斯以他的名义留给世界的公开信。

"那我们该走了。"托马斯说完，满屋子又深深地点了一连串头。

"怎么说谢谢？"

"就我所知，拉喀什语中没有表达这个意思的词。我也问过别人，可是谁也不知道怎么说。”

玛丽娜看着屋子的主人们，大家都充满期待地盯视着她，仿佛希望她能想明白似的。“葡语的谢谢呢？”

“Obrigado.”

“Obrigado.”玛丽娜对怀孕的女人说，然而对方的表情丝毫没有变化。她又把手放在她的肚子上，肚内的宝宝也安安静静的。

伊斯特拉了拉玛丽娜的衣角，拉住自己身上的衣服，指了指，又指了指她。玛丽娜环视屋内。屋内几根柱子间，挂着几张吊床，地上有几堆毛毯、几堆衣服、几筐木根、几筐木枝，但没有她的衣服，也没有她的裤子。实际上，如果不是他提起来，她八成已经直接走下楼梯去了。她为眼前所发生的事无暇他顾。她摇摇头。伊斯特走向怀孕的女人，用两只手指捏住自己的衣服，指着玛丽娜。女人看来对他究竟意指什么茫无头绪。玛丽娜用双手在裙子前襟应该有扣子的地方由上到下做出解扣子的动作，然而女人仍只是耸了耸肩。

接着，托马斯说了个或许他认为指“衣服”的词，basa或basi。然而对方听到这个词，也像听到葡语的“谢谢”一样，脸上的表情是空洞的。他扯动着自己的衣衫，又指指玛丽娜。年轻些的那位妇女，回到地上自己原先的位置，仿佛从没有访客来过一般，重新编起了棕榈叶，接着，十几岁的小女孩儿也露出如假包换的天真模样，在她身边坐下来帮衬。宝宝被安顿在了地上，得到一支供他玩耍的棕榈叶。他将叶尖放进嘴里，心满意足地吮吸着。

“你好像被骗了。”托马斯说。

"被骗得脱掉了衣服？"玛丽娜虽然罩着布衫，仍难以将此事信以为真。伊斯特穿过房间，在一堆衣布里翻找起来，一个男人上前，伸平手掌，照着他的头侧就是一记。

"这可不妙了，"玛丽娜说，"我不知道我的行李在哪儿。"

"你从马瑙斯带来的包吗？"托马斯说，"不是跟你一起坐船来了吗？"

她向他转过身去。突然间感觉到裙子实在太小了。"当然是跟我一起来的，但是，我的上帝，突然间又是火烧又是尖叫，又是男人往船上爬。等我反应过来，斯文森大夫已经往栈道上走去了。我没能留在那里找我的行李。"

"当然。"托马斯说。他没有说一句鼓励的话。没有像一般人那样，说这是个小村，行李在这里是不会弄丢的。十几岁的女孩儿已经站起来去抽打伊斯特的手，最小的小姑娘，那个刚学会走路的孩子，她也走了过来，也打起他来。"我们该走了，希恩大夫。"

"请叫我玛丽娜。"她说，虽然只是小小的损失，却不知为何，她感到心都碎了。

第八章

导师

我们爱我们想爱的人。某些情况
下，真相如何根本就不重要。

玛丽娜来到雨林一周后，阿伦·萨特恩大夫（她将其称为萨特恩大夫一号）表示自己将借走伊斯特和船，以便去两小时船程以外的一个商栈邮寄几封信。（所谓商栈，不过是下游一个更大的村子，驻扎着规模更大的金塔族人。他们愿意以很少的报酬替人保管信件，直到马瑙斯的商人途经彼处，将信件带走。而马瑙斯的商人是常会途经彼处的。接着，这些商人会再收一点儿钱，将信件带回邮寄——这并非举手之劳的小事，因为邮件多寄往远至爪哇、达喀尔和密歇根之类的地方，而这些商人并不习惯在邮局的队伍里长久地排着。）计划一经确定，除了斯文森大夫以外的每个人都暂停了午饭后的工作，专心写起信来。布迪大夫从自己的一大沓蓝色航空信封里拿了三张给玛丽娜。阿伦·萨特恩说自己会负责供应她邮票。玛丽娜的行李还没找到，过去七天一直穿着拉喀什风格的裙子，而且有一个匿名的族人，不知出于愧疚还是怜悯，又留给她一件一模一样的。南希·萨特恩，即萨特恩大夫二号，给了她两套内衣裤，托马斯·恩科莫则还有一支未拆封的牙刷。他谨慎地将它放进她的手里。玛丽娜发觉，这些礼物是她有生之年所收过的最珍贵的礼物。

"所以我才不愿意把船借出去。"斯文森大夫说，环视大夫们面前四散的纸笔——史前时代的通信工具，"一旦要开船，人们似乎都会把工作给忘了。"

然而这里除了工作以外其实无事可做。玛丽娜被安排在实验室的一角，被指派检测化合物的稳定性，观察它们的性质是否因遇热或暴露在外而改变。与安德斯一样，她也喜欢对付小分子问题。他们的工作是片剂的研究，虽然眼下的工作与之不完全相同，但与她的经验是相符合的。有一大堆数据，足够她忙上好几年。她怀疑让她忙起来是否就是斯文森大夫全部的目的。他们很可能只是把已解决的问题丢给她去研究，以便安抚她或试探她的能力。不过无论是否是安抚、抑或测试，她都明白，待在一边研读他们给出的数据，对做出第一剂有效药物何时方能产生的评估有极大帮助。她可以不时地去找布迪大夫——临床检验组负责人——询问拉喀什人血检的情况。现在她才知道，当时在餐桌上直接问斯文森大夫实验进展得如何，是多么愚蠢的举动。在这里工作，使她获得了自行判断的机会，而这也是福克斯先生一直想要的结果。

而且，假设不工作，她如何打发时日呢？充满刺耳的死亡之音、遍布滑腻的树叶的雨林，并不是一个适合独自在午后去走一走的地方。部落中有两个年轻男性，做梦都想学会英语、德语，到几百英里外的生态度假村做导游。他们在骑着木材去马瑙斯的路上，在游轮上看到了致富的希望。他们在去金塔部落时遇见过自然学家，因为总在寻找锻炼语言的机会，曾领一个跃跃欲试的大夫偏离小径，去到那阳光被树叶遮蔽的所在。通过大量肢体动作、分属四种语言的寥寥数词以及几本扉页印着"安德斯·艾克曼"字样的雨林图鉴，他们努力扮演了导游的角色，指点出一角硬币大小，皮肤黏腻斑斓，毒液足以杀死二十个人类的青蛙。所有的科学家都表示，自己只需在雨林深处待上八分钟，就会乐意为能被安全地被带出去而付出自己的一切。

有一些下午，当发电机因过劳而停工、实验室中宝贵的电力完全停息时（除了备用发电机，用于支撑能将血液样本瞬时冰封在北极温度下的冰柜），医生们，除了斯文森大夫以外，会为暑热所驱使而纷纷下河去游泳，虽然因为无法预知水中事物的靠近，黄汤般的河水比雨林还要危险。他们缓慢地划着水，以免惊起浪花，招致不测，暂时忘却了上方飞旋的那只双翅像手帕那么大的巨蛾，谈起了能够游进尿道导致灾难性后果的微型寄生鲇鱼。玛丽娜别无选择，只得穿着裙子游泳，默默希望自己在划动的同时，能够达到洗涤衣物的效果。他们提防着行进间头部像小潜望镜般探出水面的水蛇，相互回忆着晚上将爪子缠在蚊帐里、倒吊在自己头顶的吸血蝙蝠。没有人敢在水里久待，就连少女时代在印度尼西亚曾是游泳明星的布迪大夫也不敢。

至于无关乎自然界的娱乐，只有过期的医学刊物和《纽约客》可看，然而最为有趣的段落却无一例外遭到了什么东西的咬噬。斯文森大夫有一整套精装版《狄更斯全集》，分别以防水油布包着，系着细绳。她出借这些书，并以抽查的方式，确保阅读它们的人的手是干净的。每一包书里都插着一根肉桂枝，因为拉普大夫曾告诉她，蚂蚁不喜接近肉桂的气味。斯文森大夫认为蚂蚁是能够存活到文明终结的生物的典型。

除了短暂而不尽兴的行走、泅水和阅读外，与拉斯维加斯赌场多少有一定共同之处的实验室，成了斯文森大夫、希恩大夫、布迪大夫和萨特恩大夫一、二号唯一可去的地方。他们没日没夜地待在那里，忘却了时间。一直工作得感到饥饿，才停下来进食——打开一罐杏子，再打开一罐吞拿鱼。一直工作得感到困倦，才回到实验室后建得犹如米尔湖①畔山地野炊时的女生宿舍一般的一小圈棚屋中，在自己的折叠床上睡下来。他们在睡前阅读狄更斯。玛丽娜在此处度过的第一周，就读完了《小杜丽》的一半。在她遗落和失去的一切财物中，眼下她最感惋惜的，是那卷詹姆斯的小说。

拉喀什人称得起是耐心的受试者，顺从地接受着不断的称重和测量，毫无怨言地让人记录下自己的生理周期，挑选自己的孩子抽取血液样本。这都要归功于斯文森大夫。她本人对功劳也承认得很快，并说在过去，即便为了最基本的检验，都需不断的恭维和赠礼。"但是我把他们驯服了，"她说，对在人类身上运用"驯服"这样的词丝毫不觉得扭捏，"我们，我和拉普大夫，工作了一生，换来了他们的信任。"

然而，虽然她教会了他们容忍她的研究，却并未将他们化作自己的伙伴。他们绝少主动来分享那些晒干了的鱼和加工后的木薯，虽然

---

① 位于美国明尼苏达州明尼阿波利斯圣保罗都会区的一个湖泊。

并没有人特别想吃那些东西，但人类学导论最基础的知识告诉我们：
分享食物是公共生活和睦的最基本标志。不过反过来，斯文森大夫对
科学家向部落人民提供自己的食品也是严令禁止的，因为她坚信，一
罐花生酱对土著人的腐蚀，远远大于一台电视机，所以拉喀什人对分
享食物的不情愿，也有可能只是一种消极报复的行为。能在两张桌子
上，或者，更确切地说，能从两只罐子里获得食物的，伊斯特是唯
一一人。拉喀什人在不知为何突然决定彻夜舞蹈至凌晨三点时，从不
向实验室发出邀请，而在全员出游——这在他们不时就会有一次——
留下一片恐怖的寂静时，也从不会提前通知一下。十二个小时后，他
们回到部落，个个双眼通红，默不作声，在一种集体的、土著人的宿
醉中，踮着脚行进。就连孩子们的身上都有一股奇异的烟味，他们像
小树墩一般在岸边坐成一排，呆滞地向前方注视着，连身上的虫咬处
也不抓一下。

“我们过去沿用美国土著的叫法，称此为幻象探索。”有一回，
玛丽娜大汗淋漓、失魂落魄地跑去问斯文森大夫大家都出什么事了
时，她曾这样说。那是她到达拉喀什部落的第三天，族人仿佛科幻电
影的某个恐怖桥段一般，集体失踪了。“直到一个同名游戏发布以
前，这都是用来对他们这一活动最好的称呼，同时也是那些现已人到
中年的新纪元主义者力争使致幻剂合法化时使用的词汇。现在嘛，我
也不知该叫它什么了。如果我醒来时发现他们不见了，我就想，啊，
他们又去那个了。”

“您同他们一起去过吗？”玛丽娜问。

问时，斯文森大夫正在研究一个写在圈定本上、看来十分复杂的方程式，然而她似乎并不介意一边往纸上写数字，一边继续谈话。实验室里虽有计算机，但在一方面，电力极靠不住，在另一方面，又有高强的湿度总像高烧一般不时使发电机停转，所有人在面临重要计算时，就都选择了纸笔，说明数学老师还是有用的。"现在谁也不同他们一起去了。过去他们只邀请过拉普大夫，我们都是沾他的光才去的。拉普大夫离开考察队以后，拉喀什人就只趁我们睡着了在半夜直接出走。我从来没见过谁能像这样，一时吵得像打仗，一时在干燥的树叶上又走得悄无声息。他们有办法从这里全员搬走，连一根小树枝也不折断。"

玛丽娜仍在等待一个对自己问题的解答，然而斯文森大夫的注意力似乎又全部回到了面前的数学问题上。玛丽娜意识到，正因为存在这样的交谈，伯温德尔夫妇才要努力将斯文森大夫与社会隔绝开。社会就是晚餐聚会上的一场漫长而无趣的交谈，身处其间便不得不与左边和右边的人对话。"但是您去过吧？"

斯文森大夫抬头瞥了一眼，仿佛十分诧异玛丽娜竟还没走。"当然去过，在我更年轻时。当时，我觉得它有一种蛊惑人心的力量，觉得通过它能洞悉这一族人的特点。对拉普大夫，乃至对整个真菌学界来说，那都是一次很重要的经验。至今我还记得，那些学生们，那些来自纽约公园大道、芝加哥海德公园区和波士顿后湾区、夏季会去长岛汉普顿富人区吃冰激凌的男生，纷纷深入雨林，做好了不管得到什么都愿意吃下去的准备。他们张嘴、闭眼的样

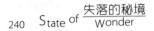

子，仿佛从拉喀什人那里领到的是圣餐。实际上，仪式本身完全可以是一次精彩的生物学、人类学和世界宗教之间的跨学科交流会。我作为医科生，看到人在低心率下竟能活那样长的时间，也相当激动。许多人的心率甚至不足每分钟二十四跳。我曾在拉喀什人和学生们失去知觉后连续五小时用臂带每二十分钟测一次他们的血压。测出来的舒张压几乎和一个死人的无异。我当时不过是随兴为之，不过，倘若认真准备一个对照组来加以比较，慢慢地它或许可以成为一项十分重要的研究。"

"那么您——"玛丽娜不知如何措辞。

"我当然也吃了，不过真菌学从来不是我的兴趣所在。我更愿意去记录别人的反应。亲身体验这种事，就让植物学家去做吧。在这方面，我对拉普大夫来说是尤其难能可贵的人。他从没带过一个研究生，像我一样能为保持清醒的观察能力而抵制诱惑。我倒不介意退出幻象探索，即使是为了科学，我很乐意退出，但拉喀什人受不了，他们的女人发觉我不参加聚会后，每次出行都把婴儿堆到我这儿来让我照看，族里所有的婴儿。不过我很快制止了她们。"

"小孩儿也参加吗？"

"你觉得这属于家教事故，对吧？我猜，你如果在场，可能会希望我去制止他们？不过当时我不认识你。"

"不会。我对孩子没有兴趣。"玛丽娜说。这话完全是真实的。就她所知，拉喀什人的孩子都是钛做的。不管是吃野莓、被蜘蛛咬伤，从树上掉下来还是在有食人鱼的水里游泳，没有什么能伤到他

们。她看不出一剂普通剂量的迷幻剂会导致什么不同。"但正像您说的，您参加过这种聚会，参加时，您是否享受呢？"当年轻的玛丽娜将自己的青春献给学校、笃信媒体对毒品威胁生命的宣传时，她所敬仰的教授却花周末的时间跑去亚马孙雨林里吃蘑菇。她觉得自己至少有权间接地对这种体验有趣与否有所知悉。

　　斯文森大夫摘下老花镜，将指尖用力抵在鼻根："我总是希望你能令我刮目相看，希恩大夫。就在我快要喜欢上你时，你却不断地纠缠在这些最世俗的问题上。是的，仪式当然有趣，这本是我们来此的目的。第一次还有些可怖，有许多烟、火，很像你初来时见到的那番场面，所不同的是，我们当时是许多人一起聚在一个巨大的、封闭的木屋里。亲眼见到上帝当然是珍贵的体验。我很怀疑西方有没有一种传统仪式能像这种仪式一样将上帝直接显现在我面前。我记得拉普大夫在仪式后的几天里，总是感到一种心理上的虚弱，而且还一直能看到大片的紫色。我们都会这样。然而，我是个不喜欢呕吐的人，但拉喀什人的这种仪式涉及大量呕吐。呕吐是这一活动中不可避免的环节。人的身体无法自行代谢那么多的毒素，除非——"坐在充当办公桌的方桌前一张小板凳上的斯文森大夫，突然闭起了双眼，仿佛在回忆那番经历。她就这样闭了很久。

　　"斯文森大夫？"

　　她举起手，以不易察觉的幅度摇了摇头，不再接受更多的问题。她站起身，显得虚弱而苍白，快步夺门而出，吐在了楼梯最上面的几级台阶上。

亲爱的吉姆：

　　你说的对，这里谁都没有移动电话。我认为这与湿度有关，湿度是所有机械的敌人。虽然我听说马瑙斯以西，车程几小时的地方，有一个村子有互联网（横竖离我们一点儿也不近），但据说网络只在连续两周放晴的前提下才能用，也就是说，其实根本不能用。你给我的第二个移动电话，连同我的第二个行李一起，在我抵达拉喀什村寨后就失踪了。我似乎总看管不住自己的随身物品。我已经许久没有告知你我的位置，我担心你也许以为我已经死了。希望邮政系统能帮我让你尽早收到这封信。我已经到此一周了，今天是第一次有机会往外面寄信。恩科莫大夫告诉我，安德斯在这里时，会手持信件站在岸边，留心经过的每条小舟。我最想说的其实是，请你不要为我担心。在拉喀什人中间生活并不如我想得那么糟。我在实验室里有一份微不足道的工作，假以时日，应该能发觉药物研究的真实进展。虽然大家都很友好，但还没有一个人对我坦白自己在研究团队中担负的工作。我只能说，你看到此处的孕妇也会惊讶不已的。老年部落人口的年龄虽很难追溯（斯文森大夫是从五十年前开始记录此处孩子的年龄的），但的确有明显处于七旬阶段的老人还在继续怀孕。我看得越多，越能理解你对这种药物所抱有的信心，无论第一剂人类用药何时能产生。

　　玛丽娜写到信纸的末尾，踌躇结束的措辞。"爱"这个字，在他们的词典上，至今还没出现过，然而她相信，这对他们都是不言而喻的。她无法想象，在发生过的一切后，此处提这个字会有什么不当。

于是她用墨水写下：爱你的，玛丽娜。她又接着写了两封短信，一封给母亲，一封给凯伦，并且把大量篇幅花在了解释信何以简短上：不管怎么说，船就要开了，她不希望让所有人等她一个人。她保证立即开始写长信，并攒到下一次寄出。

　　安德斯对此地邮政周期的不耐烦是有目共睹的，许多人都提到了这一点。他会带上伊斯特，两人一起去河边，一站几个小时，等待划水路过的人，等到后，就让伊斯特拿着信和钱游过去。布迪大夫说，他试图让每只途经的船都带走一封信，以增加他妻子收到信的概率。然而一段时间后，他就病得既不能去河边又不能长时间待在太阳下了，他便托伊斯特一人去。玛丽娜还没怎么打听，就把握了事件的全貌，其中未被道出的细节当然也不难想到：病倒了的安德斯不断给妻子写信。由于担忧，伊斯特不想让他一个人在河边久久地等船。用"稀少"来形容这条支流上的交通都算是委婉的，有时，一连好几天没有一个人路过。伊斯特虽然明白泅水将蓝色信封交付给船中人的意思，却不能理解什么是信，信又承载了什么，他只知道这些信安德斯一直在写、一直在写。他一次次回到他们睡觉的门廊上，但他的朋友只会一次次用另一封信让他出去，再出去。
　　第一次在床上发觉那些蓝色纸质矩形中的一只，封得横平竖直，预备寄给伊登普莱利市的凯伦·艾克曼的那一刻，玛丽娜的血液冻结了，冻结得仿佛压在冰柜最下层的一管血样。她探出栏杆，用手电筒照着夜幕中的雨林，寻找安德斯的鬼魂落荒而逃的影子。她虽心跳完

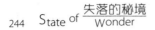

全失常，然而没过多久，便想到了留下这封信的人是谁。它们是伊斯特最宝贵的财产，也是他最珍贵的礼物，将它们藏而不递又是对安德斯的背叛，它们也便具有了愧疚的附加意味。它们太不可告人了，于是，他没有将它们与羽毛一起放在盒里。他将这些存放在不明之处的信件缓慢地拿出来，两天一封，三天一封，藏在床单下、枕头下，掖在她叠好的裙子里。

让我告诉你发烧的好处：它将你带到我这儿来了。我当然更希望自己被带回你那里，这也的确发生过一两次，但基本上每次都是由你在清晨4:00出现，将我带下床去，然后我们一起穿过雨林。凯伦，你对雨林了若指掌，你知道所有蜘蛛的名字。你什么都不怕。因为你来了，我也什么都不怕了。让我活在高烧里吧。眼下一退烧，我感觉凄凉多了。

至此，信结束了。也许这些都是未完的信，也许他开了头又忘了，而在他睡着时，伊斯特从地上捡起并藏了起来。至少迄今她收到的三封信里，前两封只有几小节，最后一封不过两句话：

我们住博蒂考特街公寓楼时，那对住在我们隔壁的夫妻叫什么名字来着？我在这里总是看见他们，但是想不起名字来。

斯文森大夫因身体不适回到了实验室后方她的房间里，待返回实验室时，所有人的信都写完了，只除了布迪大夫。她似乎将如何在信上措辞理解成了一个空间问题，总是长久地盯着信纸后，又望向天花板，仿佛在计算表达情感所需要的确切字数和信纸剩余空间之间的关系。斯文森大夫吃完午饭后若无其事地回到实验室，并在玛丽娜正欲询问她感觉如何时摆了摆手。"没事。"她在问题出现前给出了回答。

阿伦·萨特恩站在布迪大夫面前，用手指敲着桌面。"还是算了吧。"他说。

"你应该昨天晚上就告诉我今天要出发。"她是个骨骼纤细、年龄叵测的女人，将自己的黑发像拉喀什妇女一样在脑后编成一条。她将信纸一折三，用舌头舔了舔蓝色胶条。

"反正这里没什么好写的，"阿伦说，"写一封信花不了多少时间。"

布迪大夫从身上白大褂的口袋里拿出几张钞票，连同信封一道递给萨特恩大夫，接着，在没有做任何嘱咐的情况下，又重新投入工作中去了。布迪大夫对工作的投入，代表了医学界某一类研究者——比如脾性古怪的外科医生或工作成瘾的麻醉师的典型。只要一群大夫聚在一起，其中总有一个人，这个人的车在其他人清晨上班时就已经停在停车场里，到半夜人家都开车走了，这个人的车还在。这个人会在自己的休息日，清晨四点跑到护士值班室看图表。这个人虽然会遭到其他大夫暗地里的嘲笑，被认为没有自己的生活，但同时，又会因其能力，在其他大夫们心中引起焦虑甚至愤

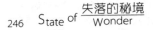

潶。布迪大夫最厉害的地方在于，在这样一个不是医院，没有停车场也没有病人的地方，她还仍然彰显着这一类人的特点。她说她已经把所有狄更斯的小说都读完了。

"你去过爪哇吗？"阿伦·萨特恩问玛丽娜，"或印度尼西亚之类的地方？"玛丽娜自己也不知道为什么，已经跟着他和一群拉喀什人一起来到了栈道上。似乎离去与到来对她也开始有了消遣的意味。她十分肯定某个男人身上穿的那条裤腿卷起的裤子是她的裤子。自己的衣物不时出现在身边，而她所能做的不过是看着它们路过。她摇了摇头。

"我认为布迪比我们谁都更适合待在赤道地区。这里的空气和气味根本是她的第二天性。她绝少从工作中走神，她可能觉得这里跟家里没什么区别。"萨特恩大夫正在解将船系在岸上的缆绳，却在挣扎间将结越解越紧了。伊斯特走下栈道，重重地拍了拍他的肩。动作的意思是明显的。"你就说我和南希吧，我们是密歇根来的，"他说，"对我们来说就不那么简单了。无论来多少次，每次待多长时间，我们都无法完全适应环境。而对于环境的不适应总会影响我们的工作。"

"斯文森大夫是缅因州人，但她却似乎不受影响。"

"人们谈论正常人类对环境的反应时，恐怕不应将斯文森大夫包括在内。"一只体态奇突的白色大鸟，拍打着翼龙一般庞然的翅膀，向他们的方向飞来。它有一颗无毛的黑色光头，喙又长又黑，纤细的脖颈上有一圈红色。两人看着，都惊呆了。直到它急转向左，消失在树丛中。萨特恩大夫一手搭起凉棚，以阻挡午后的烈日。"安德斯肯定知道那是什么鸟。"

贝诺在安德斯的书中翻找一会儿，举起书来展示一张图，为自己这么快就找到了而激动不已。他给萨特恩大夫看过后，后者赞同地点点头。"裸颈鹳。"萨特恩大夫说。

贝诺是那两个向往从事旅游业的年轻男性之一，其幼时，曾被几条河外突然出现并很快关张的一所传道士学校收去当学生。多亏几个阿拉巴马来的浸洗会教徒，他学会了用葡语阅读书写，并能轻松背诵《圣经》经文。这些技能使他成了部落里最不安分的人之一。玛丽娜走来看了看图。

"我戴了帽子来！"沿河一路走来的南希·萨特恩说，"我有两顶。这样你也能一块儿来了。"她递给玛丽娜一顶宽檐帽，玛丽娜举棋不定时，萨特恩大夫从妻子的手里拿过帽子，扣在玛丽娜头上。两位萨特恩大夫之间的年龄差距，比福克斯先生和玛丽娜还要大。虽然谁也没有说，但不难想象他或许曾是她的老师。玛丽娜发觉，妻子在丈夫说话时采取倾身向前的姿势聆听，很难说与自己听斯文森大夫说话时的姿势没有共同点。一次就着一整瓶皮斯科白兰地的夜聊中，萨特恩大夫一号对赤道药物发表了长篇大论，萨特恩大夫二号竟从兜里摸出本子记起笔记来。她动作很小，若非斯文森大夫大声问她，难道不能单纯依赖自己的记忆力，拿本子的动作或许根本不会有人发觉。斯文森大夫对女萨特恩大夫采取坚决回避的态度，认为她是不速之客，是团队的累赘，虽然这个年轻女人，这个拥有公共卫生学硕士学位的植物学家，恐怕是她眼下最合适的助手人选。她在学位证书的资格上无疑是与拉普大夫最接近的一位。"喝酒时我从不信任自己的记忆力。"南希·萨特恩说。

伊斯特转动钥匙，平底船的马达突突地咳起来，往外喷吐着水沫。顷刻间，所有拉喀什人都向前挤去，玛丽娜不断感到自己被赤着膊、穿着运动短裤的男人和怀孕的女人鼓起的肚子左推右搡着。她得便看清了他们的耳朵、他们戴在脖子上的一串串的种子和动物的牙齿，突然意识到自己已经整整一周没有梦到印度了。生活中缺席多年的父亲，再一次离开了，她因此短暂而鲜明地感到了一阵在人群中与他失散的空漠和无望。她正想着自己的身体是否已经彻底摆脱了甲氟喹片时，一只蚊子咬了她的膝盖窝。

"跳！"阿伦说着，手持缆绳率先跳到了船上。河流立即捉住了船，将它拉向河心。他转身将手伸给玛丽娜。"只消五秒，整个部落的人都会上来的，"他喊道，"犹豫不决在此地被理解为直接的邀请。"

此言不虚，岸上的每一个拉喀什人都已经箭在弦上，做好了登船的准备，而贝诺更是已经挤到前头，毫无请示就跳了上来。他貌似的确需要外出，他后面跟着南希，接着是两个拉喀什人，但还没站稳，就被贝诺推进了水里，最后才是玛丽娜，虽然没有出行的计划，但她也上了船，由于着陆动作太僵硬，还被伊斯特嘲笑了。她走过去，站在他身后，双手搭放在他的肩上。每天晚上他们都分开上床，他睡在吊床里，她睡在蚊帐下的折叠床上；每天晚上，他的梦都使两人一道惊醒。不再是她的梦了，而是他的梦，而她会把他从吊床里抱出来，放到自己床上，两人在她狭小的床上一起睡过下半场。两人已谙熟此道。仅仅一周，他们就学会了如何同时转向，如何同时伸展四肢。

拉喀什人已经涉到水中，采取各自偏爱的方式，或蛙泳、或狗刨地游了过来。玛丽娜看着他们露在水面上的乌黑的头，遐想着自己如果是他们，是否也会游过来，就为了找点儿事做。南希·萨特恩摘下帽子朝他们的挥着，露出了棕红的自己剪的短发。她热情洋溢地喊出一连串"再见"——英语的goodbye，葡语的tchau，接着发出了一阵类似哼唱的低音，并以一声尖厉的高音结尾，据说在拉喀什语里，这是"我从你身边离开了"的意思。她这样重复了四五次，拉喀什人才终于转身向岸上游去。当然，即便他们继续追赶，也是赶不上的。斯文森大夫不在，伊斯特把船开得快极了。

"他们要的只是我们的一点儿反应，"南希说，挥手注视着远去的人，"你要是做出视而不见的样子，他们绝对不会停下来。说实话，我觉得他们并不善于游泳。我们可不能让一半的部落人口淹死在游去商栈的路上。"

"南希本可以是个了不起的社会行为学家。"阿伦·萨特恩说着，将一条晒得很黑的胳膊搭在妻子的肩上，"拉普大夫会很喜欢她的。过去许多我们没弄明白的事，南希一来就都明白了。"

"您认识拉普大夫？"玛丽娜问。

南希的眉毛迅速挑了一下，接着，为即将发生的事，她叹了口气。"谁会错过他的课呢？"她说着，从丈夫臂弯里脱出身来，从自己包里找出防晒霜和驱虫凝胶，递给玛丽娜一罐，自己则涂起另一罐来。

阿伦·萨特恩将墨镜推到头上，以便更好地露出眼中的喜悦。"我是他在哈佛的学生！事实上，他在新几内亚崴伤脚后，竟鬼使神差地回校教了整整一个学期，那年我正好选到他著名的真菌学课。牛津大学新闻社曾报道过这门课，无数文章写到过它。你肯定读到过其中的一些。关于那个班级，还有许多传奇故事。但是，虽然这节课每年都出现在选课表里，但其实拉普大夫一学年最多只回校教一两次，多数课时由一个研究该领域、除了照本宣科和批改试卷外百无一用的研究生代授。所以，真菌学虽是哈佛的精品课程，却只有什么都不懂的乡巴佬才会去选。选那门课相当于承认自己的懵懂无知。所以，有哪个比我聪明的人会去选呢？然而，当大家获悉那伟大的人自己要回来授课时，大四学生、研究生、甚至几个院系老师都开始出钱买通一年级新生放弃自己的座位。我是幸运的。我坚决不卖，为此我得到了比那五十美元换位钱珍贵得多的东西。当时我已坚定了要在那个学期认识拉普大夫的决心，后来我得以连续三个学期随他一起来亚马孙。"

"所以你就遇见了斯文森大夫？"玛丽娜想着自己不辞辛劳红眼赶航班从马瑙斯赶回去的老师。就她记忆所及，老师从未缺席过一堂课。

南希·萨特恩在脸上抹上厚厚一层白霜，开始抹匀："认识马丁·拉普，等同于认识安妮克·斯文森。"

"别透露剧情。"阿伦对她说。他又将注意力倾注在玛丽娜这个尚未听过，因此还有挖掘价值的听众身上。"安妮克比我大几岁，这是显然的。"这一讯息其实只对他一个人是显然的，阿伦·萨特恩头发稀疏且苍白，还有两撇粗重的白眉毛，脚踝细得仿佛时刻可能折断，人们很容易会误会他比斯文森大夫更老。唯一可能令萨特恩大夫看起来更年轻的，是他年轻的太太。"她比我早来这里几年。让我这么说吧，拉普和斯文森是这一领域密不可分的两个人。"

"随同考察的男生都由她来选，"南希说，"他们只要男生。她在他哈佛大学的办公室里进行面试。阿伦就是她选出来的。拉普大夫自己没空顾选员的事。"

玛丽娜完全可以想象萨特恩大夫本科生时，细高竹竿的身材、背上背一只帆布书包的样子。"你也认识他？"她问南希。

南希轻笑一声，在胸骨抹上一片防晒霜，又将手伸进领子里，涂抹得更彻底些。"我是追随拉普大夫来的。"

阿伦·萨特恩不理她。他的话匣子已经打开了。一棵倒在水中的参天大树将根与枝探出水面，仿佛祈求着救援。一只脖子细长的、明黄色的鸟，坐在这棵树的一根树枝上，观望经过的船。贝诺一发觉那只鸟，立即疯狂地翻起书来。"马丁·拉普不仅是我的老师。他也是我想要成为的人。他活着的每一分钟都是完全投入的。从不为别人要他做的事而奔忙，从不是哪个组织的附庸。他永远高昂着头，永远关注着周遭的世界。我父亲是个本分的人，过去底特律还有人定做西装时，他曾是那里的一个裁缝。他做出了关节炎，手指因为扭曲，已经握不住针了。然而只要有一个人走进店里，说出自己想要做的衣服，父亲就只有一个字给他：好。无论那人的要求有多荒谬，而且就算他周六一早来订，周日晚上就要，而架子上已然堆满了活计，父亲仍只会说：好。而且只要父亲说了好，你也就可以放心了。因为他活在世上靠的就是这个字。他终其一生待在一个小店的后堂里，除了在布匹间穿针走线外，什么也不懂。他这么做全是为了送我和兄弟们去上大学，这样我们就不必做裁缝，有朝一日能对人说'不'。于是我，一个密歇根裁缝的儿子，去了哈佛，坐在了讲堂里，迎来了伟大的马丁·拉普，脚踝上套着石膏靴，胳膊下支着拐杖。他来到讲台边，说，'先生们，请把书合上听我说。我们现在要考虑的，是整个世界。'我们，所有的人，我们全都惊呆了。说我们几乎要呆坐在那里，一直到四年的大学生涯结束也不为过。关于那一天、那一间教室里的每一个细节，我都记得一清二楚，巨幅的黑板，透过含铅玻璃射进来的阳光。我看到了一个人的人格。那是多么伟大的一刻，对我来说是空前绝后的一刻。他有一种气场。我隔着十排都感觉到了他的力量，并且明白自己将愿意追随他去任何地方。"

"来，"南希对玛丽娜说，"给你防晒霜，把驱虫凝胶给我。"

玛丽娜接过防晒霜，但防晒霜的力量是有限的。虽然小心翼翼，她现在已经像当地人一样黑了。她自己的亲妈也认不出她了。

"听听，"阿伦说着，趋前拿起防晒霜，"我们那时候是没有防晒霜的。最后拉普大夫被色素瘤杀死了。等发觉时，色素瘤已经在允许范围内最大限度地扩散到了他身体的每一处。我无法想象他如何只靠一顶草帽、一件白上衣，就在无遮蔽的船上度过了那么多年。他能支持那么久已然是个奇迹。我回剑桥看望过他，他到人生的最后阶段仍保持着本色，对自己的死亡充满了兴趣，甚至为之痴迷不已，还做起了笔记。他当时已经八十多岁，已经不能去现场考察了。当我问他，是否还做冥想时，他说，'我现在应该活得有什么区别吗？'大多数人不知道他这一点：无论是在剑桥自己家里，或在伊基托斯的雨中的一顶帐篷里，他都会做冥想，而且那个年代，除了一小撮印度人和几个中国西藏人外，谁也没听说过冥想这个词。他总是说，每个人心里都有一只罗盘，我们要做的，只是找到它，然后跟随它。但我们区区一群本科生连自己的屁股在哪儿都找不着，于是都纷纷跟随着他的罗盘而去了。在我们建立起自己做人的标准之前，我们都争做拉普大夫。当然，我们是达不到那个境界的，但不管怎么说，这是个高尚的目标。我眼下站在这片河上，仍能看见他与我们一起划着船。其实，我们都会停下来为水疱和肉刺哭叫不止，只有他一个人还在划。他会一言不发地，突然猛地掉转方向，害得我们差点儿翻船。他就那样划到岸边，等我们反应过来时，他已经跳到水里，上岸进雨林去了，就这么走了！撇下我们，孤零零地留在那里。十分钟后他又从林中出来，包里装着一朵蘑菇，一个人类尚未发掘的品种。他会录下现场的坐标，拍照，然后用手帕擦拭从树上割蘑菇的刀，这是勘探顺利完成的标志。他无论做什么都俨然是设计好的，每一个动作都充满了美感。我们这些男生会争相猜测他究竟看到了什么，为何能知道那里有蘑菇，当我们问他时，他会说：'我只是睁着眼睛罢了。'"阿伦·萨特恩被自己的回忆感动了，"'我只是睁着眼睛罢了。'这就是他要教给我们的。我必须告诉你，那些夏天是我一生中度过的最快乐的夏天。"

玛丽娜看着日光灼目的河岸上，那有如二十张铁丝网层叠在一起的密林，完全可以想象，深入这样一个地方摘出一朵蘑菇，就像从高筒礼帽里变出一只大绵羊来一样，一定令人既惊叹又摸不着头脑。伊斯特站在船舱前，转过身来向她招了招手。贝诺继续在林间寻找着鸟的踪迹。

"那么你后来为什么不再跟他来了呢？"

"疟疾，"阿伦说，因为回忆起了自己失去的东西而发出一声叹息，"是在我大学三年级的暑假去秘鲁时得上的。拉普大夫得过无数次疟疾。他说我会挨过去的，但我没有。回家后，我整个大四上半学期都没去上课。来年夏天，拉普大夫又开始征人时，我已经好了九五成，但我父亲不肯让我去。我想我不应该为此怪他。他认为这样做是保护我，而我又无法得到他的理解。我父亲从来没见识过外面的世界，所以也并不觉得将我与外面的世界隔离开是一种罪过。"

南希·萨特恩的脸上和耳朵周围带着一条条未吸收的白色防晒霜，她看着自己的丈夫，静等更多没有说完的话，接着问他，"说完了？"

"这些是重点段落。"他说。

"虽然听了很多遍，这个故事里还是有我无法接受的两点。"她说。

"给我说说。"阿伦说。

"那么，首先是你可怜的父亲。为什么他总是被塑造成一个与拉普大夫的自由意志截然相悖的劳工形象呢？他不就是不想让自己的儿子回到他染上疟疾、至今还偶尔复发的丛林中去吗？我看不出这有什么罪。"

阿伦·萨特恩若有所思地想了想，咀嚼着妻子话中嘲讽的意味，把一只长腿蟋蟀样的虫子从头发上拍了下来。"你的话有一定道理，"他最后说，"不过我说的是我的故事，讲述的是我与父亲，以及后来与我的无疑具备了父亲形象的导师之间的关系。我没有歪曲我父亲的形象，我说他勤劳、奉献。但如果我选择了拉普大夫的形象去喜欢，那是我的事。"

南希隔了好一会儿才极不情愿地耸耸肩。"这我懂。"

"不过你的话我听见了，"他说，"并且我对你的这种说法表示尊重和理解。"

玛丽娜怀疑两人是否平时就惯于这样说话，抑或经常参加婚姻咨询。她自己很久没有接触婚姻了。她想不起来自己和苏乔石之间，在二十几岁的时候，曾有过这样激烈的对话。

"你刚才说有两点。"阿伦说。

"安妮克·斯文森。"

"故事里没有她。"

"只要是拉普大夫的故事就都有她。你故事的弦外之音简直跟它实际上叙述的内容一样丰富。"

"我没说的都是他私生活的部分。那些事与我无关，与科学也无关。"

"听听。"萨特恩大夫二号说着，转向玛丽娜，"这算什么？《会见新闻界》①吗？"她又转身看着自己的丈夫，"当然与你有关。当一个人的偶像带着自己的情妇和十几个男生一次次去考察，而你又是男生中的一员时，这就与你有关。当你后来去你导师的家中和他的太太一起吃晚饭时，这就与你有关。"

"斯文森大夫是他的情妇？"玛丽娜说。仅仅是说出这个词语，就已经使她的味蕾感到了酸楚。这是一个可怕的词，并且与斯文森大夫完全没有对应性。情妇听上去是一个等在酒店房间里的女人。

"所以我说那是私生活啊。"阿伦以尖锐的语气对妻子说。

"拉普太太住在剑桥，育有三女。现年九十二岁。圣诞节时我们给她寄了些柚子。我不是说一个人不能有婚外恋，就算十分正直的人也会有，但愿我们能位列其间。但在谈到一个人时，我们不应把这个人的生平拆解开，取我们不齿的部分而弃之，只讲我们欣赏的部分。他是个伟大的科学家，这我完全同意你，无疑具备强大的个人魅力，但他同时严重背叛着两个女人，说实话，我无法忍受这一点。我无法忍受这个你说你想成为的男人其实是个一生都以调情为乐的人。"

"这件事是从什么时候开始的？"玛丽娜问。

---

① 美国NBC电视台的一档访谈节目，主要采访对象为国家领导人，话题多与政治、军事、经济等有关。

"我们当然能拆解生平。难道我们不是总在这么做吗？"阿伦·萨特恩额上的青筋因为新涌入的血液而暴突出来，"毕加索以用烟头烫自己的女友取乐，这并没有影响我们对他艺术的爱嘛。瓦格纳是个纳粹主义者，我还会哼《女武神》开头段落的每一小节呢。"

"可我在生活中不认识毕加索，也不认识瓦格纳！"

"你以为你有多认识拉普大夫吗？"

贝诺听见喊叫声，将学习图鉴时低垂着的头抬起来，指着一棵树的高处，用英语说道，"看！"然而两个萨特恩大夫谁也没动，玛丽娜也没动，伊斯特压根没听见。

"可我认识他的妻子！"南希高扬起自己的声音，"我也认识他的情妇！如果我不认识这两个女人，那么好，你就说对了。这就会是历史中的又一起无足挂齿的八卦事件。然而真实情况并非如此。当谈论的人是一个身边的人时，拆解生平是行不通的。我可以告诉你，他不是一个好人。"

"他是我认识的所有人中最好的人。"

"你在秘鲁发着105华氏度的高烧，他把你一个人丢给了土著部落！"

"然后那些土著人又把我带到伊基托斯，我最后终于又到了利马。他又不是把我扔在雨林里一棵树的边上然后就跑了。我们都知道加入考察队的规矩。任何阻碍考察的人都会被除名。拉普大夫是去工作的，我们是去学习的。"

"你才十九岁，而他不过是在采蘑菇！"南希·萨特恩的眼神变得疯狂起来，仿佛她在讲的不是她的丈夫，而是她的孩子，"他的情妇当时应该已经从医学院毕业了。至少她能留下来照顾你吧？"

　　如果不是因为处在林中河上的一条船里，阿伦·萨特恩一定会夺路而去的，他想离开的愿望在他的肌肉里跳动着，从他的下颚也能看得出来。"你说的是很久以前的事了。"他沉稳住声音说，"很显然，我把它们告诉你是一个错误。"

　　"我是你的妻子。最后总会知道的。"南希·萨特恩丝毫没有住嘴的意思。她发现自己占了上风。

　　"你不知道安妮克和拉普大夫的事？"阿伦转向玛丽娜说。虽然对象变成了她，他的语气中仍然带有一丝怒气。

　　"根本不知道。"玛丽娜说。她很想从萨特恩夫妇身边走开，在船上找个没有蟑螂的地方坐下来，因为虽然根据得到的信息分析，阿伦·萨特恩错了，拉普大夫的行为是不端的，南希·萨特恩是对的，这样的行为确实应该受到批判，但她却不知不觉站到了阿伦的一边，因为他对导师一心不二的忠诚对她而言是一种很熟悉的感觉。我们爱我们想爱的人。某些情况下，真相如何根本就不重要。

　　"好吧。"他说着，将呼吸调整得缓慢下来，也许这也是他在婚后习得的一种能力，"总之，是私事。"南希又想说什么，但他将手轻柔地放在她的额头上，用拇指将她发根上沾着的一点儿防晒霜涂匀。他清了清嗓子。看得出正努力使他们双方都平静下来。"你看到那条河没？"他对玛丽娜说。他的头向一条支流方向点了点。这是一条很容易被忽视的支流，河口隐蔽地掩藏在树丛里。"沿着它走就能到达胡莫甲人的部落。从这里去大约需要两三个小时。他们是离拉喀什最近的部落，可我在此地期间却从未见过他们。"他为改变话题做出了英勇的尝试。他将手从妻子的额上撤下，两人似乎沉默地共同认识到，他们在船上，并非独处一室，必须停下争吵。

"斯文森大夫说伊斯特是胡莫甲人。"玛丽娜说，明白自己应该假装若无其事起来。

"谁也说不准，"南希小心翼翼、掂量着说，"不过这是唯一合乎逻辑的说法。如果是金塔族的话，族人是不会抛弃他的。"

"没有人尝试过带他回去吗？看看他们是否丢了个男孩儿？"玛丽娜望着伊斯特，后者并不转头去看那条支流。贝诺在给他看一张图片。他正用单手掌着舵。

"部落就像国家一样，"阿伦·萨特恩说，"每个部落都有自己的民族性。在这个意义上，金塔族很像加拿大，而胡莫甲则像朝鲜。我们无法直接与他们接触，所以对他们知之甚少，而所知的为数不多的讯息又致使我们尽量避免与他们接触。"

"斯文森大夫看见过他们，"玛丽娜说，"我们来的路上，她告诉过我。"

"我肯定她没有告诉你更多的，"阿伦说，"这个故事就只有这么长：她见过他们，他们使她害怕。仅仅是能让安妮克觉得害怕这一点，就让我对他们避之唯恐不及了。"

"他们吃人。"南希说。

"他们以前吃人，"阿伦说，"而所谓吃人是指他们在举行仪式

时会吃下人体的一小部分，并不是说他们每天拿人当饭吃。而且近
五十年来，再没有人报告说看到过这种现象。"

　　他们已经驶过了丛林中的那个河口。玛丽娜转头再去看，却怎么
也找不到它了。假设此时他们掉转船头，她不确定自己是否还能再找
到它。"过去五十年没有这种报告，但是听你们的说法，好像也并没
有人常去考察他们。"

　　"他们曾对商人放过毒箭，"南希说，"除非是他们射艺不精、
偏到了船上，不然他们就是射得很准，并在提出警告了。即便伊斯特
曾是个胡莫甲人，谁也没有想过要把他送回去。"

　　他们抵达了商栈。此处与其说像加拿大，不如说像佛罗里达。十
几个观光客带着导游从自然度假村驱船而来，看穿草裙的金塔族孩子
踏着雷鸣般的鼓点扭摆几乎看不出来的屁股。击鼓的都是中年男性，
赤膊，粗壮，很可能是孩子们的父亲。父亲们的鼻子和脸颊上纵横着
貌似口红画出的线条，头像玩车库摇滚的人那样左右猛力摇晃着。击
鼓人打得好极了，然而手腕上缠着一缕缕草叶的孩子们跳得更好。大
约有二十余人，小的很小，大的只稍比伊斯特年长一些，他们踩着复
杂的舞步，猛地单脚跳成一个大圈，口中发出战士般的呼号。看得入
神的观光客们，纷纷拿出手机拍照。一个耳后戴着木槿、年龄大约在
十到十二岁的小女孩儿，脖子上缠着蟒蛇，走上前来跳起一段独舞。
蟒蛇挂在她的脖子上，缠在她的手臂上，看上去那么美，让人不禁联
想到那种长长的女士羽翎围巾，而那正是模仿蛇的样子做出来的。跳
舞的孩子们的母亲，迅速在地上铺好布，摆出吹管枪、木雕白仙鹤和

用红色的种子串成的手链。得到购物机会的白种女人们开始讨价还价
了，想以一条手链的价格同时买下手链和项链两样东西。一个女人将
照相机递给自己的先生，站到了玛丽娜的边上。"给我和这个拍一
张，"她说，"她比其他人高一倍呢。"

身穿拉喀什服装的玛丽娜，用手臂勾住女人的腰，让自己手上的
种子手链能够在照片上也露出来。

伊斯特走到击打着一面高大的半圆鼓的男人身后，双手贴在鼓座
上，不一会儿，头就随着节奏点了起来。一个男孩儿走去将怀里的三
趾树懒围上游客的脖子，这个半梦半醒的动物将脑袋后仰过来，对游
客露出仿佛是微笑的表情。树懒因为善于摆拍照的姿势，很快成了比
玛丽娜更热门的合影对象。一个身穿肮脏T恤衫和毛边牛仔短裤的敦
实的女人，抱着一只五十磅重、不停挣扎的水豚出现了。也许是以为
大型啮齿类动物也很值得合影留念吧，她将它像背婴儿一样背到背
上，然而水豚叫着，扭动着身体，终于咬了她一口，女人被迫放手，
眼看它朝灌木之间惊恐万状地尖声而去。就在这时，两个头戴巨型羽
饰的男人手持雨铃从茅草屋中慢慢跳出来，跳舞的孩子们遂在两人身
后排成一列。两个男人中，年长、无齿的那个，停下来牵住了玛丽娜
的手，拽了拽。

"这下你得跳舞了。"南希说。

"我不行。"玛丽娜说。

"我想你没有选择的余地。"

玛丽娜看了看观光客，又看了看土著人，人人脸上都写着同样的

话: 没有选择余地。于是她牵起族长的手,后者将手高举过头,大约举到了玛丽娜颧骨的位置,两人如此牵着手继续向前慢慢奔跳起来,而击鼓人击着鼓,游客们拍着照,孩子们携着蛇与树懒,跟随在他们身后舞着。玛丽娜与非白种的人群共舞,而白种人却站在一边观看。倘若可能,她是不愿意成为旅游景点的一部分的。她接过孩子中的一个递给她的树懒,将它围在脖子上继续跳起来。树懒的毛又暖又软地贴在她的皮肤上。倘若可能,她宁愿自己正在储藏室后门廊的床上,罩着蚊帐读《小杜丽》。不过不知为何,她觉得相较于站在一边看热闹,与土著共舞反而没有那么不敬,也没有那么需要感到羞愧。

筐里祭神的美元越来越多了。信被交给声称自己翌日在马瑙斯有两小时空闲、会亲自去寄的导游。贝诺一直在同这个导游聊天,后者强调了英语和德语的重要性,并提醒他去学西语,说葡语不过是基本中的基本罢了。

从商栈回去的一路上,玛丽娜和萨特恩夫妇都对贝诺表现出了很大的关注。无论他指点什么样的鸟或猴子,他们都悉心地看,而当他在图鉴上找到了相应的图时,他们又会教他英文的念法,spot-billed Toucanet①。阿伦带来了双筒望远镜,并示范了用法。他们仿佛受到了观光客的传染,自己也像观光客一般行动起来。他们集体看水,看树叶,看天,几乎不再看向彼此。他们瞥见亚马孙河豚,他们谈论着

---

① 点嘴小巨嘴鸟。

飞鸟。由于贝诺的指点和并无要务在身的伊斯特的配合，他们毫无必要地拐进了几条支流。玛丽娜和萨特恩夫妇在那天的早些时候都消耗了许多情感，此时不知是否因为疲劳，都觉得格外安详。自驶离金塔村后，他们就再未见到一个活人，这宁静而宽广的世界仿佛都成了他们的。往左去有一整片浮在水面上的浮萍。贝诺拍了拍伊斯特的手臂，孩子就将船掉去了那里。

在鸟的鸣声之中出现了一种微弱的嘎吱声响，一种仿佛船行于十二月间的湖上，碾开只有普通玻璃窗一半厚的冰层的声响。玛丽娜在船头探身张望，看浮萍被平底船碾过，挤开，又在船后重新合到一处。几乎片叶无伤地将他们的行迹抹去了。玛丽娜想到，自己来到了一个全新的所在。周遭的绿比她在雨林中见过的所有绿都更明朗、更清新。长趾水鸟在柔弱的水草上徜徉，如履平地一般，令人不禁侥幸地去想，那些浮动的植物或许也能承载住她这个药理学家的重量。接下来的问题便是，叶下的水究竟是一英尺深，还是二十英尺深？贝诺又狠狠地拍了一下伊斯特，并举起手来。伊斯特将船停了下来。贝诺趴到甲板上，头、肩都探出了船外。他看见了什么。萨特恩夫妇和玛丽娜也都走来，探身张望。"是鱼吗？"南希说，"Peixe[1]？"

贝诺摇摇头。

"我什么也没看见。"她的先生说。

伊斯特双眼紧盯着贝诺，后者并不去看掌舵的人，将手指向左

---

[1] 葡语中指"鱼类"。

边，又指向右边，再指向后边。伊斯特保持了最低挡速，以可能的最小幅度调度着大船，直到全神贯注在那一大片静好的浮萍上的贝诺突然抬起了手，伊斯特将引擎整个儿熄灭了。紧跟而来的寂静是令人吃惊的。刚入门的博物学家仍匍匐在地，将那举起的手猛地插入了浮叶中，向船中拖起一条蛇中的庞然大物。

人类本能告诉我们，人脸应与蛇保持一定距离。于是贝诺将手伸得远远的，仿佛这手他再也不要了。被紧紧攥住的动物感到了不适，凶猛地露出带有弧度的长长的牙，朝着贝诺的手腕俯冲，贝诺左右甩动着蛇身，拖延着时间，一点点向它的头部抓去。他侧身卧倒，继而又滚到仰卧的位置，在蛇身像一条倒下的电线一般甩动时，将它拖上船来一半。蛇的脖颈就有贝诺的手腕粗了，再往下，它的背上覆着黯绿的、缀有黑斑的鳞，蛇腹呈现出淡奶油的色调，周身有贝诺大腿那么粗。它仿佛没有尽头一般，不断从水里滑进船里，越来越多的遒劲的蛇体，翻卷着向贝诺缠去，揉挤着他的身体。与此同时，贝诺竭尽全力保持着自己的脸与蛇脸的距离。不能让脸靠近。

"放回去！"南希用英语这门挡在贝诺与他的导游梦之间的语言惊叫着，"快扔了它！"

"浑蛋！"阿伦·萨特恩骂完一遍，又连声地骂了好几遍。

他抓得非常稳，唯一的问题是没有抓在头上。从他抓住的位置往上，还有一大段蛇体可以运动，蛇大张其口，找寻落齿之处，双颚的开合似乎超过了这样小的一颗头所能允许的限度。一瞬间，两排小小的、等待着陷入皮肉中去的牙暴露了出来。为防其咬住自己的手腕，只有疯狂甩动这一个办法。贝诺看来已将全副注意力集中在了拳头以上、蛇信以下的这六英寸上，而完全忽视了其余正在往他身上裹去的粗大的蛇体，而且他，被汗水和蛇带上船的河水湿透了的贝诺，竟在哈哈大笑。他仰躺在地，像一场不公的摔跤比赛中的选手，被按死在地上的同时，竟狂喜地吼叫着，努力用一只手帮助另一只手往蛇头的高处抓去。总能助人一臂之力的伊斯特负责起了船上这位新乘客的下半部分，正在奋力将它从自己朋友的身上扒下来。由于蛇体不断地卷起又被拉开，要精确计算其长度是不可能的，只能说其卷曲时的长度大约在十五英尺，完全展开后可达十八英尺。贝诺身高大约五英尺五英寸，比蛇至少轻五十磅左右。三个大夫远远躲避着，用一种贝诺无法听懂的语言咒骂。玛丽娜极想跳入水中，与长趾水鸟一起涉过水面去，但谁又知道水下是否住着蛇的一家呢？空气中有一种对他们来说十分陌生的气味，那是一种爬行类动物生气时发出的气味，一种油腻腻的凶恶的腐臭味，深深地钻进了他们的鼻腔黏膜中，仿佛意欲在那里永久地逗留下去。蛇体的后半部分甩了起来，在伊斯特纤瘦的腰上打了个结，就在它越缠越紧、越缠越紧时，蛇头甩过了伊斯特的附近，后者将手伸向空中，比蛇快了四分之一秒，恰恰握在贝诺握的上方，抓住了蛇的颈嗓咽喉。被贝诺抓住的蛇又一次被伊斯特抓住了。

噢，那欢呼！那为了胜利的雀跃！他们，贝诺和伊斯特，他们的喊声震撼了雨林。伊斯特的确喊了出来，那声音尖厉极了，仿佛代表了濒死的巨大的痛苦，三个大夫听到这样的声音，都满以为孩子被咬了，并在善良人类救死扶伤的本能驱使下，一齐冲了过去。然而手中抓着蛇头的伊斯特的脸上，正挂着灿烂的笑容，与此同时，比他强壮许多的贝诺正紧紧抓着蛇头的下面。他们一齐看进蛇嘴，仿佛那是狂欢节上的一个景点，蛇信像银色的火花一般向他们射去。

"这是条蟒蛇啊！"阿伦说，"他赤手空拳捉了条蟒蛇啊！"阿伦·萨特恩的情绪似乎处在了拉喀什人的激动，玛丽娜和妻子的惊恐，以及蟒蛇的暴怒之间，蛇的双眼中已经聚集起了两团坚硬的杀戮的欲望。

伊斯特咳嗽起来。

也许玛丽娜比伊斯特更早地意识到了他所身处的危险，虽然这么说是毫无根据的。她在一瞬间突然明白过来，克制住自己的反感和恐惧，伸手抓住了正向伊斯特胯上缠去的蛇尾。蛇身的质感竟能既黏又干，虽然正当暑热中天，蛇皮却十分阴凉。她曾在大学生物课上解剖过一条蛇，一条散发着福尔马林臭味、死去多时的黑色小束带蛇。她将它纵剖为二，摊开钉在蜡板上。就她记忆所及，那是她碰过的唯一一条蛇。没想到她第二次碰蛇竟是要将它从一个男孩儿身上剥开。她剥开一点儿后，便换着手，顺着蛇身摸去，像爬绳一样，虽然此时这条绳子却从尾部开始缠上了她的手腕。这种肌肉力量的感触对她来说是全然陌生的。它并不逆她的力量而行，似乎根本就没有注意到她的存在。她拉扯着。她拉扯的同时，伊斯特又咳了起来。贝诺此时也明白了问题所在：他的朋友正被蛇卷着，蛇想到了一个解脱自己的脑袋的办法。贝诺将手向上摸去，在伊斯特松手的一刹那握住了蛇头。伊斯特努力将自己的小手插进蛇身与自身之间，但就在他呼出一口气，即将插入之时，蛇身感受到他呼吸的动作，裹得更紧了。此时，伊斯特的双眼首先找到了玛丽娜，仅仅一眼，她就看到了他心里，看到了他的恐惧，她继续拉扯着，阿伦也伸手来帮忙。贝诺拉头，其他人拉尾，南希用英语喊着，拿一把刀，一把刀，终于用拉喀什语喊起来："Jaca！"

然而贝诺却没听见。一条蟒蛇正要扼杀自己的朋友，他也许已有十一二岁，体格却很小，与年龄不相称。他被这番景象吓呆了。

"船上到底有没有刀！"南希说。伊斯特的嘴唇泛出了青色。也许因为缺氧，或因为蛇身过于沉重，他跪了下来。玛丽娜想到，他的脊骨可能断了。脊骨断开的人都会跪下来。玛丽娜知道船舵的柱子上挂着一把大砍刀。那是伊斯特拴船前用来修削树上的乱枝的刀。她迅速行动起来。刀几乎有她手臂那么长，重及一柄网球拍，她将刀刃贴着贝诺握住的位置搁在蛇头上，只消一下就将它剁了下来。倘若这么一刀就能将蛇杀死，这将是她此生最伟大的一刀，然而削去头颅似乎无济于事。断头继续在甲板上咬牙切齿，缓慢地转着圈，张合着双颚，而蛇身则继续扼杀着男孩儿。

"上帝保佑！"她说。她看见贝诺脖颈上暴突的青筋、他东倒西歪的下排齿及使劲时突出的下颚，无头之蛇的血，汩汩地顺着他的手臂流淌。就在贝诺继续拉扯蛇头、萨特恩夫妇继续拉扯蛇尾的同时，伊斯特却在蛇的中段里继续死去。玛丽娜将手举至伊斯特头部附近，刀尖朝着伊斯特脚趾的方向，锯起无头蛇缠卷的中段来。由于千钧一发、时间无多，她计划将绕在伊斯特身上的两段同时切断。伊斯特再也不吭一声了，就是一小勺的空气也不肯再浪费了，他纹丝不动地静止在裹住自己的蛇体内，眼睛一眨不眨地看着玛丽娜。一开始，玛丽娜遇到了蛇的脊柱，不得不压上身体的力量去解锯，这类似以一个不当的角度切截人的手腕时所需付出的力量。玛丽娜担心自己倾压的力度太大，会突然切进伊斯特的身体，然而伊斯特还很遥远。她卡断了第一截蛇体的脊柱，立即左右运动砍刀对付起第二截。她切过肋骨，又切过彼此连接、一路通向末端泄殖腔的肌肉。当离伊斯特很近了时，她放下砍刀，用手去撕最后一点连续在一起的蛇体。蛇身的自重此时也帮上了忙，两边的蛇体一边向甲板上跌去，一边从粘连处撕开了。

南希·萨特恩抱起如尘埃般轻盈的孩子，平放在害他的凶手身边，往他的嘴里一次次地吹送空气。为了覆盖住那样小的一张嘴，她缩起了嘴唇。她一只手垫在他的颈下，使其头部后仰，另一只手捏住他的鼻子，不停地吹送着。逐渐，他的胸腔开始起伏，然而谁也不知道这起伏究竟缘自谁的呼吸。她停了一会儿。是他的。虽然又浅又乱，但的确是他自己的呼吸。她撩起他的上衣，轻抚他身上红肿的地方，此时，阿伦·萨特恩也在她身边跪下，俯耳听了听伊斯特的胸腔。贝诺蹲在一边，离他们远远的，他的头抵在膝盖上，脊背随着呼吸上下起伏，而船这一边的伊斯特，终于眨了眨眼睛。玛丽娜立即在他身边不断蔓延着的血泊里坐下，握住他的手。

他们回到族里时天色仍很亮堂。阿伦·萨特恩负责开船。虽然岸上等着二十几个拉喀什人，但他们手中的火把并没有点起来。他们看见了船也只是站起来观望着，而没有跳跃或叫喊。这或许是因为离开的人只走了半天，又或许是因为其中没有斯文森大夫。无论因为什么，船上的人都为此松了一口气，虽然刚才发生了一件比他们所有人生命中的好事都更值得庆祝的事。然而到阿伦·萨特恩将船泊岸、拉喀什人纷纷登船之后，吼叫声再度急切地爆发了，这次与上周的戏剧性表演不同，呈现出一种玛丽娜未曾见过的深沉而长久的喜悦。三个男人分别从血染的甲板上捡起三段沉甸甸的蛇身，第四个捡起了玛丽娜极想亲自踢进河里、但又苦于不愿去碰——即便是用脚——的蛇头。他们将每一段都有小树桩那么重的蛇运下船去，携时高高举起，以便沸腾的人群能够看得见。今天的晚餐有蟒蛇吃了。这将是值得在未来说给子孙们听的盛宴。那么多的拉喀什人拍打着贝诺，已经造成了一种群殴的效果。他们亦将蛇体捧向萨特恩夫妇，罕见地发出了聚餐的邀请，两人吓得挤靠在一起，拒绝了。伊斯特想站起来走几步，然而几乎立即摇晃了起来，贝诺将他抱起，在孩子痛苦的哭声中，拉喀什人为他们欢呼着。玛丽娜将他们带回后廊，指点贝诺把伊斯特放在自己床上，贝诺走后，她自己也爬进蚊帐，在伊斯特身边躺下。他们都活着，他们在一起，浑身散发着蛇类的臭气。

　　一会儿，斯文森大夫来了，发觉两人像汉泽尔与格莱特①一般手牵着手，并肩躺在床上。伊斯特用嘴轻浅地呼吸着，已经睡着了，玛

---

① 格林童话故事《汉泽尔与格莱特》的主人公兄妹俩，饥荒时代被父母赶入森林，遭遇吃人的巫婆，后死里逃生。

丽娜的眼睛却睁得很大。这么久过去了，天仍未完全黑下来。"萨特恩夫妇跟我说了事情的原委。"斯文森大夫将手伸进帐子，摸了摸他的头发。

"我不明白是什么原委，"玛丽娜盯视着头顶蚊帐汇聚成一束的那一点说，"完全想不出合理的解释。他看到一条蛇，就要把它拉上船来吗？他为什么这么做？"

"贝诺想当导游，而一个亚马孙雨林导游最大的卖点，就在于捡拾能力——能拿起狼蛛、抱起凯门鳄蜴，以及其他各种各样莫名其妙的东西的能力。将蟒蛇拖到船里是一项伟大的成就。从来没有任何人在我眼前成功过，虽然曾有人尝试。要是结尾不这么糟的话，他恐怕会请你给国家旅游局写推荐信的。"

"谁也没被咬就万幸了。从今以后我的眼前会不断重现那些毒牙。"

斯文森大夫摇摇头。"只是牙，"她说，"但无毒。我听说过被咬后那种极大的痛苦，据说要将蛇头拿下来需要相当大的力量。但那不是毒蛇。它对伊斯特所做的事比咬要严重得多。"

玛丽娜转过头来看着自己的导师："他的肝、脾不会有问题吧？如果在美国，我可以带他去做CT。"

"如果真在美国，他就不会被蟒蛇缠住，他会在骑自行车时被一辆四驱越野车撞出去。如此看来，还是跟蟒蛇在一起容易活下来些。"

"什么？"

"我明白这里很危险，这点不用你告诉我，但美国更危险。这里是他了解世界的地方，他明白如何在这里生存。他可能断了几条肋骨，但是你看着吧，他会没事的。艾克曼大夫也曾想带伊斯特回去。他认为如果失聪是神经性的，他也许能通过耳蜗移植重新恢复听觉，但你不能这样去改变一个人。不可能简简单单就把一个聋哑儿童变得正常起来，也不可能把你遇到的每一个人都变成美国人。伊斯特不是纪念品，不能随便装在口袋里带回去纪念你的南美之行。你很冷静，希恩大夫，你救了他的命，我对此表示赞赏。但假设你以为，救了他就代表可以拥有他，那我必须提请你注意，事情不是这样的。你只能满足于单纯的谢意。他，你是得不到的。"

玛丽娜完全被弄糊涂了。虽然斯文森大夫的话很清楚，并且在玛丽娜还未完全产生这样的想法之前，她就已经将这种想法诉诸了语言，这正像过去大巡房时，她会在玛丽娜心中出现问题的前一秒，就开始述说答案一样。事实上，须臾之后玛丽娜就会想到，自己应该将伊斯特带回去，须臾之后她会记起安德斯也曾这样希望过，她自己也有同样的希望，须臾之后她就会发觉这个孩子出于某种难解的原因正是她与安德斯在逼仄的办公室里共事七年后所产生的孩子。伊斯特是对她所失去的东西的补偿。斯文森大夫在玛丽娜之前就看到了这一切，半路就阻击了她。"太可怕了，"玛丽娜虚弱地说，希望因为自己无法得到想得到的东西，至少可以博得一点儿怜悯。"可怕"指的是蛇。

"当然可怕。"斯文森大夫将手贴在孩子的额头上检查其是否有热度，接着又用两指摁在他的脖侧，测其脉搏。"你自己想过要孩子吗，希恩大夫？"

再次地，她跟随玛丽娜思维的脉动，预料到了她情感走向的下一步：我不能得到这个孩子。我真该有个自己的孩子。她不知究竟是自己在斯文森大夫面前太透明，还是她有特别的技巧去看穿她。"曾经有过那种时候。"玛丽娜说。蛇臭让她难以忍受。她很惊讶斯文森大夫竟对此未置一词。

"而那种时候已经过去了？"

玛丽娜耸耸肩。这仿佛一种奇异的心理诊疗法，她与不久前才刚想要的孩子躺在一起，并被问及是否曾想要一个孩子。"我已经四十二岁，我恐怕自己的生活在接下来的一两年间不会发生什么很大的、致使要一个孩子成为可能的改变。"她不再确定自己想从福克斯先生那里得到什么，而自己的年龄又不再允许她犹疑不决。

"这只是时间问题，你还不明白吗？而时间就是拉喀什人对我们的馈赠。如果我能在七十三岁上有孩子，那你为什么不能在四十三岁或者四十五岁时要孩子呢？实话对你说，希恩大夫，我就那些树所做的发现，超出了我一开始的料想。它也绝不是你的制药公司所料想的东西。它比我们所期待的要更强大、更有前途。拉普大夫在亚马孙教给我们的关于科学的最伟大的一课就是说：切莫过分专注于所寻找的，以免忽略了已找到的。"

玛丽娜已经坐起来了。她已将自己的手从伊斯特的手里脱了出来，虽然两只手在蛇血干燥后已经粘连在了一起。她钻出蚊帐。"您说您怀孕了？"

斯文森大夫眨了眨眼，倏忽间看来比玛丽娜更要吃惊。"你觉得我胖了？"

"您都七十三了！"

斯文森大夫像全世界的孕妇那样，将手贴放在了自己的肚子上。玛丽娜很确定，斯文森大夫从来没有做过这样的动作。她的上衣耸起，勾勒着她滚圆的腹部。"你不是已经在这儿看见过我这把年纪的孕妇了吗？我听你提过这事。"

"可她们是拉喀什人。"玛丽娜说，无法确定自己的话是仅从科学的角度在分析，还是也带有一定的种族歧视，认为只有她们该有这种生物学上的畸变，而我们不该也去涉足。此时她仍听得见他们在河畔歌唱、击鼓的声音，而蛇肉无疑已被腌制起来，以备过后串上树枝、置于火上，或用别的什么方法做熟。

"对，她们是拉喀什人，所以问题就来了。我们知道如果她们从出现月经起就持续进食那种树皮，则她们的卵巢似乎就不会衰竭。但是美国家长不可能为了预防孩子到五十岁才想孕育后代而让他们的女儿从十三岁起就吃这种药。所以我们要弄明白的，就是这种树皮能否使绝经后的女性重新具备孕育能力。"

"而您就充当了实验样本？您不能找别的人来做？"

"拉喀什没有绝经妇女。我就是因为这个才来的。"

"那您可以找金塔人。您不该拿自己下手。"

"我们这么快就把医德抛诸脑后了吗？这是我研发的药物。如果我相信它的效果，何况我完全相信，那么我就应该愿意在自己身上尝试。"

"父亲是谁？"

斯文森大夫面带无比凝重的失望表情看着她，那是一种她保留给医学院一年级新生的表情。"说真的，希恩大夫，你简直在跟我开玩笑。"

就这一天所发生的事来说，玛丽娜本可以发誓，再没有什么能使她不快了，然而她的双手还是颤抖了起来。"我理解您这是在对自己做一个高度机密的初期临床实验，但这个实验的结果是一个孩子，虽然我也希望您能长命百岁，但您恐怕无法像您希望的那样长久地照顾他。如果没有传统意义上的父亲，这个孩子该怎么办？"

"这里的孩子多的是。你真的以为再多一个，部落就会解散吗？我在这里很受尊敬。你所无限温情地称之为结果的这个孩子，会受到欢迎和照料的。"

"您准备把孩子留在这儿？安妮克·斯文森的孩子将要交由拉喀什人抚养？"

"他们是一群组织纪律良好的正经人。"

"您可是拉德克利夫学院毕业的呀。"

"我从没觉得这有什么了不起的。"

伊斯特在整个谈话过程中都一直昏睡着。玛丽娜俯视着床上的他。他的衣服上、手臂上和脸上满布着血污。接踵而至的事件使她直到现在才发觉这一点。她大可以去拿块布来清洗他，可以在他睡眠时将他洗净。"试想拉普大夫也在这里繁衍了一个孩子,"她说着,想起了阿伦·萨特恩与妻子发生争执的事由,努力控制着自己的声音,"那么这个伟大的植物学家的后代,难道应该在丛林中虚度一生、毫无施展潜力的机会吗?"

"你以为他没有在这儿繁衍过后代?你真的以为这种事没有发生过?你应该请贝诺带你去参加下一次的幻象探索,或随便你想怎么称呼的那种聚会。"斯文森大夫摇着头,走到屋中唯一的板凳边坐下。由于凳子是玛丽娜用来放置物品的地方,她就直接坐在了玛丽娜的另一条裙子和另两条内裤上。"我很累了,希恩大夫,"她说,用手将头发捋到脑后。"我左腿有病变性疼痛,而这孩子又正压迫在我的膀胱上。我一趟下来,它就乱动。我很高兴在自己身上做了这个试验,这让我意识到原来没有想过的一个问题:年龄大于某一特定值的女性是不适合怀孕生子的,比如说我和你。拉喀什人对此习惯了。这是由她们独特的命运所致。她们可以将孩子托付给孙儿们去养育,自己不必亲力亲为。这就是晚年得子的好处:你知道自己将不必为他们负责。在此之前,我确实从未感到自己老了。我一生都在逃避镜子。从二十岁起,至今七十三岁了,一直都对自己的面貌没有什么认识。我肩膀虽有关节炎,但程度上不值一提。我前进着,继续来这里,继续我的研究,继续拉普大夫的研究。我从来没有像老年妇女一样活过一天,因为我不是老年妇女。我只是我自己。然而它,这个孩子,它让我切实地变成了一个七十三岁的女人。它甚至让我变得比那更衰老。蛮闯年轻人在生物学中的领地使我受到了惩罚。我想这一点我必须承认。"

　　玛丽娜看着自己的老师，看着她臃肿的脚从疲软的勃肯牌凉鞋鞋面间挤出来，看着重力将她死死地钉在一只小板凳上，问出了世上最荒谬的问题，仅仅因为近来这个问题一直在困扰着她。"您想过要孩子吗？"

　　"你刚才说什么来着？有过那种时候？对，或许有过那种时候吧。不过说实话，我不记得有过。以目前的处境，我可以告诉你，孕育后代与策划自杀十分相像。虽然我过去助产过成千上万的孩子，许多母亲看来都很幸福，但也许这是因为年轻人孕育后代并不像我这样痛苦。"斯文森大夫闭上双眼。虽然她的头部保持着正直和平衡，她看上去却仿佛睡着了。

　　"要我送您回去吗？"玛丽娜问。

　　斯文森大夫就此想了想："伊斯特怎么办？"

　　玛丽娜回头看了看，发现他胸脯起伏得很均匀："他不会醒的。他累坏了。"

　　"你若要孩子，就应该要他，"斯文森大夫说，重新回到伊始的话题上，虽然这次听来，仿佛她又愿意把他让出去了，"年龄大，又懂事，而且爱你。如果有人告诉我，我能生一个像伊斯特一样好的孩子，也许我那时候就生了。当然，我是说很久以前。"

　　玛丽娜点点头，用双手一起将斯文森大夫从凳子上扶起："我想我们对此都是同意的。"

　　"你与我们待在一起是聪明的做法，希恩大夫。虽然我一直在等你自动离开，不过我也开始看到，你对我们的工作是真心感兴趣的。"

"我的确是。"玛丽娜说，这才意识到自己从未想过要离开。她扶着斯文森大夫的手臂，两人一齐走下楼梯，又肩并肩穿过丛林中狭窄的小径，向实验室走去。

玛丽娜从实验室借来肥皂和水罐，潜入河流，脱掉衣服，在温暖而混浊的水中拥着自己。实验室后虽有淋浴系统，但太复杂，而且低效，需从河中运上几袋水，再经由一个过滤系统方可使用，并且仍远远无法达到玛丽娜期望的清洁效果。她将头探出水面，睁开双眼，看着斜阳照耀下的水面，突然发觉自己不再惧怕河水了。她原以为会是相反的情况。她搓洗了裙子，又用粗糙的裙子搓着自己，接着最后一次潜入水中，游进自己的裙子里。她滴答着河水上岸，身上仍有难闻的气味，但大概不至于那么重了。她说动一个拉喀什妇女，允许她将一罐水放在他们的篝火边，她等待它烧热的时间里，一个女人走来坐在她身边，用手指梳理并编织起了玛丽娜潮湿的头发。族中有男性向往成为导游以改变生活状况，而女性则似乎都对美发很有热情。她们收拾一个人面貌的愿望，就像非洲小鸟一定要落在鳄鱼背上啄食昆虫的愿望一样强烈，起先她们伸手将她的头发往后梳理时，玛丽娜还推诿地将她们的手从发间拨开，现在她已然放弃这种努力了。她学会了在她们的触摸下保持镇静。女人拉扯、编织着她的头发的当口，玛丽娜看着河，点数浮上水面的游鱼。她数到了八。

发辫编好、壶水烧罢后，她将水罐提回睡觉的后廊。天终于黑了。傍晚的夜色新鲜而可人。蝙蝠从死去的树身中旋飞而出，预告黄昏即将降临，玛丽娜替伊斯特清洗着蛇的痕迹。他只半睡半醒地微睁双眼，看了一眼用布在自己胳膊上、脚趾间擦拭着的玛丽娜。她替他擦脸、搓发，待擦到已绽出姹紫嫣红的胸、腹时，她擦得轻柔极了。擦完正面后，他极艰难地翻过来让她擦反面。她学自己曾见过的护士的手法，在他身下铺上了一条洁净的床单，她忘了自己也会这种手法：替一个上面睡着人的床换床单。她希望他不曾是食人族的一员。不过在孩子经受了这一切后，他从哪里来已经显得无关紧要了。

第九章

 啃树

她还不到七十三岁，还远远没有
那么老，世上有不少与她年龄相仿的
女人，虽然没有吃到这树皮，也还是
有了孩子。

商栈之旅后的第四个早上，玛丽娜在林中看见了行走间的布迪大夫和萨特恩大夫二号。当时天色尚早，比她平日起身的时间要早得多，因为蚊帐下爬进一只不知是什么的东西来，在她的手肘附近咬了一口，咬伤红肿发热，使她再也睡不着了。她借着微弱的晨曦，检视一番蛇留在伊斯特身上的花纹，其色已转为茄紫，从腋下一直延伸到腹股沟。她再次安慰自己说，这瘀青不过看起来可怕，并非严重内伤的征兆，之后好不容易说服自己，她终于从睡着的孩子身边离开，去找永远都在工作的布迪大夫肯定已经准备了的咖啡喝。离天空彻底放亮还有大约十五分钟的时间，她在一只巨大的白蚁冢对面看见了她的同事们，地表因地下的忙碌而微微颤抖着。她招手，问候早安，对方猛地站定下来，以仿佛看到了一个不该出现在亚马孙雨林中的人那样的眼神看着她。愣了片刻后，萨特恩大夫俯身对布迪大夫耳语了几句，后者似乎思忖了一番，点头表示同意。两人继而远远绕开蚁冢，向她的方向走来。

　　"伊斯特怎么样了？"南希·萨特恩说。

　　玛丽娜将伊斯特获救一事归功于南希，因为

在她与蟒蛇摔跤时，只有她清醒地说出了"刀"这个词。南希·萨特恩是拯救行动的原动力。"我走时还睡着。斯文森大夫现在每天晚上给他吃半片安眠药，不然他会痛醒过来。"

"愿真主保佑。"布迪大夫点点头说。

"我们正要去看树。"南希若无其事地说，一手放在胸前挂的一袋本子上。"你一起来吧？"

在伊斯特发生意外——如果将一条蛇故意拖进船里可以称为意外的话——以前，玛丽娜曾多次提出去看一看那些神奇的树，但每次都遭遇了巧妙地婉拒——不是他们刚去过了，就是这周没有去的计划。自从蟒蛇事件后，她已经确实地将那些树给忘了。她脑中事物的孰轻孰重已经发生了变化。雨林是不缺树的，而她也已经看过许多树了，很难想象什么树可以长得与其他树有本质上的不同。不过临到受了邀请，她还是欣然答应了，并感到自己的耐性获得了注意和嘉奖。

事实上她昨夜才刚写了一封情感泛滥的信给福克斯先生，她是坐在地上用板凳当桌子那么写的，因为当时伊斯特已经上床睡觉了。（自从蟒蛇事件后，他的吊床就一直空着，直到有一天，一只狨猴将之当作了午睡的场所。它是个脏兮兮的小东西。）

　　我发现在无法直接联系你的现在，我开始听从你的建议了。你会要我等待，要我观察。你会说情况比我一下子能看到的要复杂。而你是对的，正像你让我来这里，并留下来（我知道你会这么对我说）——

样。你看，我离开后变得多么听话啊！真不敢相信，我曾差一点儿就登上了返航的班机。曾差一点儿就错过了我来此寻找的东西，而使在马瑙斯所经受的一切变得毫无意义。

西边的远处，布迪、南希和玛丽娜一齐听到了树枝的窸窣声，两个远远路过的年轻女人，一边笑着，一边用玛丽娜至今仍全然不解的语言交谈，两人在看到了大夫们以后，兴味索然地点了点头。一个老妇牵着年轻女孩儿的手，从河的方向走来。枯倒的树桩后又突然出现了另外三个女人。"就好像她们都有闹钟似的。"南希说，与此同时，更多的女人正从小树丛后陆续出现，向同一个方向走去。她们走在一条玛丽娜觉得自己从未来过的小径上，但她对此无法确定。路径在对树丛细密的观察后逐一出现，又在顾盼之间转眼消失。她很担心自己跟随其中一条步入密林后，会在想要返回时对其遍寻不见。如果一切可以重新来过，她会带上许多红色毛线团，在每次走进迷宫前将线团的一头捆在床脚上。

"这是拉喀什人体内的生物钟。"布迪大夫说，南希和玛丽娜笑了。一生中很少成功逗人发笑的布迪大夫，露出了腼腆的笑容。

玛丽娜不常追忆她遗失的两件行李中的任何一样物品，但有时她会，比如现在，她就很希望除了橡胶人字拖鞋外还能有一双真正的鞋可穿。她希望有一件长袖衫以便抵挡丛中的小刺；一条长裤保护她不受某些从特定角度掠过时会像刀片一样轻易割破皮肤的草叶的侵袭。那一点儿从腿上渗出的血珠，渐渐氤氲出来，正好替她满身的血做了广告。感觉上，大家走了很长的距离，然而距离，正像方位一样，是很难测量的。距离感可能是由这条特定的小径（它算是小径吗？）上倒着许多断木要求人们狼狈地爬过或它布满许多神秘的、令人脚下猛地一沉的储满静水的天坑而造成的。或许她们实际上离目的地的直线距离只有两三个街区，然而前方障碍重重，使这一直线距离丧失了参考价值。玛丽娜用手抹了一把后脖颈，扫去一只外壳坚硬的东西。她已经逐渐学会去抹，而不再拍打，因为落在肤表的昆虫无疑已将自己的昆虫的凸触与人的皮肤牢牢地连在了一起，拍打只会将虫体中的内容物直接打入自己的血流。

拉喀什妇女在歌唱。或者说，不，那不是歌唱。只是这许多女人在同一个时刻七嘴八舌地说着，使声音的总和听来颇像一群犹太成人礼上还未变声的男孩儿在诵唱摩西五经[1]。"你知道她们说的是什么吗？"玛丽娜问。

南希摇摇头。"我只能这里那里地听懂一两个词，至少我觉得能。队里曾有一个语言学家。他是诺姆·乔姆斯基[2]的学生。他说拉喀什语并没有多难，并且根本毫无趣味可言，还说亚马孙这一区的语言全都衍生自同一种语言，只在词汇上有所区别，这意味着这些部落过去曾一度是一个整体，后来才分开了。我真希望拉喀什语再晦涩难

---

[1] 希伯来《圣经》最初的五部经典，包括《创世记》《出埃及记》《利未记》《民数记》《申命记》。

[2] 麻省理工学院语言学荣誉教授。其著作《生成语法》被认为是20世纪理论语言学研究上最伟大的贡献。

懂些，这样他或许就不会离队了。他用音标为我们注了几张表，便于
理解基本短语。"

　　"托马斯对此很在行。"布迪大夫说。她举起手，两个女人停了
下来，只见一只贴地的大蜥蜴从她们的面前慢吞吞地爬过，肋侧挂下
松弛的绿皮，像锁甲一般。"我不知道这个品种。"布迪大夫说，仔
细地观察着。

　　南希近前细看，仿佛这就要认出它是谁了，却又摇了摇头。"我
也不知道。"

　　离别蜥蜴后又过了二十分钟，三人才来到一片林中空地，或者，
如果不能称为林中空地，至少是一个树木更少、树身更细、树与树的
间距更大的所在。而且所有的树都是同一种树。地表不见了厚重的植
被，只有浅浅一层青草，树上也没有沉甸甸鬅鬙交错的粗藤，唯见一
片片光滑、洁净的树皮。阳光很容易就穿过了苍白的椭圆形叶片，大
面积地照耀着地表。"真美，"玛丽娜说着，高高地仰起了头，这样
的阳光，这样漂亮的、小小的树叶，"我的上帝，他们为什么不住在
这里呢？"

　　"离河太远。"布迪大夫说，她看了看表，在笔记本上记下
时间。

　　已经到了十几个拉喀什妇女。其中，玛丽娜认得几张脸，虽然无
法复述代表她们姓名的那串发音。接下来的几分钟又来了二十多个女
人，大家分头站到表皮呈黄油色、直径在十到二十英寸粗的树前。她
们几乎是不假思索地各自挑选了大个儿、已被啃过的树，而不去碰那

些树苗，像拥抱慢步舞舞伴一样趋近树身，张开嘴，就这样，既不办仪式，也没有奏乐，立即用牙齿由上往下地刮起树皮来。这天清晨的雨林格外安静，她们的响动便得以被听见，由于有这样多的女人同时操作，这个细小的声音被放大了。

　　几个闲逛的人漫步而来，停下脚步与树边的妇女们打招呼，女人们除了回礼外几乎不停地咬着、咀嚼着。两个彼此很有一些话要说的女人，各自占据了同一棵树的两侧，从远处看仿佛在接吻。携子前来的妇女们将孩子们留在林子的中央，年幼的孩子爬远了，就由年长的孩子把他们领回来。老年妇女中，有一人走入孩子群，领出一个十二三岁的小女孩儿带到树边，其他人一齐停下动作，转过头去看着她。小女孩侧着脑袋，貌似不知所措时，其他人都轻轻发出了尖厉的叫声，纷纷拍打起面前的树，发出树和人组合而成的掌声。纤细的树身颤抖着，娇小的树叶左右摇摆着。被睡眠揉乱了披散着的头发的小女孩儿，因成为众人的焦点而害着羞。她小口小口地啃起树皮来。其他人都觉得小姑娘已能正确完成这一根本的、紧要的动作后，都纷纷又吃起自己的树来。无论是适婚年龄的姑娘还是垂垂老矣的老妪，众人皆毫无快感、亦无憎恶地刮啃、咀嚼着。她们已将啃树这种光怪陆离的行为变成了与车间操作无异的司空见惯的事。

　　"这一幕很重要，"布迪大夫对玛丽娜说，"小姑娘才刚度过了她的第一个生理期。拉喀什人的仪式相当简单、粗线条。你第一次来就遇上这种事，是很幸运的。"

　　南希·萨特恩翻看着手里的笔记本："我都不知道玛拉已经到生

理期了。"

　　布迪大夫扬了扬自己的本子:"我这里都记着。"

　　这么多树,两英亩的土地上大约遍布了两百多棵,照顾到每个人是绰绰有余的。最高的有六七十英尺高,还有许多是新抽的小树苗。不久前刚被啃过的树身又软又白;树皮重新长出后又会变为浅得不能再浅的黄色,这种颜色又随时间变深,所以许多树上有拉喀什人一人高的地方都仿佛装饰了裱纸。

　　在这里呼吸畅快多了,而且还能看得这么清楚! 每一个方向都是开阔的。再也不用担心什么动物张着血盆大口突然出现了。"想不到竟有这么多树,"玛丽娜说,"我想象中这里不是这个样子。"

　　"这其实是一棵树,"南希说,她正在点数,并将在场的女人记名在本子上,"它与白杨同属杨柳科杨属,但是相当特殊,是单根系结构。这棵树在不断自我复制。"

　　"很精妙。"布迪大夫点着头说。

　　"树的根系改变了土壤中酸的含量,致使除自身及一些小草外的其他植被无法生长。某种意义上,可以说这棵树给自己栖息的环境下了毒,以防止其他植物在此生存,争夺土壤中的养分,并在长大后阻挡其阳光。"

　　"除了拉普菇,"布迪大夫说,"只有拉普菇能与这种树共同繁荣。"她将手里的圆珠笔尾端指向长在树根处的一丛丛菌菇,每一只都圆滚滚的,好像高尔夫球顶在细细的菌杆上。拉普菇泛出一种不属于人间的、苍白的蓝色，这种蓝几乎要在太阳下发出光来，这让玛丽娜很想晚上打着手电再回来，看看它们在黑暗中的样子。她不明白自己为何一直都没注意到它们。

"Psilocybe livoris rappinis[①]，"南希说，"它被认为是真菌界最伟大的发现，没有之一。尚无证据显示雨林，乃至整个世界其他地方也存在这种形式的生态系统。你在这里看到的树和菌类，全世界只有这里有。就我们所知，世界上所有的拉普菇都在这里。它们是你抵达神性体验的通行证。"

"你试过？"

南希·萨特恩闭上眼睛，微微点头，举起一枚手指。

"很难受，"布迪大夫说，"眼中的世界会变得很有趣，但感觉真的很难受。"

"既然菌菇叫拉普菇，那么树就叫斯文森树了？"玛丽娜问。日光中泅泳着许许多多淡紫色，二十五美分大小的蛾子。玛丽娜不记得自己在别处见过这种蛾子，但这样小的蛾子，即便出现在雨林其他地方，因为铺天盖地的藤蔓而辨认不出，也是有可能的。

"叫马丁树，"布迪大夫说，"Tabebuia martinii[②]。"

"研究内容和地点之所以如此机密，"南希说，"其实是为了保

---

① 拉普菇的拉丁文名，为作者生造。其中"Psilocybe"指致幻类的蘑菇。"livoris"是拉丁文"livor"的变位形式，意思是"微微泛蓝的"。

② "Tabebuia"确有其词，意为"风铃木属"，包含百十来种树，这又是作者生造的"马丁树"的拉丁文名。

护拉普菇不让世人发觉。从科学角度说，马丁树的意义更大。它很可能是我们时代最伟大的植物学发现。但自拉普大夫在文章中提到这种菌菇后，人们一直在想方设法染指它。如果世人知道了它的所在——"

布迪大夫拿手捂住双眼，摇了摇头。

"就是呀。这个地方会被踏平的。毒贩子、巴西政府、其他部落的人、德国观光客，谁也不知道谁会抢先，接下来又会有怎样的一番战争。只有一件事是明确的，那就是拉喀什这一族会被毁掉。他们的生存建立在拉普菇之上，并且因为菌菇的数量百倍于他们的仪式所需，他们从不费心对其加以干燥、储藏。拉喀什人一年三百六十五天，天天都能得到拉普菇，于是就认为树下总是会有菌菇的。我尝试培植马丁树，连带一起培育拉普菇，已经三年了，还不是把它们种到密歇根去，就只是将根的切片带回实验室培育，用的是同样的土壤、同样的水，到现在都无法办到。"

"你会成功的。"布迪大夫说。

南希·萨特恩摇着头："现在还言之过早。"

萨特恩大夫和布迪大夫宣布，两人已经说得太多了，而能够用于工作的时间并不是无限的。她们离开玛丽娜，一棵棵树地挨个儿用四五个零散的拉喀什词汇向妇女们问询起来。南希从包里拿出一只臂套，测量玛拉的血压。玛丽娜趁此机会观察树木：每棵树前都支着一块小小的塑料标牌，上有编号和日期。她用手抚摸被啃食过的树皮，嗅木头的气味。这种树即便她在明尼苏达州的湖边看到过，也不会留意的，最多也许瞥上一眼，不然她对这种树皮的黄色应该有印象。她又低头看着脚边那小小的一束，觉得如果过去见过拉普菇，那她一定会注意到。它们就像一群奇异的海洋生物，被浪花一路冲到远隔几百英里的内陆来了。拉普大夫究竟是如何找到了这个地方？他怎么能知道要穿过挥舞火把的部落人，走上一英里的路深入雨林呢？玛丽娜在树木间走了起来。行走多么快乐！大步前行且能看清落脚的地方是多么令人愉快啊。她双臂高举，伸了个懒腰。女人们剔着卡在牙间的木屑，一个个离开了树边。布迪挑选了五六名妇女，用酒精棉球擦拭她们的指尖，扎刺后取其血液、入管、标记，然后小心翼翼放进金属匣内。而在工作台的另一边，萨特恩大夫正进行着一项更具挑战的工作，她将长棒棉签发给三个妇女，三人将棉签伸进裙裾，手腕迅速一扭，又拿出来还给她。萨特恩大夫将棉签分别在玻片和石蕊试纸上点了点。

"你这是干什么？"玛丽娜问。

"检查宫颈分泌液中的雌性激素含量。"萨特恩大夫搜集的数据较为复杂，她标注放置棉签的试管时干脆坐在了地上，"涂片是为了观察羊齿状结晶。"

"现在已经没人观察羊齿状结晶了。"玛丽娜说。这是一种鲜为人知，以雌性激素在涂片上生成的错综复杂的羊齿状结晶为依据的技术。没有结晶就代表没有受孕力。

萨特恩大夫耸耸肩："这方法在拉喀什妇女身上很有效。摄入树皮后她们的雌性激素变化相当明显。"

"但你怎么能说动她们——"她不知该如何措辞。难道说"自揩"吗？

"这个嘛，"萨特恩大夫说，"就是斯文森大夫厉害的地方了。我初来时，这种机制就已然形成。当时，她们连这样做都同意，可想而知有多么惧怕她。现在则已经没有人再将它视作侵犯性的行为了。"第三个拉喀什妇女若无其事地将棉签递了回来，南希接过时深深地点了点头。

拉喀什人在完成了交代给她们的任务后，三三两两头也不回地离开了。她们将较小的、还不能走的孩子抱在怀里，能走的就让他们自己跟在后面。她们的事办完了。

"她们每天都来吗？"玛丽娜看着所有这些人一齐消失在密林里，仿佛学校敲响了放学的铃。她们消失前至多不过回头去瞥了一眼树和大夫们。她们的功课做完了。

"她们每五天来啃一次树皮，但不是整个部落的女人一起来。她们造访得十分有规律。鉴于她们没有显见的计时工具，她们如何判别五天已过对我们来说就成了迷。我只能猜测，或许这种行为已经变成了生理上的需求。她们怀孕的时候不来。事实上，树木似乎会妨碍她们的妊娠。这一点已经被斯文森大夫发现并证实。因此，她们的孕期较一般妇女漫长。就我们所知，可达三十九足周。她们在月经期间也不会来，不过她们的月经几乎是同步的，这为我们行了方便。如此我们每个月都有几天假。"

"每个人都是同步的？"

南希点点头。"初来月经的小姑娘尚需一段时间调整，刚刚生育过的妇女也并不是每个人都那么准确，除此之外都是。"

　　布迪大夫走到临近的一棵树前，找到树皮干燥、皮色深黄的地方，趋前咬了一口，她的牙齿也发出了与先前妇女们的牙齿相同的刮擦声。"你不试试吗？"她回过头，看着玛丽娜。

　　"我得测测她的脉搏。"南希说着，将量血压的臂套又拿了出来，"布迪，你来测她的体温。"

　　"我为什么试？"

　　"我们需要样本。需要拉喀什人以外的样本。也就是我们自己。"

　　"但我在这里是不可能怀孕的。"

　　南希将臂套围在玛丽娜的手臂上，粘好搭扣，开始向臂套内打气，使其在手臂上越箍越紧。布迪大夫拿出一个扁平的塑料体温计，如坠五里雾中的玛丽娜乖觉地张开了嘴。

　　"我们也一样。"布迪大夫说。

　　"相信我，能从你身上测量的数据多的是，不一定要怀孕。"

　　"托马斯会跟你详细说的。"布迪大夫说，接着，仿佛听到了召唤，恩科莫大夫拨开马丁树周围密林的一处，向她们走来。

　　"看来我晚来得正好。"他说着，向三个女人深深地点了点头。

　　"男人和女人不会同时来树场，"南希对玛丽娜说，"女人吃完树皮后，才轮到男人来采拉普菇。"

　　"此谓劳动分工。"布迪大夫说。南希取下测血压的臂套，又将一双手指摁在她的腕侧，寻找脉搏。

　　"第一次，对吧？"托马斯说。

玛丽娜点头，嘴里抿着温度计。

"嗯，很好。记得舌头要尽量往下抵，不然可能会有木刺扎进去。"

"不过我们都是取刺的好手，"南希说，"脉搏六十四跳每分钟。真不错，希恩大夫。"

托马斯凑到一棵近旁的树前，在远远高于树皮被啃过的环纹的地方啃食起来。玛丽娜急忙从嘴里拿出体温计。"你先等一等。"她说。

"马丁树的功效很多，"南希说，"过去好几年，拉普大夫一直认为菌菇中的致幻成分来自树的根系，是从树自身离析出来的，于是他便假设女性咀嚼树皮实质上也是为了幻觉。是安妮克将树和不衰的受孕力联系在了一起。拉普大夫显然根本没注意到她们能不停地怀孕。"

"不过她仍一直将功劳归在拉普大夫身上。"布迪大夫以陈述的语气说，并没有要修正这种想法的错误的意思。

"只要看一看他们那个时候做的记录，你就明白了。"托马斯从口袋里拿出一块手帕，在嘴角摁了摁。

"到了1990年，她又发现了马丁树和疟疾之间的关系，"南希说，"这个发现完全是她一个人的。拉普大夫在90年代前对疟疾研究几乎没有任何涉足。"

"但她继续将功劳让给他，"布迪大夫说，"说这种关系他过去曾提到过。"

托马斯·恩科莫，似乎为一个女人如此心甘情愿地将自己的成就让给了一个男人而哀伤，摇了摇头。"与拉喀什族相关的所有发现里，这一发现是最伟大的。不是什么拉普菇或者受孕力，而是抗疟疾力。"

"我不明白。"玛丽娜说，她的确不明白，一点儿都不明白。

"拉喀什妇女不会得疟疾，"布迪大夫说，"她们的体内有抗体。"

"世界上不存在疟疾抗体。"玛丽娜说，说完，其余三人都对她微笑起来，托马斯又啃了一口树皮。

南希·萨特恩指了指休憩在树上无皮的白色木质上的淡紫色蛾子。那正是布迪大夫刚啃过的地方，包围着这块无皮部分的树皮边缘还有隐隐闪着光的口水。"马丁树属于软皮树。只要表皮一破，拉喀什人即可轻易刮穿韧皮部，抵达携带活细胞的形成层。如你所见，这就暴露出一个开放的创口来，创口吸引来了这种名叫马丁内特的飞蛾。"

"你开玩笑吧？"玛丽娜一边趋前细看，一边说，"这儿还有不跟他姓的东西吗？"

"幸亏拉喀什族不是马丁·拉普发现的，不然就得叫拉普镇了。"南希将一根手指点在飞蛾的紧下面，飞蛾像拉喀什妇女一样，对自己下体所受的侵犯表现得十分泰然。"Agruis purpurea martinet①。它从马丁树的韧皮部汲取水分赖以生存，一边进食一边就立即排出带有树浆蛋白的代谢产物，每年产卵一次。"

"产在树皮里？"玛丽娜问。飞蛾展翅，翅膀上一边一个露出两只睛状的明黄色圆点，飞蛾接着又合上了翅膀。玛丽娜几年前在哪儿

---

① 作者生造的"马丁内特蛾"的拉丁文名。

读到过，蝴蝶休憩时双翼是展开的，飞蛾休息时双翼是闭合的。

　　南希点点头。"像马丁树和拉普菇一样，紫色的马丁内特蛾也是这里独有的生物。你在营地里不时可能看见一只。它们最远会飞至河边，但我们没有发现除此地外它们还有别的生息地。马丁树和马丁内特蛾的结合是受孕力的关键。虽然我们尚未能从飞蛾的代谢物中分离出与其虫卵蛋白相异的蛋白质成分。但我们知道这条路有希望。"

　　布迪大夫用酒精棉球擦了擦自己的指尖，后将它戳破。

　　"血样的问题怎么说？"玛丽娜问，"从这么少的血液中你真的可以读出各种激素的水平？"

　　"纳米技术，"布迪大夫说，"欢迎来到美丽新世界。"

　　玛丽娜点点头。

　　"我们已在排泄物停留在树皮上代谢时，分离出其分子，"布迪继续道，"并已在追踪观察拉喀什人的唾液、消化液和血清在其中的作用。我们所不知道的是究竟什么样的一种组合免除了妇女们疟疾的隐患。"

　　玛丽娜问到族中男性是否对疟疾毫无抵抗，托马斯点点头。"母乳喂养阶段后，此地的男婴就与其他族群的人们一样，对疟疾失去了抵抗力，女婴从母乳喂养后，至生理期开始咀嚼树皮前亦是如此。"

　　"所以不是她们自身产生了抗体，而是树和飞蛾在她们身上起了抵抗疟疾的作用，这就像奎宁。"

　　布迪大夫摇头："母乳起的才是预防作用，食用树皮则让她们自身产生抗体。问题是为何族中不是每个人都从小开始吃树皮。不过，话又说回来，如果每个死于疟疾的儿童都活了下来，考虑到他们的数量，拉喀什族将会出现人口爆炸。”

“可是你们是怎么知道的？”玛丽娜问，脑中已然一团雾水。难道她们劝动了一些男人也来吃树皮？他们又是怎么对儿童做检查的？“你们难道让一部分女性停止食用树皮了？”她再次仰头看着树。看见了苍穹之下，像葡萄一样一串串挂在高处的粉红色小花。

“此地有几例女性先天不孕不育的事例，那些女性久而久之就不再跟随群体一道来马丁树场了，”南希说，“但是因为她们已经吃过了树皮，她们对疟疾仍然免疫。”

“基本上我们都是在自己人身上试验的。”托马斯说。

“用什么试验？”

布迪大夫看着她，眨了眨眼睛。“当然是蚊子。”

“那么你们究竟是在研发什么药？”玛丽娜问。一只紫色马丁内特蛾翩翩而至，停在她的裙子上，翅膀开合了两次后，又飞走了。

“研发有很多重叠部分，”托马斯告诉她，“探索一个领域时会涉及另一领域的发现。各部分不能独立看待。”

南希·萨特恩是植物学家，或许在两个研发组中都有用。但布迪大夫、托马斯和阿伦·萨特恩看来都是研发疟疾药的。“只有斯文森大夫一个人在做受孕力方面的研究吗？”

“那当然是她主要的研究项目，”托马斯说，“不过我们相信这两个研究的答案其实是同一个答案。”

“一下子说这么多你肯定会吃不消，”南希说，“我们理解。就先尝尝树皮，告诉我们你觉得它怎么样吧。你很可能不会在这里待很久，没法让你来受试，但你至少应该尝尝。拉喀什人以外能吃到马丁树皮的人可是非常少的。"

"这是一种荣幸。"布迪大夫说着，又趋前咬了一口。

安德斯说什么来着？"暂时设想一下，你是一个大型医药研发公司的临床药理研究人员。设想你获得了《消失的地平线》那般神奇的不老的卵巢。"玛丽娜闭上眼睛，舌头抵着下颚，张开了嘴。啃食树皮并不像它看起来那么自然。就像给奶牛挤奶一样，看别人操作似乎简单，实则不然。啃的关键似乎在于仰头的角度，不能垂直刮擦树身。事实上树皮几乎是又软又柔的。咀嚼间有少量带有茴香、迷迭香味的汁液，还隐隐带着一点儿胡椒味，想来出自马丁内特蛾的泄物。它并不难吃，而且说来也不应该难吃。倘若味觉感受极差，世代以来的拉喀什妇女和这几位科学家是不可能坚持食用它的。但是是什么使那第一个拉喀什妇女用自己的牙齿去咬破了树皮？又是什么让那第一只此前一直在别处觅食的飞蛾，紧随其后来到了树上？玛丽娜啃得更重了些，并感到木刺刺破了自己上端的牙龈，但她没有退缩。她还不到七十三岁，还远远没有那么老，世上有不少与她年龄相仿的女人，虽然没有吃到这树皮，也还是有了孩子。虽然她对自己的受孕能力没有把握，但对试验的科学性她是毫无怀疑的。现在她真想有一台全球卫星电话。这样就能站在原地，直接打电话给福克斯先生，告诉他这个世界充满了可能性。

布迪大夫轻触她的肩。"吃一点儿就够了，"她说，"第一次吃得太多，会影响肠胃。"

南希递给她一只密封有一枚棉签的试管。"一会儿用，"她说，"用完留在我桌上就行。"

玛丽娜用指尖按着嘴唇，点了点头："安德斯来过吗？他试吃过树皮吗？"

其他三人迅速交换了一种略显不适的眼色。"他对我们的工作是有兴趣的，"托马斯说，"从一开始就是这样。他只要力所能及，就会跟我们一起来。"

"我想看看他下葬的地方。"玛丽娜说。她希望他葬在这马丁树场里。她此前满目皆是荒蛮的植被，不忍想象安德斯被永远埋在了那些窒息的重量之下，所以一直没有问。然而若是埋在这样恬美的景色中，便没有那么凄惨了。她能对凯伦讲讲这一切，描摹空间的开放。即便他并没有埋在这儿，她也准备这么对凯伦说。

"啊。"南希·萨特恩说，用网球鞋尖抵着一棵马丁树的树根。

"我们不知道在哪儿。"托马斯说。

"那么谁知道？斯文森大夫知道？"

片刻的沉默后，布迪大夫说话了。她是不会眼看着别人去担负艰巨的工作的。"拉喀什人替人下葬时会举行仪式。他们将尸体带走，也带一些拉普菇。他们总是秘密行动。"

"可他不是他们的族人。"玛丽娜说。她仿佛看见了他平躺在权且搭成的运尸车上，像被小人国人民拖走的格列佛一般，被拖进了他所憎恨的森林。"这就不同了。这就大大的不同了。"她嘴上这么说着，心里明白这没有任何的不同。他已经死了，其他细节再如何改变都无关紧要。

"他们很喜欢安德斯，"托马斯拍着她的肩膀说，"他们愿意无比悉心地照料他。"

"那一个星期雨下得很大，"布迪大夫说，"天又热。拉喀什人不愿意将他埋在我们指定的地方，而我们自己又不知如何埋葬他。"

"所以你们就把他丢给别人了。"她在心里清晰地看见了凯伦向着厨房地板滑下去、抱住了狗的样子。即使是在亲眼见到这个地方以前的那时，凯伦就已经感觉到了。"斯文森大夫在信里只说他是按着基督教传统下葬的。他倒未必是基督徒，不过我认为他至少绝不会愿意被一群吃蘑菇的土著人埋在雨林里。"

"她这么说是为了安慰你们。"布迪大夫说。

"我们回去吧。"南希说着，用一只手臂搂住了玛丽娜。

原来，失去并不是一蹴而就的。它以千百种不同的方式反复深入着，人就此能做的，不过是想方设法去适应它。凯伦·艾克曼托付玛丽娜去巴西找出安德斯的死因，如今她自己身临其境，才明白斯文森大夫那晚听完歌剧后在饭馆说过的话：可能是发烧，可能是虫咬，可能性很多。安德斯死了并不神奇，神奇的是活着的人如何在这个他们显然并不相宜的地方活了下来。凯伦以为知道了安德斯的死因和葬身的所在，整件事就会有什么不同，然而没有，也不会有。有一天，这是玛丽娜必须想法说服凯伦接受的事实。

玛丽娜舌尖仍带着马丁树皮的余味回到后廊后，她发现伊斯特已经起身出门了。她翻遍床上，寻找安德斯的信，却什么也没找到。伊斯特一定去向其他孩子炫耀自己的瘀青了。她曾见他在泥泞中相距甚远地放过两根树枝，以展示蛇的长度。她不知伊斯特丧失听觉时是否已对语言有了足够的掌握，以致在这样一个故事的面前怀念起自己曾有的能力。她很愿意去了解伊斯特本人对蛇的记忆，他是将它原本看作了一种可怕的经历，还是当成了一场伟大的冒险，抑或单纯只是他胸口钝痛的来源呢？不得不承认，玛丽娜完全不懂伊斯特对任何事的想法。蛇伤后，他的梦魇在程度和频率上有所减退，他不再夜半尖叫了，虽然那也可能是安眠药的作用，或是整夜睡在她床上的舒适而致。又或者，被一条蟒蛇勒得半死后，世上委实再没有什么可怕的事了。

玛丽娜忽闻斯文森大夫在外面叫自己，她走去门廊，倚在栏杆上。

"大半个上午都找不到你，希恩大夫。"斯文森大夫说。她与一个穿着灰T恤衫和短裤的拉喀什男人站在一起，男人的T恤衫被自己的汗水湿透了。此地的男人将T恤衫作为一种正式的装束，一个人如果大清早去请求斯文森大夫接见，当然会找件T恤衫来穿的。男人双手捧着一只小号红色帆布旅行包。从高出两人八到十英尺的这一特定的角度俯视下去，玛丽娜奇怪自己之前为何竟一直没有注意到斯文森大夫怀孕的事。她浑身上下最明显不过的就是肚子了。

"我有很多话要说。"玛丽娜说，而且她想要与斯文森大夫谈论以下事情的愿望十分迫切：首先，安德斯究竟是如何埋葬的；其次，究竟是谁在资助疟疾疫苗的研究。但是男人的腿却一刻不停地曲折又

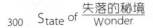

伸直，脚踮起又放下，双手在旅行包带上扭绞着，令人不得不去注意他。他扭动着，仿佛在掩饰自己浑身爬满蚂蚁的事实。

"你可以尽管说，反正路也不短，有的是时间，但你必须马上跟我走。"

"出什么事了？"显然是出了什么事。男人正痛苦地嗫嚅着。现在她从虫蝇的噪声中听出了这种声音，虽然他看来费尽心机保持着安静，就像他虽然身体仍在不停地动来动去，却付出了有目共睹的、极大的努力想要一动不动一般。斯文森大夫不仅将拉喀什人降服为她的受试者，还让他们个个像一年级实习生一样怕她。其实，从情况的紧急程度来看，灰T恤衫男子没有惊叫就是很了不起的成就了。

"这件事你肯定喜欢。"斯文森大夫说着，转身面对来路，"这是你的专长。"

玛丽娜出门、下楼梯，斯文森大夫等不及，已经顾自边走边说了下去。"我知道你在这期间一定盼望着练练医疗救护方面的身手。现在你的机会来了。"

虽然斯文森大夫怀有六七个月的身孕，玛丽娜仍需疾走才赶得上他们。引路的男人走得奇快。她紧密观察着脚下的路。玛丽娜尤其担心会折断自己的脚踝。"我可没那么说。"

斯文森大夫停步转身。男人吓得僵住了。他迫切需要他们继续前行。他举起包，仿佛怕她忘了正事，并用拉喀什语连珠炮一般说起来，斯文森大夫却举手打断了他。"你说过。而且你是记得的，在船上。我们当时在讨论头上插着砍刀的小姑娘。"

　　"我确实记得。"玛丽娜说，惊讶地发现内心逐渐膨胀的惶恐已驱散了原先的诸多问题：您为什么将安德斯丢给了他们，您为什么撒了谎，以及其他她目前怎么也想不起来了的问题。"我认为您应该去处理在您面前发生的事故。"

　　"你是说在医生面前发生的事故，我是医生，你也是。无论怎么说，你既冠冕堂皇地举起了希波克拉底誓言①的大旗，现在你沐浴它的荣光的机会来了。"

　　"可我是药理学家。"

　　斯文森大夫又走了起来，男人大大松了口气。中天悬挂着酷热的日头。"是的，不过，我没法跪在地上，而在这个部落里，所有的事都是在地上发生的，如果你想建议我让这个男人把妻子送到实验室去，这我已经试过了。但她下不了梯子。虽然我并不喜欢在自己的办公室里接诊，但相信我，去别人家出诊我更讨厌。"

　　"他的妻子怎么了？"

　　斯文森大夫经过一株覆着火红蝴蝶的死树，蝴蝶为微风惊起，飞成了一团火红的云。"与分娩有关。你要是想就当地的悲剧因由下赌注，赌在分娩上是绝不会破产的。基本上她们都能完成得很出色，但考虑到生产数量巨大，一定数量的问题是难以避免的。"

　　"您知道这次是什么问题吗？"玛丽娜走得越来越快了，虽然内

---

① 希波克拉底是西方医学的鼻祖，其誓言有云，"我要竭尽全力，采取我认为有利于病人的医疗措施，不能给病人带来痛苦与危害"。

心告诫她要停下来。

斯文森大夫摇摇头："不知道。"

"但是您说您不想插手。"插手土著人民的医疗需要，眼下在玛丽娜看来突然显得十分不可取。她如今终于看出袖手旁观、不加干涉的正确性了。"你明确指出此地有一个……"

"巫医，对。可他的疟疾又犯了，烧得很厉害，有人托我们料理完这事后再看看他去。还有个助产士，我想你也会很乐意知道一下，不过她自己也在分娩，由见习助产士——她的女儿接生。我们若去帮把手，小姑娘会很高兴的。"

"谁告诉您这些的？简直匪夷所思。"

"所有消息都是贝诺告诉南希·萨特恩的。两人能勉强用葡语说上话。不过老实说，两人之间的有效交流十分薄弱，我们一会儿到了地方，也可能发现所有的情况都不是这样的。此处我与伊斯特之间的交流要比与大部分其他族人的交流都有效。"

他们穿过林中许多家高高架起的棚屋，屋里住着的人凭栏而立，纷纷向他们挥手。途中一棵倒下的苍天巨木挡住了去路，但她们的开路员在两人未及想好要如何翻过它以前，就将道路清理好了。玛丽娜又开口道，"斯文森大夫，您必须听我说。我难以胜任这件事。此处还有其他的医生，任何一个人，我向您保证，都比我更合适。"

"我们应该去找那个植物学家吗？"斯文森大夫尖刻地说，"还是其他三人中的一个？我严重怀疑他们这辈子根本就没出过实验室。你忘了吗，我跟这些所谓的医生已经一起工作好几年了，除了给蚊子配种，我还真没看出他们有什么别的能力。你知道怎么做，就算你忘了，我会在一边提醒你。我已经不能跪在地上了。我的腿不行了。我也绝不会费神让你现在就回去，把那个女人丢给她的命运，因为这样一来就浪费了我和你的时间。这件事不管你想不想做，你都会做的。这点我对你有把握。"

玛丽娜突然感到脚下一沉，无疑是踩到了什么。她看着自己的脚。

"高兴点儿，希恩大夫。这是你为世界做奉献的机会。"

玛丽娜的头皮直冒汗，汗水顺着脸颊和后脖颈流了下来。她在心里默想救护笔记，发现完全想不起来有关这方面知识的篇幅。情况当然也可能没什么要紧，或许她们将面对的不过是一场漫长的分娩和一个过分焦虑的丈夫。如果只是人手紧缺，需要她去接生一个孩子，她是可以的。这种事任何人都办得到。她只希望没有开膛剖腹的情况出现。膀胱的确切位置在哪儿？她最后一次执刀剖宫产后，从没想过会有需要忆起并运用这一技能的一天。于是便也没有跟进它的动态，没有参加研讨会，或阅读这方面的新闻。不知为何，想到事情可能不大要紧，玛丽娜镇静了下来，甚至任由自己遐想起新生婴儿顺利滑入双手、自己的老师在一边满意地看着的景象来。没有理由认为事情不能这样发展。

"你很安静嘛，"斯文森大夫说，"我还以为我们赶路时你会有许多话要说呢。今早实验室里的每个人都在争相讨论你的情绪问题。"

"我在回忆怎么接生。"玛丽娜说。

"大脑是一个仓库。你放入的每一个经验都会在里面等着你。别担心。你会适时想起来的。"这番几乎是鼓励的话刚说完,他们就到了。倘若将拉喀什的村寨看作城市,这座茅屋就相当于处在了城市最远郊的位置。这座茅屋里住着需要私人空间、希望有河流作为景观而看不见自己邻居的人。她们一听见屋中传出可怜而虚弱的叫声,就知道地方到了。男人携旅行袋率先蹿上梯子,消失了。

斯文森大夫在后面看着,思忖着自己要费多大的劲才爬得上去。"每当我想到做完这个项目就可以回到美国,脑中浮现的第一件东西就是楼梯。如果我更雄心壮志一些,也许会去想电梯,但是我没那么想。我一心想要的只是一架带有扶手的美好的楼梯。你看着吧,希恩大夫。假使我活着走出这里,这辈子我都绝不再爬梯子了。"

一个人在七十三岁上发这样的誓可算合理。玛丽娜综合考虑着斯文森大夫的臂展、腿长与腰围情况。看来可能性不大。"我有没有什么办法能够帮您上去?"

"除非把我绑在你背上。我想我应该能自己上去,可是下来就很危险。我可不想被困在上面,最后自己也得在这个茅屋里生产。"

"这不行。"玛丽娜说,虽然独自上去并非完全没有问题。

斯文森大夫揉着自己的太阳穴。"我们知道什么,希恩大夫?我是个七十三岁、个子很矮的孕妇,但比我更老、更矮、肚子更大的孕妇每天都在上下这样的梯子,分娩的那天也不例外。"

盛装着T恤衫的男人将头探出高处的地板,迫切地看着两人。"Vir! Vir!"他说。

　　"哦，太好了，"斯文森大夫说，"他还会说点儿葡语呢。他要我们上去。"她再次仰头，"我觉得我们该上去了。"

　　"但是我们知道您说的那些女人，没有一个是在七十三岁生头胎的，"玛丽娜说，"她们终生都在爬这种梯子，无论是否怀孕。她们早就习惯了。"

　　斯文森大夫转向她，点头表示赞成。"说得好，我对你能做出这番有悖于自己利益的劝说也很崇敬。现在，紧跟在我后面一步的位置，准备好做垫背。你很结实，对吧？"

　　"非常结实。"她说。于是两人爬了起来，玛丽娜长长的手臂围在她的教授的周围，手抓在斯文森大夫抓的下一级，她强壮的大腿紧紧贴着斯文森大夫的大腿，一步步向着上方凄惨的哭泣声爬去。头顶上，丈夫呼喊着："Agora①。"

　　贝诺先前已被打发来送信，让家人准备大量的水，烧煮两次，过滤两次，于是两人爬上楼板后，首先看到的是一排自身不怎么干净的桶。蟒蛇事件后一直躲着玛丽娜的贝诺不在。产妇躺在地面的一堆布单上，布单与产妇一样，都湿透了，湿得仿佛刚从河里捞上来一般。她身下的鲜血浸湿了一大片木地板。领她们来的男人跪在妻子身边握着她的手，用手指梳理她湿乱的头发，其他家庭成员则各自做着自己的事。一个赤膊的老年男性，仰躺在吊床里，一男一女两个小孩儿推着吊床，每次

－－－－－－－－－－－－－－－－

① "agora"在葡语中意为"现在"，其实丈夫的意思是说两人"现在"就必须马上到，产妇等不及了。

他一被推远，两人便狂喜地大笑。三个女人聚在一处串红辣椒，其中一个胸前奶着孩子，屋角还有个磨刀的男人。斯文森大夫爬上楼板后，大口喘着气，所有人都猛然抬头注视着她。她一指木板箱，年轻女人中的一个就跑着去给她搬了过来。她一坐下就有人献上了一只装满水的葫芦瓢，她接受了。甚至布单上的孕妇都放低了声音，以配合大家显示出的这番敬意。想想看，斯文森大夫居然到她家里来了！

玛丽娜不知先护理病人还是医生，心里对自己是否有能力护理好任何一位也没有把握。"包在那里，"斯文森大夫用头点指着地板说，"里面有你需要的一切。我必须说，我真没想到自己居然办到了。"她用手捂着胸口。"自从这件事开端以来，我还没爬过梯子呢。"

玛丽娜拉开旅行袋的拉锁，用手在里面转圈划拉着，伤心地发现可用的器具少得可怜。有一块装在盒里的肥皂，但没有刷子，几块包起来、消过毒的毛巾，袋装手套，一套新的手术组合用具，以及寥寥几瓶在袋底滚来滚去的药。还有两支尾端扳直的银鞋拔。玛丽娜拿起它们。"这是什么？"

"鞋拔！"斯文森大夫愉快地汇报说，"罗德里格很多年前进了整整一箱。做牵引器再合适不过了。"

玛丽娜将鞋拔放于腿面，垂下了头："我怎么给它们消毒呢？"

"你在这儿能给什么消毒吗？你不能，希恩大夫。对此毫无办法。现在，去第一只桶里洗手吧，"斯文森大夫说，"我再喘口气。"

第一只桶里的水是温的。玛丽娜一遍遍将皂质往皮肤里搓，不明白自己为何会在此，不明白眼下的事为何居然在发生。诚然，她是一步步、在应拒绝时应允、自行步入此局的，但不可否认，不久前她还在沃格检测胆固醇，而安德斯还活着。她正努力剔着指甲中的脏污，布单上，女人突如其来的一声尖叫惊得她跳了起来。玛丽娜需要任命一位护士，一个帮她拆开器具包装的人。她唤三个女人中的一个，拼命扭着头，直到对方极不情愿地放下手上的辣椒，走了过来。玛丽娜将肥皂递给她，做出洗手和拆包装的姿势，女人盯着玛丽娜，似乎认为玛丽娜疯了。她思忖自己是否需要将手术的每个步骤都演示出来，但是她也有可能想得太多了。谁也没说必须要做手术。斯文森大夫已将木板箱安放在了布单上的女人身边。玛丽娜携护士走去，后者为惹上这麻烦而面有愠色，直到她的双眼遇上了斯文森大夫的双眼。这次眼神的相遇立即将她的情绪摆平了。

　　玛丽娜戴上乳胶手套，跪了下来。毯上的女人望着她，她指指自己，"玛丽娜。"她说。女人微微颔首，报出一个谁也没听清的名字。互相介绍后，玛丽娜给女人的下体和大腿打上肥皂，将她的膝盖蜷起，并示范护士如何扶住产妇的腿。"如果能让她躺在干净的布单上就好了。"

　　"一旦有了干净的布单，你就会想要消过毒的，而一块消过毒的布单又会让你觉得除非有手术台和无影灯，不然你就什么都干不了。然后从想要手术台和无影灯到想要一台胎儿心率监控仪仅一步之遥。我很明白这个过程。快检查她宫口张开的情况。"

　　玛丽娜再一次看向女人，一边伸手探到她的宫颈，无比欣慰地发现，宫口扩张的程度已足够任何一个尺寸、胎位正常的婴儿顺利出生

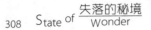

了。"已经很开了。"她移动着手的位置，摸索着胎儿。她发现，自上回做此番操作后，女人生理的基本结构似乎没有发生任何改变。女人躺在地上的事实也并未使情况有异，胎儿就在那里，然而她清楚地发现，自己摸到的并不是胎儿的头。"是臀位。"她说，虽然这并非她乐意看到的现象，但她处理得来，"看来我得试着给它掉个个儿了。"

斯文森大夫摇头。"太费时间，不仅造成剧痛而且多半到了最后根本没用。我们做剖宫产。"

玛丽娜将手从女人体内伸出来。"您说太费时间是什么意思？我们需要赶去什么地方吗？"

木板箱上的斯文森大夫不假思索地说道："既然最终总要做剖宫产，就没必要让她先经受那么多痛苦。"

玛丽娜颓坐在脚跟上。"问题是我们手头没有任何消毒办法。她因术后感染而死的可能性足以说明移动胎位是值得一试的。而且现在没有协助手术的护士，又没有麻醉师。"

"你以为我们这儿存在麻醉师这种东西吗？"

"那你们有什么？"玛丽娜摘下手套，翻起包来。

"有K粉[①]。别把手套扔了，这可不是在约翰·霍普金斯大学。"

"K粉？我们一会儿是不是还要送她去迪斯科舞厅？究竟谁会用K粉做手术麻醉？"

---

① 氯胺酮，属于非鸦片系麻醉科药物。

"听好了，希恩大夫，你得满足于现有条件。有这个我已经觉得很幸运了。"

"我要尝试矫正胎位。"玛丽娜说。

"不行，"斯文森大夫说，"爬那架凄惨的梯子已经够呛了，如果你不逼我再跪下来，我会很感激你的。就算腿没问题，我手上还有浮肿。"斯文森大夫出示她的双手。手指肿得很厉害，皮肤都绷紧了，像十只小香肠。

"我的上帝，这是什么时候的事？"玛丽娜伸手去抓斯文森大夫的手，后者将她甩开。

"我执刀有困难。我现在连拿铅笔都很困难。然而即便如此，假设你不肯做，我还是会做。只有这两个选择。"

"您的血压是多少？"玛丽娜问。

"病人不是我，"斯文森大夫说，"你还是专注你面前的事吧。"

穿灰T恤衫的男人看看斯文森大夫，又看看希恩大夫，手里还握着妻子的手，紧密关注着两人的分歧。他的妻子则抓住宫缩间的两分钟机会闭目养神，对两人的分歧毫不关心。要是有人问玛丽娜，究竟谁对病人是否应接受剖宫产的建议更有价值——是尚未碰过病人的前约翰·霍普金斯大学妇产科手术权威，还是半路改旗易帜、十三年后第一次碰触病人的妇产科手术学生——无疑她要跟前者站在一起。然而，作为后者，她知道自己是对的，但她也明白倘若导师执意接手手术，她也绝不可能去阻挠。这便只给她留下了一个选择。"教我怎么用K粉。"她说。

　　K粉溶液被装进一支注射器，针头插入女人的静脉血管，器身用胶带缠在她的手臂上，以便在需要时分几次推入，推入K粉溶液后，产妇不再哼哼了。玛丽娜洗净擦干产妇的肚子，将其双腿放平，在自己的手上戴上干净的手套，向她的护士示范如何绷紧产妇肚腹上的皮肤。现在她终于赢得了她的护士的专注。后者在玛丽娜将手术刀划入皮肤时，双目圆睁、一动不动。当她感觉到刀口没入了皮肉里，她突然意识到这并非她许多年来第一次执刀。不到一周前她才刚切过一条蛇。皮下脂肪在刀口处翻滚而出，像冻奶油，点缀着新溢出的血珠。

　　这无声的一刀令做丈夫的倒抽了一口冷气，并且瞬间吸引了茅屋中所有人的注意力。就连老爷爷也下了吊床，带着两个小孩走了过来。另两个年轻女人，以及那个磨刀的男人，也都聚拢过来看热闹，大家倾身，微微推挤着，以便占据一个良好的观看角度。玛丽娜感到背上抵着一只膝盖。"这不是添乱吗。"她说。

　　她的护士双手稳稳摁在刀口两侧，吼了一句话，围观的人们都立刻向后退了一大步。

　　"现在我们要找腹膜，"斯文森大夫说，"我没戴眼镜。你看到了吗？就在脂肪下面。"

　　"摸到了，"玛丽娜说。她捉起护士的两只手，每只里塞进一把鞋拔。她将鞋拔插进切口中，演示如何拉拽。如此便露出了子宫。虽然体内汪洋一般地分泌着肾上腺素，她仍然认出了一切——大肠、膀胱，一切看来都相当地熟悉。但这有什么好惊讶的呢？她不过是放弃了职业，并没有丢掉知识。被自己的汗水遮住了双眼的玛丽娜，转过脸对着斯文森大夫，后者从地上捡起一件衣服替她擦汗，又趋前给护士也擦了擦。她正与鞋拔搏斗着，努力保持着切口的开阔。

"现在，把膀胱移开，"斯文森大夫说，"仔细别割破它。你看见膀胱了，对吧？"

"看见了，"玛丽娜说。没有直射光线的帮助而能看见一切，简直是个奇迹。她小心避开不该伤到的地方，切开了子宫，鲜血，连同大量羊水，在腹腔中汹涌着，形成暗黑而愤怒的玛丽娜无法逾越的海洋。温热的液体冲刷到地板上，在医生和病人之下形成了一个池塘。"没有吸引管的时候究竟要怎么做这种手术？"

"袋里有只球形吸引器。"斯文森大夫说。

"我还得有另一双手才行。"

"办不到。你得自己想办法。"

玛丽娜抓起球形吸引器，小球却从沾满鲜血的手套里溜了出去，滑过地板，并像世界上的许多球一样，被一个在旁边无所事事的五岁男童捉住了。"天哪！"玛丽娜说，"至少得找个人把它给洗洗。"

斯文森大夫未置一词，即令旁人将小球涂上肥皂，在桶中洗净，交还到玛丽娜手上，玛丽娜用它吸取了半品脱血液，喷挤在身边的地上。又吸取一次后，她在层层叠叠的组织间，终于看见了婴儿脸朝下，双脚紧挨着脑袋，屁股结结实实地夹在盆骨之间。玛丽娜试着让婴儿坐起来，然而它被卡住了。

"把屁股抬起来。"斯文森大夫说。

"我正在尝试。"玛丽娜说，有些发恼。

"直接拔出来。"

玛丽娜将鞋拔插进子宫内，示意护士照她的样子，全力拉扯，这个注定也要一辈子忍受繁殖重负的女人照办了，用尽了自己所有的力气，与此同时，玛丽娜伸进手去，努力拽胎儿出来。胎儿榫接在母体中，仿佛一个做游戏的孩子躲进了最小的一口箱子，怎么哄都不肯出来。玛丽娜绷紧了臂膀和脖颈的肌肉，背部拉得笔直。这纯粹成了一场力的较量，成了发生在142磅的玛丽娜·希恩与6磅胎儿之间的对垒。接着，伴随着一声吸吮一般的声响，宝宝被拔出来了。提着刀的男人用手撑住玛丽娜的背，以免她向后翻倒。一个携带着血红和雪白两种颜色、光彩夺目的宝宝，一下子翻滚到了母亲的胸口。

"看看。还有比这更简单的吗？"斯文森大夫果决地拍了一下手。"把孩子给他们吧。余下的事他们全都懂。"话音刚落，孩子就被滑溜溜地接了过去，深红褐的胎盘也一并被接了过去。围观的人群，男女老少，迅速携新生成员去往别处。他们已见证了某种奇迹。虽然此地生育频繁，人们仍会折服于新生儿的魅力。"你记得其余的步骤吗？现在，按摩子宫。这是我最喜欢的部分，重建，于紊乱中重新建立秩序。"斯文森大夫俯身上前，以便细看。"既然宝宝已经被接走，成了别人的责任，你就更方便集中在眼下的细节上了。已经不用像刚才那么急迫了。"

屋子另一边传来了婴儿的啼哭，仍然握着妻子的手的丈夫，探头向那边张望着。"再推一点儿K粉，"斯文森大夫说，"现在她还没必要醒来。"玛丽娜再次从腹中吸出血水，开始了漫长的缝合，其细腻程度，如同用厨房专用棉线缝合一只感恩节火鸡一般。那个临时护士比想象中的要勇敢得多，在玛丽娜将一切重新归位（缝上子宫，将膀胱放在子宫的上面。）合拢的时候，适时地移动着鞋拔。

"这是个好男人，"斯文森大夫说着，朝做丈夫的点了点头。"他一直陪着她。这不常见。他们一般喜欢在这时去钓鱼。有时他们听说生了儿子，会回来看一眼，但再多的表示就没有了。"

"也许这是他们的第一个孩子。"玛丽娜说。

斯文森大夫摇摇头。"如果是第一个，我应该知道。我没有这种印象。"

玛丽娜打最后一个结时，宝宝被送了回来。她将针筒从女人的手臂上拔出，将宝宝放在她身边，然而勉强眨动着眼睛的母亲毫无要拥抱他的意思。宝宝样子很好，有两条毛茸茸的眉毛和一张圆圆的小嘴，包在黄纹棉布里。他半是哭、半是打哈欠地张了张嘴，大家貌似都为这举动倾倒了。

玛丽娜十分艰难地站了起来。"你看是吧？"斯文森大夫指着她说，"连你都站不起来。"

玛丽娜点着头，脱下手套，看着手臂上、裙子上的鲜血，以及自己刚才蹲坐的地方的血泊。"天哪。"她说着，在包里翻找起血压计来。

斯文森大夫摇摇头："当你身边有一群人帮着处理渗血时，你是不会意识到病人失了多少血的。这个失血量很正常。你就等着瞧吧，她会没事的。他们都会没事的。"

　　护士走来，替产妇盖上另一床毯子。"要是能把她挪到什么干的地方去就好了，"玛丽娜说，"我可不能留她躺在这么一堆东西上。"

　　"有些事我们不指望拉喀什人去做，"斯文森大夫说，"他们不会剖宫产，因为那需要培训和器具。但病中的女人不该睡在濡湿的床单上这一点，他们是明白的，他们也很知道如何来打扫。你今晚再来看你的病人吧，希恩大夫，然后明天早晨再来看一次。你会看见没有你他们也能干得很好。"

　　那个她们来时正给孩子喂奶的女人，此时已将先前的婴儿递出去，抱过新生儿喂了起来。婴儿的母亲在地上睡着了，父亲向将已用过的手术套装装进包里的玛丽娜走来，轻轻地用手在她的手臂和背上拍着。接着，其他的人，除了喂奶的和睡着的两个以外，也都走来做起了相同的动作。两个孩子拍打着她的腿，老人则举手拍打着她的耳朵。作为回应，玛丽娜也捶起了那个手术中既没有扭头也没有畏缩的护士，后者则用手背抽刮起前者的脸颊。

　　"我们走吧，"斯文森大夫说，"一旦开始，这种仪式能进行好几个小时。等你回去时，瘀青会比伊斯特身上的还要多。"

　　帮斯文森大夫下梯子花了一番力气，然而梯级下有那么多拉喀什人伸着手臂在等着，倘若她真的摔了下去，也有人会接住她，并一路抬回实验室。她让自己歇了几分钟，把气喘匀，此时，在她们身边聚拢了一群人。显然，两人顺利接生的消息已经不胫而走。当地人在玛丽娜和斯文森大夫周围严严实实地围了一个圈，并在斯文森大夫明确禁止了拍打仪式后，一边说着话，一边一齐鼓起了掌。

"每个人都在崇拜你。"斯文森大夫提高嗓门对玛丽娜说。

玛丽娜笑了。她身后有一个女人，捉住了她的发辫，将其据为己有。"您这只是说给我听罢了。您根本不知道他们在说什么。"

"我知道他们高兴是什么样。我可能不明白每句话的确切含义，但是相信我，倾听的方法有许多种，而我已经对他们倾听了很久很久了。"人群向前移去，两个大夫也跟着一起移动。"他们以为你会接替我呢，"斯文森大夫对她说，"就像我接替了拉普大夫一样。贝诺告诉他们是你杀死了蛇，救出了伊斯特，是你为他们把蛇带了回来。现在他们又见你切腹拿出了一个孩子，并且母亲还活着。这在此地可是很出风头的事啊。"

"他们并没有看见。"玛丽娜说。

"他们绝对看见了。"斯文森大夫说着，指了指天，"他们都在树上呢。整个手术旁观室都挤满了。"

玛丽娜看了看四周洋溢着真挚微笑的拉喀什人。要是刚才的女人或孩子死了，后果会怎样？"我没往上看。"她说。

"这样更好，不然压力就太大了。你干得很棒。能看得出来，你的确是我的学生。你用的是经典T型切口，且将子宫开口控制得尽量小，手也很稳，希恩大夫。等我分娩时，我希望在你手里分娩。"

替教会自己助产的人助产，这么想令人有一种不可言说的感觉。

"等您分娩时，我已经不在这儿了。"玛丽娜说，想到这一点，心里不禁舒服了些。"您还有多久？"

"再过二十六周。"

"不，不，"她说，"这就简直不可能了。您本来想让谁给您接生呢？"

"那个助产士。说实话，我曾想过自己的分娩会很像拉喀什人的分娩，但是随着时间的推移，我越来越觉得自己需要剖宫产了。我很怀疑自己的盆骨能不能张得开。吃马丁树皮对老化骨骼毫无修复作用。到时我势必需要剖宫产，但是这儿除了你没有一个人我能信得过。"

"那您就去马瑙斯吧。"

"像我这个岁数的女人，不能去医院分娩，会引起各种疑问的。"

"您这个岁数的女人才必须去医院分娩呢。"玛丽娜看着斯文森大夫，发现她对这话不予理睬，又开口道："而且就算我留在这儿，相信我，我是不会留那么久的，您也可能会并发各种症状。您现在做的这事是史无前例的，不能指望待在办公室就能把宝宝生下来。您刚才看见的是我十三年来的第一个手术。这不能说明我有能力处理可能的突发状况。"

"你有。我看了你的手术过程。我曾经后悔没有为这件无法避免的事设想更周全的计划，但是好在你来了。你是个外科医生，希恩大夫，再多的药理学都不能改变这一事实。"她摇摇头，"药理学研究应该留给那些缺乏人际交往能力或者双手颤抖、容易犯错的医生去做。你还没告诉我，你为什么改行了。"

她们周围，一些人唱起歌来，另一些人用舌头击打着上颚，发出欢乐的呼啸声。孩子们像一群饿坏了的山羊，除去前路上的枝叶，撕扯掉藤蔓，用木棒捅去蛛网，清出了一条国家公园里才有的那种道路。"您也没告诉我您为什么改行了。"玛丽娜说。

"我没有选择。我发现有些事必须要去做，并且必须由我自己来做。我不能引得全世界蜂拥而至，他们将践踏拉普菇、害死马丁内特蛾、吓跑部落人民。等到他们意识到自己在做什么时，一切已经完了。这里的生态系统尚待复制。最终一定能复制成功，但就目前来说，这里是独一无二的。我的研究有许多年完全停留在纯学术上。我只想弄清马丁树在永葆受孕力这件事中扮演的角色，根本一点儿也不想人工合成它的成分。我从不觉得世上的女人应该终生为他人提供机会。现在我自己怀孕了，就更觉得不该了。把你的手给我，希恩大夫，我的腿疼死了。是的，我们可以走得比他们慢一点儿。"话音刚落，拉喀什人，这群不时会突然具备英文理解能力的人们，将脚步放慢了一半。"然而当我发现了它与疟疾的关系后，一切都变了。没有一个科学家能够在面对一种可能的疟疾疫苗时视而不见。我甄选应该带来的人时十分小心。他们都尊敬我，对研究也非常忠诚。我虽不会放心让他们中的任何一个为我切除阑尾，但若只论药物研究，他们的贡献都很大。"

"您怎么知道它有用呢？"

斯文森大夫用空着的一只手拍了拍肚皮。"就像我知道它在受孕方面有用一样。我试过。三十年来我一直不断将自己暴露在疟疾环境下，却从未染上。恩科莫大夫、布迪大夫和两位萨特恩大夫，我们都会定期进入疟疾环境中测试。我也将拉喀什人暴露在那环境中过。所有的数据我都可以给你看。造成抵抗力的是马丁树的树皮和紫色马丁内特蛾的某种结合。我们现在已经知道了，唯一要做的只是想法复制它。"

"那沃格怎么办？"玛丽娜问。

"沃格付钱。我必须说我选择沃格时也是十分谨慎的，但福克斯先生变得越来越不安分了。他根本不关心成果，只想知道钱都到哪儿去了。当然，就是换了别家公司，也还是会这样。他们都对科学为何一无所知，却都声称自己支持它。拉普大夫将自己一半的生命扔在了这里，只接触了此地广泛菌类的皮毛，就做出了他那个领域最重要的成绩。这种研究，是要花费漫长时间的，甚至要花上一辈子。你以为他们应该会因为我将自己的一生奉献出去而感激对吧？然而吉姆·福克斯这样的人根本就不具备理解这一点的能力。他将艾克曼大夫派来这里，对我们每个人来说都是灾难。他的死对士气产生了巨大的打击。有一两个星期的时间，我觉得我就要失去整个团队了。结果你来了，希恩大夫，虽然我竭力阻挠，但你在此的确配得上一席之地。你同每个人都相处得很好，你的健康状况看来也十分喜人，而且我觉得你会有办法让福克斯先生平静下来的，会说服他进展良好，我们只需要再多一点儿时间。"

"我为什么要这么做？我是替沃格工作的。他们投注了大量金钱在这种您承诺要给出来的药上，而您居然没有让他们知悉疟疾疫苗的事，虽然这又仿佛是您全部的精力所在。我为什么要替您打掩护呢？"玛丽娜将斯文森大夫的重量稳在自己的手臂上。她们走得越久，斯文森大夫就靠她靠得越紧。

"这怎么是打掩护呢？从学术的角度来说这根本不算是谎言。两种药是相互关联的。我们无法将它们分开。看着我。我的兴趣诚然在疟疾疫苗上，但我的确一直在进行生育药物的研究。既然研究最终将导向同一个结果，我个人的兴趣所在就不重要了。我们只要研发出一种药，另一种药也就自然产生了，我看不出让一个美国制药公司为一种即将造益于全世界人口健康的疫苗支付科研经费有什么坏处，虽然它无法让股东们盈利，因为真正需要疟疾疫苗的人都是无力支付疫苗费用的人。与此同时，我再奉上一种除了损毁女性健康没有别的作用的药物，让他们大赚一笔。这种交易难道不合理吗？每年有八十万儿童死于疟疾。想象一下，这种疫苗一旦出现，这个星球上将多出八十万个儿童。那些想做妈妈的绝经妇女，恐怕与其自己繁殖，还不如领养已然过剩的儿童中的一个。"

像往常一样，玛丽娜感到斯文森大夫的思路已经将她甩开了五步之遥。"也许您应该给沃格一次机会。也许他们对疫苗的兴趣会像您一样大。"

"要不是你头脑太简单，这种信任是很感人的。"斯文森大夫毫无责难之意地说，"因为如果你错了，如果你对一个美国制药公司或许愿意为第三世界的安乐问题签付支票的判断有误，那么我们就都完蛋了。当判断失误的后果是每年大批人口的死亡时，侥幸心理是要不得的。"

她们已经返回了村落，一路上又陆续跟来了许许多多的拉喀什人。在玛丽娜看来，整个部落的人仿佛都到齐了。

"到实验室来，"斯文森大夫说着，用一只手拍了拍自己的另一只手正扶着的手臂，"恩科莫大夫会带你去看我们的蚊子。"

"让我先去游个泳吧，"玛丽娜说，"洗掉身上的血。"

斯文森大夫摇摇她的头。"用水池洗。我会让人给你提几桶水去。没必要浑身是血地跳进河里去。你永远不知道谁会将你错当成晚餐。"

"我曾携带满身的蛇血下过河。"玛丽娜说，低头看自己在干燥过程中逐渐硬起来的裙子。

斯文森大夫点点头："我们得对你多加留神了。"

玛丽娜回到睡觉的后廊上，床单已经抚平了，枕上躺着一封信。她小心翼翼地将手伸进蚊帐，拿出信来。她不想在洗澡前碰任何东西，但仍然将一只手指插进了信封的边缘，将信封展平。信上只有她的名字：凯伦·艾克曼，凯伦·艾克曼，安德斯·艾克曼太太，凯伦·史密森，凯伦·艾克曼。字母写得很潦草，并且不平。有几处，笔尖戳破了信纸。他写的是印刷体，然而写字的手抖得厉害。也许他将信写到这里，就折起留在了床上。也许他根本没想过要寄出去。

第十章

● 谎言

也许这艘船还是不来的好。明尼
苏达州与亚马孙间有着天壤之别。一
个世界无法向另一个世界解释自己。

每天清晨，玛丽娜从用药迷过的孩子在沉睡中的四肢中解脱出来，走上去往马丁树场的小路。她没有遵照当地人的习惯等上五天。她想着五天后自己也许已经走了，所以想尽量多吃些树皮，在回家前将自己变成一个医学证据。她的目标是将过去没有吃和未来将要吃不到的所有树皮都一口气吃回来。这是她唯一的机会，在唯一完美的当下。她不再介意独自一人深入雨林了，而且每天早晨到了最后，她都会在半路途中遇到些女人，一些是拉喀什人，一些是医生。布迪大夫说，过去他们也有频繁进食树皮的先例。他们说自己也有吃很多的时候。也许是为着发现了树皮的激动，亦或许身体对树皮是饥渴的。布迪大夫告诉玛丽娜，纵使她目前还处在服用树皮的早期，就已对疟疾病有了免疫，而且她每个月的受孕高峰已经从三天拉长到了十三天。除此之外，玛丽娜亦开始怀疑，这茴香味的树皮里是否有某种轻微致瘾的物质，正是这种物质让那些对婴儿早已厌倦了的拉喀什妇女不断地跋涉而来，让应该回乡的医生们甘愿驻守在这里的办公桌前。也许拉普大夫早先做出的评估是正确的，菌菇和树木间的确有某种关联，促成了树身中，那一点将女人们牵引住的麻醉剂。

玛丽娜自己常做马丁树的梦。她在夜晚睡去后步向它们，在清晨醒来前凝视它们纤雅的身影，它们庄严地矗立在她睡梦中的双眼前。她担心起来，怕自己终会对这里的一切上瘾，于是她第一次真正意识到，离开的时候到了，虽然其实种种其他迹象也都在催着她赶紧动身：在一周的时间里，她缝合了一个小姑娘被她缠在脖子上的猴子朋友咬伤了的眼皮。她用的针线对缝合这类脆弱的组织来说过于粗重，手术中不得不让孩子的父母一齐将孩子按住，当她向斯文森大夫索要狂犬病免疫球蛋白时，后者却声称自己必须先看到猴脑的切片。接着，她从一个男人的第三趾和第四趾之间取出了一根长达六英寸的木楔，男人受伤时正在砍树，准备造去马瑙斯的船。三个男人给他简单包了条止血带，就弄他到实验室来，丢给了玛丽娜，由她去拼接连名字都记不得了的肌肉和骨骼。雨林令人恐惧的程度，现在改由它向她提供的病人来定义了。届时，其余的医生，一边为自己无须操刀暗喜，一边对玛丽娜极尽赞美之事，拉喀什人晚上会探进她就寝的后廊的栏杆观瞧，白天走近时会踮起脚嗅她的脖子。玛丽娜很清楚，这样下去是没有好处的。她已厌倦了自己的两条裙子，厌倦了夜半醒来，去思索如何在离开时将伊斯特一起带走。她对斯文森大夫屡次提到的"我们"的预产期以及晚上在床上找到的已故友人的信均产生了恐惧。就在她急欲甩掉这一切时，美丽的树场出现了，她用自己的手捧住纤细的树身，迎了上去。

玛丽娜从没去过其他大夫的房间。实验室后面有一小圈棚屋，但平时他们都在实验室活动，工作、就餐、聊天至夜幕降临。她知道棚屋中有一间里关的是不断受孕的老鼠，沉甸甸的肚子会不时拍打在健身飞轮上，现在她又发觉另一个棚屋里原来关的都是蚊子。塑料托盘在金属架上插成一列，其中盛放温水，培育着孑孓。待要孵化时，再装进桶口用丝袜布蒙起并潦草地箍以橡圈的桶中。从那时起，蚊子便被感染上疟疾。也许因为每个人对疫苗都很有信心，在设计设备时就未免粗放，然而当阿伦·萨特恩首次将这些培养器展示给玛丽娜看时，后者对桶中几百只蚊子不断以一己之微力撞击薄薄一层尼龙膜仍有些不放心。

"动物园喂食时间到了。"阿伦·萨特恩说着，将一大坨棉球蘸进糖浆里，"去，让它们尝尝它们真正想要的东西，去往它们身上喷口气。凑过去呼气就行。"

于是她照办了，满桶的蚊子涌上来，像一只全力挥出的无效的黑拳头。

"哺乳动物的呼吸，这就是吸引它们的东西。只有雌性会咬人，你知道的。雄性则既不会感染也不会散播任何原虫。"他让棉球落在尼龙膜上，蚊子们就像见了肉饵的鲨鱼一般蜂拥而至。他看了它们一会儿。"它们最后总是给什么就要什么。"

墙上挂了两支手柄生锈的蚊蝇拍。"你们怎么拿自己做实验呢？"她虽然这么问，却并不确定自己是否真的想知道。

"我们从桶里取五只感染了疟疾的蚊子，"他说，轻拍着她刚才呼过一口气的那只桶的上缘："你该看看我刚来时我们都是怎么做的。我们会穿上隔离服，真的，还会戴面具和手套，就好像外面的蚊子并不是每十只就有一只携带疟疾原虫似的。而现在，我只简单地往桶里插一张网。我知道自己在做什么。我将五只蚊子放进烧杯里，罩上尼龙袜膜，然后我把杯子摁在手臂或腿上，位置其实并不重要。等我被咬出五个蚊子块，我就将蚊子杀死，放在显微镜下，以确保它们都被感染了疟疾原虫。基本上就是这样。"

"就这样？"

"嗯，接下来就等着。疟疾的潜伏期是十天。但是它从来没发作过。至少我们没有过。"

"那你如何保证你的蚊子真的受了感染呢？"

"显微镜告诉我们的，而且时不常地我们也会挑一个部落里的男人来受同一组蚊子的感染。十天以后，准得就像钟表一样，他必定会发作。我们再找女人，她们被同一组蚊子咬上一整天都没事。"阿伦正俯身看另一只桶。他在放下棉球前向桶里吹了口气。

"那么这个感染疟疾的男人是怎么同意接受感染的呢？"

他直起身，耸了耸肩。"我想如果他有个律师的话，可以说其实他并没有同意，或者说他没有完全知悉自己同意达成的是什么样的协议。我这儿有些可口可乐。我没告诉安妮克这件事。他们很喜欢可口可乐。"

"你就给他们喝可乐，作为感染疟疾的补偿？"

"别把我们说得像塔斯基吉梅毒实验[①]似的。那些男人大多已得过疟疾，就算没有，以后很可能也总是要得的。而他们在这间屋子里得疟疾的区别在于，我们还会把他们治好。你应该记得，治疗疟疾并不难；难的是免疫它。只是让他们病个几天，以协助研发一种可以保护整个部落、整个世界的药物，你要是问我，我会说，何乐而不为呢。"

"对。"玛丽娜说，对这场争论产生了厌恶感，"但他们可没这么说。"

阿伦·萨特恩提起水桶，将它们整齐地放在台面上。"不时脱离一下美国医学系统是有好处的，玛丽娜。这样做似乎能解放一个人的思想，让他们看到各种可能性。"他拿起一只空塑料杯，向着她举起来。"你要不要试试？至少你是在知悉一切风险的前提下做的，而且还能顶替掉一个当地人。最棒的消息是，后果不外乎是五个包。"

玛丽娜想了想早就不吃了的甲氟喹片，又想了想父亲。她看看杯子里面，然后摇了摇头。"我还是再等等。"

[①] 该实验是美国公共卫生部自1932年起授权塔斯基吉研究所启动的一项人体实验，其全称为"针对未经治疗的男性黑人梅毒患者的实验"。在这项实验中，医生们以免费体检、免费治疗所谓"坏血病"、免费提供丧葬保险等条件，吸引当地400余名黑人男子在不清楚实验真正目的的情况下加入该"实验计划"，秘密研究梅毒对人体的危害。当事人被隐瞒长达40年，大批受害人及其亲属付出了健康乃至生命的代价。

"研究不是在培养皿里做的，而老鼠的利用价值又终究有限。只有在人类身上做临床实验才是根本。有时候，你不得不卷起自己的袖子。"

然而玛丽娜没有留下来。在成为实验的一部分前，她还需要更多的树皮。

亲爱的吉姆：

我看出它为什么需要这么多年了，对于此地的研究，无论多少时间似乎都是不够的，不过我将立即着手准备回家。第一需要落实的是船。考虑到斯文森大夫已经为我的食宿进行了投资，我觉得她可能不会很愿意再借船给我。但是过往的船只是有的，而且我又知道马瑙斯的方向。有一天，我想我会看到一只经过的船，直接游上去，如果伊斯特跟我一起游去，谁又能阻止我们呢？

玛丽娜如今信写得更勤了。她每天都写。布迪大夫的文具就放在桌上任人取用，南希·萨特恩对自己的邮票又十分地慷慨。她会带伊斯特去河边，两人或用石子打水漂，或下河游泳。的确有船经过——划独木舟的小孩，罕见的、去金塔族的出租小船——但过后的两三天又会全无船的影子。她工作时就让伊斯特拿着信，独自在河边守着。如果不是此地的邮政系统曾将安德斯的信——天知道有多少封——寄到过凯伦手里，玛丽娜是决不会相信这种寄信办法的有效性的。虽然她常给福克斯先生写信，却并没有告诉他任何实质性内容。她没有提疟疾疫苗，没有提斯文森大夫的宝宝和安德斯的丧葬情况。这些都是她必须当面告诉他的事。

　　一天中玛丽娜和伊斯特最喜欢的时刻，是日头斜照水面、鸟陆续归巢的傍晚六点。他们坐在潮湿的河滩上，尽量避开拉喀什人燃起的篝火的热量。那时离晚饭尚有一段时间，而她又想离开实验室，伸伸腰、转转脖子，于是有时，就这样坐上二十分钟、三十分钟，甚至在某几天一直坐到了暮色四合。虽然她从没见过天黑后还有任何船只经过，但因为喜欢坐着看太阳这个火红的圆球完全沉没到雨林，她便借口说也许此时会有船来的。伊斯特指向每一条游上水面的鱼，而她则指向苍紫的空中泅泳着的蝙蝠。她已经非常习惯与完全不发一言的人相处了。她发觉，如果观看夜色来临时无须就此说点儿什么，会感到一种她不曾知晓的宁静。

　　就是在这样的宁静中，远方出现了一条船。

　　她还没见到船影儿，就已经听到了，那是一只保养得很好的引擎在水面轻松推进的声音。声音本身就足以引起注意，因为她在此地熟悉的船基本只分两种：完全无声的独木舟、木筏、一捆捆的浮木，再就只有配了一个吭哧作响的破旧马达的船。她站起身，手里拿着四封信，一封给母亲，一封给凯伦，还有两封给福克斯先生。船趋近得很快，船头有一束光，直照着眼前的河流。永远沉思默想的伊斯特，此时跃身而起，从篝火边抓来两根燃烧的树枝，一根给玛丽娜，一根给自己，两人一齐入河，直走到河水没过了膝盖才停下来，一起举起火把挥舞起来。快船最后肯定是要去马瑙斯的，虽然眼下这条船没有朝那个方向去。她需要那条船。她在头顶挥舞着火焰，喊出了一声高亢而明亮的、她不知道自己有能力喊出的强音。她希望这声喊能喊出任何一国语言中"停船"的意思。由于小船尚处在不近不远的位置，很难说船上的人是否听见了她的叫喊，但是拉喀什人都听见了，他们以任何船都比不上的速度从林中跑出来。纷纷捡起放成一堆的燃烧的柴火，给没有火把的人手里的树枝也点上，继而开始声势浩大地用只有真正的拉喀什人才会的发音吼叫起来，为了让玛丽娜能够寄出她的信。上苍保佑这些拉喀什人，因为他们在今晚如此近地关切着她，保佑他们，因为此时，河岸被点燃了，他们发出的声音震耳欲聋，使那条向着他们开来的船，虽没有慢到让人觉得它要在黑暗的河上停下来，却的确是慢了，被众人的力量高举着的玛丽娜，用一个歌剧女高音才有的肺部能量呼喊道："停船！"

所有的声音都停止了，拉喀什人被玛丽娜激烈的嗓音惊得愣了一愣，就连青蛙和小虫，一瞬间也都屏住了呼吸。她自己对这嗓音也不习惯，于是在新降临的寂静中她又喊了一声："停船！"正从他们身边经过的船停了下来。船头掉转过来，慢慢地接近了栈道。船头灯缓慢地从左至右扫射岸上的人群。

"Correspondência①！"玛丽娜喊道，她在夜读狄更斯时曾同时读过一本葡语词典，"Obrigado, obrigado②."她从水中上岸，一手

---

① "信"。

② "谢谢，谢谢"。

拿信，一手执火把，往栈道跑去，船上的头灯扫过了她，又扫了回来，直接照在她脸上，她陡然停在了半路。本能地闭上了眼睛。

"玛丽娜？"一个声音问。

"是。"她说。有人叫出了她的名字，难道这不奇怪吗？然而在强光下她一下子没有意识到奇怪。

"玛丽娜！"那个声音听上去快乐起来。她一开始觉得不认识，但后来又反应过来了。一想起来，她就说出了口："米尔顿！"

船头灯系数照尽了此时玛丽娜内心的喜悦。亚马孙地区有这样多的河流，而他，米尔顿，她的保护者，一个永远知道该如何妥善处理各种事情的人，竟兜转到了她所在的这一条上。她将手中的火把扔进河里，狂喜地叫出了他的名字，"米尔顿！"然而回应她的，却是一个尖细的女人的声音，从船上蹦蹦跳跳投入她怀中的，是穿着有无数口袋的卡其布短裙的芭芭拉·伯温德尔。米尔顿竟开船送来了芭芭拉·伯温德尔！她被风吹乱的头发，映照着拉喀什人手中所有火把的光。玛丽娜拥抱着朋友窄小的肩背，后者紧紧地吊在她身上，朝她的耳朵里说进许多因为拉喀什人的喊叫而根本听不见的耳语。她身上散发着青柠花香水的气味。

"你们为什么来了？"玛丽娜说。她无法将所有问题一次问尽——你们是怎么找到我们的？为什么来找？能待多久？走时能带上我吗？伊斯特洋溢着孩童特有的欢乐，一路蹦过栈道，直接蹦进了芭芭拉的怀里，把脸埋到她的发间。玛丽娜心里微微一紧——是嫉妒吗？应该不是。一切发生得太突然，既美妙又令人头晕目眩。拉喀什人继续歌唱着，火把的浓烟像船头的射灯一样令人睁不开眼。玛丽娜往船上爬去，想拥抱米尔顿，她赤着脚，裙子的左侧开着线，由于坐着看了很久的日落，她的头发已经被整齐地顺、编起。她将手臂伸向米尔顿，后者牵过她的双手，将手臂伸得笔直，整个身子转过去，于是她看见，船上其实还有第三个人，那个人没有站在光里，所以她花了好一会儿也没能认出来。照理应该是杰克，但却不是。

"玛丽娜。"福克斯先生说。

这个词，她的名字，让她突然间对一切都没了把握。她能拥抱他吗？可以吻他吗？在火把的光亮中，她发觉三个到访者的表情全都空漠而疲惫，甚至有些惊恐，玛丽娜第一夜来到这里，看见拉喀什人的火把时，一定也是这个表情。其他大夫应该已经在来的路上。他们一定也听到了这番骚动，所以前来查看今夜与往夜之所以不同的因由。她能在斯文森大夫面前吻福克斯先生吗？在芭芭拉·伯温德尔面前呢？她从未向任何人吐露过，这世上所有的人里，她亲吻的对象却是福克斯先生。"我给你写信了。"她说，她像自我辩解一般将信递给他。他穿着一件棉白衬衣，与米尔顿的衬衣一模一样，她突然想他来时会不会穿着羊毛西服，而米尔顿是否也夜半三更将他带到罗德里格的店里去买衣服？"我拦船是为了看它能不能把信给我捎出去。"他拿过信。同时捉住了她的手。

"我一封信也没收到。"他说，他的声音显得沙哑，"一直没有你的消息。"她不在的这些日子，以及舟车的劳顿，令他看起来更为苍老了。他在巴西滞留了多久？花了多长时间才软化了伯温德尔夫妇俩？“我不知道你出了什么事。你受伤了吗？”

“我很好。”玛丽娜说。

“你裙子上有很多血。”

玛丽娜低头看，的确有很多，但她不知这些都是谁的血，其中又有多少是她未能搓掉的血渍。此时，拉喀什人已经开始登船，一边咧嘴笑着，一边拍打起福克斯先生来，后者先还只是躲避，到后便举手自卫起来。玛丽娜将他拖到后面，人们又拍打起了米尔顿和芭芭拉·伯温德尔，击打出他们特有的热烈的欢迎。马上就有两个女人将手插进了芭芭拉苍白的、金色的头发里，后者无效地挣扎着，想摆脱她们。一只行李箱被抬了起来，越过人们的头顶，正向外移动而去，玛丽娜跳起来抓住了它。“米尔顿！”她喊着，“别让他们把行李拿走！”

米尔顿奋力从当地人手里抢下了其余的旅行袋和女式挎包。他对伊斯特招手，后者来到船上，在米尔顿的腰间结结实实拍了一下，便用自己的手臂将所有包的提手串在了一起。

玛丽娜牵起福克斯先生的手，紧紧握住：“我们必须留神照看芭芭拉。她会扛不住的。”

“我没兴趣替伯温德尔太太操心。”他没趣地说。两人的重逢不该是这样的。她真希望他是在明尼阿波利斯圣保罗都会机场等她回家。反正过不了多久她就要回去了。他们走上栈道后，他立即松开了她的手。也许这艘船还是不来的好。明尼苏达州与亚马孙间有着天壤之别。一个世界无法向另一个世界解释自己。斯文森大夫正在向他们走来。

"够了，"她说着拍了拍手，"放开她。"闻言，两个争夺芭芭拉头发的女人瞬间握手言和，一分钟内就迅速编好了两条辫子，用自己衣服上扯下的线收尾后，将芭芭拉放走了。斯文森大夫几乎是目不斜视地从芭芭拉面前走了过去。"我们一会儿再说。"她经过时说道，芭芭拉低下了头。斯文森大夫走到栈道尽头后，首先将目光投向了米尔顿。"这是谁的船？"

"罗德里格一个朋友的。"米尔顿说。

"罗德里格的朋友不可能有这么多钱。"

"有一个有，"米尔顿说，"给印加可乐装瓶的人。罗德里格在店里卖他的可乐。"

斯文森大夫点点头："你是只带了客人来，还是也带了补给？"

"罗德里格列了一张他觉得您现在应该需要的物品的清单，上面还有些是他认为您可能感兴趣的东西。他新进了一箱橙子，都给您送来了。我觉得他干得不错。"

分别应酬了两个远道而来的人后，她转向了第三个客人。"您为来此一定历经了九死一生，福克斯先生。"

栈道上的福克斯先生久久地看着斯文森大夫和她身后整个燃烧着的布景。一只飞旋的蝙蝠以一个危险的距离从他的头顶擦了过去，而他岿然不动。"旅途很艰难。要谈的事委实很多，其中也包括我究竟经历了怎样的九死一生，不过现在请你告诉我们今晚应该睡在哪儿。"

"我不知道你们应该睡在哪儿。"斯文森大夫说，全无好言相向的意思，"我们来此是工作的，不是开酒店的。"

感应到不再有庆祝的需求的拉喀什人，将手中的火把堆成了一团熊熊燃烧、几乎要烧到栈道上去的篝火。托马斯·恩科莫趋前一步，一边摆手一边对客人们鞠了一躬。"先远离火堆再讨论这事吧，"他以镇静的语气说道，"我们一定会确保每个人都得到安置。"一边将大家领上河岸，他一边安排芭芭拉跟玛丽娜走，而福克斯先生可以睡在他的双层床上，米尔顿嘛——

"我可以睡在船上。"米尔顿说。

托马斯摇摇头："实验室里斯文森大夫的工作台附近有一张折叠床。她会很高兴让你在那儿睡一夜的。"

"请将你对我是否高兴的预测收回去吧。"斯文森大夫说。她转身沿着栈道往回走的同时，玛丽娜发觉她蹒跚得很厉害，玛丽娜一边想走过去扶她一把，一边又想跟着福克斯先生和托马斯走，因为在所有人中，托马斯是最不会在他们在一起时闲话间那的，然而实际上她却拉起了芭芭拉·伯温德尔的手，穿过雨林将她往小仓库带去。

"你认识路吗？"芭芭拉问。

"认识。"玛丽娜说。

杰克五天前去了利马，此时正当秘鲁海岸大浪滔天的季节，浪潮吓退了技艺平平的冲浪者，却将各大洲的高手都吸引了去。伯温德尔夫妇就此已经讨论多时，并决定此时分开对两人都有好处。芭芭拉能够潜心写作，而他也能在浪潮卷曲的舌尖里待上几个星期。"我们把所有可能的情况都考虑了一遍，发觉没有什么是我一个人应付不了的。"她坐在玛丽娜屋里的板凳上，坐在了玛丽娜的另一条裙子上。她闭上眼睛，摇起了头。"没想到福克斯先生来了。我告诉他我不知道安妮克在哪儿。这个托词只坚持了三分钟左右的时间。"

"他这方面比我强。"

伯温德尔太太睁大蓝眼睛，就此想了想。"他这方面比谁都强。公寓的租赁合同在沃格手里。他不用一小时就可以让我扫地出门。他找到了米尔顿，米尔顿又找了艘船。于是我说，好吧，祝你好运。结果他说我也要来。米尔顿从没来过，我也只跟杰克一起来过几次。其中有半数情况我一路上都在睡觉。杰克如果不自己开船就会晕船。要我怎么给他们带路？上帝啊，糟糕透了，有时经过一条河后，过了一个半小时我会开始想，我们是不是应该拐到那条河上去。"

"但你还是把他们带来了。"玛丽娜说。她不知如果是自己的话是否做得到。

"玛丽娜，我们是两天前出发的。这么多条河，这么多连绵的树。我可是在马瑙斯市内都会转向的那种人呀。"她因为自己的手在颤抖，把手坐在了屁股下面。"你有烟吗？我很想抽烟。"

"对不起。"玛丽娜说。

"感谢上帝有米尔顿在。一开始，福克斯先生问了我很多问题，大部分与你有关，一经确认我真的没有你的消息后，他干脆一句话也不跟我说了。"芭芭拉的头发变成了搭在肩头的两条麻花辫后，她所有的阅历感都不见了，变成了一个十四岁的小姑娘，"每时每刻我都注意着河岸。我觉得我仿佛想凭直觉找出你的位置来，我觉得知道你在哪儿是我的责任，然而我却不知道。我说我不记得，可福克斯先生不信。他以为我仍在想办法帮安妮克甩开他。好像把大家带到河上，然后带迷路，于我是什么巨大的乐趣似的。后来我又看到一条河，一条小河，一下子觉得肯定是那条。河口很容易就会看走眼。要是那一分钟我正好在看河的另外一侧，我们就会继续向前驶去了。福克斯先生和米尔顿一开始都没看见，由于我看来十分有把握，他们一下子也都兴奋了起来。我们沿着那条河又开了半天，周遭很静。大部分时间我仍觉得自己没认错路，但是接着又觉得自己可能走错了，正当我鼓足勇气，想把这个可能性说出来时，我们开过了一个河岸，看到岸边有许多赤身缠腰布、前额涂成黄颜色的人。就好像他们一直都站在那里等我们似的。可我又不记得拉喀什人的模样。我当时累坏了，被自己做的错误的决定弄得晕头转向，真的什么都记不起来了。"

坐在床上的玛丽娜向前倾身，将手放在芭芭拉·伯温德尔的膝盖上。亚马孙的河很多，但她知道她说的是哪一条。

"于是我就说，'他们就是！'然后米尔顿放慢了船速，一边小声问我，'你确定？你确定？'他以前是见过拉喀什人的。他们总去马瑙斯卖木材，也随安妮克去过马瑙斯。他知道有什么不对头，接着我也感觉到了，当时河道很窄，河边的人突然举起了弓箭，个个都很高大。"她已经哭了起来，从屁股下抽出手来抹擦。

"都过去了，"玛丽娜说，"你找到了我。米尔顿已经帮你们脱险了。"

她点着头，她的手指来不及擦干簌簌的泪水。"是的。他动作真快呀。应该给米尔顿颁发奖章。他以前从没开过那条船，他一个急转，我们差一点儿就都翻进水里了。等我回头看时，空中飞满了箭。箭！怎么会这样呢？接着我又看见了别的什么。至少我觉得我看见了。"

"什么？"玛丽娜说。

她摇着头。"比什么都糟的景象，比福克斯先生、比迷失方向、比被乱箭射击都糟。"她抬起头看着玛丽娜，眨动着双眼，停止了哭泣，她漂亮的脸上显出了无比凝重的表情。她握住玛丽娜的手。"我看到我父亲跑过了树林，"她耳语般地说，"我不知道你怎么称呼这种事，幻觉？还是亡者归来？他迎着我跑来，跑进河中，我吓得一屁股坐在地上。船中有许多箭，米尔顿说不要去碰。我想再看看，可米尔顿让我继续把身体压低。玛丽娜，我父亲已经死了。我十岁时他就在澳大利亚死了。此后我常想他，也梦到他，可从来没再见过。他是因为知道我就要死了，所以才来接我的。"

"米尔顿看见他了吗？福克斯先生呢？"

她摇摇头："福克斯先生在船头，米尔顿在驾船。就算不是这样他们也不可能看到我父亲。我想他是只为我而来的。"

"要是你彻底走丢了，谁会知道？"斯文森大夫对福克斯先生说，适逢芭芭拉与玛丽娜走进实验室。布迪大夫不停摇着头，两位萨特恩大夫紧紧靠在一起。恩科莫大夫生动的想象力使他的脸上露出了尤其痛苦的表情。"再有，我猜卖印加可乐的人总会想把船要回去的。杰克·伯温德尔两三周后冲浪回来，两人就会一起赶来了。你不这么认为吗，芭芭拉？他到时会来找你的。"

芭芭拉·伯温德尔在大家紧张的注视下，极细微地做了个仿佛是点头的动作。

斯文森大夫得到承认后挥着手说："一个人丢了船，一个人丢了妻子。他们来了我怎么解释？我可能根本不知道你们在哪儿。"

"如果你配有移动电话，就不会有人冒着生命危险来找你了。"福克斯先生说。玛丽娜不敢走向他，究竟为什么会这样？而从雨一般的毒箭中活下来的他此刻又为什么不向她走过来？他为何不能忽视室内所有的人而径自前来拥抱她？他穿着带有少许刺绣的白衬衣，下着卡其裤，与这个地方格格不入，仿佛要盛装参加一个亚马孙主题派对。

"事情发展成这样是因为我没有电话？你以为拉普大夫来亚马孙时带着电话吗？我在努力工作。而你先是派了个人来，死在这里，然后你自己也决定来，不仅不怕死，还带了两个我的人陪葬。这简直是捣乱，福克斯先生，你明白吗？既然想加快这事的进程，就不该用这些悲剧来阻挡我的去路。"

"我是来找希恩大夫的，"他说，用食指扶了扶鼻梁上的眼镜，这个神经质的小动作，玛丽娜明白，代表了内心燃烧的怒火，"我一直没有她的消息。我不能再让我的另一个下属生病或涉险了。"

你的另一个下属，玛丽娜想。好吧，原来我只是他的另一个下属。

"是你自己让他们来涉险的呀！"斯文森大夫说，"这就好比你把一个人扔进河里，再大张旗鼓地跳河去救。"

福克斯先生还没来得及反驳，布迪大夫插到了两人中间。"我必须请你们别再吵了。"她说，她的语气出人意料的强硬，"斯文森大夫，您不能这样。这场争辩就此结束。您必须坐下。"

屋里突然安静了，在这静谧无声中，大家吃惊地听见了斯文森大夫竭力喘气的声音。布迪大夫的建议立即被采纳了。斯文森大夫沉重地跌坐在自己的座位上，将肿胀的双脚搁在了椅子前的一个盒子上。南希·萨特恩端来了一杯水，斯文森大夫摆摆手将她打发走了。她再开口时，声音镇静了许多："需要多少数据才能让你放心，你就尽管看好了。两个萨特恩大夫会协助你的。明天天亮后布迪大夫会带你去看马丁树，那之后请你坐印加可乐船回马瑙斯去。我能做的就这么多。"

"希恩大夫跟我们一起走。"福克斯先生说。虽然一点儿都不浪漫，这却是商榷开始以来他为她提出的第一次争取。

斯文森大夫摇摇头："这是不可能的。希恩大夫已经说好等我分娩后再走了。"她将她浮肿的双手搭在肚子的两边。"大揭秘，福克斯先生，七十三岁的我怀孕了。如果到了早上你受累再去四处转转，会发现这儿不止我一个如此。如果你按捺住捣乱的冲动，我们很快就能完成你的要求了。我正在努力实现我许下的承诺，我希望你也开始遵守起你的诺言来。"

福克斯先生一时有些跟不上了。他错过了在白鼠身上的试验，以及在更高级哺乳类动物身上做的研究。他不知道已经有了第一剂有效药，也不知道后来所做的不同剂量的安全性测试。他没有收到任何有关理论成功率的报告，却突然看到了一个怀孕六个月的人类样本。这就是所谓"首次人类临床试验"，无论这种稍带性别歧视的提法在此处有多么无端①，对它的称呼是不会改变的。由于需要吸收的信息很多，福克斯先生花了好一会儿才完全明白过来，然而一经明白过来，他脸上的表情就变得无限温柔且无限惊喜起来了，仿佛三十五年前的那一夜，他自己的妻子玛丽做出相似的宣布时一样。他迟疑地向斯文森大夫靠近了几步，声音柔和下来。"多久了？"

"就快七个月了。"

"以我的能力，做这个手术还不够资格，"玛丽娜对她说，"我已经告诉过您了。您需要去医院。"

"由希恩大夫来助产我更放心，"斯文森大夫说，"这时候我们绝不能弃安全保密于不顾，所以我不能去城里生产。我已经看过几次她做的手术了。她做得相当好。在能力方面我对她毫不怀疑。"

虽然与斯文森大夫独处时玛丽娜已经多次顶撞过她，但在众人面前她仍不敢这么做。于是也无法指出这番溢美之词其实正将她带往灭

① 首次人类临床试验在英文中作"First in Man"，而"man"在英文中特指男性。对任何首次人类临床试验，无论对象之男女，均冠以这一名称，故此有少许性别歧视之嫌。尤其在受孕药物的临床试验中，这样称呼更显无端。

顶之灾。

"我们可以从里约热内卢找个产科医生来，"福克斯先生说，
"如果你需要的话，甚至可以从约翰·霍普金斯大学找。"他已然忘
记了从马瑙斯跋涉而来的艰辛，忘记了伯温德尔太太和胡莫甲人。药
物有效，这是他需要知道的一切。他对文件、树场都没有兴趣，他也
无须见到玛丽娜。他今晚就可以上船起程。

"我需要的我已经说过了。希恩大夫是我一手培养出来的。你总
不至于不能少她这几天吧。"

"不至于。"福克斯先生说。

玛丽娜欲开口说些什么，被斯文森大夫打断了。"布迪大夫说得
没错，我的确累了。现在陪我一起回棚屋去，希恩大夫。今晚就到此
结束吧。"玛丽娜握住她举起的手。斯文森大夫手指间的皮肤都裂开
了，淌出了血。她们离开前，福克斯先生拍了拍斯文森大夫的肩膀，
后者颔首以示回礼。

群星在天空散布着泡沫般的光晕，两人一来到黑暗的庇护中，玛
丽娜就说了起来。"我说过我不会留下来的，"她用尖细的气声，穿
透昆虫的振翅声和不休的蛙鸣声说道，"您以为您可以就这样把我从
雇主身边租去吗？"

"稍微再忍一会儿。"斯文森大夫说。

斯文森大夫的棚屋是所有棚屋里离实验室最近的一间。屋子很
小，屋里有单人床、梳妆台、一张折叠桌、两把椅子。斯文森大夫
将自身重量压在玛丽娜身上，艰难地爬上四级楼梯，一进屋，便跌

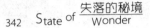

坐在床上。"我必须躺下来了。"她说,言罢,她在床上放平身体,肚子向上耸起。她发出一声低沉的呻吟,玛丽娜无法确定那呻吟来自痛苦,抑或来自痛苦解除的慰藉。"行个好,帮我把凉鞋脱掉,希恩大夫。"

玛丽娜与勃肯牌凉鞋搏斗了一番,终于成功地将它们脱了下来。斯文森大夫的脚肿了,脚趾已陷进一半去,整只脚带有一种不自然的青紫色。"别让我来同情您,"玛丽娜说,"我越为您担心,就越坚定地认为您应该去一家医疗技术过硬的医院。"

"你的技术就很过硬,"斯文森大夫说,"而且你总会同情我的,因为你天性如此。无论我怎么做,你都会同情我。"

玛丽娜在单人床的床边坐下。"照片里的这个男人是谁?"她将手指搭在斯文森大夫的手腕上,她的脉搏快得简直要来不及数了。

斯文森大夫转头看着床头柜上的相框。像框里有一张黑白照片,照片上的男人高且瘦,有一个极漂亮的鼻子,站在雨林里。他穿着一件白衬衣,似乎正要越过持相机的人,看着那人身后的什么东西。"不要问你已经知道答案的问题。这最令人讨厌不过。"

"他很英俊。"玛丽娜说。

"他曾是。"她说,闭上了眼睛。

"血压仪在哪儿?"

她指了指地上的红包,玛丽娜从包里拿出血压仪和听诊器。"胎儿已经死了,希恩大夫。也许是昨天死的,也许是前天。本来我今晚要告诉你,但公司来人了。你可以再听一听,但不会听到什么动静

的。我自己也不确定它上次是什么时候动的。已经找不到心跳了。"

玛丽娜将手放在斯文森大夫的手臂上，后者将她甩开。"来吧，"斯文森大夫说，"听听看。"

玛丽娜将听诊器戴好，在斯文森大夫的肚子各处听着，听了一处又一处。

"什么也听不见。"斯文森大夫说。

"的确。"玛丽娜说。接着，她测了斯文森大夫的血压，测完又测了一次，以便确保读数正确。"高压172，低压115。"

斯文森大夫点点头。"我有妊娠毒血症。这里没有缩宫素。当地人有一种用蟋蟀之类的东西煮制而成的糖浆，正是在这种情况下使用的。但就目前来说我觉得这个人类试验已算做完了。就是催生，我觉得我也熬不过生产那一关。所以，坏消息是，看来你不得不给我手术，好消息则是你不用等两个月，现在就可以做。福克斯先生明天就会带着他需要的一切关于药物研发有前景的证据离开这里，这一事实本身就将帮我们争取到很多时间。如果你答应在手术过后再多留一小段时间，确保没有后续的并发症，我将十分感激。过后我会让伊斯特和萨特恩夫妇用平底船将你送回马瑙斯。这样可以吗？"

"我明早就能把您弄上船，去一家真正的医院，有真正的医药和消过毒的手术室，以及麻醉师。我决不靠着一支装满K粉溶液的注射器就替您做手术。"

斯文森大夫摆摆手。"别犯傻，为防特殊状况我们还准备了速眠安①呢。”

虽然对此并非没有异议，玛丽娜决定不去争辩这一点。“但现在的情况相当严重。我知道您不希望如此，但您必须摆脱民族植物学家的思考方式，像真正的医生那样思考问题。如果您跟米尔顿和福克斯先生的船一起走，比您的船要快一倍，您今晚就能住进医院，考虑到您目前的血压状况，您无论如何今晚就应该去。如果是别人的血压这么高，您是不会拖的。”

“我的话说第一遍时，麻烦你就听仔细了。我没有力气不断重复说过的话。今晚我哪儿也不去，如果你来不及救活我，那是我的责任。你不能让福克斯先生送我去医院。那样一来他的梦想就破碎了，从而我的梦想也就破碎了。我不会为了马瑙斯医院里的一张病床，去牺牲可能研制成功的疟疾疫苗的。我让你做这个手术，只为了不让自己落在阿伦·萨特恩的手里。我不认为自己过去曾对你有过非分的要求，以至于你现在这样百般的不情愿。”

玛丽娜等待着，权衡着整件事的利害关系。最终无法，只得点了点头。

“当然，你有许多理由可以认为这件事最后会害死我。”她睁开眼睛，看着玛丽娜，“很难说究竟是药物的问题，还是高龄使然。我最终会不会完蛋还有待观察，不过我想现在告诉你，药本身已经完了，至少延长受孕期限的药物研发彻底失败了。福克斯先生大可以现

---

① 学名为“咪达唑仑”，是一种短效镇静剂，安全性相当高，可致昏迷。

在就去对酒痛哭。不过，只需要一点儿小小的运气，我们就能把这个消息瞒住他，让他继续为疟疾疫苗的研究投资。"

玛丽娜摇摇头。她想，斯文森大夫的这种消极是因为眼下的情况造成的。再过几个月，当斯文森大夫好起来后，她的想法就会不一样了。"您不该这么说。您研究了这么多年，放弃太可惜了。"

"可我们还能做什么试验吗？多年来我一直在吃这种树皮，六十岁时我的月经重新出现了。我忍耐着脸上的青春痘，挨过经期的生理痛，必须说，这其中毫无乐趣可言。我根本就不想重温年轻时的这些事。"

"所以药物试验才要征收正常、健康的志愿者。谁也没想要您一个人承担这一切。"

"为了检验药物安全性，我们必须找大量七十三岁无子嗣的女人，而且她们还得同意怀孕。她们中的大部分都可能因为临床试验而死。"

"只是有可能而已。"玛丽娜说，抚摸着斯文森大夫狂乱的头发。

"别这么温柔，希恩大夫。我们原来那样就挺好。我把这些话告诉你，是希望你知道，如果我有什么不测，那不是你的错。这是我因为对科学的兴趣而自找的，并且我一点儿也不后悔。你明白吗？总体看来一切都很好。我们不仅很快就要研制出疫苗，而且身体还给我们上了一课，绝经妇女是不应该再怀孕的。这是我们必须明白的事。"

"也许对七十三岁的绝经妇女来说是这样。但这并不意味着五十岁的妇女就不能试一试。现在就放弃还为时过早。"

"让五十岁的妇女像过去那样继续借助体外受精的方法怀孕吧。我无意将痛苦散播到世上，因为我相信女体选择停止受孕的时机是适当的。"她摇摇头。"所以，没有问题了，"她说，"什么问题都没有了。现在，我要睡觉了。希望你也睡一会儿。明天下午等大家都离开且光线充足时，我们就来做这个手术。你尽量早些把他们引开。米尔顿和芭芭拉就算没有船也会游着离开的，这一点我感觉到了，但福克斯先生或许会想逗留一会儿。你将他们弄上船，再去请布迪大夫来帮你。今晚不必通知她。"

"好的。"玛丽娜说。她落下蚊帐，罩在床的四周。她将灯中的火焰拧灭，然而却似乎无法就此离开。

"你还没走。"斯文森大夫终于开口说。

"我想等您睡着了再走。"

"我懂得如何睡觉，希恩大夫。不需要你看着，除非你自己想学。"

玛丽娜回到实验室时，南希·萨特恩大夫正在给福克斯先生解释马丁树和马丁内特蛾之间的关系，托马斯·恩科莫拿来妊娠表、出生体重表和胎儿成活率记录给福克斯先生看，所有人碰到不能相告的事情时便用谎言搪塞过去。米尔顿和芭芭拉正用他们带来的商店里买的面包制作三明治。无一人无事做，无一人不与周遭相处融洽。

"这些你都看过吗？"玛丽娜走过去时，福克斯先生对她说。

"看过，"她说，"我在这里已经很久了。"

"真是了不起的研究。太了不起了。"他的笑容里没有一丝正在与谁联合做戏的成分。他快乐极了。药马上就会到手，股价将涨过人们的预期。他会得到后世股东的称颂，作为他所冒风险的补偿。

布迪大夫将一块盛在盘子里的三明治递给他，他们吃了许多个星期的罐装火腿，现在终于换成罐装鸡肉了。"斯文森大夫怎么样？"她问。

"她血压太高了。"玛丽娜说。

福克斯先生抬头看着她，玛丽娜摇摇头。"她只是累了。需要休息而已。最好不要再增加她的压力。"这是她几年前替病人看病时练就的一句话。这话总能起到安慰效果。没有人不愿意听到说自己只需要休息就能痊愈。

"我们明早就走。"米尔顿说。

"看了树以后。"福克斯先生说。

为了曾经共度的时光，玛丽娜决定再在众人间与福克斯先生多待一会儿。福克斯先生转回身，重新看起了数据。她很想把手放在他头顶上。他不去看她，也没有将她拉到一边，轻声对她耳语自己的计划，这样也许更好。他现在如果爱她，等发现她与其他人一起蒙骗自己后便会感到越发悲伤。一旦一切都完了，他便会离开她。那也许是在几年后。但只要他发现自己争取到的是疟疾疫苗而非生殖药物，而她一直以来不仅知情而且袖手旁观、眼睁睁看着他去死，就会想尽一切办法与她分开。倘若他果真爱她，那种失去将是无法承受的。"我们去睡吧。”她轻轻地说。

他抬起头来。他看着她，仿佛在说，我一定是听错了吧？

“我跟你一起。”芭芭拉·伯温德尔说着，将剩下的一半三明治塞进裙子上许多口袋中的一个。两人带上了伊斯特。其余人纷纷道了晚安。福克斯先生也道了晚安。

“我们怎么睡？”芭芭拉看着就寝用的后廊的布置问。

“我睡折叠床，伊斯特睡吊床，但是现在伊斯特跟我一起睡，所以你就得睡吊床了。虽然说不上舒服，但我敢说，比睡在地板上好。”

伊斯特坐在地上，用一块破布擦拭脚底。这是玛丽娜教的睡前习惯。

“你看。”芭芭拉说，用手指绞着粗重的金黄色的发辫，“我知道这是你的地方，但是如果你不是太介意的话，能不能让我跟伊斯特睡？只睡一晚。我今天已经被吓得半死了。说实话，要是没有他，我就会要求跟你一起睡的。但是这张床又好像睡不下我们两个。”她看着孩子，表情很难过，“杰克离开得真不是时候。”

玛丽娜点点头。她很明白伊斯特安抚人心的力量。然而，当她将狨猴从吊床里赶出去时，她自问为什么，自己在这个特定的夜晚，也尤其地不想一个人睡呢？

这一晚，玛丽娜没有梦见自己的父亲，却梦见芭芭拉的父亲穿过树林向河水跑去。醒来时发觉自己的两条胳膊和一条腿都垂在发臭的吊床的外面，而自己首先想到的便是马丁树。彼时，后廊上只有十分微弱的光，芭芭拉和伊斯特还熟睡着，伊斯特穿着前一天就穿着的尼龙短裤，芭芭拉穿一条白色棉布睡裙。玛丽娜看了他们一会儿，惊讶于世上竟存在睡裙这种东西，而拥有它的人，在睡觉时居然想到要换上它。她拿起电筒，走入雨林，将光束压低在地面，因为时间尚早，狼蛛们也许仍步履缓慢地爬行在回家的路上。她想赶在大家出门前从树场回来。她清楚地知道，树皮中还有一种成分，亦是她今天无法缺少的成分，是大家都不曾谈到的。她决定在临行前的最后一个早上去树场最边缘的树上锯一点儿枝条下来。她要将它们锯成非常小非常小的小段，用麻绳绑起来带回去，作为给自己的小礼物。她想象自己厨房里的冷柜塞满了树枝，她需要时就拿出一小段，独自坐在起居室里，用牙齿刮下上面的树皮，她这么想着，险些踩在了一窝蚂蚁上。她停下来看蚁群在树叶堆中果决地开辟出一条道路。她走得太快了。余下的路上，她一直都垂着头，再抬起时，正好看见东天的旭日从马丁树丛中升起。看见纤细的黄色树身间的光照，看见冠顶粉红的花朵轻抚着无云的蓝天。就算今天不能上船，似乎也并没有什么好难过的。当她将嘴贴在树皮的一个柔软的开口上时，一种平静而幸福的感觉遍布了她的血管。她不再确定自己是否真的应该马上离开这里了。

　　她看见最早的三个拉喀什女人，穿过树林走来，一律穿着她们每天都穿，也是她每天都穿着的那种裙子，她们向她招手。玛丽娜也招招手，并迅速退到了树场的边缘。远远的，她恍然听见了南希·萨特恩正在介绍紫色马丁内特蛾，消化、分泌与虫卵壳之间的关系。离开树场的路玛丽娜只知道一条。虽然理论上也可以从任意方向到达树场边缘，然后沿着边缘走到她所认识的那一点，但对玛丽娜来说这样行不通。她需要地上有路。她必须由来时的路走回去，否则就会迷路。她有一种强烈的愿望，想直接逃到雨林里，但是为什么？她要逃避什么呢？福克斯先生是她的爱人，萨特恩夫妇是她的朋友。而且说到底，她已经犹豫得太久了。

"玛丽娜！"阿伦喊道。

她向他们走去。拉喀什人正忙着啃树，她们咀嚼时发出的轻柔的声音听在耳里让她觉得自在了一些。一个女人在她经过时，一边头也不回地啃着树皮，一边抽出一只手拍了拍她的屁股。这是那个曾助理她接生的女人。玛丽娜拍了拍她的后脑勺。

"她已经完全本地化了。"阿伦对福克斯先生说。

福克斯先生，像此地的所有东西一样，站在阳光下的马丁树间，变得好看了许多。这天早上他穿上了一件蓝色的衬衣，裤子的颜色比昨晚的深。她觉得难以置信，在急着来找她以前，他还有时间带上了换洗的衣服。"昨晚我就想问裙子的事了。"

玛丽娜掸了掸前襟粗糙的布面。"这是当地人的制服。"

"你自己的衣服呢？"

玛丽娜摇摇头。"在一场误会中丢失了，"她说，"不过，真的，这裙子挺好。"

"如果我的腿也像你的那么好看，我也会穿一条的。"南希·萨特恩说。

诚然玛丽娜的双腿有很好的禀赋，但此时不仅没有祛毛，而且有了瘀青，结痂，皮肤表面被蚊虫咬出了各种形状。这一刻玛丽娜突然想到，自己不单是对福克斯先生撒了谎，对共事的医生们，亦是她的朋友们，她也撒了谎。这些人一定想知道他们如此竭力敷衍的人与她之间不仅仅是雇佣关系。一个小个子拉喀什妇女，已经满足了自己的需要，走到玛丽娜身后，照着她的肩膀重重地拍了两下，玛丽娜什么也没想，就顺从地坐了下来。她不介意坐在马丁树场上。除了马丁内特蛾以外，其余的昆虫全都离树场远远的。女人解开玛丽娜的发辫，用手指梳理起她的头发。

"她这是在提供某种服务吗？"福克斯先生问。

"根本拦不住，"玛丽娜说，"所以没必要拦。"

"我来的第一个月，也有一头长发，"南希点着头说，"她们成天围着我。可是我一剪，她们连看都看不见我了。"

"她们每天早晨都给布迪梳头，"阿伦说，"她们会去她的棚屋给她梳。"

"所以你对此地已经习惯了？"福克斯先生说，听起来似乎终于在同一个过去他认识的人说话了。

她点点头。"参观结束我带你回去。你可以跟我说说我离开后公司的事。"

福克斯先生表示同意，并与萨特恩夫妇一起走开了。玛丽娜听着他们的谈话声——他们谈马丁树、马丁内特蛾，但只字不提拉普菇。她坐着，倾身从树根下摘起一朵极小而蓝的菌菇。菌菇比她的小拇指大不了多少。她将它举到鼻子下，像嗅一朵雏菊一样闻了闻。正在为她梳头的女人笑起来。她越过玛丽娜的肩头，也凑过去闻了闻，接着从后面搂住玛丽娜，嘴贴在她的脖颈处格格地笑着，直到玛丽娜也忍不住笑了起来。女人梳完头，从玛丽娜手里拿过那朵菌菇，贼头贼脑地向两旁各看了一眼，将菌菇扔进嘴里，走了。

萨特恩夫妇拿着石蕊试纸和棉球留在了树场，玛丽娜陪福克斯先生回实验室。拉喀什人则纷纷从他们身边穿过，并举手示意。

"你在这儿很受欢迎嘛。"他说。

她停下脚步，转身面对他。她捉起他的手。有一回，他们曾一起去过芝加哥，住在德雷克酒店一套华美的客房里，每天都睡到中午。

"我给你写过信。其中有一些，你以后肯定会收到。我的第二件行李也丢了，所以没有移动电话。"又有三个女人走过去了。其中一个垂手拍了拍玛丽娜的大腿，福克斯先生松开了她的手。"别管她们，"她说，"她们谁也不会告诉的。"

"还是小心为妙。"他说。

"没关系的，"玛丽娜说，"谁也没心思来管我们。其实先前也没什么关系。"她吻了他，此时吻，是因为不知是否还有机会。她想起自己的身上一定很难闻，虽然自己闻不出来。蟒蛇的气味已经彻底摧毁了她对臭味的敏感度。

他只吻了一秒钟。经过此地的女人太多，大家都不出声地彼此笑着。"你会没事的。"他说着抽身出来，"你很快就能回家，我们有的是时间谈话。这一切比我想象所及的还要好，这还多亏了你。你能一个人来，简直太勇敢了。我现在总算明白了。"他转过身去，向前迈了一步。恰在此时玛丽娜看见了一条蛇。她在他行将踩在蛇身上的当口，一把抓住了他，用了不小的力气将他拉回来，拉进她的怀抱里。那是一条小矛头蝮蛇，看来还没有成年。她曾在安德斯的图鉴里看到过，在它向着高草逃窜而去以前，她将它认了出来。

"玛丽娜！"他厉声说，然而她以难以挣脱的力量紧紧抱着他，并不打算立即就放开。相反，她将嘴唇轻轻地凑到他的耳边。

"蛇。"她说。

两人一回到实验室，玛丽娜就要去看斯文森大夫，并且在路上遇见了芭芭拉。她双眼和面颊都很红，不知是因为刚哭过，还是前一晚哭泣的印记还没退去。"她没事，"芭芭拉说，挡住了玛丽娜的去路，"但你不能进去。她说她现在想休息。"

"你又开始替她守门了。"

芭芭拉穿着白细麻裤和一件紧身海军蓝上衣。玛丽娜猜想她带这套衣服是否专为了觉得行船时穿着合适。"那么也许你可以为我说句好话，告诉她我还没忘了本职工作。"

"你带来了福克斯先生，她会辞退你吗？"

芭芭拉回头看看刚走出的那扇门，确保斯文森大夫没有站在那儿看着。"我不知道。她一定只是为了吓唬我。她说她还没有决定。另外，我觉得她看起来状况不太好。我以前一直觉得拖一拖再要孩子是个不错的主意，现在不很确定了。"

"那不是个好主意。"玛丽娜说。

伯温德尔太太挽起她朋友的手臂，两人一道向河水走去。"我真
不知道你在这里如何生活。你在马瑙斯时那么痛苦，而这里比那里又
差了千倍。也许被辞退反而好。我想回澳大利亚。我对这整个国家都
恨透了。杰克也恨。"

"那你们应该走。"玛丽娜发觉自己很想将芭芭拉像毯子一样松
垮地披散在肩头的黄头发梳起来。她想着，或许马丁树里另有一种物
质，会令人想要替人整理面貌，而大家还没发觉这一物质。

"问题是，"芭芭拉说，"这世界上再也找不到这么轻松的活
儿了。"

芭芭拉·伯温德尔走时将包里的许多东西都留给了玛丽娜：两条
蕾丝内裤，一件与内裤配套的文胸，白色棉睡裙和一瓶茉莉香型的面
霜。福克斯先生将自己前一天穿在身上的白衬衣和多余的裤子全都给
了她，她计划穿时以麻绳系在腰间。米尔顿留下了自己的草帽。

"但这顶帽子你要戴的呀。"她说。

他耸耸肩："我可以换一顶戴。"

玛丽娜将帽子在手里拿了一会儿，看着帽上的一圈红色细绸
带。她将它戴到头上，瞬间仿佛充满了勇气。"我会给你带回去
的。"她说。

"要是那样就太珍贵了，我以后都不敢戴了。"

此时玛丽娜意识到，自己应该在机场看到米尔顿第一眼时，就跟
他一起逃走。她应该求他带她去里约热内卢，遁形于舞蹈的姑娘和英

俊的小伙儿之中。她和伊斯特一起去栈道为三个朋友送行。三个人她都吻了，只有福克斯先生一个人觉得尴尬。接着，她又分别在三人的腰上各拍了一下。拉喀什人也来了，他们站在伊斯特与玛丽娜身边，一起看漂亮的印加可乐船起航。为了让自己安心，玛丽娜将手放在伊斯特的头顶上。所有人都挥手道了别。到了船中人的面貌早已变得小而模糊的时候，玛丽娜还能分辨出芭芭拉那一头发亮的头发，仿佛一面随风飘扬的亚麻色旗帜。

　　未来是沉重的。船影消失后，玛丽娜继续在栈道上伫立着，感到未来携带着可怕的重量压将下来。最终她移步实验室，想去检查手术工具，并与布迪大夫讨论助手事宜，尽量在允许范围内预先杜绝可能的突发状况，然而她抵达时却看到斯文森大夫坐在桌前，桌上摊着一大堆文件夹、机打报告和从圈定本上撕下来的手写笔记。

　　"您不会真的把伯温德尔夫妇辞掉吧？"玛丽娜问。

　　"你什么时候关心起伯温德尔夫妇来了？他们可是把你困在马瑙斯很长时间的人啊。"

　　"是你要把我困在马瑙斯，"玛丽娜说，"他们只是尽职工作罢了。"

　　"所以在福克斯先生这件事上，他们没有尽职尽责，或者，应该说她根本什么也没做。"

　　"但是到头来，他们的到来对您也有好处。结果总算是好的。"

　　"我们虽然不急，希恩大夫，但留给我们来完成工作的时间也不是用不完的。你必须原谅我不将自己所拥有的时间用在思考伯温德尔夫妇的就业问题上。这儿有许多事要做。我本来在整理一些东西，以备不测。"她用肿胀的手指将面前的纸堆一再地分开，仿佛摆弄一副巨型纸牌，"不过现在我发现整理也没用了。要让这些资料对除我以外的人有哪怕是一点点的作用，至少也得整理三个月。我现在才知道自己保密得有些过分，许多事都只记在脑子里。这里有些东西我自己都快要看不明白了。我发觉自己太乐观了，竟然没有把手术失败的可能性考虑在内。"

"什么失败？"玛丽娜说。船开到哪儿了？船上会不会有一个人突然改变主意？如果不是福克斯先生，那么米尔顿或芭芭拉也行，难道他们不能坚持为她而返航吗？

斯文森大夫从眼镜上方看着她："可以说我们今天绝对创下了外科手术史上的奇迹，虽然为此我们不会得到任何褒奖。我想不出还有什么女人，在我这把年纪上去做剖宫产手术。"

玛丽娜沉重地坐下来，将胳膊肘支在桌面上，吓飞了几只在桌缘下做窝的蝙蝠。五六只蝙蝠在室内盘旋飞舞起来，在大白天里迷了路，终于一只只地攀到了墙上，紧贴着，变成了墙上的几抹泥巴。

"出血可能会是个问题，但恩科莫大夫已经自愿在我们需要时供血了。他是A型血阳性。我运气真好。"

"您有血袋吗？"玛丽娜问。很难知道他们究竟有什么、又缺少什么。

"有一根导管、两支针，余下的工作交给地心引力即可。"

"您一定是开玩笑吧？"

斯文森大夫摇摇头："你会为人类在物资匮乏时所能做到的事感到讶异的。而这不过需要多想想罢了。慢慢想，希恩大夫。没有任何着急的必要。你在巴尔的摩就是因为太着急而砸锅的。慌忙是大错。"

玛丽娜一下子坐直了身体，一种打铃一般的声音在她脑中响起。"巴尔的摩？"

斯文森大夫脸上既无困惑亦无同情地看着她，两者都是玛丽娜希望看到的表情，她接着又扫了一眼手里的纸："你以为我不记得了。"

"因为您的确不记得了。我在马瑙斯的歌剧院见到您时，您根本不认识我。"

"这没错，我的确没认出你。我是后来想起来的，就在我们回到这里后不久，不过那时想不想起来都已经无所谓了。"她从纸沓里抽出厚厚的一篇文章，在文题上面用潦草的笔迹写了几句，将它放进一只蓝色的纸板箱。"我现在提起来，只是不希望这件事影响到你过后的手术。这就是我要你来做这个剖宫产手术的原因，不只是想看看你做不做得来，也想帮你重新树立信心。你那晚犯的错十分普遍。不过是太着急而已。如果你切到的不是眼睛，那么术后一个星期内你就会把整件事忘个精光。每个人都有割破头皮或耳朵的时候。婴儿的眼睛不偏不倚就出现在那个位置上，只是你运气不好罢了。现在想来，真正可惜的是你离开了我的小组这件事。如果我当时对你有更深的了解，也许会介入进来。不过，"她耸了耸肩说，"当时是你自己提出要离开的。这次的手术容易多了，没有救命的压力。"

　　玛丽娜在写字台边的一把椅子里坐下，就这样，她一直背负的重量，被拿走了。她想着自己是否有可能将那个拉喀什婴儿在母体中调个个儿。她低头看着自己的双手，思考它们也许能办到的事。

　　"在这把年纪上有个孩子，有机会从孩子的身上看到自己，这是多么奇妙的事，如果一切顺利该多好。虽然我们差一步就做到了，我仍然觉得这是不可想象的。"她又写了几行同样难以辨读的笔记，将它放在写字台的另一面。"别忘了把它冷藏起来，过后我还有些测试要做。我想看看组织发育的程度。"

　　玛丽娜点点头。如果能弄懂斯文森大夫说的话，尤其是与自己有关的那部分，她将会感到十分高兴，然而她迷茫了。福克斯先生正在迅速地沿河而去，但她希望他回来。她会把一切都告诉他。她会从自己实习时的故事开始说起，一直说到今天。

　　斯文森大夫看了看表，接着将它从浮肿的手腕上脱下来平放于桌面。她站起来时，着实挣扎了一番，她的身前，即将被揭晓的失败之作高高地耸起着。"我们应该着手办事了，你不觉得吗？这里已经没有什么我可以做的事了。"

第十一章
考验

　　但玛丽娜已经把他留在了那里，她明白一个人一生只能往返地狱一次。她再也不会回到那个地方了，无论为了谁。

手术后，过了许多个小时，天已经完全黑了下来，伊斯特和托马斯一起拆下睡廊上折叠床的床垫，搬到了斯文森大夫的棚屋里。他们不得不搬走了桌子，并将两把椅子贴放在墙角，这才给伊斯特和玛丽娜腾出了睡的地方。然而玛丽娜并不去睡，她负责看着斯文森大夫，看着各种亚马孙夜行动物进来又出去。看来它们都有趋光性，这让她想到了在马瑙斯的第一个晚上，在罗德里格的商店发生的事。第二天，她请贝诺又去搬来了折叠床架和蚊帐。伊斯特把他的保险箱也带来了。众人重新布置家具时，斯文森大夫睁眼看了一会儿。"我不记得邀你们搬进来过。"她说，但玛丽娜还来不及解释，她便重新睡着了。

除了每天早晨迅速去一次马丁树场，玛丽娜终日守在病人身边。斯文森大夫在高烧里醒过来又睡过去。她清醒时会有各种要求，要求同阿伦·萨特恩讨论蚊子的事，要求看她手术以来大家搜集到的数据，要求玛丽娜给她量血压。然而高烧很快又会回来，她会在睡眠中哭泣，哭出潮水一般的眼泪。她问玛丽娜要冰，玛丽娜就去放血样的冷柜里为她拿一小块，用一把刀将它凿碎。正是在这同一个冷柜里，存放着身上长着一条卷曲的尾巴的死婴。双下肢融和畸形。两天前玛丽娜才记下这个词。此前她只在约翰·霍普金斯大学听斯文森大夫在一堂有关畸形儿的课上讲过。该词印在一张幻灯片上，浮光掠影地闪现：双下肢融和畸形，俗称美人鱼症，亦即胎儿的两腿并为一条，胎儿没有可见的性征。这种情况你们不太可能遇见。接着，幻灯片切走了，随着片刻黑暗和一声响，下一张幻灯片跃然眼前。世上唯一挨过漫漫长途，即将明白由斯文森大夫来做自己的母亲是什么感觉的那个人，终于没有活下来。一个以如此与众不同的方式出现的生命，最终落得不过是一场科学实验。手术完全结束后，玛丽娜将手放在它小小的头上，紧接着，为防蚊蝇，布迪大夫将它用布包起来，很快送往实验室去了。

在高烧不退的梦境里，斯文森大夫断断续续地讲起课来，有些课玛丽娜还记得，比如"异位妊娠和输卵管损伤"。接着她又重新沉入另一段短暂的熟睡，与此同时，托马斯·恩科莫的血在她的血管里缓缓地流动着。玛丽娜为她补给水分，胡乱找些抗生素来用在她身上。虽然雨林中物资紧缺，他们储备的抗生素品种却像医院的药房一样齐全。她检查刀口，确保没有炎肿。她坐在狭小的房间里，敞着门，大量阅读疟疾资料。日子一天天过去，斯文森大夫的高烧时好时坏。每每玛丽娜会加大药量，将新一波的高烧击退。几天前，大家终于先是帮着斯文森大夫坐了起来，接着又扶她站了起来。玛丽娜担心着，唯恐出现血栓。斯文森大夫在伊斯特和玛丽娜一左一右的搀扶下，在去实验室的小路上好歹走了一半。待回到床上，已经累得连觉也睡不着

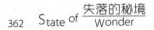

了，玛丽娜为她朗读《孤星血泪》。这渐渐成了她们每天的节目，且如果某一章节尤其地精彩，或那一天格外地无聊，斯文森大夫就会要求玛丽娜多读一点儿。伊斯特拿着纸板坐在地上，练习将直线画弯，成为一个个字母。玛丽娜写下"Dr. Swenson"，放在斯文森大夫的胸口。写下"Marina"，放在自己的腿上。

"你以为我会不记得自己是谁？"斯文森大夫醒来看见纸片说。

"我在教他新词呢。"玛丽娜说。

斯文森大夫将纸片放回胸前，在上面拍了拍。"很好。让他把这些都记住。艾克曼大夫还常想教他'Minnesota'。这个词对他可没什么好处。"

"谁知道呢？"玛丽娜说。

"我知道。我最近常想到艾克曼大夫。在热带地区发烧的感觉非常独特，这和在家里发高烧的感觉十分不同。在这里，你觉得炙热的空气烧进了你的身体，或者反过来，你的身体烧得消融在了空气中。过不了多久，人对周遭就失去了概念，甚至连肤觉都会不准确。我觉得他当时很可能根本不知道自己做了什么。"

"很可能。"玛丽娜说。伊斯特上一次留下安德斯的信后，已经过去了近一周时间。也许他已将所有的信送掉了。伊斯特赤膊坐在门边，阳光恰好笼罩住他的一半，覆盖了一条腿、一条胳膊，还有左半边的脸。他身上的瘀青终于渐次退成了黯淡的绿色。

"你觉得我现在恢复得怎么样？"

"已经过了最糟的时候，但还不算好了。完全恢复还要很长时间。您知道得比我更清楚。"

斯文森大夫点点头。"我自己也这么想。布迪大夫、恩科莫大夫，甚至那个植物学家，现在都能胜任照顾我的工作了。"

事实上，他们的确每天都来。就在那个早上，布迪大夫才刚送来一束插在玻璃杯里的马丁树上的粉红色的花，天知道她是如何采到的。它们被安置在床头柜上，沉甸甸的花串掩住了照片中拉普大夫的脸。拉喀什人也来过，女人们在窗外静默地守夜，互相解开又梳起对方的发辫。如果可能的话，她们中的任何一个都会很愿意照顾她。这些玛丽娜都悉数告诉她了。

"可她们谁都不会像你干得一样好。无论如何，你是我带出来的。术后回访就该是你这么做的。我很希望你能留下来，希恩大夫。你有办法稳住沃格，既让我们在这里安静工作，又让公司的人有一个好的情绪。其他几个医生也都喜欢你。拉喀什人与你之间也缔结了俨然与拉普大夫之间缔结的那种情谊。等我不在了，总得有人去照顾他们。我认为除了你没人能胜任这件事。"

"拉喀什人有能力照顾自己。"

斯文森大夫摇摇头："万一外界前来夺取马丁树和拉普菇，他们就不行了。也许我能彻底恢复，但也许我不能。他们能照顾得了我，但是谁能照顾他们呢？事实是我能够想出无数个借口要你留下来。我对你太了解了。"

"迄今您都做得很成功。"玛丽娜说着，拧了一条布巾，为斯文森大夫擦拭脖子和脸。

"安静地坐一会儿，"斯文森大夫说着，推开了她的手，"坐下来。我要同你说件重要的事。这是我正面临着的一个内心挣扎。一方面我告诉你我希望你留下，另一方面，我又要给你一个离开的理由。"

"您没有给我任何离开的理由。"

"那是因为你不肯安静一点儿，因为你一直动来动去的。"

玛丽娜坐下来，将湿巾拿在手里。湿巾很凉。玛丽娜用冰块在盆里融了一些冰水。

体格娇小的斯文森大夫睡在床上，仰望着天花板。她的头上盘旋着一只苍蝇，玛丽娜勉力静坐，不去动手扇它。"芭芭拉·伯温德尔离开前的那个早上来见过我。她担心我会辞了她，为此她跟我说了见到胡莫甲人的事。此前米尔顿已经告诉过我这事，但她还想再说一遍，为了让我知道她为我工作所受的苦。她就坐在你现在坐的这个位置上，哭着说自己差一点儿就死了，还看见自己的父亲从雨林里边挥手边向自己跑来。他父亲在她小时候就去世了。"

什么？她们要谈的不是有卷尾的孩子，不是沃格制药，不是十三年前发生在约翰·霍普金斯大学的事，而是芭芭拉·伯温德尔？"这事她对我说了。"玛丽娜说。

"她对你说了？那么我猜你也做出了跟我一样的假设吧。"斯文森大夫看着坐在门口的伊斯特，这样看了很久，"我不知道她对你说了。"

"什么假设？"玛丽娜问。这仿佛是某种小测验，而她不知道试题的答案。

斯文森大夫用她一贯的、仿佛答案不言自明的表情看着她。"伯温德尔太太的个子很高，肤色苍白，发色金黄。她的父亲很可能也有这些特征。我不禁觉得她在雨林里看到的只是另一个白人，而并非她的父亲，但在那样一个距离上，加之她内心的恐惧，看起来也许很像她的父亲。他穿过雨林向她跑来，其实是因为她站在一艘船上。她对他看了不过几秒。我问她那人说了什么没有，是否用的是英语。她告诉我她父亲让她等一等。"

继她离开马瑙斯前最后一个早上因为梦到她父亲而醒来站在空调机前以后，这是玛丽娜第一次重新感到了寒意。她感到寒意逼人，骨骼即将为之断裂。她将湿布放回盆里。她觉得自己的心脏外仿佛裹了一层冰。"这么说他还没死。"

"就我对此地的了解，他必定已经死了，但是，不，我没有亲眼看见。艾克曼大夫重病期间，有时会梦游出去。他从来走不远。有一次，我们在小仓库里找到了他。有一回他翻过睡廊的栏杆掉下去，摔伤了肩。我把伊斯特留在那儿照看他。艾克曼大夫一起身，伊斯特就把他领回床上。伊斯特是个很好的看护，后来变得与他形影不离，就像他跟你现在这样。但是有一天晚上，他大半夜来到我屋里，惊惶失措得发了疯。他将我从床上拖下来，我才刚趿上鞋，他就把我拽到了小仓库。那一夜雨下得很大，几欲令人目盲，伊斯特哭得仿佛那天是世界末日。我以为艾克曼大夫死了。我记得自己当时略有惊讶，因为虽然他病得相当严重，但我一直笃信他能熬过去。我们来到后廊，伊斯特手里拿着电筒。他照了床，也照了整个房间，但是艾克曼大夫不见了。伊斯特在吊床里熟睡时，艾克曼大夫又走掉了。我通知了贝诺，他组织了一群拉喀什人去找，那天晚上和翌日整天，但谁也找不到他。我们一直没找到他。你也去过雨林里，应该能想象，一个重病的人，在深夜的雨林里，活不过二十分钟。他可能踩在蜘蛛上。可能爬进一棵腐树的枯洞里不再醒来。有什么东西可能把他吃掉，可能将他带走。虽然不知道那是什么，但他势必已经离开了我们，希恩大夫，就像任何一个死人离开我们那样离开了我们。所以我对医生们说，拉喀什人在夜里带走了他死去的亡灵。我写信说我们埋葬了他。我认为自己已经尽可能人道地处理了这件事，直到芭芭拉·伯温德尔转上了错误的河道，遇见了她的父亲。"

玛丽娜曾经以为自己了解此地。她曾于乱草中发现矛头蝮蛇，将蟒蛇切成好几段，她在违规情况下在肮脏的地板上做过手术，吃过树皮，穿着带血的裙子游过河，到头来，她发觉这一切原来均属雕虫小技，考验才刚刚开始。这场循环不止的地狱般的考验需要的是完全不同的一整套应对能力，而她没有。但无论如何她是必须去的。她曾愚蠢地以为自己已经为此事放弃了一切，而事实上，可以说她根本尚未开始。安德斯·艾克曼也许还活着。安德斯，她的朋友，三个孩子的父亲，正在河的下游，和食人族一起，等待着另一艘船的经过。"有没有什么办法可以保障我的安全？"她最后说。

斯文森大夫用掌根捂住眼睛："没有。事实上，我设想他们应该会杀了你。"

安德斯脱下实验室白大褂，穿上挂在门背后的外套。他整了整领带，从桌上拿下公文包。"再多开一个会，我就要被杀死了。"他对玛丽娜说。

玛丽娜通过敞开的门看出去。外面仍然是早晨。两小时前她才刚吃过马丁树皮。"我应该现在就去。"玛丽娜说。

"应该等我们商量了以后，"斯文森大夫说，"首先必须得有一个计划。"

玛丽娜摇摇头，她想起了凯伦·艾克曼，想起她说安德斯如何厌恶树木。她即刻就想走出去，即刻就想进入丛林寻找他。"我不认为等到明天会有什么起色。"说完，她走了，身后跟着伊斯特。她走过实验室时仍听见斯文森大夫叫她，但她没有回去。她们就此大可以无止境地讨论一辈子，但她现在只想上船，进入河流，驶向安德斯，驶向她自己的命运。她开始盲目行动起来，一股湍流牵引着她向前走去，她惊讶地发现自己对此并不担心。她满足于漂流，满足于沉浮的感觉。如果河流能将她带往安德斯的所在地，她便准备让自己服从于它的力量。她本来要径直走向栈道，但她需要先去拿些东西。她思考自己如何能从胡莫甲人手里交换出自己的朋友来。她检查了小仓库，打开盒子、箱子，最后在一个箱底找到了十只橙子。她拿了橙子，又拿了一罐花生酱。她将芭芭拉·伯温德尔给她的白睡裙像围巾一样围在脖子上，她想如果世界各地对归降之意的表达一致，至少她能有办法表达出来。她希望能找到纽扣和珠子、刀具和油漆，而不是针筒、石蕊试纸、塞着橡胶塞的玻璃试管和一瓶又一瓶的丙酮。她在一箱果味鸡尾酒上坐下，闭上眼睛。看见安德斯坐在办公桌上看亚马孙鸟类图鉴，她试图想出一样与他的命一样贵重的东西来。她想到了拉普菇。

　伊斯特一直跟着她，虽然他过去从未跟她去过马丁树场。虽然还不到早上九点，滚烫的太阳就已经升得很高。她拿着一个在小仓库里找到的拉喀什人用粗草编制的箩筐。她从没这么晚来过树场。自她上一次取道通往树场的小径后，至此才过了两小时，然而雨林仿佛已经彻底更换了鸟群，全然不同的鸟正发出全然不同的啼鸣声。上午的鸟群替代了清晨的它们的兄弟，用激鸣和振动响亮地传递出一组全新的讯息。玛丽娜留意着缠绕在树身上、藤蔓里的蛇，仔细着下脚的地方。眼下她没有犯错的余地。她在树场边停下，弯腰用裙摆擦了把脸。树场上，此时耀眼的阳光将树皮照成了更加淡而柔的黄色，她站着，警惕着周遭的一切。她采了一朵拉普菇，举起来让伊斯特看了看，然后放进篮子里。她采了一朵又一朵，他也学着她，跑到其他树下，从每一丛菌菇里只摘取一点点，直到篮里渐渐堆满了篮得发白的珠宝。无论他们采多少，菌菇似乎都不见少。或许这是它们的又一个神奇之处吧。她从没有意识到菌菇竟然这样多。保卫拉普菇，就是保卫拉喀什族，也就是保卫马丁树以及生殖药物和疟疾疫苗。因此，决不能让别人知道拉普菇的来源。但是谁去保卫安德斯呢？既然没有别的恰当的东西来代替，那她别无办法，只能用这些菌菇了。她将篮子提起，感到它并没比先前空着时重多少，她用睡裙将篮子盖起，往回走去。

她知道菌菇才是她的胜算，但还是让伊斯特带上了花生酱和橙子。她将这些全部装上船。托马斯前来栈道上送她，身后跟着贝诺。"真不敢相信斯文森大夫的话，"托马斯满是惶惑地说，"安德斯会不会以为我们过了这么久都不去找他？"

玛丽娜摇摇头。"我们不知道他活着。"

托马斯握住她的手。"我要跟你一起去找。"此时，拉喀什人也来了，个个准备往船上跳。

这都是设计好的。斯文森大夫一定等她一走就叫来了托马斯，把一切都告诉了他，还说他必须要同玛丽娜一道走，而原先一无所知的托马斯，此时猛然感到强烈的内疚，恰好配合了剧情的走向。可命运没有要求他去经历这一切。"安德斯是我的朋友。"玛丽娜说着，紧紧地握了握他细瘦的手指，"我是为他而来的。我想该由我去找他。"

"我明白，"托马斯说，"可他也是我的朋友，我同样有权寻找他。况且你根本不掌握任何一种语言来表达将他要回来的意思。"

"可你也不会说胡莫甲语。"玛丽娜说。

"贝诺和我之间说的话比你的英语更接近胡莫甲语。我拒绝在这个栈道上等着，为你的下落担心。如果安德斯还活着，我决不会袖手旁观的。"他的脸上放射出极诚挚的光芒，令人几乎不忍将他拒绝，"我已经向斯文森大夫保证过，我们会一起走。"贝诺虽然不完全理解保证了什么，但也跟着点了点头。玛丽娜觉得他点头的动作中所包含的决心要少许多。

"如果你想得太久，阿伦·萨特恩也会听说这件事，"托马斯说，"他也会坚持要去。他一直都对胡莫甲族怀有莫大的兴趣。而南希是不会让他撇下她一个人去的，所以也得算上她。我设想布迪大夫应该不会答应留守后方看护斯文森大夫，不过这一点我不确定。但如果她坚持也要来的话，那我们就得把斯文森大夫也放到船上了。当然我们的确可以在船头给她用毯子铺一个床。"

如果安德斯还活着，那就意味着他已经在下游的一个村落里待了整整三个月。玛丽娜是不会再让他多待哪怕是一个晚上的。"好吧。"她终于说。唯一重要的是即刻就走。跟谁一道并不那么要紧。"好吧。"

托马斯感激地点点头，看起来很高兴这段商讨终于可以告一段落。当他告诉她，他们的下一步是找一件礼物带去时，她将橙子和花生酱的事说了出来，但没有提到菌菇。

"真希望我们还有别的。"他说，泄气地看着十只孤单的橙子。"不过我们的表白可以做得尽量好一些。我们要对他们说，'我们带来了礼物'以及'把白人给我们。'"托马斯用葡语将这两句告知贝诺，后者将其翻译成了意义最接近的拉喀什语。三人站在船头一遍遍重复着这两句话。玛丽娜祈祷着，希望语言学家没有弄错，希望拉喀什语的确是一门与临近部族语源一致的毫无妙处的语言，虽然那语言学家八成并没有遇到过胡莫甲人。他们的练习遭到了拉喀什人的打断。贝诺向他们解释说，礼物和白人与他们都不相干。玛丽娜用心牢牢记住了每一个音节，将它们铭刻在脑子里——我们带来了礼物。把白人给我们。

"我们该走了，"托马斯说，"在其他人还没来以前。我们可以上路后再练习。"

"我需要拿些水，"她说着，环视船内，"和一顶帽子。"

托马斯走上栈道。"我去。"他说，接着用头指点拉喀什人。"你把他们拦在船下。"他转回头向她挥了挥手，就在那一刻，玛丽娜意识到这趟旅行顷刻间就能让她失去托马斯。陡然间她在脑海中推出了他死去的形象，他的胸口插着一支箭、尸体从船侧滑下水去的形象。她颤抖了一下，眨眨眼睛。她怎么能为了寻找艾克曼太太的先生，而让恩科莫太太的先生去冒生命危险呢？她重重地戳了一记伊斯特的肩，示意他发动引擎，自己则去解开拴船的缆绳。他们离岸时，贝诺指着托马斯·恩科莫不久前才站着的位置，朝她喊叫着什么，玛丽娜顺势将他推进了河里。伊斯特似乎觉得这举动简直疯狂，玛丽娜竟将自己的朋友推下了河，于是猛力发动引擎，逃离现场。

许多小时在孤单中过去了，河上没有一个人，没有坐在木桩上漂过去的男人，没有划独木舟的小孩儿。偶尔他们经过一棵站满嘶鸣的猴的树，一群银色的雀鸟间或从船侧点水而过，除此无他。玛丽娜剥了一个橙子，分给伊斯特一半。他们有花生酱，还有一筐致幻菌菇。玛丽娜紧盯船的右侧，努力辨认枝丛分开、应该转弯的地方。"你看见那条河没？"阿伦·萨特恩曾告诉她，"沿着它走就能到达胡莫甲人的部落。"当她终于看见它，或者说看见了自己最最模糊的记忆，她碰了碰伊斯特的肩膀，指出了转弯的方向。

从拉喀什到金塔这条线路，本身就是内格罗河的一条分支。它并不大，只有内格罗河一半宽，是亚马孙众多水体微小的一部分，然而他们拐上的这条支流还要小，事实上只比小溪宽一点儿，逶迤、狭窄，连名字也没有一个。转弯以前，玛丽娜对自己将托马斯和贝诺留下的行为毫无悔意，现在却宁愿他们全都跟来了，萨特恩夫妇、布迪，甚至斯文森大夫，就算她躺在船头一堆毯子里也行。她愿自己将拉喀什所有的空木桩都装满族人，由他们划水跟随在她身后。如果基数大意味着个体可以更安全，那么她和伊斯特加起来，一共才两个人，就太不安全了。雨林掩盖了入口，不过几分钟，她就看不见出去的路了。某些河段，两岸的树将枝叶连成一片，成了遮天蔽日的伞盖，将阳光切割成叶丛形的影子，撒在水面上。玛丽娜想象芭芭拉·伯温德尔与福克斯先生死寂地站在船尾，站在米尔顿身后，三人一道疑虑着，这条路是否会带他们去到想去的地方。

伊斯特放慢了船速，在水上小声地滑行起来，青烟在船尾拖曳十英尺后就消失了。玛丽娜不明白，为什么独独这一片雨林如此令人不适：树是同样的树，河是同一条河。他们向前走了一小时，河道宽了。又走了一小时，河道重新变窄。玛丽娜现在与伊斯特站得很近。一只手一直搭在他的背上。"我希望天黑前能出去。"她对他说，仅仅为了听到声音，即便是自己的声音，也会觉得安慰，话音刚落，忽有乱箭从两旁像雨一般打了下来。一半的箭叩在船头的甲板，发出尖锐的声响，另一半像刀刃般刺破水面，滑入河中。伊斯特正要跳起来去加快船速，玛丽娜摁住了他的头。她拉下阀门，熄灭引擎，用自己的身体护住孩子。这，她想，这就是福克斯先生将那封信带进她与安德斯共用的办公室的后果：这一刻，这些乱箭的扫射，这空气中的热度以及这片雨林。她与伊斯特一起，凝望着层叠的树叶。待到乱箭停止，她张大嘴巴喊出了那句拉喀什语，喊出那串她真心希望自己没有记错的高低音。她有件礼物。她重复用最大的嗓门喊出这句话。"我们带来了礼物。"荒谬极了。它们听起来并不是一个句子，而只是一连串的声音。而她除了这些声音外一无所知。

　　植被组成的墙，静谧地伫立在她的面前。她轻轻开小引擎，以抵消水流将船向后推的作用。所有的箭，最近的只落在了离他们三英尺远的距离上，玛丽娜很乐意将此看成是一种好意。只要他们想，击中目标并不是难事。她的双手继续贴着伊斯特的背，凭借他的心跳来数秒。过了好几分钟。她又对着雨林喊起来，喊一个对她来说毫无意义的句子，句子在树木间回荡，惊起鸟的啼鸣。她看见树叶颤动了，枝丛间冒出一个人，接着又是一个人。仿佛从枝叶中生发而出，一个又一个的人走出来看她，最后河岸上聚集了三十多个人，缠着腰布，拿着弓箭，前额像金丝雀的羽毛一样黄。女人跟在男人后面，手里抱着孩子，脸上素面无着。玛丽娜想起父亲对平底船的称颂，它的确平稳，却没有任何防护作用，俨然水上漂流的展览台，令她和伊斯特一起，仿佛站在摊开的手心上，被直接送向了胡莫甲人。她等待着恐惧降临，然而恐惧没有降临。她终于抵达了这个她从一开始就努力前往的地方，此后若需等待一生，她也会一直等下去。她一点点开闭着阀门，维持船在水中的位置。他们看着她，而她也看着他们。玛丽娜将伊斯特推到自己身后，拿起那筐拉普菇。她想扔几朵到岸上去，可它们却像蓝色的羽毛一般扑打进水里。她放下筐，又以极缓慢的动作从箱中拿出一只橙子，举起示众，假作扔出的动作，最后才真的扔了出去，使橙子落在了人群中间的位置。他们向着橙子的反方向退了一步，然后围成一个宽阔的半圆，一齐看着躺在泥泞中的橙子，终于，一个后排的男人上前，向橙子伸出手去。他的头发很长，带着太阳的光辉，他的红胡子里带着花白的颜色。他看起来瘦掉了一半，但那的确是他本人。安德斯·艾克曼，正像他妻子因痛苦而失去理智时所推测的那样，只是丢了，但没有死。当玛丽娜喊他的名字时，他像听到枪声一般，向后畏缩了一下。

"你是谁？"他喊道。

"玛丽娜。"她说。

他长久地站着，两手抓着一只橙色的球状物，他的衣衫破烂而肮脏，裤子也破了。"玛丽娜？"

"我带来了礼物。"她用英语说，接着又用拉喀什语说了一遍。

岸上传开一片低沉的语声，安德斯仿佛做出了聆听的样子。"是什么？"安德斯说。

"拉普菇。我有一些花生酱，几只橙子，和一大筐拉普菇。"

男人中，有一人此时向船的方向举起了弓箭，安德斯走过去，站在他面前，直到他又将它放下。他开始说话，接着又将拇指戳进橙子里，将其一分为二，掰出一片，举起示众，然后放进嘴里。接着，他将水果分为几瓣，分给站在他附近的男人。"无论发生什么事，都不要把拉普菇给他们。"他镇静地说。

"但我只有这个。"她说。

"你还有花生酱。如果让这些人发现拉普菇，拉喀什的所有人不到太阳下山就会被他们开膛破肚全数清理掉。你怎么找到我的？"他对她喊道。男人们纷纷谨慎地将分到的果瓣放在舌头上，咬下去，又纷纷转向安德斯，脸上带着意外的惊喜。

"我以后再告诉你。"她说。她好不容易才按捺住，没有从船边跳下，向他游去。

安德斯指着船同男人们商量了一会儿，这才又对玛丽娜喊道，"橙子很好。他们想知道作为交换你想要什么。"

她怀疑他是否是认真的，是否果真不知道答案。"你。"她说完，又说出了那第二句话，把白人给我们。她猜想着，这番音节是否真的对他们构成任何意义。透过裙子的布料，她能感觉到伊斯特的呼吸。他正用嘴抵住她的背。将伊斯特带来是愚蠢的。她想到要撇下托马斯和贝诺，却不假思索地带上了伊斯特，仿佛他只是她的护身符，她好运的来源。没有一个母亲会把孩子牵扯到这种事里来，即便这条船和这片河流只有那孩子才能驾驭。

河岸上，安德斯指指自己的胸口，又指指船。一只白鹤踏水而过。长时间的讨论后，他又对玛丽娜喊道，"他们要你把船开过来。"

玛丽娜再次预感到恐惧即将降临，然而它还是没有出现。"我要开过去吗？"

"开吧，"安德斯说，"反正也逃不掉了。给他们一点儿好处就是，先从一罐花生酱开始。"

玛丽娜点点头，伸手握住阀门，伊斯特从她身后走出来，重新掌住舵。她一只手放在他头上，另一只手指点着岸边，他点了点头。

"那是伊斯特吗？"安德斯说，"我的眼镜已经没了。"

"这是我犯的一个错。"她说。

船离岸仅十五英尺，但是他们逼近得极为缓慢。男人们涉水向他们走来，女人们留在他们身后的岸上。安德斯已经离得很近，她已能看见他胡须掩盖着的消瘦的脸和他的眼睛。胡莫甲人来到船跟前后，玛丽娜亦看清了他们的头形，确如斯文森大夫所说，与拉喀什人小有区别。他们比拉喀什人更矮，安德斯站在中间像塔一般高。她将一罐花生酱递给看来似乎是头目的男人，后者不知所措地与罐子搏斗了一会儿，一味用手去捏它。他抬头去看玛丽娜，或许是为了求助，或许是想杀掉她，然而他却看见了伊斯特。黄额头的男人站在齐腰深的水中，胸口靠在平底船的边缘，脸上露出了她刚才看见安德斯时同样的表情，一种混合了喜悦和猜疑的表情，一种愿意相信不可能的事终于发生了的表情。他转身对岸上的一个女人喊起来，后者将手里的孩子放在地上，走下河来。她刚远远地看见伊斯特，就加快了步伐，然而河水阻挡着她。她对他喊着，伸出自己的双臂，她身体的颤抖在水中激起一阵阵漪涟。终于她走到了，将自己往船上拉，伊斯特瑟缩到玛丽娜身后，双臂紧紧箍着她的腰，紧得像一条蛇。

安德斯也走下了河，不一会儿，双手就搭到了船上。他对胡莫甲人喊出两个尖锐的音节。女人拼命攀上甲板，短腿上沾满了泥泞和河水。她在伊斯特身后跪下来，用她湿淋淋的手臂盖住他的手臂，同时也抱住了玛丽娜的腰。在她一遍遍哭喊着同一个词的时候，伊斯特纹丝不动，拼死抱住玛丽娜。他身后的女人摇晃起来。拿着花生酱的男人对安德斯说了些什么，语气并不愤怒。

"他们要伊斯特。"安德斯说。他的手已经摸到了甲板，他已经抓住了船边，正对着水中的另一个男人频频点头，而男人语速越来越快，一手举着弓箭，另一手在空中画着圈。安德斯看看玛丽娜。她终于第一次将他的眼睛明明白白地看清楚了。"把伊斯特给他们，我们就能走了。"

"不。"她说。那是办不到的。她已经带来了礼物。她已经为了安德斯来到这里。她用手拢住女人的手，拢住伊斯特的手。他们手臂所组成的结构几乎将她抱离了地面。她摇着头。"我们给他们拉普菇。"

"这不容选择。他们大可以把我们连船一起都留下。趁他们还没反应过来，快走。这里没有我们讨价还价的余地。"安德斯顾自缓慢地爬上船，跪在玛丽娜跟前，解开她腰上一层层的手。到了这时，伊斯特才清楚地看见了他，才明白来此地的目的。他伸手去搂安德斯的脖子，发出他在睡梦中发出的那种犀利的叫声，仿佛在说，没死，你没死！水中的胡莫甲人仰头看着，惊讶地发觉自己的孩子竟认得这个白人，并且显然深深地爱着他。

"唯独他不行，"她说，"只要我们跟着他，就可以待在一起。"

"去拿橙子和花生酱。"他的脸埋在伊斯特的脖颈里，一只手拢住伊斯特的后脑勺说。安德斯吻着孩子，吻着他的头发、他的耳朵和眼睛。他们能在一起的时间不过一分钟了。女人已经站了起来，她的手放在伊斯特的背上。

玛丽娜拿来水果和花生酱，塞满了船外每一个人的手。接着，安德斯托着伊斯特的腰，将他也递了出去。孩子赤着脚，穿一条脏兮兮的黄色短裤和一件写着"JazzFest2003"的T恤衫。玛丽娜将这一切记在心里，仿佛此后还需将他描述给谁听一般，比如一个专门寻找失踪儿童的特派员。安德斯将伊斯特交到水中男人高高扬起的手中，女人从船侧滑进水里，与他站到一起。孩子的眼睛从玛丽娜看向安德斯，又从安德斯看回玛丽娜，脸上充满了恐惧和不解。这个表情比他被蟒蛇缠住时的表情还要可怕，因为至少，蟒蛇害他他是理解的。他向她伸出双手，玛丽娜闭上眼睛。她将他留在了那里。她将他放弃了。

安德斯驾船掉过了头，不一会儿，便在狭窄而弯曲的河道上开远了。玛丽娜紧闭着双眼，一手牢牢抓住撑起船心破旧棚顶的柱子。她想过自己可能会死，也想过安德斯可能已死，却没有想到这一出。

"不管怎么说他们都会得到他的，"安德斯说，"他们可以杀了我们，或不杀我们，但伊斯特总会是他们的。"

他转了一个过于急的弯，装拉普菇的筐蹦跳两下，翻出了船尾，撒下一河拉普菇，像一堆献给河神的蓝色软木塞。玛丽娜在睡裙飞走前一把抓住它的边角，在腰间打了个结。她真希望自己吃了一大把蘑菇。她现在很愿意丧失理智。如果能见到上帝，她将充满感激之情。她有很多话要对安德斯说，于是一下子什么也说不出来了。她想知道这么久以来他如何生活，何以到了那里，是否还生着病，然而伊斯特的事阻挡了所有的问题。她没有把他弄丢，没有把他害死。她只是将他带进了丛林，送给了别人，而谁也不能为此指责她。他们开得够远了以后，玛丽娜接过了船舵，安德斯到船头躺了下来，双手交叉在胸前，闭上了眼睛。她看着他睡觉的样子，记起他已经死了好几个月，而为了带他回到这个世界上，她当真放弃了她所有的一切。她每日一起共事的安德斯，这个她十分了解同时又一无所知的安德斯，又活过来了。他仿佛失踪以来从没睡过一般沉沉地睡着，某些时候甚至让她怀疑他是否又死了，但她没有停下船来查看。雨时断时续地下，雨住时，只见树顶的日光越来越暗，水上有了蝙蝠的出没。掌舵并不困难。她怎么会以为没有伊斯特自己就走不了了呢？玛丽娜将睡裙包在头上、脸上，在傍晚出动的飞虫中，眯缝起了眼睛。

　　许多个小时后，安德斯为着一个噩梦醒来了。他突然将双手伸向天空，发出一声短促的惊呼，接着坐了起来。彼时天已漆黑，玛丽娜把船开得很慢，用船头灯照射着河岸。她担心已经开过了拉喀什，开上了一条错误的支流，重新迷失了方向。安德斯看了看河水，看了看船，又看了看玛丽娜。河流远处，两人勉强看到了星星点点的火光。"我有很多时间来想象营救我的人会是谁，"他说，

"我想过陆军突击队、陆战特遣队①，甚至想到了拉喀什人。基本上我想的都是凯伦。"

"本来应该是凯伦。她想来，但我告诉她，她需要待在家里陪孩子。"

安德斯闭上眼睛，以便更清楚地看见孩子们。"孩子们还好吗？"

"都还不错。"

"这件事我梦想了许多次，可从没有一次想到来找我的会是你。"

"我以为你死了。"她对他说。

"我的确死了。"安德斯说。

不多久，河上传来的拉喀什人的声音，将他们引了过去。玛丽娜无比感激他们的火把与他们造成的巨大声响。几周来第一次，她想知道现在几点了。男人们向船游来，纷纷爬上了船。但是刚在甲板上站好，他们就都不作声了。眼前发生了两件异乎寻常的事：安德斯在，而伊斯特却不见了。玛丽娜怕在黑暗里轧了水中的人，于是熄灭引擎，由游泳的人们将船向栈道拉去。男人们高举火把，凑向安德斯。他们没有拍打他，却将火把都扔进了水里，任火苗嘶嘶作响地熄灭。一个，一个，男人们跳下了船。一点儿，一点儿，歌声慢慢休止。安

---

① 原文作"soldiers of fortune"，现实中并没有这个编制，它是同名老电影 *Soldiers of Fortune* 中虚构的一支特别救援部队。

德斯在黑暗中握住了玛丽娜的手。

托马斯·恩科莫拿着电筒站在栈道上，仿佛已在那儿站了一整天，等着玛丽娜回来接他。她看见他第一眼，便想到船中满地的乱箭，但并没有特意告诉他自己也救了他的命。托马斯走向安德斯，伸出手臂，两个又高又瘦的男人抱在了一起。布迪大夫在他之后也拥抱了安德斯，接着是两个萨特恩。

"伊斯特呢？"南希·萨特恩环顾四周说。

"我们把他留在那儿了。"玛丽娜说。拉喀什人都走开了，燃烧的火把的光，由四面八方向丛林深处消失了，医生们也都向实验室的方向走了。

玛丽娜沿小径去斯文森大夫的小屋。她没有电筒，但月色皎洁。走进门时，她发现折叠床不见了。

"我今天下午让他们搬走了。我觉得你不会回来了。"斯文森大夫躺在床上，身边的桌上点着一盏灯。

"安德斯回来了。"玛丽娜站在门口说。

斯文森大夫抬起头。"这么说芭芭拉·伯温德尔没弄错？"

"他在实验室里。"

"再没有比这更精彩的故事了，"斯文森大夫摇着头说，"我将很高兴见到艾克曼大夫。伊斯特肯定会很激动的。我一直觉得他在为他的失踪自责。艾克曼大夫当时肯定是一个人走下河去了。我想了一整天，得出了这个结论。当时有一只独木舟不见了。肯定是他爬了进去，然后漂走了。而胡莫甲人鬼使神差地找到了他。"

"伊斯特没了。"

"你说什么，没了？"

"胡莫甲人把他留下了。如此我才换回了安德斯。一男一女将他接下了船，看来认为伊斯特是属于他们的，并且他们十分笃定。"

斯文森的脸上闪过一丝疯狂的表情，她将自己推坐起来，用双臂支撑着。她的睡裙的领处又破又旧。"你必须再回去。回去把他接来。"

玛丽娜摇摇头。"我办不到。"

"不允许办不到。而且很明显，你完全能办到。你接来了艾克曼大夫，也能接来伊斯特。他聋了。他不明白发生了什么事。你不能就这样把他留在那里。"

但玛丽娜已经把他留在了那里，她明白一个人一生只能往返地狱一次。她再也不会回到那个地方了，无论为了谁。"你是怎么得到他的？"她问。

"我说过了。"

"再说一次。"玛丽娜说。

斯文森大夫躺回枕头上。在开口之前，她静静地躺了好一会儿。"我不告诉你，是因为我知道你不会想听这个故事的。不过现在这已经无关紧要了，不是吗？谁也不喜欢将真正无人知晓的真相说出来，喜好披露真相是一项可怕的习性。人们需要的，其实是比真相更小巧、更有序的东西。"

"你是怎么得到他的？"

　　"是他们给我的。他自己来的。我已经说过了，雨林中的部落之间，虽然没有明显的交流途径，但总是能知道相互之间的情况。有一天，胡莫甲人派人来请我。那是大约八年前的事，我记不太清了。有两个男人划着小船来接我，但我不肯跟他们去。我知道他们是谁。三十年前拉普大夫曾经同胡莫甲人打过交道，不是什么好事。第二天，那两个人又来了，这一回，两人之间的舟底还载着一个小孩儿。他病得一塌糊涂。双耳流血流脓。这里的儿童死得很频繁，所以才需要不断有新生儿。我只能猜测，这个孩子定是属于某个重要人物的，不然他们不会特地带来给我。他们没有使用双方都能明白的语言就把意思传达给我了，他们要我救他，意思传到，他们留下他，走了。可不是我让他们留下的。他高烧发到106华氏度，双侧乳突[1]发炎，他很可能患有脑膜炎。他来时已经聋了，对此我做不了什么。三天后，两人再次到来，想把他要回去。他正打着每六小时五千单位的青霉素，就这样让他坐独木舟走掉是不可能的。"

　　"于是您把他留下了？"

　　"我告诉他们孩子死了。要不是我，他也的确会死。假设他们再等几周，我就会把他还给他们，问题是他们来得太早，他又病得太重。我不知如何传达这么复杂的意思，但我至少知道怎么告诉他们他死了。"

　　"可你过后可以把他送回去啊。"

---

① 乳突，或者叫作乳突骨，是头部两侧的颞骨上的锥形突起。

"他重病了整整一个月，我见过病得最厉害的人也不过如此。等我把他送回去，他们早把他忘了。一个失聪儿童，他们才不知道拿他怎么办呢。你觉得你不会像我这样做吗？他那时就已经是现在的这个伊斯特了，你知道。一个月来，你喂他吃饭，给他洗澡，夜里守着高烧的他不睡，你真的以为那之后你会把他送还给食人族？"

"我不会带走别人的孩子。"玛丽娜说。

"你当然会，"斯文森大夫说，"你本来是要把伊斯特从我身边带走的。你从来就没有想过要把他留在这里，自己走掉，而我，我从来就不愿意放他走。他是我的。他是我的孩子，而你把他交给了别人。"

如果他在这里，她今晚就会将他放进一条独木舟里，她将在黑暗中一路划向亚马孙河。"我本来的确会带他走，"她说，"您说得没错。不过我现在没机会了。您当时为什么让我带他上路？为什么不告诉我这样不安全？"

"他不属于他们，"斯文森大夫说，"他是我的。"

玛丽娜默然地坐着，对此无话可说。她自己也会发誓说伊斯特是她的。"我和安德斯明早就走。"

"需要的话，你就把艾克曼大夫带去马瑙斯，或让别人带他去也行，但我仍然需要你。"

"我要和他一起走。"玛丽娜说。

斯文森大夫摇摇头。"不是这样的。相信我，你再也不能适应他们的世界了。你已经变了。你背叛过你的雇主一次，就会继续背叛下去，而像你这样的人是无法放任自己这么做的。我也曾改变了自己，虽然是很久以前，但我确实变了。我也是跟着自己的老师来的，当时我也以为我只是来过一个夏天。个中因由我明白得很。"

"这次不一样。"

"这次自然不一样了。没有什么是一模一样的。我与拉普大夫不同，但这不影响我去取代他的位置。你与我不同，但是你等着，等你回到他们的世界，就会发觉你再也无法像他们那样生活了。"

玛丽娜走过去，站在床边。"晚安。"她说。

"你会回来的，"斯文森大夫说，"可别让我一直等下去。我们完成工作的时间是有限的。伊斯特会回来的，你知道。说不定明天早上就回来了。他会等他们睡着后去偷一条船。他知道回家的路。他不会记仇的。他是个孩子，他会原谅我们的。"

但是安德斯将他递出去时，玛丽娜看到了他脸上的表情。她不敢肯定斯文森大夫这一次是否说对了。"晚安。"她再次说，然后关上门。

她回实验室找安德斯，阿伦·萨特恩告诉她，他去洗澡了。托马斯去找放置他私人物品的箱子，希望他的衣服还没被抢光。南希和布迪呆坐着，盯视着面前的地板。"他说他仍时不时会有热度，"阿伦说，"上飞机以前，你最好确保他看起来没事。如果他们怀疑他有疟疾，是不会放他回国的。"

"他可能有疟疾吗？"

布迪大夫抬起头，但什么也没说。

"这儿是热带，"南希说，"谁都可能有疟疾。"

布迪大夫摇摇头。"除了我们。"她说。

玛丽娜回到睡廊，站在池子里将自己洗了洗，并穿上伯温德尔太太的睡裙。它虽然已经不太干净，但比之她其他的裙子来，称得上是一朵盛放的雪绒花。没有了伊斯特，这个地方变得压抑起来。她打开与折叠床一起被送回来的他的小铁盒，在羽毛和眼形石块的下面，看到了安德斯写的一旦护送伊斯特到指定地点即可获得奖励的信。她在盒中不仅找到了安德斯的护照，也找到了自己的护照。看来他收藏了两个人的照片。她还找到了她的钱包，机票，和她的移动电话。她在开机前，手里拿着电话坐了很久，终于鼓起勇气按下按钮，却什么都没发生。电话没电了。她将它放回盒子里。

"这里曾是我的房间。"安德斯说。

玛丽娜抬起头，见安德斯站在那里。他的胡子没了，正用手抹着脸。他的脸恢复了玛丽娜记得的模样。"一个拉喀什女人帮我剃掉了。这么做看来带给她莫大的快乐。我从来没留过胡子，"他说，"我讨厌胡子。"

"你看起来又像是你自己了。"她说。

"我就睡在这儿，"他指着床，"伊斯特睡吊床。"

"我知道，"她说，"我猜到了。"她看着小铁盒，"他和我一起睡。你走以后，他常做噩梦。"

"我也是。"安德斯说。他熄灭两盏汽油灯，将小铁盒放到地上。"过去一点儿。"他说。

玛丽娜在折叠床一侧躺平，安德斯躺到她边上。他们的鼻尖凑在一起，他用一条手臂搂住她的肩。"对不起。"他说。

"没关系，"她说，"这样挺好。"

"明天我们就回家。"

她靠向他，将头埋进他的脖颈里点着。床实在太小了，如果希望两人都得到睡眠，就必须同时睡着，紧挨彼此，静静地躺着，直到醒来。这一刻以前，他们在每年的圣诞聚会上都会拥抱一次。他总是穿着一件红色毛衣来开门，而她站在门外的雪地里，手里拿着一瓶红酒，然后他会迅速拥抱她一下，便急着将她领进门。

"为什么是你？"他说。

"我也不知道。凯伦希望我来，福克斯先生也是。我是来了解斯文森大夫的工作和你的死因的。听说你死了时，我很难过。"

"没人想到我只是失踪了？"他说，"谁也不觉得找不到我的尸体很奇怪？"

玛丽娜躺在他们共用的枕头上，轻轻摇了摇头。"斯文森大夫说他们把你的尸体埋了。她以为你死了。她当时很肯定你已经死了。"

"可是你不相信。"他将手放在她的肩膀上。

"我信了，"玛丽娜说，"是凯伦不信。她觉得你活着的希望很大，但我不相信她。我以为她只是不愿接受事实。"

"那你为什么去那儿找我？"

"因为芭芭拉·伯温德尔，"她说。说完，或许是因为此时他们

十分接近，或许是因为他还活着，或许是因为连她自己也解释不了的
某种原因，她吻了他。她在伯温德尔夫妇的起居室里时，芭芭拉曾问
过，她是否爱他？此时她是爱他的，不过仅仅是此时。仅仅是这一
晚，在他们经历了此生再也不会经历的一天之后，她吻他，以向自己
证明一切都真实发生过，而他吻她，是因为一切都是真实的，他的确
在这里。他们彼此在狭小的空间里，似乎出于必要而靠得更紧。她重
新想到那条支流，想到它那么容易被错过，而如果她错过了它，或
者，如果芭芭拉·伯温德尔错过了它，那么安德斯就不会被寻获，而
伊斯特也不会被丧失。她哭了起来。安德斯用手捧住她的头，他说，
他都明白。他们做爱。他们以此平息内心的恐惧。性在此时更像是一
种善意，一种慰藉，一种朋友之间升华了的柔情。如果福克斯先生
在，这件事将发生在她与他之间；而如果凯伦在，安德斯也会投向他
的妻子。但是今晚他们只有彼此。在两人之间发生过的一切面前，叫
他们如何不紧贴彼此，穿透彼此，以证明他们之间，至少在飞机降落
在明尼苏达之前，曾深深地彼此关联在一起呢？如果不是因为他骨瘦
嶙峋的重量压在身上，或许她此刻会站在河流的浅滩上，等待伊斯特
像斯文森大夫所说的那样划着偷来的小船，甚至可能就是安德斯乘着
漂走的那一只回到家。如果不是因为她身体的温暖，他也许便无法相
信自己命运的转折。这将成为往事中他们避而不提的一部分，他们将
不再提起，他如何用树苗一般细瘦的手臂将她举到身上，而她如何将
头埋在他的胸口，一边吻，一边哭泣。

　　天亮后，两人奇迹般地仍稳稳睡在小床上，仿佛两只薄瓷碟子，

相互支撑着搁在架子上一般。睡在自己一侧的玛丽娜，像裹一条毯子一般，让安德斯牢牢贴在自己背上。她曾以为自己在离开前会最后去一次马丁树场，然而现在，她只希望一切尽快过去。她与树之间的关系结束了。事实上，带走整整一袋树枝的想法如今看来既荒谬，并且隐隐有些令人厌恶。她唯一要带走的只是安德斯。她赤裸着，与自己的办公室同事睡在同一张床上，当她从他身下爬出去时，他醒了。

"噢，玛丽娜。"他说。她摇摇头，倾身吻了他最后一次。

"我们回家吧。"她说。

于是，他们出发了。玛丽娜穿上伯温德尔太太的睡裙和一条她的内裤，在睡裙外又罩了一件福克斯先生的衬衣。她将米尔顿的帽子戴在头上，像提小公文包一样提起伊斯特的小铁盒。萨特恩夫妇用平底船送他们去马瑙斯。船行一小时，一只巨鹰从他们的头顶擦飞而过，近得它爪上吊着的小猴的表情都可以看得很清楚。

"那是一只角雕。"安德斯大声说，探出栏杆外看着它飞过。"你看见没有？"

"还有谁看不见吗？"南希·萨特恩说。雨林在鸟出现后突然变得安静了，仿佛所有目睹它的事物都吓得屏住了呼吸。

"那是我来这儿时最想看的鸟。几乎不可能看见。"安德斯的身体仍然向猛禽飞走的方向探着，"真不敢相信我竟然亲眼见到了角雕。"

他们抵达马瑙斯后，用码头的公用电话联系了米尔顿，后者人脉甚广，有一个朋友在航班售票柜台工作，这个朋友对他们的事很是同情，同意在去迈阿密最晚的一班飞机上为他们安排两个座位，接续两张从迈阿密去明尼苏达的票。等票期间，他们去看望了芭芭拉·伯温德尔，告诉她她所看见的跑过丛林的人并非她的父亲，并感谢她转错了一个弯，救了安德斯的命。在向他人讲述故事的同时，他们也顺便向彼此交代了发生在各自身上的事，安德斯说起自己如何在高烧中迷迷糊糊地下了河，如何乘上了独木船，又如何在奄奄一息地漂流中被胡莫甲人找到，虽然他将永远不知道自己究竟漂到了哪里，因为这番记忆，来自一个如今已深沉水底，像一座被冲进湖底的城市一般的地方，他还讲起他们往他身上涂敷了几个星期，气味又像辣根又像柏油的药膏，说自己的胸口如何因此而起了一层水疱。他们越讲越通顺，某一刻，玛丽娜向米尔顿描述了她如何臆想托马斯·恩科莫被一支箭射中，而安德斯则对芭芭拉描述了伊斯特从自己手里被接过去的那一刻，听到这里，芭芭拉和玛丽娜都哭了。二人登上飞机时，除了那件不必再提的事外，已经讲完了所有的故事。他们喝着血腥玛丽，看着亚马孙在面前屏幕上的飞行地图中越离越远。他们靠在放低的椅背上，进入了几个月来最深沉、最提神的一场睡眠。

至于是从迈阿密机场打电话给凯伦，还是耐心等待，直接回家，他们想了很久。玛丽娜看得出来，无论采取哪种方式，其间都包含了同等的爱与残酷，虽然她建议直接回去，但也对安德斯说明，最后的主意无疑还得由他来拿。安德斯盯着登机口附近的钟和公用电话的背面看了好一会儿，一直盯到登机广播响了起来。安德斯和玛丽娜共同认识到，两人都丧失了打电话的能力。随着归途一英里、一英里地延伸，他们也一点点回归了原来的自己：两个在明尼阿波利斯郊外的制药公司共用办公室的医生。

明尼苏达！它闻起来仿佛山莓，仿佛阳光，仿佛柔软的草。此时正值夏季，一切都比她曾带在身上的任何一张照片都美。他们坐进出租车，虽仍记得不久前才发生了非比寻常的事，却不由得各自走了神，起先是为了那些高大的楼宇，后来是为了树上长满的叶子，为了辽阔的四下皆能极目远眺的草原，为了空气的轻盈。安德斯俯身凑在前座背后，向驾驶出租车的尼日利亚司机指点着每个路口的转向，而玛丽娜摇下车窗，任由大风吹过她的指尖，拍打她的发辫。不知为什么，她想起那次与米尔顿和伯温德尔夫妇一起驾车去马瑙斯城外海滩的事，想起了米尔顿险些但没有撞死的那只山羊。她觉得世上再没有一个地方比明尼苏达更美了。

他们驶进窄巷尽头以前，路过了一个骑自行车的男孩儿，但安德斯看着另一个方向。那一刻他的视线已被前院的两个男孩儿吸引住，从远处看去，他们玩耍的姿势与伊斯特毫无二致，他的手放上尼日利亚司机的肩头，让他把车停下来，停下来。出租车的门被打开了，像一扇牢笼的门被打开一样，安德斯一跃而出，喊着男孩儿的名字。车停了一会儿，玛丽娜看着这个与己无关的世界，虽然它是由她召回的。她看到那个骑车的孩子，猛地掉转车头，划过一道弧线，猛踩自行车，向他的父亲飞驰而去。孩子们像拉喀什人一样尖叫着，这么多的尖叫，打开了许多房子的前门。她没有看见凯伦打开自己的家门，却已见她飞奔了出来，一头扎进他的怀里，她跑

得那么快，双脚仿佛连草地也没有沾到。她看上去小小的，周身闪
着金光，俨然一个孩子。他们的样子，仿佛从他离开的那天起就一
直等待着，高高地擎着火把，由灵魂深处，对天空呼喊，直到他回
来的这一刻。他是玛丽娜带回来的。然而她觉得自己不必被看见，
于是便让司机将车开走了。

（全文完）

图书在版编目（CIP）数据

失落的秘境 /（美）帕奇特（Patchett，A.）著；何文菁译.
—长沙：湖南文艺出版社，2013.6
书名原文：State of wonder
ISBN 978-7-5404-6154-6

Ⅰ.①失… Ⅱ.①帕… ②何… Ⅲ.①长篇小说-美国-现代 Ⅳ.①I712.45

中国版本图书馆CIP数据核字（2013）第068812号

著作权合同登记号：图字18-2013-127

STATE OF WONDER by Ann Patchett
Copyright © 2011 by Ann Patchett
Chinese (Simplified Characters) copyright © 2013 by China South
Booky Culture Media Co., Ltd.
Published by arrangement with International Creative Management,
Inc. through Bardon-Chinese Media Agency
ALL RIGHTS RESERVED

失落的秘境

作　　者：［美］安·帕奇特
译　　者：何文菁
出 版 人：刘清华
责任编辑：薛　健　刘诗哲
监　　制：张应娜
策划编辑：马冬冬
特约编辑：王秀荣
版权支持：辛　艳
封面设计：吕彦秋
版式设计：李　洁
出版发行：湖南文艺出版社
　　　　　（长沙市雨花区东二环一段508号　邮编：410014）
网　　址：www.hnwy.net
印　　刷：北京盛兰兄弟印刷装订有限公司
经　　销：新华书店
开　　本：880mm×1230mm　1/32
字　　数：265千字
印　　张：12.5
版　　次：2013年6月第1版
印　　次：2013年6月第1次印刷
书　　号：978-7-5404-6154-6
定　　价：33.00元
（若有质量问题，请致电质量监督电话：010-84409925）